海

マーレ　mare

武田秀一

Shuichi Takeda

藤原書店

もくじ

本書を読むまえに

男が女を連れて日本からイタリアの海沿いの町にやって来た。その町は地中海の北方の湾に臨むリグーリア州ジェノヴァ県ラパッロ市。

コロンブスが育った町ジェノヴァの南東三十キロ、ティグッリオ湾の奥で海に南面し三方を山に守られたラパッロ。都市国家ジェノヴァが栄えた十六世紀の半ば、ラパッロの背後の山で、居眠りをした農夫の前に聖母マリアが顕現し、私が現れたことを町の人たちに知らせ、ここに私を祀ってくださいと告げた。目覚めた農夫は山を下り、町の人たちに奇蹟を話し、農夫とともに山頂に辿り着いた人たちは、マリアが現れた場所に泉が湧いているのを見て、泉のそばに礼拝堂を建てた。

町の人たちはマリアを守護神と感じるようになり、ヨーロッパ中に惨状をきたしたペストがジェノヴァの港から入ってきて近辺に広がっていった時も、この町だけはほとんど被害を受けず、人々の間でマリア信仰が深まっていった。

ラパッロはかつて漁師町だった。男たちは背後の山頂から町の守護神マリアに守られていると感じながら海へ出て行き、女たちはボビンレースの内職をして男たちの帰りを待った。

この町は古くからジェノヴァの有力者たちの別荘地でもあったが、十九世紀の後半、鉄道が通ると、ヨーロッパ各地から王侯貴族、富裕な人たち、芸術家などが避寒避暑に訪れるようになり、二十世紀初頭、イタリアで初めてカジノが開かれ、保養地として賑わっていった。そして第一次ヨーロッパ大戦の後には、この地で戦後処理の一環である二つのラパッロ条約が締結された。

ラパッロを要にして湾の両岸に保養地が広がっていき、特に入江が続く西岸ではイタリアの人たちだけでなく世界各地から来る人々が休暇を過ごし、ラパッロから南へ向かった隣町サンタ・マルゲリータの変化に富んだ海岸や背後の丘には瀟洒な別荘や邸宅が立ち並んでいる。

美しい景観が続く海沿いの道をさらに南下すると、じきに西岸の突端にある入江の集落ポルトフィーノに着く。その入江は古来、近海を航行する船が嵐の際に避難する場所として知られ、またイルカが多く見られ珊瑚が盛んに採られた時代もあったが、二十世紀、次第に入江を囲む岬や後背地に、緑のなかにひっそりと佇む邸宅ができていった。第二次大戦の末期、岬に駐屯していたドイツ軍が入江を爆破する寸前までいったが、岬に住む一人の婦人が未然に防ぎ、戦後はハリウッドのスターやアラブの王族たちが訪れ、一九八〇年代には、岬の伯爵夫人の宏壮な邸宅を舞台にイタリアの要人の絡んだ事件が起きた。

ラパッロから古代ローマ人が造ったアウレーリア街道を南東へ向かうと、ゾアッリという浜辺の村がある。その辺りは灌木が点在する典型的な地中海性風土の土地。

さらに街道を進むと、中世の廻廊で骨董市が開かれるキアーヴァリ。町の後背地には十九世紀のイタリア統一運動を主導したガリバルディの先祖が住み、一族の名が地名に残されている。統一運動のもう一人の主役マッツィーニはジェノヴァ出身、明治維新と同時期に達成されたイタリア統一は、ジェノヴァ地域が重要な舞台の一つとなった。

やがて二十世紀末、東京から来た男と女が海辺の町ラパッロに住み着いた。

登場人物紹介

■一九九四年■

ジェルミーノ　家具職人。姓はガヴィオーリ。北イタリアのポー川流域の出身。

ニーチェ　ジェルミーノの妻。彼と同地域の出身。出会いの場はラパッロのダンス場。

■二〇〇四年■

ミーノ　修道院の遺跡が残る丘の山荘で、「金曜日の晩餐会」を主宰。ラパッロ出身。

マリアアウレーリア　ミーノの妻。ラパッロの遺跡の丘に姉と共に敷地を所有。

ラウラ　「金曜日の晩餐会」の幹部。南米チリ出身。両親の故郷ラパッロに居住。

ジャンニ　会計士。ラパッロの農家の出身。オリーブオイルの精油所を改造した自宅。

エリア　ジャンニの妻。キアーヴァリの文化協会「ペダルとフォーク」の役員。

アルベルト　ジャンニ、エリア夫妻の長男。日本マニア。

ロマーノ　ラパッロの旧家の当主。家業は公証人。文化協会「旧市街の道」を主宰。

フラーヴィオ　経営コンサルタント。「ヨット冒険クラブ」の副船長。トリノ出身。

ミレーナ　フラーヴィオの妻。小学校教師。ナポリに近いカセルタの出身。

アレッサンドラ　フラーヴィオ、ミレーナ夫妻の長女。ナポリの東洋大学で日本文化を履修。

パオロ　アレッサンドラの弟。ジェノヴァ大学卒の泌尿器科の医師。

マルコ　フラーヴィオのトリノ以来の親友。潜水具メーカーの幹部社員。

アドリアーナ　マルコの妻。トリノの高校で彼の同級生。三人の息子を育てた主婦。

マッシモ　フラーヴィオの家の隣家の主。ラパッロ生まれのジェノヴァ大学文学部教授。

アンゲラ　マッシモの妻。南ドイツ出身の元バレリーナ。菜食主義者。

ピエトロ　出身地ラパッロで歯科医を営みながら政治活動。

マリテ　ピエトロの妻。南仏マルセイユ育ち。父祖の地で文化協会「海の家」を主宰。

ジョルジョ　生まれた町ジェノヴァの近郊に住む詩人。日本文化を愛好。

ソフィア　ジョルジョの妻。ジェノヴァの小学校の教師。

■二〇一四年■

マウロ　南スイスのルガーノ湖畔で、絵画制作、イタリア語の詩集の出版活動。

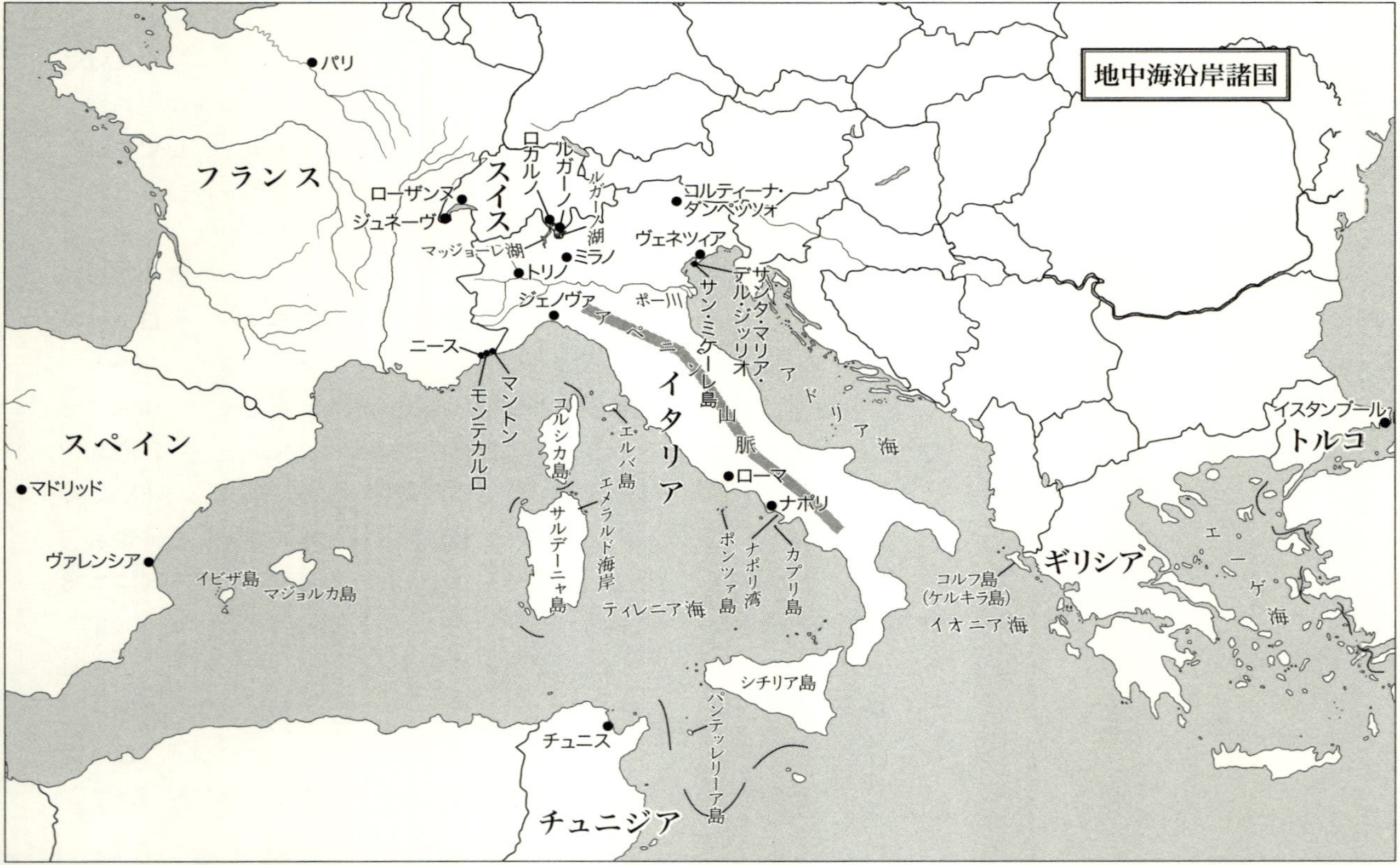
地中海沿岸諸国
パリ
フランス
スイス
ローザンヌ
ジュネーヴ
ロカルノ
ルガーノ
ルガーノ湖
マッジョーレ湖
ミラノ
トリノ
コルティーナ・ダンペッツォ
ヴェネツィア
サンタ・マリア・デル・ジッリオ
サン・ミケーレ島
ポー川
ジェノヴァ
ニース
マントン
モンテカルロ
アペニン山脈
イタリア
アドリア海
コルシカ島
エルバ島
エメラルド海岸
サルデーニャ島
ローマ
ナポリ
ポンツァ島
ナポリ湾
カプリ島
ティレニア海
シチリア島
パンテッレリーア島
チュニス
チュニジア
スペイン
マドリッド
ヴァレンシア
イビザ島
マジョルカ島
コルフ島
(ケルキラ島)
イオニア海
ギリシア
エーゲ海
イスタンブール
トルコ

本書で登場するイタリアの地名

本書 1994 年、2004 年の舞台 ラパッロとその周辺

海

マーレ　mare

思考や記述の中断の跡は……で示した。（編集部）

一九九四年

1994. 11. 21～12. 14

■十一月二十一日（月）

きのう、ヨーコは十三時五十五分発成田行きのアリタリア航空1790便でミラノのマルペンサ空港を発った。十二時少し過ぎ、ぼくに抱きついたあと手を振りながら別の手で小型旅行鞄を引いて搭乗コーナーへ進み、鞄を両手で持ち上げ身を反らせて荷物検査のベルトコンベアーに乗せた。いつもぼくがやっていたことだ。パスポート検査も済ませ免税店を背にまた手を振った。

ヨーコは搭乗待ちのコーナーで出国の申請書を書かされるのではないかと心配したり、なにしろ初めての飛行機での一人旅、緊張していた。

あたしがなかに入ったら帰っていい、きょうミラノは寒そうだから早くラパッロに帰ったほうがいいと言ってはいたが、飛行機が飛び立つまでは搭乗コーナー入口のすぐそばの椅子に座っているから、なかで分からないことが起きたら大声で呼ぶか空港の係員に呼び出してもらうよう言っておいた。

ヨーコが免税店から搭乗ゲートへ向かう頃、しばらく搭乗コーナーの入口に立ってなかを見つめていた。ゲートへ向かう前にぼくを探しはしまいかと思ったのだ。ヨーコの姿は見当たらなかった。傍らで抱き合ったままじっとしていた若い男女、ようやく体を離すと女性が目を拭った。もうミラノへ戻らなければならないのだろう。立ち去っていった。空港の外がやはり雪に見える。霧が雪のように見えるのだ。ヨーコには雪だよと言ってしまった。ヨーコが外を見やって、飛行機滑らないかしら、雪だと風邪をひくから早く帰ったほうがいいと言っていた。

■十一月二十二日（火）

朝日が東の空の雲間から半ば顔を覗かせている。いま八時半ちょっと前、きょうは晴れそう。

ジェノヴァのカルロ・フェリーチェ劇場で、オペラとバレエのばら売り券の売り出しが明日はじまる。ヨーコが行けるかしらと気にしていたアントニオ・ガデスのスペイン舞踊の初日、日程表で確かめたら十二月二十日だった。ヨーコが日本から帰って来るのが十四日、その日ミラノに泊まっても翌日にはラパッロに帰って来られるから充分間に合う。予約の申し込みをしておいた二十日の券が取れたら変更する必要はないよ。この出し物の初日にお洒落して行こうね。その晩のヨーコの姿、どんなふうに装ったらすてきか、もう大体ぼくには見えてきている。ヨーコが思い描いているのと同じようならいいな。

ヨーコにエレガンテな野性をあらわれさせたい。エレガンテに野性があらわれたら地中海の光のようにかがやくだろう。すべてを透けるようにしてしまうだろう。

ヨーコを地中海の光のなかで生きさせようとここ海辺の町ラパッロに連れて来たのだった。この光を浴びながらヨーコがかがやいていくだろう。光のなかで生きながら光の女になっていくだろう。ヨーコ、わかるだろうか、ふたりしてわかっていこう。

まず体を光のようにしていこう。たとえば髪、今までずっと、前髪と両脇をヨーコが自分でカットし、後ろはぼくが手を入れていた。ふたりで思い描くような髪にしていこうとしてきた。そしていま、地中海せかいのただなかにいる。ここイタリアに生きる人たちは地中海せかいの精気をあふれるほどにすっている。その人たちの感性にたすけてもらおうよ。

ヨーコがミラノの空港を発つ前々日、十八日、今月初めの洪水が引ききらない霧のパヴィーアを過ぎ、ミラノ中央駅に着くや地下鉄三号線に乗り継ぎ、モンテナポレオーネ駅で地上に出るとマンゾーニ通り、通りのどこかに美容院コッポラがあるはずだった。前からその美容院が俳優たちに人気があるのを知っていたし、先日、ピッポ・バウド（ソプラノ歌手カティア・リッチャレッリの夫）司会の秋からの新番組「ヌーメロ・ウーノ」（ナンバー・ワン）の第二回目に若手美容師のヌーメロ・ウーノを選ぶ審査員の一人としてコッポラ氏が出演しているのを見て、コッポラでヨーコの髪をカットしてもらおうかと思っていたのだった。

地下鉄の出口のすぐ近くの宝飾店に、宝飾と高級美容院はつながりがあるから知っているだろうと立ち寄って聞こうと思ったが、店の前に警官がいたので聞く。一つ目の信号の先を右へ入ると奥に看板が出ているると言われ、しかし分からなくなり、通りの建物の管理室の外から声を掛けると、管理人が出てきて教えてくれた。行き過ぎてしまったのだ。

建物と建物の間の奥にひっそりとしかし華やかな気配も浮かべて赤丸一筆書きの看板、躊躇せず扉を開け、妻の髪のカットと染めをお願いしたいのですが。受付の女性が奥で確認して戻ってきた。予約をしていないがやってもらえる。ヨーコはどのくらい待たされるか時間を気にする。スピーガ通りのアクセサリーの店で耳と首の飾りを探したいのだ。荷物預かりの女の人がヨーコからコートを受け取り白衣を着せる。そこにジーンズと白シャツにベストの若い女性が来て、ヨーコを奥の方へ連れていく。ぼくもオーバーを預け、ヨーコのバッグを膝に自分のを足元に置き、美しくなりたくてやって来た女の人たちが髪の職人さんの手でどう美しくなっていくか注視する。

鏡には美しくされようとしている顔が映っている。数えきれないほど女性の髪を扱ってきたと思われる男の人がいる。テレビで見たコッポラ氏とは違う。栗色のシャツに褐色のネクタイ、季節に合わせて着ているのだろうか。栗色のシャツ姿で「枯葉」を歌っていたイヴ・モンタンが浮かぶ。その人の手が熱っぽい黒い目をした女性の黒髪をすくい、ゆったりとカット、そして女性に声を掛け、また髪をすくう。髪をさらうようにすくい、カミソリがかすめるように髪を切る。手の丈ほどの長さを切っている。ということは肩辺りまであった髪がいま短髪になろうとしている。変身のさなかなのだ。そう思うとどきどきしながら生気が湧き上がってきた。

奥様がお呼びですと白衣の女性に言われ、後についていく。いちばん奥の椅子にヨーコがちょこんと腰掛けている。そばに先程のジーンズの女性、どういう髪をお望みですか。襟足を短くしてください、そう頼む。横からヨーコがあなたみたいにとその人の襟足を指さす。ぼくの思い描く感じとはずれがあるがまあいいだろう。髪の染めはどんな色にするか聞かれる。栗色。こんな色かと彼女が自分の髪を指さす。もっと明るくとヨーコが言う。白衣の女性が髪の色の見本を持って来る。いろんな色の髪が一束ずつ並んでいる。ヨーコが明るめの栗色の毛を指すと、それでは明るすぎるとジーンズの人が言う。瞳や肌の色と調和させたいのだろう。

こちらでは町の家並み、室内の家具の並び、そこにいる人の衣服、町を歩く人たちの姿、どれもまわりと諧調が生じるようになっている。遥か昔から受け継がれてきた美を感じる直感で自らを装い町を装う。望む髪の姿をおおまかに伝えて後はこの女性の直感にまかせたほうがいい。この人にたすけてもらってヨーコをぼくの描く姿に近付けていく。ぼくは椅子に戻る。じきに髪の生え際を白い布で縁取った顔をしてヨーコが現れ、こんなのどうかしらと雑誌に載っている女性の髪を見せる。それはぼくに見えている髪とは違う。こういうなかから探しておいて、ヨーコは雑誌を二冊置いていく。

これだと感じられる髪を探す。そばの雑誌入れから『モーダ』や『ヴォーグ』、『アンナ』も取り出して探していく。雑誌の裏表紙にアルマーニの服の広告写真、そのモデルの髪に目が行ったが、ちょっと揃えすぎ、形を調えすぎている。ヨーコは女性装身具作家の記事にも目を通しておいてとその頁を開けていった。ヨーコの指や胸に着けさせたくなるようなものではなかったが、ヨーコは自ら身に着けるのとは別に日本に送って販売したいということも言っているので、そういう点からもそこに載っている写真を眺め記事を読んだ。

ヨーコが奥から出て来た。髪、きれいになったでしょう。すこし明るくなった。しかも染めたと感じさせない。手触りもやわらかくふわっとなったの。なるほどそうだ。色合い、手触り、どちらにも透ける感じがかすかに生じてきた。

ヨーコが正面の椅子に移る。そうか、まず白衣の女性が髪を染め、そのあとジーンズの女性がカットをするわけだ。初めに染めとカットそれぞれの担当者がヨーコの髪の質や顔の形、肌の色を見て、どういうふうに染めるかを打ち合わせたのだ。さっき、その検討の場にぼくが呼ばれたのだった。カットの人がなかなか来ないでヨーコはじれている。椅子から何度もぼくの方を振り返り、まだかしらと言う。ついに立ち上がって背後の椅子で待っているぼくのそばに来た。アクセサリーを見にいく時間がなくなってしまう。カットはそれ専門の担当者がするので順番があるんだよ、そうなだめて椅子に戻らせると、そこにジーンズの女性が来て、カルメン、と名乗ってヨーコに手を差し出し握手。ぼくが渡しておいた雑誌の顔写真をヨーコが見せて、こういうふうにと言った。カルメンさんがぼくを呼び、この写真の髪は奥様より長い、襟足を短くして脇の毛は後ろへ流すようにするんですねと手振りをまじえて聞く。そうです。あとはカルメンさんの感性にゆだねる。

カルメンさんの手がカットへむかう。左手に櫛、三種の櫛を使い分ける。右手には鋏、うごきが透けるように流れる。手のうごきに触れてくるものは空気さえないという感じ、うごきが透けている。この人は地中海の光を浴びて育ったのだろうか、遠い祖先からずっと地中海地域で生きてきたのだろうか、地中海人しか透けるようにうごけない、そう感じてしまうのだった。

カルメンさんはヨーコの襟足に付いた毛を払い、顔を上向かせ、柔らかそうな刷毛で顔もささっと撫ぜ、ヨーコと握手、アリヴェデルチ。すぐほかの人の髪に取り掛かる。ヨーコがぼくのそばに来て、首の後ろに毛が付いているか聞く。うなじに細かい毛が付くのをいやがるのだ。髪や首筋を払ってヨーコは白衣を脱いだ。そしたらさっき隣の人の髪をブローしていた作業着の女性が来た。ヨーコはもうお仕舞いと早合点したのだった。白衣を脱いでしまったのとヨーコが身振りで伝える。ブロー担当の女性が奥から新しい白衣を取って来る。

ヨーコが今し方まで座っていた椅子に戻り、入れ替わりに近付いて来たのは受付で見掛けた女性、お勘定をお願いしますと言う。支払いをカードでしようとすると、カードは取り扱っていないそうだ。ヨーコがカットをしてもらっている時、その懸念がちらっとよぎったが、著名な美容院だ、聞くまでもないだろうと思ったのだった。円をリラに替えなければならない、しかも早急に。近くに両替所はありますか。そこはもう閉まっていますがイタリア商業銀行でカードを見せればリラを受け取れるかもしれません。

教えられた方へ行くと銀行があった。扉は閉まっている。透きとおる扉越しに女性に声を掛け、両替をしたいんです。すぐ扉を開けてくれて、奥から遣り取りを耳にした男性が来て、ここではもう業務が終了してしまいましたが、スカラ広場の当行に両替機を備えた付設のコーナーがあります、明かりが点いているのですぐ分かりますよ。スカラ広場ですね、円を両替できますね、今できますねと念を押し広場を目指す。

スカラ座のある広場に聳えているのがイタリア商業銀行、一昨年の六月末、一人でミラノに来た時、壮大な銀行の構内に入って両替した。当時付設の両替コーナーはあったろうか。歩きながらはっとした。ヨーコのバッグを肩に掛け自分のを手に提げているがオーバーを着ていない。せっせと歩いているせいかたいして寒くない。二つのバッグを抱えるようにして息急き切って無様な姿だろうが、気にしている余裕はない。ヨーコになにも言わずに出てきたのだ。マンゾーニ通りがスカラ広場に出る角に明かりがあった。

■十一月二十三日（水）

七時四十三分、朝、ヨーコのいる日本は朝ではない、十五時四十三分、そろそろ夕方、茅ヶ崎のギャラリーでイタリア・キッチン用品展の現場にいるわけだ。そっちの天気はどうだろう。こっちはもうわずかで八時、東の空の明るみが広がりだしている。六時四十五分頃に起床して、その時まだ空が暗かった。たったったとカプチーノを作って、平たいパンの一切れを七時のニュースを見ながら食べた。居間からテラスに出る扉のガラス越しに水平線が薄い藍色の……

ちょっと待って、いま教会の鐘、八つ鳴り終わった。町を見晴らす晴天坂を下りきった左手のサン・フランチェスコ教会の鐘だ。続いて町なかのバジーリカ（聖堂）の鐘が鳴るはずだけど、聞こえてこない。バジーリカが先だったのだろうか。きっと聞き逃したんだろう。時々刻々なにかを逃している。どんなに逃そうがかまわない。

居間のガラス扉まで東の明るさが届いている。テラスが明るいよ、今日も晴れ。さっきね、東の空が明るみだしたころ、水平線がうっすら黒みがかったブルーの帯だった。その下で水平線の帯と平行して白っぽい帯がうすく光っていた。木々の合間にのぞく海面がうっすら白い模様を描いていた。光と空気が地中海を演出する。木から木へ枝から枝へ鳥が渡っていた。鳥の木渡り枝渡りにも個性があってね、ざざーと荒々しい鳥もいる。小さな鳥なのに威勢がいい。気持ちいいくらいだ。

八時二十分、上階の内装工事。さっき、軽くトンカチで打つ音がのどかに聞こえていて、それが少し前、ドリルだろうね、本格的な音がはじまったよ。すぐ上を飛行機が飛ぶような気もする音なんだ。

なんか、ヨーコが飛行機に乗って真上を飛んでいるようで、飛行機から顔を出して、半身まで出してね、満面笑顔でこっちへ手を振って、それでも落っこちやしないか心配する気が起きないほどヨーコの姿が元気溌剌、こんな連想もヨーコを空港で送って間なしだからかな。

飛行機、好きな乗り物ではなかったけど、ヨーコを見送った時から愛着を覚えだしているんだろう。ドリルの音がね、ヨーコが乗っている飛行機の音に聞こえて、その飛行機、かわいいよ。そして、飛行場を空港ということ、とうに子供のころから知っているはずなのに、いまはじめて、飛行場は空の港だと気付いたんだ。イタリアの言葉でも空の港だよ。港、ぼくは港が好きだろう。きのう、ジェノヴァから帰って来て着いたばかりの駅で書いた絵葉書、一週間くらいしたら、そうだな今月末には届くとおもう。その絵葉書もラパッロの港、ぼくの好きなヨットハーバーだ。ぼくにとって港といえば海の港だったけど、空の港、飛行機の港もあるんだ。ジェノヴァの空港は海のそばで海の港みたいだった。ずっと前、一九七二年九月、そこからローマへ飛行機に乗って飛んでいった。

もちろんジェノヴァには船が着く大きな港がある。若かったぼくがバレンシアの港で初めて地中海を見て乗船し、マジョルカ島を経て地中海の西北部をかすめ、ジェノヴァの港に着いてタラップを下りたのがぼくのイタリア上陸だった。埠頭の地面に足が着いた時の足裏の感触は今も覚えている。そしてどの辺りのホテルに泊まったのだったか、港から始まる旧市街の坂の途中だったと思うけど、細かくは覚えていない。その事がぼくを擦り抜けていった。なにかをしたらすぐ擦り抜けていけばいい。なにもかもぼくを透過していけばいい。そうしてぼくを透けるようにしてしまえばいい。

ますます居間のガラス扉が明るくなってきている。テラスの左斜め下の方で大きな二本の棕櫚のまわりに小さな棕櫚が子供のようにくっついていて、棕櫚の向こう、南の方に海、ティグッリオ湾がリグーリア海へひろがっていく。その辺りの海面がまず光りだし、光がきらめいてはねるんだ。ヨーコの声が聞こえてきそうだよ。海が光ってる、来てよ来て、よくぼくを大声で呼んでいた。そしてよく言っていた、あたしのね、いちばん好きな時。

今朝、起きがけ、居間の扉を開けて、東を見た。海へ落ちていく丘地に木々が間を置いて黒っぽく見えたんだ。糸杉、雲が乗っているような松、ぼくははじめて東の丘が空をよぎって海へ降りていくのに目がいった。凝視しかかった。そして目をそらした。どんなものでも凝視されたらこわれそう。生きていられなくなりそう。そうしたくない。すべてが生きればいい。いたるところが生きていればいい。どこにもじっとしていたくなくて、なんにもじっと見たくなくて、おもいを凝らしたくなくて、ヨーコにだって声をかけているんだ。凝視しているんじゃない。歌いかけているんだ。じっと見たらヨーコがこわれそうになってしまう。

ただただかすめていく。地中海の風がかすめていく。光がかすめていく。地中海の空気、光、どこにもとどまりはしないだろ。ねえ、ヨーコ、どこにもじっとしていたくない。地中海岸の丘に住んでいても、じっとしているわけじゃない。いま海へ向いた椅子にいるけれど、じっとしているんじゃない。ヨーコへ歌いかけているんだ。一時もとどまりたくないんだ。

きのう、ミラノ検察庁がベルルスコーニ首相を捜査しているとミラノの新聞『コッリエーレ・デッラ・セーラ』が報じた。一昨年の二月に始まり目覚ましい勢いで広がっていった汚職捜査活動〝マーニ・プリーテ〟(きれいな手)がおもしろいところに差し掛かった。株式市場はショックを受けたよ。おとといは、マーニ・プリーテのシンボル、アントーニオ・ディ・ピエートロ検事が、先月パリで一年半の逃亡生活のあと逮捕されたクラクシ元首相の財務担当側近マーク・ディ・パームスタンに関する件で現地へ飛んだ。

ついこないだ、先週、まだ先週のことだったね。その事件が以前から気に掛かっているぼくは、元首相の側近が潜んでいた場所を見たくて、ヨーコとパリへ向かった。ヨーコはちゃんと早起きして、卵を茹で、野菜をアルミ箔にパンをラップに包んで、生ハムも冷蔵庫から出したのだけど置き忘れ、ちゃっちゃっと身繕いして、ぼくがジェノヴァでヨーコに買ってきたばかりのフード付きブルゾンを初めて着て、裏革のリュックバッグを背負って、ぼくと一緒に坂を下りていった。

ジェノヴァを過ぎてしばらくすると、霧のせかいになって、こないだの洪水の水があちこちでまだ引いていない。ミラノでジュネーヴ行きの列車に乗り換えた。ぼくは進んでいく方へ背を向けて座ると体がさらわれていくみたいで心地がわるい。それで空いているかぎりは進んでいく向きに席を取る。

でもね、さらわれていけばいいのかな、いつも前へ進んでいくというの、なんだか奇妙におもえてくる。ずっと前へ進んでいれば前方を見詰めてしまう。見詰めたくないよ。なにも見詰めたくない。それでもいまだにはっきり見たいなどとしきりにおもっている。ばかみたい。なにも見詰めることないよ。耳を澄ますこともない。そしてね、なにかをおもおうとすることもないよ。なにかに気を注ごうとするなんて変だよ。調べるのだってかすめるように調べていこう。事実を定着させようなんて、根っからばかみたい。太陽光線を虫眼鏡で一点に集めるように一連の事実を焦点に集めようなんて、へんてこだね。なんでも凝集すればこわれてしまう。掘り進んだらこわれてしまう。掘るなんて、野蛮というよりも、すくいがたい。そんなことにふさわしくせかいはできていない。

ジュネーヴへ向かう列車で窓際のヨーコの向かいに座っていたおじさん、ヨーコがリュックバッグをどこに置こうかともそもそしていると、隣の空席に置くよう手振りで示す。込んでいるからわるい気がしてヨーコがためらうと、いいんだいいんだと身振りですすめる。ヨーコがリュックバッグから食べるものを出し、半分をぼくに渡し、フォークも渡し、そんな様子をおじさんは眺めていたがそのうちうとうとし、車内販売が来ると目を覚ましカフェとブリオシュを買って、その後、なにがきっかけだったか、ぼくたちと話し始めた。

おじさんはアドリア海に面したイタリア半島東岸の町リミニに生まれ、もう三十年もスイスのローザンヌに住んでいる。スイスはまわりがぐるっと外国で、それぞれの地域で隣接する国の言葉が使われ、食べ物にも隣り合う国の影響が及んでいる。葡萄酒はここ二十年くらい飲まれるようになってきて、なだらかな起伏の土地に葡萄の木が並んでいる。イタリアは各地に方言があって食べ物もそれぞれの地域でだいぶちがう。あなたたちのいるリグーリア地方はジェノヴァ風ペーストがおいしい。リミニでも売っているがうまくない。それからあのおいしい茸。

ここ数週はトリノから洪水のあった地域を通らなければならないせいか週末を過ごしに来ていない

が、ぼくたちの住む建物の階下を別荘にしている夫妻のご主人がその茸採りの名人だ。別荘への来がけに採ってきたポルチーニ茸の汚れを奥様がナイフで取り除いているところにたまたま訪ねていき、そのままご主人の好物の生ポルチーニのサラダとポルチーニのソースのスパゲッティーニを作る手順を台所で見せてもらい、そう、ヨーコが調理する現場を見たがったのだ。そしてできたてをご馳走になったのだった。見た目松茸と似て、香りは違っている。生のポルチーニを食べるのは初めて、しかも採りたて、どういう香り、味か、ううん、おいしいんだ。そしてポルチーニのソース、小玉葱のみじん切りを入れたんだったか、にんにくは丸ごと一個入れて終りのころに取り除いた。仕上げは台所を離れ居間でご主人と話していてぼくは見損なった。

その茸、ラパッロの朝市に出ていて、そこで買ってヨーコはさっそくポルチーニ料理をこしらえた。ぼくが茸の汚れ落としをやった。朝市の広場に通じる路地の乾物屋さんにはいつもたくさん干しポルチーニがある。それからね、ジェノヴァの目抜き通りの市場に入ってすぐ、花屋の向かいに生ポルチーニだけを並べている店があって、ついこないだヨーコと航空券のことを調べたり、セーターやカーディガンを買ったりしたとき、市に寄ってその店先を眺めたっけ。

ジュネーヴ行きの列車で向かいの席のおじさんが教えてくれたところによると、イタリア半島の背骨のようなアペニン山脈の東と西ではできる野菜がちがう。風土がちがうのだろう。山並みの東側ではポルチーニは採れない。あなたたちが住むリグーリアの海岸に沿った山地はポルチーニの産地、あれはおいしいと言って食べたときを思い浮かべているような顔をする。菓子はリミニのなんとかはうまいと言った。シチリアの菓子は砂糖がたくさんで、ドルチェ（甘い）なドルチェ（菓子）だと言ったあと、ドルチェなドルチェという言い方がおかしくなってぼくの手を取るようにしておかしがってドルチェなドルチェを繰り返した。でもシチリアの魚はおいしいと言う。ラパッロに住んで間なし、世話になった老舗不動産店に立ち寄ったとき、事務担当の元市長（一九五六年から七〇年にかけて在職）が、シチリアの鮪はおいしいから日本の漁船がはるばるやって来てかっさらっていくと言っていた。それを思い出して、鮪、おいしい？　ヨーコが単語を並べて聞いた。そう、シチリアの鮪はおいしいよ。

おじさんの話はやまなくなり、アルプスを赤く染める夕陽に気付いたヨーコがぼくに見るよう促したとき、ちょっとやんだが、ぼくたちが顔を戻すと食べ物話が再開、それを聞きながら、初めてヨーロッパに来たときに見た光景が浮かんだ。マドリッドから地中海へ出ようと列車でヴァレンシアへ向かっていた。大地に沈もうとする夕陽が血のように赤かった、スペインの夕陽だと感じた。そのとき、太陽は土地によってちがうんだとさとった。

ええと、パリ行きの件、元首相側近の逃亡劇に戻るけど、女優ドミツィアーナ・ジョルダーノ（タルコフスキーがソ連を離れ中部イタリアで撮った映画「ノスタルジア」で金髪が光の波のように揺れていた）のパリのアパルトマンから近くのキオスクにイタリアの新聞を買いに来たところを捕まったマーク・ディ・パームスタンは、スペインのイビザ島で警察の追跡を海上で振り切ったりしてすでに一年半も逃亡していたが、ついに逃げ切れなかった。一方、元モデルの伯爵夫人はいま逃亡中。かれらはクラクシを要とするたくらみに関わり、その主な舞台となったのがうちのテラスからまっすぐ前方に岬の見えるポルトフィーノ。伯爵夫人はヘリコプター王の伯爵から譲られた入江と外海を見晴らす壮麗な館で若い恋人マウリツィオ・ラッジョ（父親の死後、ポルトフィーノの入江のアメリカン・バールを母親と共同経営）と暮らし、そこのフェスタにクラクシをはじめミラノの有力者たちが集まってきていたのだった。

伯爵夫人の館だけでなくほかの邸宅や別荘でも外からは窺い知れぬ途方もない話が交わされ、ポルトフィーノ・コネクションが形成されていく。入江を縁取る岬の高みにある古城から伯爵夫人の館〝アルタキアーラ〟をはじめ、ポルトフィーノ人種つまりは地中海性富豪の邸宅を眺め、あれはアルマーニの妹が借りている、あれはタイヤ王ピレッリの別荘、あの入江に面した建物の上階のほうはベルルスコーニ首相の持ち株会社フィニンヴェストに管理されそうになっている出版社エイナウディの創始者が別荘にしている、そんなふうにヨーコにおしえたよね。あの古城の真下のほうの邸宅をベルルスコーニは借りている。ポルトフィーノの家屋敷はだれも売ろうとしないんだ。伯爵夫人のは時価数百億リラといわれていて、ベルルスコーニが首相になる前、手に入れたくて伯爵夫人やラッジョと接触している。もちろん伯爵夫人は売らなかった。

俗世界の匂いがしてくることばかり並べたけど、聖俗混淆の極め付きである地中海性富豪を透きとおらせて見通したら、そのさきに透けるせかいがひらけてくる予感がしてしまうんだ。地中海性富豪といえばどうしても欠かせないのが前からぼくが追っているフィアット会長ジャンニ・アニェッリ、いまでこそもう七十を越えて心臓もわるいけど、前は岩礁の多いナポリ湾を恋人（夫人は一九五二年以来、貴族出身のマレッラ）連れで魚雷艇を操縦し海面をかすめて走っていた。スピードが好きなんだ。結婚前、十代の女の子を傍らに乗せて深夜のコート・ダジュールを疾走し、ニースの近くでトラックを避け損ない脚を複雑骨折、敗血症を恐れた医者から片脚切断を勧められたが拒否、かろうじて命がたすかると針金入りの脚のまま地中海岸を車で走り、アルプスをスキーで滑走した。サッカーも好き、自分がオーナーであるユヴェントスの試合を見に毎週競技場通いをしていた。サッカーの多彩なスピードが好きなのだろう。スピードが極限をこえると透けるせかいへいってしまうだろうか。F1のレース中に事故死したセナは透けるせかいへいってしまいたかったんじゃないだろうか。イーモラのサーキットで透けるせかいをみただろうか。

■十一月二十四日（木）

おはよう、七時半の鐘がひとつ鳴って、テラスから居間にもどってきた。朝食、カプチーノ二人分とパン、ぼくはイタリアのパン、というか、この町のパンが好きで、多めに買い込んでおくだろう、だいぶ前にパン屋が休みのときスタンダ（ベルルスコーニ首相が統括するフィニンヴェスト・グループのスーパーマーケット）で買っておいて食べずにあったいびつなパン、きのう食べようと触ったら、カチカチに乾いていたよ。それで捨てた。捨てずに食べればよかったと、いまおもう。というのは、あれ、乾ききっていたんだ。限界線をこえてしまうって、いい。加速度がつきすぎて走りすぎて消えてしまうとか、地中海を愛しすぎて地中海に消えてしまうとか。

きのう夕方、ブーツを靴修理屋へ持っていった。ほら、あのヴェネツィア通り、朝市に行くとき通る路地、あそこでヨーコが気付いた店だよ。たいていはぼくがこの町の店、どこになにがあるか知っていて教えるほうだったんだけど、その店はぼくが教えられた。

ぼくはなにかを見付けるのが好きだから、知らなかった道を見付けだしてはヨーコを連れていった。この町は地形に起伏があって道がおもいがけないように通っているんだ。新しい道にでっくわしたときの感じはまさに発見、それを遥かに強烈にするとクリストフォロ・コロンボ（コロンブス）が新大陸を発見したときの感じになりそうだ。コロンボの生まれ育ったジェノヴァも海辺の港からすぐ傾斜がはじまり、大胆な起伏がたくさんあってさ、彼は子供のころから密かな通り道を見付けるのに熱くなっていて、それが海の道を見付けたくなるまでに、そりゃそうさ、そのころすでに活気あった地中海の港をさ、歩きまわっていたんだ。密かな海の道を見付けだそうとしたくなっていくの、当たり前さ。

そうだ、ブーツの踵を直しにいったこと話していたよね。どんどんしゃべりたいことが湧いて、押し流される。それでちっとも困らない。頭で筋道立ててなんてそんなのおしゃべりじゃないよね。透けるせかいへむかう声をおくろうとしているけど、そういうせかいにまだいない、まだ透けていないなかにいるぼくが透けない意識で筋道立ててたら透けるせかいにいけないよ。

ブーツ預けてきた。きのう、夕方五時半ころ町へ下りていったんだけど、すでに暗かった。坂から入江の明かりが弧を描いて点在しているのが見えた。西の丘にも明かり。その少し前、まだ住まいにいる頃、もう夕日は沈んでいてね、寝室からだったかテラスからだったか、もうあいまい、でも見た光景はあいまいじゃない、西の山の上空が残照でうっすら赤みがかって、さらに上空に雲模様を浮かびあがらせていた。

靴屋に寄ったあと、マッツィーニ通りの新聞雑誌店で新聞を二紙買った。おととい、『コッリエーレ・デッラ・セーラ』がミラノ検察庁の捜査リストにベルルスコーニ首相の名前が載っているとスクープして、おととい、きのう、きょう、テレビニュースのトップはそれ、きのうはベルルスコーニの記者会見中継があった。『コッリエーレ・デッラ・セーラ』の編集長へのインタヴューもあった。

気になる新聞を手に駅へ直行、ポストにヨーコへの絵葉書を投函した。葉書にヨットハーバーからうちの方を眺めた写真、うちのある丘に四角錐の先がちょん切れた形の屋根をした建物がはっきり写っている。その右隣の木立の背後がうちの建物。ヨーコは絵葉書に凝っていて、だれよりもこの町の絵葉書に詳しくなってしまったんじゃないかな。そして、うちの建物〝パッセレッラ〟(渡り道)の写っているのがほしくて、この丘の絵葉書を見付けてきては、これに写っていないかと聞く。きのう出した葉書にはうちの建物を木陰に見付けて印を付けておいたからね。

今朝、食事の直後、テラスに出た。西の山の頂がもやっていてグレー、こちらの言葉ではグリージョ、こちらの風景の色を表すにはこちらの言葉でなければ感じが出ない。山の上空に雨雲があって、それが濃いグリージョ、南のほう、海と空どちらもグリージョ、水平線がすこし濃い。地中海にもグリージョがあるんだ。アッズッロ（青）や光るばかりではないんだ。海のほうは波模様がかすかにあって、でもねそれがなくてもやはり海は水、水のグリージョではあるよね。だけど、空も海も同質、濃淡はあってもね、おなじ色調、地中海性グリージョ、せかいがすべてグリージョだった。

鳥が鳴いていたよ。テラスの北のほうの端に立っていたぼくの顔をかわいい雨がかすめた。そういえばとそのときおもいだした。夜中、眠りながら雨音をきいているような気がしていたんだ。鳥はなぜか雨のときのほうがよく鳴いているようだよ。それとも雨のとき、鳴き声が雨粒や雨の空気に反響してそう感じるのか。たしかにね、雨の鳴き声、まるで雨が鳴いている。

朝ね、雨の微細な粒を顔にうけながら、グリージョという色をはじめて知ったみたいにまわりを眺めていてね、このグリージョをヨーコに着せてみたいとおもった。地中海性の色をすべてヨーコにまとわせたい。まとうことさえこえて、染めたい。それさえこえて、地中海性の色そのものにしてしまいたい。ヨーコは色になってしまえばいいんだ。透ける色、そう透ける色、地中海せかいしか透ける色をもちあわせていない。いま、まだ、透ける色ばかし見えてるわけじゃないけど、ここにしか、この地中海せかいにしか、透けるせかいへのとばくちはない。

そうしてグリージョの空気のなかグリージョにひたっていると、鎧戸を開ける音、どこだろう、すこし離れている。すぐ下からの音ではない。

階下のノリーコ、ジョルジャ夫妻の別荘はここから階段を一階下りたところに扉があるけど、それは使っていなくて、庭に出る扉から出入りしている。ノリーコさんが丹精している庭の斜面の向こうに、この丘にたった一本の自動車が通れる道、ここに住み始めて最初の日曜日だったかな、その道を上りだし、途中の別荘用建物のどの表玄関にも陶の色絵看板、魚とか海老とか烏賊や蛸もあったかな、海にヨットの絵もあったね。うちの建物にももちろんあって、海の方から石段を上ってきて石の古びた門をくぐり石積みの壁に挟まれた渡り道を通ってまた石門をくぐるとうちの建物の前に出るね、古くからのその渡り道を絵にしたのがぼくたちの建物のしるしで、絵の下のほうにパッセレッラ（渡り道）という名前が入っている。

それぞれの建物の陶看板を見ていくのがおもしろいし、見下ろしたり見渡したりする風景がいろいろになってさ、とうとう天辺、道の尽きるところまでいって、そこから新市街のほうを見下ろし、小雨がぱらぱらしてきて、それも濡れるような雨ではなく、ああいう雨だとそのなか歩くのいいね。

その道は湾曲しながら上がっていく道で、道の上段と下段を結んで近道の石段が密やかに通っていて、うちの脇にもあって、ヨーコお気に入りの台所から石段を下りてくる人が見える。その石段は階下の庭の西側を縁取っていて、果物や花やオリーブの木の庭を手入れしているノリーコさんに台所のバルコニーから声をかけたとき、いちじく好きかときかれ、好きだと言うと、すぐさま石段脇の木に梯子を掛けて採って、籠に入れ、鉤付き棒に引っかけ、上階のバルコニーにいるぼくの手まで届かせてくれた。ほかにも、柘榴の実を、これは支那では幸運のしるしだと言って籠でヨーコに渡してくれたことがあった。いちじくのお礼に日本の物を持って下を訪ね、そのとき、ヨーコに黄色い花をくれたね。

その庭へは近道石段から入れるようになっている。石段を上がったところの道に面した建物の一階には双子のような年配の姉妹が住んでいる。妹さんとおもわれる婦人は黄色の普段着で、秋口、雨が降らなければ毎朝庭を掃いたりしていた。お姉さんのほうはブルーをよく着ている。午前中、ふたりしてよそ行きを着て町へ下りていく。行き帰りにぼくたちは何度か出会っている。午後にまたふたりで町へ下りていく。散歩と買い物だろう。その方たちが毎日とおる近道石段の向こうのそのまた向こうの建物のどこかの部屋の鎧戸が上がる音が今朝したのだった。近道石段は最後のあたりで橋になって道をまたぎ、渡ったところが島のようになっていて、そこの木に遮られてどの部屋の鎧戸が上がったのかわからなかった。

この辺り、夏はずっといるんだろうけど、いまはもう週末も連休のようでなければ窓がだいたい閉まっていて、どの建物も一軒か二軒か三軒か、そのくらいしか明かりがつかない。それもまた解放感があって、週末に下から聞こえてくるテレビの音で来たなとわかるのも変化あるしとヨーコは言っていた。

ヨーコ、きょうはね、クラクシ元首相の収賄金隠匿に関わっていたマーク・ディ・パームスタンや彼をパリのアパルトマンにかくまっていた女優のドミツィアーナ・ジョルダーノのことを調べる。おととい、ミラノ検察庁のディ・ピエートロ検事がパリへ飛んだ。こないだのぼくたちのパリ行き、ディ・ピエートロより先だった。ぼくには彼ほどの資料はないけれど、彼にも見いだせないなにか、肝心ななにかを見付けだす。ここんとこ慌ただしく毎日出ていて、新聞たいして読んでなくて、部屋のあちこちに置きっぱなし、これからそれに目を通す。新聞だけでなにか肝心なことが見通せるわけじゃない、そこから先さ。なにかを見付ける。

この事件はぼくたちを待ちうけるようにして生じてきている。そう感じる。ぼくたちがこの丘の住まいに来て、テラスの手摺や窓枠の塗り直しに家具職人の人が入ったりして、新聞買いにいく間もないくらいあれこれ慌ただしく、それが一段落して新聞読み始めたら、ポルトフィーノの館から伯爵夫人が逃亡する事件がおきて、一連の事件の要にいるクラクシはいまチュニス近郊の海辺の別荘にいる。これはさ、地中海性事件、たんに場所がそうだけでなく、なにか地中海の本性から生じているような事件、地中海せかいに生きている人たちからおのずと生じてきたこと。

■十一月二十五日（金）

七時四十分、テラスから居間にもどった。朝方のひんやりした空気がきもちいい。室内にはいって体に残るひんやりがまたきもちいい。寒くはないんだ。ヨーコと並んでこの朝のなかにいたくなる。ヨーコとぼくが並んでいる姿がどうみえるかぼくにはわからない。自らのくわわったことはけっしてわからない。わかりたい気もしてこない。自分を探っていきたいという気はない。そうしたくなってこない。ぼくにとってぼくはちっともおもしろくない。ぼくじゃないなにかを探している。そうしていく動きがはじまっている。それはとまらない動き、そう感じだしている。

きのう届いたヨーコからのファクス、いま寝ます一時二十二分て最後に書いてあった。おもったより元気のようだね。ヨーコとぼく、目下は特にどっかがぐあいがわるいと感じていない。いつまでそうだろうかとおもうこともない。そういうことをおもうために生きているのではないからね。いつかは体が動かなくなってしまうことも知ったことじゃない。こういう言い方をするとそばにヨーコがいたら、またヤーさん（ヤクザ）みたいになったと言われる。ヨーコはヤーさんという言葉を知ったのずいぶん遅かった。まわりにそんな感じの人がいなかったせいもあるんだろう。それに男兄弟いないし。ぼくがヤーさんふうな見ず知らずの人と当たり前みたいに調子が合って喋っているのを見て驚いたと、だいぶ経ってから聞かされてぼくにはその記憶がなくて、そしたら忘れちゃうくらい当たり前なのねとヨーコがまた驚いた。

フランスとの国境の町ヴェンティミッリアに六月立ち寄ったとき、ヨーコを町なかの並木道にならんだバールの椅子にひとり残して、ぼくが逆戻りして橋を渡り建物が密集している丘の旧市街にはいっていくのを心配していたね。ぼくが旧市街からもどってくるのを待っているあいだ、ヨーコは絵葉書を書いていた。こんどぼくを離れて初めてひとりでイタリアを発つ前も、あたしがいないあいだああいうところへは行かないで、怖さを知らないんだから、怖いという感覚がなくなっているんだから、麻痺しているという言い方はしなかったけど、そんなふうなことを言いたかったんだろう。ヨーコは方々怖くて、怖そうなところへは事前にそう感じてしまえば近寄らないようにするから、そういうところを実際にはほとんど知らないわけだ。

六月の旅のとき、サン・レーモ（リグーリア州の海岸の町）の旧市街へ一緒に行ったけど、古い建物の寄り集まったなかを潜り抜けるようにして石畳を上っていくと旧市街をあっさり抜けてしまって、市街や海を見晴らす坂をさらに上がっていくと教会が現れ、参道の並木の坂からサン・レーモが一望、背後には山地に段々に並ぶ花栽培のビニールハウスが見え、そんなふうだから、アメリカ人らしきスニーカー履きの初老の夫婦も通り抜けるような旧市街、それはもう一種の観光界隈。

いまもなかが窺いしれない建物のなかには人が住んでいるんだろう。窓辺から老婆がこちらを見ていたし、黒い衣の老婆が石畳にたたずんでいるんだかわずかずつ歩いていたし、そして振り返ったら老婆は消えていて、それでもそう不気味な感じはなかった。昔はその界隈がもっと広がっていて町の要だったんだろう。

地中海岸の町にはジェノヴァにもニースにもマントンにもそういう界隈があって、ジェノヴァの旧市街にぼくが行くのもヨーコは怖がっていた。ほとんど怖くなさそうなラパッロの町だって、駅の辺りにときどき怖そうな顔をした人がいるじゃない、そう言っていた。

朝、六時半に床を離れ、テラスにちょっと出て直ぐもどってカプチーノを飲むつもりが、ちょっとよりはすこし長くテラスにとどまって、それはね、このテラスではよくあることだけど、二百度を越えるくらい広がる風景をつい見てしまう。東の空は光りはしていない。東から水平線の上空、西の山地の上、ずっと雲があって、東の空のほうが雲が白っぽい。海と空はほとんど見境がつかない。でも海があるんだとわかる。波もようが水の雲というふうに微かにありはするが、それを見て海だと感じるいじょうに海の命がテラスにいるぼくに感じられてくる。そして日の出直前の空を見渡しているうちに天気が見通せるような気がしてきた。

往時、人はそうしていた。天気がどうなっていくか人は感じとれるんだ。いまの天気はだれしもわかる。でもいまだけがあるんじゃない。その先もすでにあるんだよ。ぼくが死ぬときの天気だってすでにある。それは予想じゃない、現にある。死ぬってことさえもうすでにあるんだ。いまないことなんてないんだ。ぼくがほしがる透けるせかいだっていまもうあると言い切ってしまえばいい。そうだよ、もうあるんだ。それが見えないからばかみたいに探しちゃう。なんでそれが見えないんだ。地中海岸に来ているのだってそれを見たいから、この海辺が透けるせかいへの門口だと感じている、そこまでは感じているんだ。どうしたらくぐれるんだ、透けるせかいにはいっていけるんだ。

急にヨットハーバーを歩きたくなってきた。このおしゃべりが止んできたら立ち上がって港へ下りていくよ。ヨットに乗り込んで沖へでたいよ。ヨットは海へでていくもの、海をとくに地中海を動くもの、地中海をヨットでうごきたい。海をあるきたい。ぼくは海をあるいたことがない。海をあるいたキリスト、そういう話がシチリアにある。アグリジェントの辺りの海だった。キリストだったかほかのだれかだったか、なにしろだれかが海をあるいた。あの海のかなたにはチュニジア、往古のカルタゴがあるんだ。あの海にヨーコといっしょにでていこうか。きっと海のどこかでいつのまにか透けるせかいにいることになってしまう。

いま住んでいるこの辺りは、もともとは漁師町だ。それが、ミラノやトリノからそう遠くないし、大きな港町ジェノヴァからは近いし、そして空気よし気候よし風景よし光がいい、大きな町の人たちが休みに来るようになった。だれかが見付けたんだな。そしてね、ここに住むようになって知ったんだけど、イタリアで最初にカジノができたのはこの町なんだ。いまカジノはないけど、カジノ設置に関する法規制が緩くなって、この町にカジノが復活するかもしれない。

きょう、港へ行く。そこのバールに初めて入ったの、先月だったな、夕方、そのころにしては寒かった。着る物がいまとはちがうしね。ヨーコは薄手のセーターの上に用意のカーディガンをはおったくらいだったんだ。それで温かいカプチーノを飲んだ。あのとき風邪ひいたと後でヨーコは言っていた。

次に港に行ったときはバールに寄らず、背後の丘へ密かな隠れ石段とその上の隠れ道をたどっていった。ぼくが地図で見付けておいたんだ。でもね、地図なんかを頼らないで匂いで見付けないとね。道には匂いがある。どんなに隠れている秘密っぽい道でも、そういう道こそ妙に匂う。道道みなちがうふうに匂う。道の匂いの地図ができるほどさ。地図なんかぼくは作らないよ。海へでていくときだって海図なしでいきたい。

ふたりで静かな石段を上り、それから細い隠れ道を左へ上がっていき、密かな道からおおっぴらな道路へ出た。突如だった。すぐ下にかわいい教会、ロマネスク様式ねとヨーコが言った。そしてラパッロの入江が見下ろせるのはもちろんだが、体を南西の方へまわすとサン・ミケーレの入江も見える。上り道路から分かれて小道が下っていたね。それを下りていくとサン・ミケーレの浜に出る、そうぼくは言い切った。

そのとき、道を下らず、背後の山の背を赤く照らしだす残照にみとれてた。おぼえてるだろ、ヨーコ、残照を呼んでごらん。なんだって呼べるんだ。呼んでとどかないのは呼んでないからなんだ。ただ声をだせばいいわけじゃない。呼ぶってのはどうしたらいいのか、ぼくだってわかっちゃいない。けど、呼べばこたえがあるはずさ。太陽だって海だってこたえるにちがいない。ぼくは透けるせかいを呼ぼうとしているんだ。

話が素っ飛ぶけど、ミラノ地検の数名の検事たちが、九二年二月から汚職摘発を進めているが、捜査対象リストにシルヴィオ・ベルルスコーニの名前が載っていると『コッリエーレ・デッラ・セーラ』にすっぱ抜かれたあと、一昨日の夜、ベルルスコーニ首相は記者会見、延々とテレビで、それも自ら統率するフィニンヴェスト・グループに属するテレビ局から中継して、私は辞めないと言った。一連の汚職摘発では膨大な人が捜査され、起訴され、そのなかで最も気をそそり官能性さえ帯びている、まあ地中海性事件なら官能をかすめる性質をそなえるのが当り前だが、そういう気をひく部分が、クラクシ元首相の身辺、彼の身近で姿が見え隠れする人物のなかに気をそそられる人が何人かいる。

戦後の首相としては最長在位を記録したクラクシの全盛期、彼に入ってくる金をスイスやスペインのイビザ島やカリブの島などあちこちの銀行をつかって金の所在がわからなくなるよう巧妙に動かし、クラクシが捜査対象になってから身を潜めているチュニス近郊の別荘を購入したりと資産を膨らませる操作に深く関わった人物マーク・ディ・パームスタンはいまパリの拘置所に拘留されていて、専門医の診断では拘禁性躁鬱の状態にある。三日前だったか、ミラノ地検のディ・ピエートロ検事がパリへ飛び、ローマ地検の検事も別件でやはり彼を目当てにパリへ赴き、弁護士たちと話し合い、早急にイタリアに身柄を送還するようパリ裁判所に申請することで合意が成立、パリではディ・ピエートロも深追いはせず、パリでの拘留期限が十二月十日に迫っているのでまずはイタリアに送還して本格的な取り調べはそれからということになったようだ。

ミラノ地検のボッレッツリ長官のもとでディ・ピエートロ、コロンボらが繰り広げている汚職摘発の動き、次から次へと網目を辿っていきながら密かな金の流れの筋をことごとく明るみにだそうとする動き、それはもう法の正義を守るためというようなものではない。彼等は正義感で動いているのではない。なにもかもやってしまおうとしている。正義は人の官能をかきたてはしない。どんな大義も消えてしまう動きが官能をかすめていく。彼等動きだしてしまったんだ。やまない動きがどこへいこうとしているのかわかろうともしない。わかろうとする動きに官能をかすめるちからはありえない。彼等は金の流れを見通してしまおうとしている。そうしてどういうせかいが見えてくるのだろう。せかいが透けて見えてくるだろうか。

ヨーコをどうしていくのか、ヨーコをどうどこへ連れていくのだろう。ぼくが動きだしていること、それがやまないことを感じながらヨーコは動いていくだろう。ぼくがどこかへ連れていくのではない。そんなことを人はできはしない。ヨーコは降誕祭の前にもどってくる。なにかびっくりするようなあたしたちのお祭りを用意しておいてと言い置いていった。ヨーコをそっくりよろこびのせかいにいかせたい。なによりもびっくりするようなよろこびのせかいは透けるせかいだろう。いっしょに方々いこうねとヨーコは言っていた。そして透けるせかいへね、透けるせかいじゅう、どこまでもいこう。

ぼくが動きだしたのいつだろう。地中海へ向いたとき動きだしたのだろうか。そしてヨーコを見掛けヨーコと暮らしラパッロに来て地中海の入江を見晴らす丘に住み、……

きのう夜、水平線のあたりに光がふたつ、ヨットだろう。あそこに夜の海に人がいるとおもって、ぼくはすこし熱くなった。イエスの生まれた夜、海にいようか。イエスは海から地中海から生まれたとおもえてしまう。それじゃヴィーナスみたいとヨーコが言うだろう。初めてふたりでイタリアを旅したとき、フィレンツェのウフィッツィ美術館で「春」は修復中でそこになく、「ヴィーナスの誕生」はあって、ヨーコは見とれていた。ヨーコ、アダムだって地中海に生まれ、イヴも地中海生まれ、そうさ、人は地中海から生まれた。地中海でイエスの誕生をいわおうよ。そうしたら、イエスがまた生まれてしまいそう。海から姿をぜんぶだしてしまって、かわいいなんてヨーコが言う。

階下のノリーコさんたちが昨日から来ている。夕方、テレビの音が聞こえてきて、来たなと気付いた。テレビの声が来た合図、何週振りだろう。あの洪水があって、ふたりの住むトリノのあるピエモンテ地方一帯がもっとも被害が大きかった。道も方々通行できなくなった。ポー川の源流があるピエモンテ、ポー川の洪水は昔からよくあったのだろう。それでも今回の洪水はひどかった。

そのころ連日この辺でも雨が続いて、ようやくおさまってきた日曜日、朝のうち日が出て、ヨーコとぼくは外に出たくなって町へ下りていき、駅の煙草屋でポルトフィーノまでバスの切符を買って、駅前広場でサンタ・マルゲリータ行きを待っていた。待合所に腰掛けているとそこにも日が差してきて、ヤッケを脱いだ。久しぶりの晴天、光を暑いくらいに浴びて、気が浮き立った。バスのなかも汗ばむくらいだった。サンタ・マルゲリータで降りた。そこでポルトフィーノ行きのバスの時刻表を見ていると、やはりバス待ちしている年配の婦人がもうすぐ来ますよと、あと何分後かもおしえてくれた。その人はポルトフィーノに住んでいて、あそこは服と宝石の店だけでしょう、だから食べ物をラパッロに買い出しに……

ヨーコが買ってきてまだ残っていたチョコラータを手にとった。目の前が白っぽい。トリノのやわらかいチョコラータ、ジャンドゥイオットを気付け薬みたいに一片、口に含んだ。トリノはチョコラータの本場、ヨーコと去年の一月、寒波のなか、ミラノからトリノへ行って、霧深いポー川のほとりの老舗で買ったグラッパのはいったチョコラータ、神々の官能をさすりおこしてしまいそうな味だった。ポルトフィーノに住んでいる女の人、買い物袋を提げていて、中身はだいたいが食料だろう。主人が車で私を乗せていくはずなのにどこでどうしたのかしらね。そんなことよくあるんだろう、たいしてご主人の寄り道を気にする様子もなく、快活にしゃべりつづけ、なにしろ八十年振りの洪水なのよピエモンテのほうは、アスティのフェレーロの工場も相当な被害にあったそうよ。

フェレーロは大きな菓子メーカー、フェレーロ一族が経営、ベルルスコーニが統率するフィニンヴェスト・グループともつながりが深く、ベルルスコーニが貴族の未亡人から買い取った邸宅で催した晩餐会でフェレーロ親子がベルルスコーニと一緒にいる写真、なにかの雑誌で見たことがある。今度の洪水が起きるとすぐベルルスコーニはセーター姿で現地視察に赴き、その様子はテレビニュースで報じられ、フェレーロの工場のある町にも立ち寄り、出迎えたフェレーロ氏に工場の被害を聞くと、これぐらいにはなるでしょうと相当な数字をあげていた。

ポルトフィーノの婦人、ぼくたちと同じく終点でバスを降り、あたしはあの坂のほうに住んでいるの、ちょっと上がっていくのたいへんだけど、下のほうは車が多いでしょ、あっちはね、空気がきれい、鳥が歌うの、そう言って声とおなじように明るい笑顔をしてさよならしていった。

もう昼にちかい。雲間からうすい光が海へ帯になって降りている。海に近づいたあたりは消えかかっている。光の帯が二筋ほぼ並んで降りて、もう一筋は斜め、神さまが地中海に降りてくる道みたい、あるいは地中海から上がっていく道かな、どこかでふっと透けてしまいそう。

地中海は神々の住みかだよ。

ヨーコはよく顔を光らせてぼくを呼びにきた、海が光ってるよ、光ってる。

ぼくたちが自分たちの棕櫚と勝手に決めている壮麗な棕櫚の向こう、木がたくさんの海辺の庭園に下りていったとき、帰り、ヨーコがかわいいと言って何度か見上げた図書館、一階がラパッロに一二〇〇年代から伝わるレース、ピッツォ・アル・トモボロ（ボビンレース）の展示室になっていて、それを見にいったのだけど、ついでに上の図書館まで行こうとそんなとき先へ進んでいく性質を発揮してもう閉まるころだろうにヨーコが階段を上がっていった。窓から海が見える。夕べの入江がすぐそこ。ラパッロの歴史を綴った本もあり、また来ようと気をひかれた。こんな愛らしい図書館、世界中どこにもないよと言ったのはぼくだったかヨーコだったか。小さな小さな図書館で高校生が木の長い机にいたり、入ったところのソファで年配の人が雑誌をめくっていたり、帰りに庭園の海際に出た。

石の手摺のそば、女性の二人連れがベンチで、一方がほとんど喋り、連れの大きな大きな犬がのんびり歩いている。あまりに大きいのでヨーコがなかなか手摺の前の別のベンチまで近寄れなかった。

その図書館のある庭園の向こう、何度か一緒に行ったけど、最初は六月にはじめてラパッロに来た夜、食事の葡萄酒でほろ酔いのうえ、この住まいを見付けてうれしくてその興奮の余韻も加勢して海辺を歩いてやまらなくなって、夜の木々がかぶさってくるような庭園前を過ぎ、道が上りになって、急に湾曲する曲がり角、海へ突き出るような箇所にベンチ、そこで若い男女が寄り添っていて、それを見てなぜかやっとぼくたちの動きがやんで引き返したのだった。その海辺の坂道を光が点滅しながら動くのに、今朝はじめて気付いた。庭園の木々の合間から車のライトが見えたり隠れたりして下りてきた。

■十一月二十六日（土）

列車の鳴き声のようだった。南のゾアッリの方から聞こえた。上りの列車だろう。ジェノヴァへ向かう。次に停車するのはサンタ・マルゲリータ。ティグッリオ湾のいちばん奥からリグーリア海へ向かって湾の西側をラパッロ、サンタ・マルゲリータ、ポルトフィーノと音楽のような諧調で海辺が入り込み、入江の三姉妹、六月にラパッロでこの住まいを見付けて仮契約をしたあと、隣町の海を見下ろす庭に白いマルゲリータが咲いているホテルに泊まった。すばらしい滞在だった。そうして名残惜しく坂を上ったところにある駅へ、荷物が多かったせいもあってわずかな距離をタクシーで行った。

そこのホームのベンチで、向かいのホームの背後の石垣に花が咲いているのを、きれいな赤と言いながらヨーコが見ていて、そしたら列車の音、すぐそこがトンネル、なかから顔を出した列車と対面、ボンジョルノと声が出そうだった。その駅、駅舎がかわいらしくてヨーコは好きになった。下り斜面の木立や建物のかなたに入江があった。

九月の末ころだったか、もうずいぶん前のように感じられる。ここに住み始めてからなんだかサンタ・マルゲリータへはよく足が向き、駅前広場からバスで十分足らず。あのとき、夕方に家を出て、暮れはじめの晴天坂を下りていき、途中列車の線路をまたぐ平らなところで足を止め、右手に駅のホームの端が見える。そっちからか反対側のトンネルからか列車が現れるのを待った。まだちょうど列車が足の下を通るところに行き逢っていなくて、時刻表を見て時間を見計らって丘を下りていけば、真下に列車を感じる機会が増えるだろう。列車が真下を通ったら、それこそ列車との遭遇、ボンジョルノが出てしまいそう。でもね、時刻表を頼ってそうなったのではうらがなしい。そんなんじゃなく、体がおのずとおもむいて列車と巡り会えばいい。命のままに動けばいいんだ。

石畳の路地にひっそりとあるリストランテで食事をしようと隣町にでかけてきたのだった。海岸通りのバス停留所に着いてからその通りを散歩して、丘に突き当たる手前を右折、路地に入っていき、リストランテの石壁にあるメニューを見上げ、どういう組み合わせで食べようかとヨーコと打ち合わせた。魚介のソースのパスタを食べてから魚料理を食べようか、海のものの前菜も食べたいし、そのうち見上げていたせいで首筋から肩がだるくなってきた。まだ時間は早い、夜になりたての七時頃だった。リストランテで食事が始まるのはだいたい八時、あまり早すぎてはさみしいが賑わいだす直前、みなよりほんの一足お先にというのはとても贅沢、直前の実行それが地中海性粋、地中海性贅沢か。

でも夜七時では直前とはいえず、路地を出て一軒家の立ち並ぶ界隈を抜け、別の路地にはいり、おもいがけず店内が広い食器の店、ヨーコはふたりで朝カプチーノを飲むときの器を見付けたがっていて、店のなかを見まわりはじめた。ぼくたちの住まいは家具付き、そして食器も揃っていて、鍋なんかいくつあることか、料理によって使い分けるのだろう。もちろんカプチーノの器もある。だけど朝はふたりが見付けたもので飲みたいとヨーコは言っている。

もともとヨーコはぶらっと店に寄って服や装身具や装飾品、食器などを見るのが好きで、以前は古い物にはあまり興味をもっていないようだったが、このごろは骨董の店もよくのぞく。先月ミラノに出掛けていって家具見本市〝私の家〟を見たあとも、はげしい雨降りのなか、夕方、証券市場のある建物で開かれたばかりの骨董市にまわったのだった。会場にはミラノおよびその近辺コモなどの骨董店が集まっていて、今年が二十五回目、それを記念してトスカーナの古都アレッツォに生まれリナッシメント（ルネッサンス）への先駆けを果たした詩人ペトラルカの手稿が何十年振りかで前夜祭に公開され、そのとき見なければぼくたちきっともう見る機会はないだろう、でもそれは見損なった。

骨董市、なかなか質がよく、ミラノの絨毯の店がだしていた一八〇〇年代の半ばちょっと過ぎにトルコで織られた絨毯、ペルシャのものより明るみがあり、ああトルコも地中海せかいなんだと感じたのだった。とくに軽みのある赤、もうすこしで透ける赤になりそう。それから濃い栗色が官能をそそりそう。中央に礼拝堂のような形があってそのなかにはなんの模様もなく色だけはあるが周りが模様で埋まっているので空白の感じ、当時のトルコの絨毯に特有な、そのなにもないところ、そこを踏んだら透けるせかいへの足掛かりを感じとれそうにも感じ、店の若い女性は絨毯の上を平気で歩くがぼくは空白の部分を踏めず、そこを居間で踏んで暮らすべきなんだという思いもよぎった。

コモの店にも同じ時期のトルコの絨毯があって、それには空白はないのだが、ヨーコがまず気をひかれ、ぼくも気をそそられ、会場をひとまわりしてまた寄って、店の女性と雑談、ぼくたちがラパッロに住んでいると知ったら、兄が十日後にラパッロに絨毯を納めにいきます、帰りにこれをお持ちして、実際に室内でお試しになってみてはいかがですかとすすめる。初めに立ち寄ったときにダブルのスーツ、これは野暮になりかねないのだがかすかに不良がかった貴族の末裔という趣きでまとっていた男性、彼が地中海岸の丘の我が家にどんないでたち風情で現れるかそれだけでも来てほしいと気がむくが、そこまでしてもらって買わないでは、貴族の末裔のような男性の顔を汚してしまう。そうほんとうに顔を汚してしまうと実感して、持ってきてくださいと頼めなかった。

もう一軒再度立ち寄った出店があった。絵皿にひきよせられた。これもまずヨーコがすてきと声を発した。その店には割れたところを巧みに継ぎ合わせた相当に古いものをはじめいくつも目をひきつけられる絵皿があったが、なかでもひとつそれには目だけでなく体ごとひきよせられ、二度目に寄ったとき、店の人は骨董市の場に見合う典雅な古色をおびた夫婦と話の最中だったが、店の人の若いほう、といっても四十代にはなっているだろうその男性がこちらに顔を向け、なにかご用ですかという顔付きをする。ちょうど彼の背後にある絵皿が目当てなので近寄り、いつの頃のものですか、一六〇〇年代、どこで作られたものですか、サヴォーナ、リグーリアのですか、そうですリグーリアのサヴォーナ、ぼくたちリグーリアのラパッロに住んでいるんです、この方たちもラパッロにお住まいですよ。同じ町の方たちというのは典雅なご夫婦のことだった。

早速紹介され、ご主人、そして奥様、どちらの顔にも地中海の空気のなかでできていく笑み。その方たちはもともとミラノで暮していて、夏や週末をラパッロの別荘で過ごし、現役を退いたあとラパッロで明るく典雅に暮しているのではないか。庭園のそばに住んでいます。ぼくたちの丘の住まいから見下ろせる木立が海辺までひろがった庭園。ぼくたちは丘に住んでいます。それだけではわからない様子。ボッツォ・コスタ通りです。大体わかった顔。こんどジェノヴァで骨董市がありますよ、フェラーリ広場で、一月十二日から、ええとそうだったねと隣の奥様に聞く。その方たちは各地の骨董市にこまめに足を運んでいるのだろうか。できれば、お二人のラパッロの住まいを訪れてみたい。

骨董について思い巡らしていたら、ある女の人の姿が浮かんできた。六月、サンタ・マルゲリータの外れ、海を見下ろすホテルで最後の晩、食事のあと、庭先の椅子で煙草の火を貸したのがきっかけでフレスコ画にでてきそうな女性と話し、叔母さまと女性二人連れのその方のご主人はイタリアにあるピエロ・デッラ・フランチェスカのフレスコ画をすべて見ていて、ぼくたちも十二年前にピエロ巡りの旅をしたことがあり、話が弾んだ。

三カ月後ぼくたちはラパッロに住み始め、やがてトリノ経由でロンバルディア平原を横切り古都ヴェローナに寄ったとき再会し、住まいに招かれた。彼女のご主人は年代物の家具調度から絵画小物にいたるまでの収集家、室内の壁面にはるか以前に描かれたフレスコ画が遺っていると聞かされ、家のなかの様子はおもいうかんでいたが、実際はそれとはかけはなれ、想像の狭さをおもいしらされた。おもいもかけないほどに年代物で室内が満たされ、雅な古色がどの室内にもあるのだった。それ以来新しい製品への興味が萎え、街の骨董店の飾り窓を見たり店内を覗いてもあそこのほうがすごいとおもってしまうのだった。そんなおもいもよらないことに、ラパッロの収集家のご夫婦の家でまためぐりあいたいとおもうのだった。

ミラノの骨董市で出会ったそのご夫妻、別れ際に、これからタオルミーナに行くのです、ご主人が顔から首も肩もほころんでいるような笑みで辺りの年代がかった空気を地中海ふうに明るませた。シチリアのですね、そう、これからタオルミーナです。奥様がぼくに手を差し出し、この方からも地中海の空気がぱっとこぼれ、ああぼくは地中海の光をひろおうとしそうになった。

タオルミーナはシチリアの東海岸、斜面が切り立つように立ち上がっている。往古、植民してきた古代ギリシャ人が半円の石の劇場を造り、海を背にして演じられていたのだろう。ミケランジェロ・アントニオーニの映画「情事」のさいご、モニカ・ヴィッティがたたずむ、そこはタオルミーナ。その映画、ローマの良家のお嬢さんのレア・マッサリが恋人や友人たちとヨットで遊びにいったシチリア沖の無人島で行方知れずになり、彼女を探して恋人と親友モニカ・ヴィッティがシチリアをまわるのだった。失踪したレア・マッサリにぼくは消える女性を実感した。

いま、マーク・ディ・パームスタンは逃亡一年半で捕まってパリの拘置所にいるが、ポルトフィーノの館から逃亡したフランチェスカ・アグスタ伯爵夫人、それから若い恋人マウリツィオ・ラッジョ（アメリカで財務操作を学び、父親の古くからの知人クラクシの資金隠しに関与、当然、クラクシの財務担当側近だったディ・パームスタンとも通じている）はいまも逃亡中。今月初め、ラッジョがどこかからミラノの新聞『コッリエーレ・デッラ・セーラ』に電話をかけてきて、近い将来姿を現すと語った。姿を現すことなどない。消えるんだ。みごとに消えてしまえばいい。かれらは古代ローマ人やリナッシメント人の末裔、地中海人にはアルテ（芸術）の血がながれていて、それはいつでも躍動している。アモーレのさなかだって、食べるときだって、しゃべっているときだって、調べを奏でてしまうじゃないか。調べが消えていくように消えてしまえばいいじゃないか。

でもぼくは探しだそうとする。消えた人を探すさなか、透けるせかいへの狭間がちらっと目の前をかすめるかもしれない。逃亡していく者たちは体の髄がしびれるように感じているだろう。しかし体もなにもかもが透けてしまうしびれは透けるせかいにしかないだろう。

さっき、九月末にサンタ・マルゲリータに行った時の話をしていたね。路地裏のリストランテに入るにはまだ時間が早かったので、海岸通りの裏手の食器の店に立ち寄り、しばらくして店を出たら雨がぱらついていた。海岸通りのバールで雨宿りしながらリストランテに行く八時頃まで待機しよう。すこしまえ通りがかりに別荘住まいのような身なり雰囲気の老婦人が黙って海の方を見ていたバールに入り込み、テント下の外テーブルで、ぼくはカンパーリを注文。しだいに雨が激しくなり、濡れ場がぼくの足元まで迫って、ヨーコは後ろのほうの席へ移ろうよと言うが、雨に靴やズボンが濡れるのを気にしていては地中海性エレガンツァを身にそなえることはできやしないと気張っていた。雨とカンパーリ、なにか合うだろう。そのころぼくはカンパーリを夕方ちょっとバールで飲むのに凝っていたのだった。

同じ時期、南隣のゾアッリへたまたまフェスタの日にぶらっと出掛けていって、帰りにラパッロの駅に降りたら雨が降りだしている。ゾアッリにいたころから海辺で黒雲が海面におりてきそうなのを見て帰ろうと急坂を雲に脅かされるように上がっていって、鉄橋の線路脇を歩いてホームに上がり、そこに列車がはいってきて乗った。帰りの切符は買わずじまい。一駅でラパッロだから検札も受けず駅に改札はないからそのまま出てきて雨、通り道にある家具の店をヨーコが覗きたがって、そこを出てすぐ先のスタンダの前ではもう激しい雨脚、通りを渡って庇のかわりをしてくれそうなバルコニーのある建物の下で雨宿り。自転車を引いてきた婦人もぼくたちに並ぶ。雨は路面でしぶいて、婦人はあきらめて濡れながら去っていった。ぼくたちは建物の角を曲がってすぐの表玄関に移り、海辺へむかった方にバールの明かりがあって、そこまで行って雨が小降りになるのを待とう。そうぼくは折り畳みの傘を持っていたんだ。でもそれでふたりが雨をよけられるほどのたあいない雨ではなかった。

傘をヨーコに差掛け前傾してバールに駆け込んだ。雨のなか近所の人が入れ替わり立ち寄る。靴は雨にびしょ濡れだが気にする素振りがない。雨宿りらしい若い男女が隣のテーブルに着き、その女性だけが靴の濡れをちょっと拭った。ぼくは一人バールを出て、激しい雨のとき坂道を上がっていくと丘の上から流れてくる雨で道が川のようになって、カーブごとに外側が急流のようで、滝流れが落ちてくる箇所もある、それで石段を上る帰り道をえらんで住まいに辿り着き、傘とヨーコの普段履きの靴を持ち麓のバールにもどったのだった。カウンターの前で黄色っぽい靴に色合わせしたズボンとシャツ、白い毛の混じった顎髭の男性、黄色く透けるものを飲んでいた。

きのう出掛けの少し前にヨーコへファクスを送り、そのなかに記したように、あれから港へ行った。そこに一軒だけのバール〝亀〟、並んだヨットが窓ガラス越しに見える。半円ソファに腰掛けた。ぼくがバールをひらくとしたら地中海の港しかおもいうかばない。カウンターを挟んでバールマンと女性客が手振り盛んに喋っていて、それがラジオから聞こえてくる音楽より音楽そのもので、ふたりの喋る調子にのってヨーコへの葉書を書いた。

港のバールを出るとき、店のおじさんがすてきな顔をした。その笑みをどう言ったらいいんだろう。そこを出て帰りかけて、桟橋に並ぶヨットが見たくなって引き返し、桟橋のとばくちで、ほら、飾り窓を見ながらヨットの港を歩くにはこういうの着たらいいねとヨーコが言って、ブルーのオーバーを試着したこともあった店、名前がヨット・リーネア、埠頭通りのヨット用衣服の店の姉妹店だ。飾り窓に土踏まずに引っ掛けてはく細身のパンツが置いてあった。そういうのがいいか厚手のニットの腿に密着するタイツがいいか、ヨーコが帰ってきたら一緒にさがそう。帰ってくるまで街を歩くとき気に掛けているよ。その店の角を曲がって桟橋を進んでいった。

突端近くに繋留してあるヨットの前で二人の男性が作業していた。一人のおじさんが腰を伸ばそうとした。だいぶ屈んでやっていたんだろう、ヨットの直しか手入れか掃除か。桟橋の突端に縁取るものはなにもない。そのままますすめば海へ、後ろからだれかに押される感じがして振り返ったよ。海は夜、すぐそこの海が生きている。うごいている。波があるわけじゃないんだ。でもうごいている。生きているうごきでぼくになにか音信している。海の呼び掛け、ぼくは解読したい。海の呼び掛けがかってきそう。桟橋からみえる海は入江だけ、ぼくの庭の海、ぼくとヨーコの庭の海、ヨーコ、一緒に夜、桟橋から海をみよう、いとおしいよ、ぼくたちの丘が夜景だよ。海辺の古い砦は明かりが消えている。海岸通りの街灯が海に映って漂っている。幾筋も漂って、夜の入江の音楽がきこえてきそう。入江をでていって地中海のまっただなかの音楽もききたくなってきた。

今朝、明け方、水平線を西から東へ光がちらちらしながらうつっていった。ヨットだろう。東の山の端が赤みがかってた。上天に半月、東に星ひとつ、明けの明星だろう。明け方の山の辺の赤みは残照の赤みより静か、でもね、動きだす兆しがあるんだ。

ぼくはきっとこの界隈でいちばんの早起き。右手後方道沿いの建物もその隣もぼくがテラスに立っているころ、どの鎧戸も下りたまま。この辺り夏場と祭日の連休にだけ来る人が多いから、いまごろ住人は少ないのだけど、ようやく石段へつづく渡り道の壁を背に並んでいるごみ容器の蓋をおじいさんが開けて、道沿いの建物に引き返し一階角の車庫を開け、オートバイを出そうとした。その道を上からオートバイが下りてきた。うちの建物の前を別のオートバイが静かに通り、そこは道でないから左手並びの建物の人だろうか、坂道へ出て下っていった。そしてまた静か。

ぼくよりまちがいなく早起きは小鳥、朝早くの声は昼間とはちがう、夕方ともちがう、天気のぐあいでもちがうね。今朝ね、小鳥の囀り、まだ眠気が覚めきっていないんだ。はじめて鳥にも寝ぼけかげんのときがあるのに気付いた。寝ぼけているのはヨーコだけではない。ヨーコ、帰ってきたら早起きして寝ぼけた小鳥の囀りをきいてごらん。

さっきから蠅がぼくにまつわりついている。いつ入ったのか、きのうだろう、うちのなかのどっかで一晩すごしたんだ。そうおもうとかわいいよ。ぼくはほとんど追わない。そうすると手の甲にとまっていたり、鼻にね、鼻にとまると顔振るけどね。

きょう、ブーツをとってくるつもり。そういうことおもしろいことでもないから延期しちゃうかもしれない。

これから、きのう買っておいた玉葱フォカッチャを食べる。

■十一月二十七日（日）

日曜日、ヨーコが発って一週間、こないだの日曜日の午後二時頃マルペンサ空港を発ったのだった。どこにも降りずにひたすら飛んでいったんだ。空のなかをすすんでるヨーコの姿が浮かんできた。飛ぶヨーコ、ねえ、飛行機に運んでもらうんじゃなくて、ぼくたちそのものが飛びたいね、休みなくね、休むということだれがしはじめたのかな。

キリスト教ではきょう日曜日は休息する日、働いてはいけないんだ。働くということだれがはじめたのか。働くから休む。休んだらまた働く。そうするのもうよすよ。ぼく、どうしたいか、透けるせかいにいたい、それだけ、ひとつだけですべて。あれもこれもなんてだれが思うようになったんだろうね。だいたい思うということだれがはじめたのかな。

テラスに煙がながれてくる。北の方から。だれかがどこかでなにかを焼いているのだろう。きのう夕方も煙の匂いがした。なにかが燃えるらしい音がいまきこえた。近くかな、煙の匂い、いいよ、だいたい麓に近い方から煙が上がるんだ。いまのもそうだろう。北からながれてくるように見えたけど、風にのって迂回してきたのかもしれない。また煙がながれてきている。さっきより薄い。テラスの前のユウカリの木を煙がかすめて南の方へながれていく。

うちの前の木には葉っぱがたくさんある。来月になっても年越ししても葉はほとんど落ちないだろう。坂を下りていく途中には黄色くなっている葉もあって初めてそれに気が付いたとき、この辺でも黄葉するんだとヨーコと一緒に目を見張っちゃった。いつだったか海辺を南へむかって散歩していて、昼頃、隣町ゾアッツリとの境あたりに差し掛かった。海を見下ろす小学校から色とりどりのリュック鞄を背負った子供たちが出てきて、この子たち海を見ながら勉強してる、贅沢とヨーコが言った。帰り、沢のような川の縁で木が紅葉していた。

階下の人たちが来ている週末は朝早く鎧戸を開けるのは遠慮してる。朝食後テラスに立って入江から背後の山の方へかけて眺めていたら寝室からも静かな山と入江を見たい気がしてきたけど、やっぱり鎧戸上げるのよした。だから寝室も浴室も台所も、それからファクスを置いてある角部屋も鎧戸が下りたまま。

その角部屋、大家さんのレーナ夫人の話では、友だちが滞在していたとき、そこで手紙を書いて出てくるなり、この部屋はパラディーソよと感嘆したそうだ。いまでもその部屋には人をひきよせる密やかな魅力がある。鎧戸を上げると庭にピンクの薔薇が一輪咲いていて、ずっと咲いていて、ヨーコの呼ぶ声が角部屋からすると、それはたいていその薔薇がきれいだから見てということなのだった。

そしてもう一花、離れたところで薔薇が咲いていたが、台所のバルコニーから、それきれいとヨーコが庭の木の枝を切っていたノリーコさんに声掛けたら、梯子から降りてきて枝落としは骨が折れるよと言いながら、ひょこっと薔薇を切って籠に差し、鉤付き棒でバルコニーにいるヨーコに渡してくれたのだった。ああ切られちゃったとぼくは身が切られる感じがしたものだった。切らずに一本立っているのがいいんだ。ちょっと声を掛けたらもうすぐに動いてしまう。そういう動きは美しい。たとえ早とちりでも美しい。そうしてなにかをしそこねたり思いがけない成り行きになっていったって、それこそいいじゃないか。思いどおりにいかないほうがいい。思うことどじたいいやだ。だけどさ、あの薔薇が切られたとき身が痛んだ。それもいい、身が実際切られたってそれだっていい。

ちょっと前、階下から音楽が響き上がってきた、交響曲。犬が吠えている。外、さっき早朝、小鳥が鳴いてた。小鳥、朝早くがいちばん活発に鳴いてるよ。まだ寝ぼけていて、抑制がなくて、体じゅうにゆるみがあって、のびやかに鳴いている。木によって鳴き声がちがう。ずいぶんちがう。鳥によってちがうのだ。声をまねようとした。それはよす。そんなことしていたら鳥となかよくなれないよ。アッシジのフランチェスコ、鳥と話した聖人は人の言葉で話しかけはしなかった。鳥の言葉で話したのでもない。人と鳥の境を透きとおらせてしまう声があるんだ。

あちこちの木でどれもちがう声、鳥の声、だれだってここにいればきこえてくるよ。でも鼓膜を響かせるだけじゃないなにかがその声にあるようなんだ。いま、下から人の作った音楽がきこえているなかで外からはいってくる鳥の声をきいてそう感じだしている。鳥はぼくがいままで知らなかったせかいにいる。ぼくが知らないなにかを知っている。地中海せかいの鳥にぼくはいざなわれている。鳥がどこかへつれていってくれそう。

地中海ブルー、と言ってしまったら、地中海にそむいてしまう。地中海の色を表すことはレオナルド・ダ・ヴィンチでもできない。でもねぼくはつい表したくなったり、これだとおもいたくなったり、きのう、これは地中海の色だとそうきめて、明るい水色の包みのカフェを買ってきた。まだ飲んだことなかったものだよ。今朝は前のが残ってて明日の朝もまあ残りので足りる。今週の半ばくらいに初めてそれを飲んでみる。ヨーコとともに初めてのものを知りたい。でもヨーコが帰ってくるまでにおいしいものを見付けたい。

降誕祭まであとひと月ない。こちらの人たちは聖夜は家族で静かにすごし深夜ミサに行くのだろう。若い人たちはちがってきているかもしれないけどね。毎週日曜のミサを欠かさないヴェローナのティツィアーナさん、小さいときから親に連れられてだけでなくふだんの日だって一人でも教会に寄って天井を見上げていたりして天井画や壁画を隅々まで知っちゃっていたんじゃないかな。ティツィアーナさんのお宅を訪れた時、お母さんは別れ際、降誕祭にいらっしゃいと言ってくれた。

イエスが生まれた夜のなかにいたくなる。降誕祭の夜、イエスが再びあらわれるかもしれない。水平線が消えすべてが消えてしまうところによみがえるかもしれない。

レオナルド・ダ・ヴィンチはふしぎなせかいを描き、人のようなモナ・リザをあらわれさせた。そこは海のなかだろうか、はじまりのせかいだろうか。

うちのすぐ斜め下にほとんどの鎧戸が閉じっきりの石のかたまりのような古い建物がある。「ノスタルジア」の廃墟みたいとヨーコが言っていた。その映画で村人に狂人扱いされていたドメーニコが石造りの廃屋に住んでいたのだ。廃墟風建物の脇、海辺へ下りていく石段のはじまりの右側で門の一部が垂れ布の潜り戸になっていて、猫たちがそこから出入りするのを時々見掛け、なかで山羊だか鶏だか家鴨だか、そんなのが混じったような声がしていた。夕方はラジオの声が聞こえてくることがある。朝から雨が降っていると小降りになったら新聞を買いに下りていこうとして、日が暮れてもそういう気配にならないときは雨のなかを石段を下っていき帰りも石段を上がってくる。石段は雨水がさほど流れていないで歩きいい。石段を傘差して新聞入れたビニール袋提げて上がってくると廃墟風建物からラジオの声がしてくる。それが聞こえると体のなかに温みが湧いてくる。人がいる。姿は見えないけどぼくが雨の夜のなか帰ってきたのを真っ先に迎えてくれる気がして、うれしい声なんだ。

そこの住人だか夜どこかへ帰るんだかまだ突き止めていないが、先月の半ばころ、うちの建物を出て石積みの壁に挟まれた渡り道の門をくぐろうとしたら、とばくちに木箱が積んであってなかに葡萄、かたわらにおじさんがいて、葡萄を採ってきたんですかと聞くと、葡萄酒を造る、どこでですか、おじさんは廃墟風建物の庭の方を指差した。そして先へ歩いていき、半開きの門のところで振り返った。ぼくたちを先導しているのだ。門のなかには家畜小屋があり辺りに猫が何匹もいた。よく近辺で見掛ける猫たち。

渡り道のかたわらで盛んに伸びた木の枝が石積みの門にかぶさって門の屋根の上がお花畑になっていて、紫の花のなか光のもとで寝ている猫をテラスから見て、ああリグーリアの猫ねとヨーコが感嘆したものだった。それからノリーコさんの車の屋根で光を浴びてねむっている猫もいた。町からの帰りに石段を上ってくると何匹もいた。表玄関のガラス扉の前でも迎えられた。扉を開けてなかへはいってても一緒にはいってこようとはしない。秋口に天候不順で肌寒い日、表玄関のそばはいくらか暖かいのか三匹黒い猫が集まっていた。そのときでもなかにははいってこなかった。

いつもぼくたちを出迎えるからもう顔見知りになっている猫たち、ぼくたちをどう感じているのだろう。廃墟風建物で葡萄酒を造っているおじさんが飼っているのだろうか。そこの庭にはよく来ているだけでどこかほかの家で飼っているのか。どこの猫ということもなく気ままに暮しているのか。

廃墟風建物のなかにヨーコとぼくは足を踏み入れ、葡萄のはいった木箱が壁面に積み上がり、葡萄酒のはいった大瓶が土間に並んでいる。それは去年のものか。今年のものはいつごろ飲めるようになるんですか、来月とかなんとかおじさんがもごもご言った。そのとき葡萄酒を分けてもらえますか、ああとかなんとか、足で葡萄を踏む仕種をした。ずっと前に見た南米の葡萄園がでてくる映画、蜃気楼みたいな映画だった。村娘たちがスカートをたくしあげて葡萄踏みをする場面があった。そうか今でもこのおじさんはそうするのか、村娘でなくおじさんが。おじさんはだれのために葡萄酒を造っているのだろう。自分のために自分だけで造っているのだろうか。どこかに卸すという感じはない。朝市で売るという感じもしない。あとでヨーコがあそこ見たら葡萄酒飲む気がしないと言った。「ノスタルジア」のドメーニコのようにそのおじさんもここらの人たちから気が触れているとおもわれているのだろうか。

きのう顔に寄ってきて顔や首をかすめ眉毛の辺りにも止まろうとした蠅がまたひとしきり顔をかすめてどこかへいった。もうお昼にしろとうながしているのか、きのうもおなじころだった。

猫は住む界隈がだいたいきまっているようだ。晴天坂の裾にもよく集まっている。そのなかにヨーコが甘美な猫を見付けた。石段脇に駐車している車の屋根に乗っていたりして、地中海の靄のような毛が光にさすられていた。いかにもイタリアの猫という顔をしてる。不良っぽい陽気な美男のイタリアーノをおもわせる。さっそくヨーコがイタリアーノと呼ぶようになった。そのイタリアーノ、このごろ姿を見せない。それに石段下のサン・フランチェスコ教会界隈の猫たちが集っているのを見掛けない。どうしたのか。そういえばヨーコがいたころからあまり見掛けなくなって、寒くなってきて家に引っ込んでいるのかしらとヨーコが言った。勢揃いしているのを見たのいつだったか。

夜、晴天坂の長期滞在ホテルの裏口前で、年配の女性が呼んでいるんだ。なにを呼んでいるのかはじめわからなかった。街灯の下に黒猫がいた。その猫を呼び寄せているのだった。猫を連れてどこかから来ていっしょにホテルに滞在しているのだろうか。

きのう、晴天坂を下りていって線路をまたぐ箇所に差し掛かったら真下を列車が通った。ついにやった。列車が走る上を通りたかったんだ。列車の上をよぎったんだ。ぼくは駅へ急いだ。上りの列車だからぼくの真下を通ってすぐそこラパッロの駅に停車、その列車に駅で再会して車体を撫ぜたい。駅のホームへ階段を上がりかけて、ああもう出てしまった、列車がいないのが気配でわかった。

帰りにもうちょっとで、こんどは下りの列車の真上を通れそうだった。通りからトラットリーアの角を曲がったら、列車の音がきこえたんだ。調理場の窓が開いていてなかに人がいたけど匂いはまだしてなかった。走るようにして石段を上がりかけたが、そこでもう列車が晴天坂の下を潜り抜けてトンネルへ入っていくのが音でわかった。

おととい港のバールでカンパーリを飲んで帰ったら眠くなってソファでうたた寝してしまって、ヨーコがいないときにうたた寝するように緩んでしまうのがいやになって、ヨーコを迎えるまで酒類は体に入れないことにしようとおもったけど、きのう、行き帰り列車の上を通る快挙を達成していたら、うちに戻って葡萄酒を開けて一人で乾杯してしまったかもしれない。こうしようとおもったことだってそれを守ることはない。なんにも守ることはない。計画は守ることとない。そのまえに立てることとない。それでお金が入ってこなくなったらなんて心配することとない。ぼくはばかみたいにさ、富豪になろうとしていて、地中海の富豪にもうなってしまうんだ。

富豪にかかわりなくすすんでた。それが脱線しておもいもよらない富豪となってしまう。ねえ、列車が脱線してもじき倒れたりして止まってしまう。それはやだね。それてそれてどこへいっちゃうかわかんないでうごき、……

さっき、階下からジョルジャの声がした。だれかと電話でしゃべっていて最後に「グラツィエ、チャオ」。ヨーコへきのう出した絵葉書の最後にYoko Ciaoと書いた。チャオ、チャオ、ヨーコ。

■十一月二十八日（月）

港がかかせない。港、港に下りていきたくなる。港にひきよせられる。きのうは海岸通りを歩いて、その先の港まで足をのばさなかった。きょう港へいくよ。いまね、また港へさそわれたのは、鷗がテラスの前を、ぼくがやや見上げたあたりを飛んでいったんだ。テラスから鷗を見たのはじめて、それもすぐ間近。ここ、地中海の入江の見える丘にいると目覚めて寝入るまでにかならず初めてのなにかを目撃する。いま、なにか鳥だろう、またいまも。鳥のほかに飛ぶものおもいつかないから鳥としかいいようがないけど、鳥じゃない飛ぶものがこの辺りにいてもいいわけだ。いままで気付いていないだけかもしれないいんだ。ぼくはね、もっともっと気付きたい。いまもいまも気付いて、いまという感じさえ消えてしまって、気付いたと感じなくなって、そういうなかでは熟すということがない。成熟が生じない。みずからに成熟を感じてしまうとき、もうそのときは消えたくなる。

鷗が丘のぼくの……

背後で音がした。鈴が鳴るようなファクス音、ヨーコ、そうだった。ヨーコから十五時五十五分の音信、ヨーコのところはそろそろ夕方、ここは朝七時五十五分、上がってきたファクス用紙を切り取って居間に戻ってきたら八時の鐘が鳴った。

イタリア・キッチン用品展、すてきな展示会になったようでうれしいよ。ヨーコがしようと持ち出したものだからヨーコがその場にいるのにふさわしくなってほしかった。湘南の光がさすギャラリーにイタリアの光が浮かびあがってくれるといい。イタリアに住んでいた人が懐かしくなって見に来てくださったようだね。懐かしいってどういう感じだろうね。

すこし喉の右の奥が痛む。たいした痛みじゃない。前に寝込んだときに併発したなんていったっけ、言葉わすれていく。どんどん忘れていい。それでもヨーコと話せる。話すのに言葉たくさんいらない。ほら、言葉だけじゃない、それ、感じるだろう。ぼくがこうして話しているのも言葉でなにかをつたえたいというより、ただ話しかけたい、ぼくが話して、そうしてなにかがうごいて、うごきがつたわってヨーコを生かす。

ヨーコが発つ前日、町に下りていったら海辺であんまり光がきれいで海がきれいで空がきれいで空気がきれいで、写真機もってくればよかった、そうヨーコが言った。ソーレ・バール前の海際の狭く親密な通り道、下は入江の海、そこできれいな髪、すてきなセーターを着たヨーコを撮りたかった。またいつでも撮れるものねとヨーコは言った。いつでもできることはなにもない。したくなったときする。しようとする気がかすめたときにはうごいている、それだけ。

ソーレ・バール前の低い岸壁やその外の岩場の辺りに朝、鷗が密集している。バールでは外にテーブルと椅子を女の人が並べ始めている。女主人だろう。昼間は見掛けない。屋内にいるのに気付かないだけかかな。日中に立ち寄ると白シャツの若い女の人がパニーノ（イタリア風サンドイッチ）やスプマンテ（発泡性葡萄酒）やビールを持ってきてくれる。ヨーコが発つ前の日に寄ったとき、その女性が飲み物食べ物を運んできたお盆にラパッロに古くから伝わるレースが敷いてあって、と思ったのが実はそういう柄を刷ったお盆、それを見て、あたしいまレースを買ってきたのと単語を並べてヨーコがその人に話しかけ、包みを開けて見せたのだった。

その辺りに朝、たくさんたくさん鷗がいる。あした朝、新聞雑誌の売店前の通りを渡ったところにある海辺の角の小さなバール、そうだな五時五十五分に起きて、まだ夜中みたいな石段を下ってバールが開いていたら立ったまま起き抜けのカフェ、寝ぼけてる感じに喉が鳴って、バールのおばさんになにか呟くように言ってから海辺にでて、あとはもう鷗と話す。

七時、鐘の音が明けはじめたばかりの空気のなかを透きとおってくるように響いていた。東の山の空が赤くほてっていた。雲が照らし出されて赤みがかった模様になっていた。いい天気まちがいなし、雲も消えてしまうだろう。山のむこうの下の方から空が照らし出されていて、山のむこうから神々しいものが上がってきそう、地中海の神々が姿をあらわしそう。

港から見ると、それから船で入江にはいってくると入江の東側にふたつ丘が見える。北寄りがこの丘、ここのテラスから南寄りのもうひとつの丘が見える。その丘の木がたくさんある箇所、だれかの別荘だろうか。こないだヨーコとそっちの丘にすこし上がっていったら庭にたくさんオリーブの木、この辺の海がみせる緑がかった色を刷毛ではいたような葉っぱ、ほかの木とは葉の色がはっきりちがっていてオリーブ林はすぐわかる。裏山の頂きのモンタッツレーグロの教会にいったとき、途中の斜面にオリーブの木がたくさんあった。ヨーコはその葉っぱの色が好きで、台所から階下の庭の石段際にある木を見てはいい色ねと言っていた。南寄りの丘を歩いていたときに通り掛かったオリーブの庭は油を採るための農園だろうか。そっちの方からも今朝鳥の声が聞こえてきた。

今朝、テラスのすぐ先を飛んでいく鷗に会って、ぼくを掠めてなにかをつたえていったような姿が忘れがたい。若かった時、スペインのヴァレンシアの港から初めて地中海へ出ていくとき、船の後を絶えず等距離を保ちながら港の外に出る辺りまでついてきた鷗たち、そのときから鷗は忘れられない生き物となった。一羽で海辺から離れて丘を飛んでいった鷗はどこへいったろう。北の山の方へ向かっていったが、鷗は山へはいかないだろう。どこかで後戻りして海辺のソーレ・バールや古い砦の辺りへ帰ったろうか。飛ぶ道をはずれたのか、気まぐれか、あの鷗、あしたもう来ないだろうか。

海岸通りできのう夜、赤いズボンの幼い女の子が小さな補助車輪が付いている白い自転車に攀じ登るようにして乗っかるや走りだした。

■十一月二十九日（火）

きのう夕方、テラスで海を見て、その海のうつくしさをヨーコにつたえようとして、絵葉書に書いた言葉は、十一月二十八日の日暮れの海のうつくしさ。

絵葉書に言葉を小さな字で書き、それを七日後くらいにヨーコが地球上そうとう離れたところで読む。ぼくが書いた場所と懸け離れたところにいるヨーコがその言葉を目にするんだ。なにかが言葉を通してヨーコへうつっていく。ぼくをうごかしているなにか。

さっき九時頃だった。テラスに出てまっさきに見えたのはなにかが飛行した筋、飛行機だろうか。サルデーニャのコスタ・ズメラルダ（エメラルド海岸）、六〇年代初め頃、イスラム教の一派の統帥で事業家でもあるアガ・カーンが中心になって開発を始め、豪壮な別荘やホテルが建ち、ファッションブランド、クリツィアの創業者マリウッチャ・マンデッリ女史も当時から海辺の別荘暮らしを楽しんできた一人。リーナ・ウェルトミューラーが撮った映画「流されて」の姉妹編に、コスタ・ズメラルダの別荘に自家用飛行機でやって来る女性実業家が現れていた。その辺からミラノに向かった小型飛行機がこの入江の空を飛んだのか。水平線の方からなにかが通った跡が白い筋になっていた。いちばん右手の筋は通りたての跡がくっきり細い筋、まんなかと左のほうのは……

ファクスの音、十時三十七分、ファクスの部屋へと立っていった。紙が上がっている。紙が上がっているの、うれしい。だれかからなにかがとどいた。ヨーコ、ヨーコが話しかけてくれた。

ヨーコ、また風邪ひいて、向かいの熊さん（熊のようなお医者さん）から鼻と咳止めの薬をもらってきた。あたし早くそっちに帰りたい、十二月十四日が待ちどおしい、おなじものを見て生きていきたい。

たえずなにかを見ている。ヨーコに見せたい。なにかを感じている。感じさせたい。

蝿がうるさくて、窓を開けた。すうっとする。外がはいってくる、というより、なかと外の区分けが消えそうになる。天気がよくて寒くない。寒くなければ窓を開けていよう。そうして区切りが消えてどこもかしこも透けて、そうおもうと気が立ち上がってくる。窓を開けるだけでない、なんでもかんでも開けよう。

蝿がきょうは二匹、さっきからぼくの顔をつついていた。唇にも触ってくる。なめそうになった。ヨーコがいるとき暖かい日は窓を開けっ放しにしていた。それでもたまに蝿がいるくらいで、虫がすくないねとヨーコが言っていた。ぼくだけになったら追い払おうとしないせいか、蝿が居着いたみたいになって、でもきのうまでは一匹、うるささもまあじゃれてるなくらいだったが、奥さんがやってきたのか、両方が顔にさわってくるとうるさい。窓を開けたらもう、いない。外を気持ちよく飛んでいるのか、蝿も光のなかの空気、気持ちいいんだよ。光が大理石の床を明るくしている。

焚き火の音。ぼくたちがここに住みはじめたとき、直ぐ下のホテル、ベルヴェデーレで職人さんが足場を組んで外壁を塗り直していたが、その足場がある日取り払われていて、古い板だの工事の残骸が庭の地面に置き去りになっていた。それを燃やしている。このごろよく下の方から煙が上がっていて、人の気配をつつんで運んでくるような匂いがしてくる。秋の枝落としをしている家を町へ下りていく途中でも何度か見掛けている。そうして落とした枝を燃やすのだろう。裏の庭でもノリーコさんが週末、梯子から時々下りては枝ぐあいを見ながら枝落としをしていた。

燃える音がしている。ヨーコ、外で地面の上、土の上だよ、そこで木を燃やす音、わかるかな、はじける音、木が火をはじいているんだろうか。はじきながらもしだいに火がまわってくる。

六月、ペルージャのイクヨさんのところで、季節外れの寒さ、暖炉で薪を燃やしてサルシッチャ（腸詰め）や野菜を焼いた。ぼくが薪をくべ焼いた。火に話しかけているようだった。火のいのちが見えるようだった。木が燃える。燃えるあいだ、いのちがうごいている。火のいのち、木のいのち、うごいていると感じていた。

今朝、なにかが空をとおったところを見逃した。もしするとぼくが知らないなにかが空をとおっているのかもしれない。とくに朝、それも早朝、なにかが空をとおりそう。いつものように日の出前に起きてテラスに出ればなにかが見えてきそう。起きるのは日の出前がやっぱりいい。日を迎えなくては。

今朝のなにか、空をとおっていったなにかはなんだったろう。飛行機とばかりはおもえなくなってくる。ぼくには見えるものがあまりにわずか、空を飛ぶのは鳥か飛行機、低空なら虫、そんなくらいしか見えない。ほとんど見えていない。ぼくが見ていないなにかがうごく。ほうぼうをうごいている。そういううごきを感じて古の人は神とよび、地中海の人たちは神々に名前をつけた。古の人たちはただ古にだけ生きたのか。いまもどこか、地中海せかいのどこかにいるのではないか。空気のなかをとおっているのではないか。

階上の工事、もう昼休みにはいるかな。ときに声がさーっと上がる。窓を開けて作業をしているんだろう。その声、歌っているらしい。床をどうにかする作業をしているうちに声がでていって歌になる。どんな歌もおのずと人のうごきからうまれてきた。

　空気がひんやりするので窓を閉めてきたら、外へ出たかとおもっていた蠅が一匹やってきた。空気が外と遮断されてしまうのをすぐ感知するのだろうか。そして室内が封じられてしまうのをいやがって、ぼくに外とつながらすよう促しにくるのか。また窓を開けた。またいなくなった。

　おととい夜、北の山肌にじぐざぐの明かり模様が見えた。はじめて気付いた。道の明かりなんだ。その明かりがちらちらしている。海辺の街灯はちらつかない。山のほうの空気のなかでは明かりがちらつくのだろうか。山の夜気が光を濡らすのか。

　おととい日曜の夜、海岸通りを歩いていて、十一月四日広場へでる角に差し掛かったとき、ホテル・ローザ・ビアンカのガラスのむこう、ロビーの壁面にある浮き彫りが目に入ってきた。女性の裸身と薔薇、白薔薇、そうだ、このホテル、白薔薇という名前だったと気が付いた。並びに白雪姫というバールがあるね。それから海岸通りのなかほどの広場に面したリストランテ・ピッツェリーア・モービー・ディック（白鯨）、こないだのその前の日曜の夜、ピッツアを食べたね。白い名前がいままでに気付いただけで三軒。

　この町、とくに海辺、とくに夏、白がはえる。白い綿シャツの女性が九月、海辺の坂道を下ってきた。すれちがったあとヨーコがきれいと言って、ぼくも振り返った。白が光っていた。ソーレ・バールの前をとおった女性もシャツの白が光っていた。光る白、ぼくたちは真夏、夏の盛りのここをしらない。夏のただなか、夏の光のただなか、ヨーコが白く光るだろう。

■十一月三十日（水）

十一月がおわる日、起きたよ。日付をつけながらヨーコに話しかけている。日付が消えるとひたすらに話しかけるだろう。そうするとヨーコが帰ってくる前にちからが出きってしまうかもしれない。それはちがうね、ヨーコが来るまでもつね。それから先はわからない。こうして話しかけることがヨーコへぼくをかよわせているか。話しかけながらぼくのちからのようなものがかよっていくかもしれないとおもう。

きょう六時頃、目が覚めた。テラスに出た。東のほうに薄い三日月と明けの明星が並んでいる。月はもっとテラス寄りにいたのに何時の間にかたった一つの星のそばに寄っている。寄り添うよう。きのうも明るんだ空にうっすら三日月が見えて、ずいぶん細い月になったと感じた。今朝はもっと細い。あすあさってあたりはほとんどかくれてしまいそう。でもね、それだけ細く弧のようになっても全体は見えるんだ。うっすら見えている。かくれている部分もかくれきってはいない。

東の山の稜線のあたりにかすかに赤みがさしている。ほかはすべて夜明け前、夜明けのかすかなはじまり、きれい。テラスの北の方へ移ると風が顔にさわった。風が顔から肩をかすめ、親しく話しかけてくるように風のいのちがかよってきて、ぼくのちからがさーっとおきたった。風のようにヨーコをさすったら、ヨーコのちからがおきてきそう。ぼくたちおきよう、夜中ねむっていてもおきていよう。

鳥が鳴く。夜明け前、居間のガラス扉に近付いたら列車が鳴いていくようで、おもわず扉を開けてテラスに出た。列車が丘をくぐっていく。

きのう夜、町からもどってくるとき、晴天坂のなかほどで平らなところにさしかかったら体の真下を列車が通った。このごろすごい、またやった。体の下を列車が抜けていくと体をなにかが通り抜けたみたいでいい感じ、無数の風穴ができてすうっと風が通ったみたいで、喝采をあげそう、夜の坂でひとりでね。

きのうそれは帰りの坂でのことだったけど、ちょうど同じところで、行き、ぼくが下りていくと、立ったまま抱きあっているふたりが黒いシルエットになっていた。とまらないでそのまま近付くとまだ幼い体に顔、十代なかばか、女の子のほうが背が高くて男の子を抱き締めている。通り過ぎたら、ふたりの体が離れた。気配でわかった。離れることない。そうして体を寄せあっている感じ、その感じのよさがかよってくる気がした。ヨーコとこの町にもどってきて駅から家路について、晴天坂のはじまりの石段を上って線路をまたぐところで体を寄せあおう、夜、帰ってこよう。

晴天坂、夜でも晴天坂、晴天というと昼の感じがしてしまう。けど、いまおもった、夜だって晴れていれば晴天。その坂の線路をまたぐところを越えると再び上りになる。右手の家で秋口、職人さんらしい人が坂沿いの木の枝下ろしをしていた。その家、夜そばを通ると扉が開いていて廊下が見える。白黒模様の床、たしかヨーコがいるころも夜でも扉が開いていたね。なぜだろう。明かりがついている。けれど廊下に人のいたことがない。だれがいるんだろう。

七時二十分ころにテラスに出たら、水平線に山が連なっているようだった。雲だろう。水平線はいつもかわっていて、帯のようになって白っぽい線が平行していることがよくあるが、帯の感じはいつもちがっている。テラスから帯状に光っている水平線を見ては光ってる光ってると言ってヨーコがぼくを呼んだ。この海、もうヨーコとぼくの海と感じている。ここにいるとこの身をこのぼくをすべて開いてしまおうという気になる。テラスに立つと、もう明日が十二月なのに、胸をはだけて海へ呼びかけたくなる。

夜中、雨が降っていると眠りながら感じていた。六時すこし過ぎにテラスに出て下を見ると、まだ夜明け前だけど、街灯の明かりで見える地面が濡れていない。雨の音がすると感じていたのは空耳だったのかな、ヨーコが鳴いている声がきこえてきていたのかなとおもった。泣いているでなく鳴いている。小鳥が鳴いてヨーコが鳴く。すてきだろ。七時過ぎにテラスに出たときも地面に濡れたあとがない。その直後、下の地面から目を上げたら、テラスの手摺に雫がついている。ぼくがきいたのは雨だった。窓ガラスを閉め鎧戸を閉めて眠っているなかできこえたんだ。そうかすかな雨ではなかったともう。そうじゃない、そんなことない、雨はかすかでもきこえるんだ。

目の先、下り斜面に建つ小さなホテル・ベルヴェデーレの庭で外装修復工事の後始末がおこなわれている。シャベルの付いた車が土砂をすくって道に待機しているトラックの荷台に土砂をあけている。居間にもどってもその音がきこえる。うごいている。なんでもうごいているのいいね。ここはすてきなところ。それでもヨーコとどこかへいく。サルデーニャ、シチリア、いまもこうしてヨーコに話しかけてうごいている。ヨーコが帰ってきたら体ごとうごいてどっかへいこう。透けるせかいをさがす旅、ひたすらに旅しよう。ねえ、ヨーコ、ぼくたち地中海岸に住もうと言っていて住んじゃった。地中海を旅していこうと言いはじめているね。ヨーコと庭の見える台所でカプチーノを飲んでいるとき、ぼくはなんどかそういう話をした。そのとおりになるよ。ぼくたちがこうしようとしたらそうなる。透けるせかいにいける。そうだよヨーコ、透けるせかいへむかって地中海を旅しよう。

さっき、テラスから居間にもどると片身をいれたとたん匂ってきた。なんの匂いだとおもう、カフェの匂い。今朝、こないだ買ってきた地中海色の包みのカフェをはじめて開けた。それを居間で飲んだ直後にテラスに出たんだ。そしてもどったら、部屋にカフェの匂いがいっぱい。きのうまで黒い包みのを飲んでいた、ヨーコといっしょに飲んでいたあれ。きのうまではカプチーノを飲む前、まず外に出たくてテラスに出て、じきもどってきてもあっという匂いにみまわれはしなかった。

今朝は起きるとすぐ明ける前の外に身をさらしたくてテラスに出た。そしてカプチーノを飲んだ後にまた出て、居間にもどったらびっくりするほど匂った。こんどのカフェ、メーカーはきのうまでのとおなじ、豆の配合がちがうのか。台所でカフェができると一口立ち飲みした。こくがある味ではない。むしろすうっとしていて、地中海岸の空気になじみそう。とくにうまいと感じたわけではなかったが、テラスからもどったときの香り、よかった。なかにいるとき気付かないで、外からもどってくると感じた。香りにであったという感じだった。

ヨーコはしばらくよそへいっている。もどってきたらなにを感じるだろう。香りに敏感なヨーコがどんな香りを感じるだろう。

ここに住みはじめたころ、台所にいくとお乳のような甘くやさしい匂いがした。それは前にいた人がのこした匂いか、あるいはもう住みはじめてじきぼくたちはチーズや生ハムがおいしくてチーズなんかぼくはヨーコが心配するほどたくさん食べて、それで台所に牛のお乳の匂いがいつでもするようになったのか。台所にいくとやさしく匂いに愛撫されるようだった。

それが、ぼくに湿疹がでて、急に乳製品やオリーブの油をたくさんとるようになったせいではないかと、お米に海苔や梅干しという食事にして、台所の匂いがすっかりちがってしまった。甘くやさしい匂いが恋しくて、じきにまたこちらふうに食べるようになった。台所に甘美な匂いがもどってきた。そういう匂いのなかにいると甘く微笑むようになっていきそうなんだ。

■十二月一日（木）

六時に目が覚めた。ぼくより早起きした人をさっき目覚めてすぐ見付けた。寝床を離れて着替えをするとテラスに出た。声がした。お婆さんの声、早朝の散歩、まだ夜は明けてない。だれかに話しかけている。犬が見えた。ちょっと目をそらしたら犬が消えていた。お婆さんが立ち話している。ほとんどひとりで喋っている。連れは背の高い婦人、やはり年配、とおもったが、ふたりは黒い影、確かめようと凝視したわけでも確認しに下りていったわけでもない。確認はもうなにによらずしたくない。確認して自分を納得させてどうなんだ。確認しだしたらもう生きていない。ぼくは生きていたい。生きているんだから生きていたい。

ふたりのかたわらに車の影、夜明け前に影とは、街灯のつくる影。月が出ている。月はすっかり細くなってしまっているけど、かすかな影はこしらえそう。うごく影、消えた犬だった。飼い主が歩きだすのを待っている。老婦人は暗いなかで喋りつづけていて、夜明け前の風景からとびだしていた。

パリへ行く数日前、夜中に声がした。女の人の声が外でした。ぼくはわずかに目覚めた。ぼくのなかのどこかが目覚めた。ほとんどは眠っていた。でもわずかに目覚めたところがその声の言葉を聞き取り、眠りのなかでも言葉は消えずに朝の目覚めまでもった。「こんな家でも盗むのか」、その声、ヨーコが発ったあと、夕方また聞こえてきた。今度は何と言っているのか聞き取れなかった。下の方から煙が上がっていた。煙は陸の方へたなびいていた。その声、ときどき聞いているような気がしてきた。夜明け前の声、よくひびいた。おとなしく眠っている空気に声がひびくのか。

この町に着いた日、ホテルで夜中に目が覚めた。二時頃だったか、バルコニーに出て下の広場を見下ろしていた。西の方から若い女の人が三人歩いてきた。次の夜中も目が覚めてしばらく海辺の広場の眺めをたのしんでいた。スーツを小粋に着た細身の男性が鞄を手にして広場を渡った。もう三時だった。そういう夜中にも音がある。なにかの音というような音ではない。ただそのころの音。夜明けの音ともちがう。

こんな家でも盗むのかと言った声は夜中の声だった。うちから坂を下りだしてすぐ左手の廃墟風な石の家から聞こえてきたのだろうか。鉄格子の小さな窓が屋根の下に並び、海辺への石段がはじまるところに面した壁に木の鎧戸が上下ふたつある。上のほうは傷みがひどく閉めっきり、下の窓はときに半開きになっている。そこにいる人が夜中に窓を開けて、こんな家でも盗むのかと言ったのだろうか。

いつの頃までか、海辺の女子修道院の敷地がこの近くまで広がっていて、石積みの塀に囲まれたなかで野菜を栽培したりして修道女たちはほとんど自給自足の生活をしていたようだ。そのころの石塀は一部がいまも残っている。サン・バルトロメーオ、サン・ジェローラモを経て山頂のモンタッレーグロの教会へと到る巡礼の道がうちの前を通っていて、その道に沿った石積みの塀は女子修道院の石塀の名残りだろう。

この丘は戦前まではわずかしか建物がなかったが、イタリアが五〇年代に奇蹟の復興をとげてドルチェ・ヴィータ(甘い生活)華やかなりしころ、ミラノ辺りの人たちが別荘に使う四、五階建ての建物が丘をすこし上がった海を見晴らす所に建ちはじめ、当時、ぼくたちが住むこの建物も建てられたのだった。そして、大家さんピエランジェロ・ロッコ氏のお父さんが三階の住まいを手に入れ、薬剤師としての現役を退いてから奥様とここでのんびり暮らし、夏には息子の家族がやって来たのだった。幼かったジャンマーリオやラファエッラさんの使った小さな浮き袋が車庫に残っている。古いボストンバッグもいくつか置いてあって、その一つを車庫にぼくを案内したときに見付けたレーナ夫人がミラノへ持ち帰った。

夜中に、こんな家でも盗むのかという声を聞いてから、その声がときどきふっと浮かんできて気になるのだった。でも、ヨーコには言わずにいた。このあたりに盗人が出没しているのかもしれないと知ったら怖がるだろうし、それにヨーコはいくらか体調をくずしていた。ちょうどそのころ、ぼくはマーク・ディ・パームスタンが逮捕された現場と潜んでいたアパルトマンを見にパリへ行こうとしていた。ヨーコを連れていけば旅の疲れが体調をさらにわるくするかもしれず、ここに残していこうかともおもったが、夜中に聞いた言葉が気になって、だれかが忍び込んでくる光景が浮かんでしまう。ぼくが一人で旅立てば、ここにヨーコが一人でいることぐらいじきに察知されてしまう。ヨーコをおいていってお金を盗まれるだけならまだしももっと怖い目に会うことだってありうるのだ。それで一緒に行こうと誘ったのだった。

きょう、夜が明けていく直前、水平線が山の連なりにみえて、マッジョーレ湖の風景が浮かんだ。パリへいくときミラノで乗り換えたジュネーヴ行きの列車が五十分くらい走ったころ、湖が見えてきた。あそこみたいだ。山の連なりの左ななめ後方にもっと高い山がうすく連なってアルプスのようにみえて、スイスとの国境に近い風景が夜明け前の空気のなかで大いなる反射をおこし、地中海の水平線に映っているのか、アルプスがすばらしい山々で地中海が神の海のようなので神業めいた反射が生じたのか、そんなことをおもったよ。実体は雲だろう。それだってぼくの理知がそう言っているにすぎない。実体なんかどこにあるんだ。アルプスの反射と直感したそれそのままの風景だったのさ。

テラスの北のほうへ移った。風がきのうのようにぼくにじかにやってきた。ここは海が近い。朝方、陸から海へ空気がいく。午後、海の空気が岸へむかってくる。ティグッリオ湾のいちばん奥にあるせいか、海風がやさしい。ジェノヴァはここから列車で三十分くらいだけど、海風がつよい。海岸に沿って東西に緩い弧を描いて広がっているから海にじかに晒されている。

夜がまだあるとき、夜がきえていく直前、なんでも直前がいい。直前だけを生きていればいい。生きているというの、直前にばかしいることなのかもしれないとおもってしまう。夜がきえてしまう直前、いろんななにかが生きている。いろんなざわめきがきこえる。なんでもあるという気がしてくる。おびただしいなにかが生きている。眠っているなにかも眠りながら生きている。なにもかもあるようで、なにもかもわかってくるような気がして、テラスで外気のなかにいた。外気のなかにいるといろんなものを感じるよ。いろんなことがわかってきそう。生きるいのちがわかってくる。夜が明けようとしている。もろもろが目覚めようとして、いのちがあらわれてくる。

十三歳の初夏、体が調子を崩し、生きていられなくなりそうになった。かろうじて激しい崩れはおさまったが不調はつづいた。調子がいいと感じたのは二十五歳の晩夏ようやく地中海にきて旅しているときだった。ぼくが生きるところはここだと感じた。地中海のそばで生きようとする望みはふくらんでいった。ついに生きはじめた。もうはなれない。光、海、空気、かかせない。

きょうまず列車の音をきいた。寝室で起き上がったときだ。そして洗面所で小鳥の声をきいた。つぎにきこえたのは声だった。おととい、きのう、朝、神々しい帯が水平線のほうからこっちにのびてきていた。ここらは神さまのようななにかがいっぱい生きている。今朝きいた声も神々しかった。〝したいだけせよ、したいだけ旅をせよ、したいだけすべてせよ〟……

ヨーコにしたいことがいっぱいある。海ほどある。地中海のようにゆたかにある。

ヘリコプター王の伯爵はフランチェスカにポルトフィーノの館をあたえた。パリで逃亡生活を終えることになったディ・パームスタンはカリフォルニアからやって来てやがてともに暮らすようになった相手にどうしただろう。最後に潜んでいたアパルトマンの持ち主ドミツィアーナ・ジョルダーノにはどうしたろう。元首相クラクシは女性にどうしたろう。

パリの拘置所にいるディ・パームスタンには拘禁性の躁鬱症状があらわれているという。やはり一連の汚職摘発のうごきのなかで逮捕されすでに十カ月以上ナポリの拘置所に拘留されている元保健相は消耗がはげしく、夫を死なせるのかと夫人が訴え、父親も保釈を願いでている。

かれらは動きの自由を取り戻したいだろう。それで裁判を勝ち取ろうとし、世の中をおさめていくために人が作り出した法という規準に照らされていく。世の中のおさまりから出ていかないでなんのよろこびがあろう。ささやかなよろこびなどない。よろこびはおさまりのなかには生じえない。おさまりから離れていく、きりなく離れていく。

おさまりのなかでだれをしあわせにできよう、しあわせはおさまっていない、よろこびはおさまらない。

伯爵がポルトフィーノの館をフランチェスカにあたえた。それが彼女をしあわせにしたわけではない。ぼくが地中海岸のすばらしい別荘を贈ってヨーコをしあわせにできるのではない。でもそういう別荘を贈りたい。したいことはすべて欲望をなだめずにしたい。

水平線が光、きょうは雲がおおい、海がグリージョ、それでも海に光がある。庭園の木々のむこう、海でさざ波がきらめく。

　蜂が来てすぐ折り返して木の方へ飛んでいった。なんであんな小さい体が飛ぶんだろう。飛行機みたいに大きくて重いものが飛ぶのも妙だけど小さいのもふしぎ。小さいとかんたんに浮くのか。小さいと力も小さいだろうに。ほほえましい飛び方だった。十一時十五分、……

　十一時二十分、寝室、浴室、台所、角部屋の鎧戸を上げてきた。角部屋の窓を開けるとピンクの薔薇が一花、くっきりと咲いている。それをヨーコが好いていて、あたしの薔薇と呼んでいた。台所からは別の薔薇が一輪見えて、毎朝、まだ咲いているとヨーコがよろこんでいたが、きれいと庭にいるノリーコさんに言ったら、すぐに切ってヨーコにくれた。ヨーコは花瓶に生けて大切にしていた。いまはもうない。切られて土から離れては生きていられない。まだ庭に残っているもうひとつの薔薇はいつまで咲いているのだろう。

　地中海のそばは真冬でも花が咲いているけど、おなじ花がずっと咲いているのふしぎ。でもね、石積みの門のかたわらに咲いている紫の花、その先の石段の壁にも垂れ下がっていて、六月に初めてここに来たとき、光を浴びていてうつくしかった。光の花だった。その花がいまも咲いている。もうあのときのように鮮やかではないしきらめいてもいないけど、ここから曲がりくねって下りていく坂の途中の石垣にも垂れている。雨になるとその辺りの石垣からはみでた雨水が流れ落ちる。それでも花は咲いている。

　ヨーコ、よくきこえてくる。おとといころからだった。よくきこえる。いろんな音、ざわめき、気配、気配もきこえる。ヨーコの気配がきこえてきそう。よくきこえてくるとよくみえてくるかな。よくきこえてきはじめたのはせかいが透けていくきざしだろうか。十一時四十分、……

十六時四十五分、出掛ける。坂を下りて横断歩道を渡り、海岸遊歩道に出る。釣り船が並んでいるわずかな浜辺で二人の男性がなにかを燃やしている。煙が海に突きでた古い砦への渡り道へとなびく。海辺の煙にひたりたくなって砦へむかう。砦からなかの展示を見た夫婦連れが石段を下りてくる。ぼくの前を幼い子を連れた母親が歩き石段の袂でとまった。石段の上の砦から受付の女性がフード付きのコートを着て姿を現し鉄柵の扉を閉める。ぼくは引き返す。海風がなめらかな波を海辺に運ぶ。

■十二月二日（金）

きょうはすこし目覚めがおそかった。居間で着替えはじめると列車の走りがきこえてきた、下り。着替える前に寝間着のままテラスに出たのだったか。少し前のことがもうさだかでない。透ける記憶というようなことがありうるだろうか。なにかを経れば跡がのこる。その跡が記憶。なにもかもが透けてしまえば記憶がのこらない。というより、記憶も透けてしまうのか。

朝食の支度をして居間のテーブルに並べて、テラスに出た。今朝外気のなかに出るの二度目だった。サン・フランチェスコの鐘が鳴りだした。木々がそよぎだした。鐘に目覚めたようにさっと風、目の前の木がそよぐのをはじめてきいた。まえから木の枝はすこしの空気の動きにもそよいでいたろう。それがきこえてこなかった。風がぼくを通るのを感じた。ぼくをとおるんだ。うれしかった。ぼくがかたまりでないように感じ、細胞だかなんだかがひらいていると感じ、それでもまだぼくとして立っている。風がとおるのを感じて立っている。ぼくが全開したら風がとおるの感じないだろう。風がすうすうとおるならそよぐこともないのだろう。

テラスに出る前、台所でカフェ沸かし器を火に乗せて少ししたら、ボコボコ音がしはじめた。その音に列車の音が駆けつけてきた。丘裾の線路から直行した。カフェの香りがたちあがった。

カフェを居間のテーブルに置いてテラスに出たのだった。ブルゾンを着ていた。風がぼくをとおって、着ているものがなんの実体もなくなっていた。教会の鐘が鳴りやむと風がやわらいだ。風がとおりぬける。風がとおるぼく。まわりがいとおしくなった。海、あの海がないところで目覚めるなんてできないよ。海をだきしめる感じがした。海へ下っていく隣の丘を抱きしめそうに感じる。丘にある建物をどれも抱いてしまいそう。

すぐそこに棕櫚の群れ、棕櫚の葉が頬をなぜる感じ。目の前のユウカリの木の葉叢の隙間から西の山の稜線がみえて、木の頂の枝が西の山の背に立つ木のようにみえて、そのそよぎがぼくをさするよう。入江の海岸通りを見下ろそうとすると傍らの廃墟風建物が目の隅にはいり、古い石壁の肌がなつかしく感じられる。

すぐ下のホテル・ベルヴェデーレはこの秋、外側の改修がおわって、外壁のうっすら赤みがかった肌色がこの辺の人たちの肌をおもわせる。屋根の下の壁面に絵が描かれている。はだかの女性がふたり立っている。そのあいだになにが描かれているか木に隠れてみえない。さっきからシャベルの車が作動して改修作業ででた残骸をすくっている。それもきょうで終りじゃないかな。辺りがきれいになって庭があらわれ、道をへだてたむこうに棕櫚、そばの華やぎのある建物は別荘用に使っている人たちよりも住んでいる人たちが多そう。六月に初めて丘を上ってきたとき、その赤みがかった建物の角をぐるっとまわる坂道を歩いてきた。優雅な建物の庭にいろんな花が咲いていて、棕櫚がかわいらしかった。

今朝はじめてテラスに出たとき、海に明かりがひとつ、前、ふたつ明かりをみたことがあった。それはヨットの明かりだと感じ、きょう、明かりを見て漁をする船ではないかとおもった。きのう夕方、海に突き出た古い砦への渡り道を歩いていたら手摺に漁網が干してあった。いまでも漁をしているんだと知った。

ここはもともと漁師町だった。そして一八〇〇年代後半、北のほうの人たちが保養に来るようになった。ここの海、光、空気をみつけたわけだ。もちろん古くから地着きの人たちはずっといる。近くのジェノヴァの人たちも、とくに船乗りは遠い昔から知っていただろう。やがて北のほうの人たちがここに魅せられた。そうしていまぼくが魅せられていく。海、光、空気、そして木、道、建物、猫、鳥、犬、虫、花、人、石積みの塀、石垣、石畳、朝市の野菜、果物、卵、フォルマッジョ、蜂蜜、魚、それから棕櫚、桟橋、そういうもろもろにむかってぼくはしだいに開かれていく。

ヨーコはいまギャラリーにいるだろう。夕方十七時二十分のそっちをひきよせ九時二十分のここにひきあわせてみたい。

居間にもどるとカフェの匂いがする。ずっとのこっているんだ。ほかの部屋や外からもどってくると感じる。ヨーコが遥かかなたからかえってきたら、ここをどんなふうに感じるだろう。海、光、空気、棕櫚、山の稜線、山肌の建物、鳥の声、列車の音、教会の鐘、どう感じるだろう、海辺の街灯、北の山肌の道の明かり、西の山の背の赤み、東の山の赤み、海の明かり、そしてぼくをどう感じるだろう。

ポルトフィーノへいきたくなった。岬の館に伯爵夫人の恋人マウリツィオ・ラッジョがもどってきて潜んでいるかもしれない。館〝アルタキアーラ〟は岬の古城の庭の突端から眺めただけ、まだそばまでいっていない。父親が亡くなった後マウリツィオが継いだ入江のアメリカン・バールに寄ってこよう。館のフェスタに呼ばれていたような人種が好んで立ち寄る入江のリストランテで食べようか。ヨーコと一緒でないと食事するのは気がすすまない。

先月の初め、ポルトフィーノでミケランジェロ・アントニオーニが「雲のむこうに」の撮影を開始した。それを祝うフェスタがサンタ・マルゲリータからポルトフィーノへ向かってじきの海岸縁に建っているクラブ、コーヴォ・ディ・ノルドエストでおこなわれた。その夜、撮影製作に協力しているヴィム・ベンダースが白のタキシードで奥さんと踊りだした。そのフェスタはかれがアントニオーニのために催したのだった。そこには六〇年頃（当時、アントニオーニはシチリアで「情事」を撮った）、リグーリアのドルチェ・ヴィータ（甘い生活）を楽しむ人たちが集まってきていたんだ。

六月にサンタ・マルゲリータに立ち寄ったとき、最高級ホテル、インペリアーレの木陰のテラスで土曜深夜まで盛装の男女が踊っていた。ポルトフィーノを歌った曲やジプシー・キングスの曲もあった。その踊りをぼくたちは通りを隔てた向かいのホテルでバルコニーから寝間着姿でみとれていて、ヨーコはビデオカメラで撮影をはじめ、それに気付いた髭の紳士と黒いドレスの淑女が手を振って、いらっしゃいいらっしゃいと合図した。

先月、ぼくたちが「雲のむこうに」の撮影現場を見にポルトフィーノへ行くと、アントニオーニは入江の奥の小広場に車椅子で現れた。半身がおもうように動かない。麻痺からじゅうぶん快復していないのだろう。黒い長い服を着た夫人がそばにいて、スタッフとの打ち合わせにも参加している。小広場のバールの前が撮影現場。

数日前に撮影が開始されたばかりで、初日、北イタリアには大雨がはじまっていて、この辺りも天気がくずれたが、入江に面したジョルジョ・アルマーニの店で撮影がはじまり、アルマーニ本人もかけつけてきて、夜のフェスタにでたのだった。エンポリオ・アルマーニの雑誌の編集を手掛けている妹（元モデルでルキーノ・ヴィスコンティの甥が監督した映画に出演したこともある）が入江を見下ろす岬に別荘を借りている。ときにはアルマーニもやって来て自分の店をのぞいたりミラノの社交界人種が好むリストランテに寄ったりする。第一話の主演女優ソフィー・マルソーが着ていた裏革の上着、その後、ジェノヴァのエンポリオ・アルマーニの店にいったとき、階段に飾ってあったのにヨーコが気付き、あれよと指差した。

小広場のバールの前で撮影がはじまり、陽射しはあったがポルトフィーノは岬のむこうがもう外海のせいか、それに冴えない天気が続いたせいもあるのだろう、空気が冷えた。ヨーコもぼくも厚着していた。アントニオーニはセーター姿だったが途中でベンダースがブルゾンを肩に掛けてあげた。ぼくはできるだけアントニオーニの近くにいようとした。警官がひとり立っている。若者が撮影現場に近付き注意された。現場脇のリストランテの庇の下にいると目立たない。

間近でアントニオーニが撮影カメラの前に座っている。木の白い椅子にかれの名前が記されている。かれの前に受像機、撮影中の映像がそのまま映る。それを見て、撮影カメラを覗き、また受像機を見詰め、カメラに体を寄せ、かたわらにベンダース、バールの入り口に黄色いヨット用レインコートを着た男性、ソフィー・マルソーが駆け寄り抱き合い、言葉をかわし、それから振り返り、外のテーブルにいる男性に沈んだ調子で話しかける。その場面を撮り直す。録音係がマイクを吊した棒をささげる。運営責任者の女史が、シレンツィオ、グラツィエ（お静かに、ありがとう）。ぼくと同じ靴をはいている男性がそれを鸚鵡返しに繰り返す。

わずかだがアントニオーニのファンだか映画ファンだかが来ている。それから居合わせた観光客、これもわずか。ジャーナリストだろうか、若く細く眼鏡まで細い男性がいる。三人連れの若い女性たちはソフィー・マルソーを見に来たのか。白い大きな犬が撮影現場を歩いたり伏したりしている。だれもその犬を現場から出そうとしない。アントニオーニの犬かとおもったが、撮影の合間、ソフィーの足元に寄っている。背中の左側の毛が抜けている。彼女が連れてきたのだろう。病気の愛犬を残してきたくなかったのか。いつも移動をともにしているのか。

アントニオーニが立った。夫人が介添えしてゆっくりバールのなかへすすんでいく。やがて戻ってきて椅子に腰を下ろす。小柄、笑わない。ソフィーがバールの入り口で男性にうれしそうに飛び付いて言葉をかわしたあと、振り返って沈んだ調子でしゃべる。そこに椅子に座った男性がいる。その風変わりな顔付きをした男性、撮影の始まる前、肩車された男の子に手を振っていた。スタッフの一人かとおもっていたら、かれに向かってソフィーがしゃべりかけているのだった。

今し方、丘下の食料品店のいつものおじさんの弟が水と野菜果物、生ハム、ゴルゴンゾーラチーズ、牛乳を運んできて玄関を入ったところに置いたあと、店は明日で閉まると言う。休暇ですか、店主が亡くなってね。きのう夕方、店に寄ったとき、いつも歌を口ずさむようにヨーコの注文を復唱していたおじさんがいないんだ。はじめてだ。あのおじさんが店主だろうか。こないだヨーコがあまり体調がよくないころ、ぼくがひとりで立ち寄ると、むこうを向いていたおじさんが振り返りシニョーレと言った。あのころもう体のぐあいがわるかったのだろうか。

天気さえない。光がとぼしい。でも海がふしぎな海だ。この海がふしぎなことしょっちゅうだけど、またちがう海をみた。海が立っている。立った海。

じゃがいもを台所のバルコニーに出して居間にもどると、十三時、光が差してきた。昼頃まで曇っていてもちゃんと光がくる。居間から廊下へでたあたりまで床の大理石が光っている。肘掛け椅子の前の低いテーブルにエンポリオ・アルマーニの雑誌が置いてある。ヨーコとジェノヴァの店に寄ったとき、ぼくたちがラパッロに住んでいることを知った店の女の人が帰りがけにくれたもの、それが光っている。その表紙、自転車に乗った人の影が石畳にうつっている、いままさに影に光。

テラスに出るとまともに光がくる。あったかい。風はかすかにしかないけど、丘の下のほうから上がっている煙が陸地側へむかっている。もう海風になっている。海はもう立っていない。おだやかにすわっている感じ。光る海をごく小さな舟がポルトフィーノのほうへむかっている。かわいらしい小波をひきずっている。十三時十分、……

二十時二十三分、町から帰ってきた。十八時すこし過ぎ、まず丘下の食料品店できょう届けてくれた分の支払いをした、3755Lit.。配達してくれたおじさんがいた。ときどき店にいる女の人が眼鏡を掛けて帳簿になにか記している。九月にこの店にレーナ夫人がぼくたちを連れてきて配達を頼んでくれたのだった。四七年からの古い店だったんだ。配達のおじさんがそう言った。親切にしてくれてありがとうございました、なにか入り用な物があったとき、水とかね、カンティーナ・イタリアで配達してくれる、マッツィーニ通りのですか、そう。

ここに来たてに葡萄酒や水を買った酒屋兼バール、古くは漁師が夕方漁の帰りに一杯やっていったようだ。日曜も開いていて、この町に来て間なし、日曜に水がなくなって困ったとき、そこで買うことができた。威勢がいい喋り方をするおねえさんがいる。水や葡萄酒など液体のものは配達してもらえそうだ。

海岸に面した十一月四日広場に着き、ホテル・ティグッリオの一階の画廊でジュリアーノなんとかいう画家が二十年間フェデリコ・フェリーニの映画の場面を描いてきた素描画展が開かれているのを、きのうサン・フランチェスコ川に沿った塀の張り紙で知って、さっそくたずねた。

画廊の隣の石門から路地へ入り、馴染みのリストランテの前を通る。まだ時間が早い、客はなし。扉のかげの机にヨーコにやさしくしてくれるおじさん。ニットや宝石、服の店の前を過ぎカヴール広場に出てすぐにマッツィーニ通りへ入り、新聞雑誌店でミラノのメークアップ師ディエゴ・デッラ・パルマの特集をしている雑誌と新聞を買う。

ヴェネツィア広場の生パスタの店はまだ明かりがついていた。茸のソース、あった。この店、まだヨーコがいるころから長期休暇に入っていて、それ以来はじめてヨーコとぼくのお気に入りのソースを、ヨーコがいないけどいつものように二人分たのんだ。

さてヨーコに、どこか海岸通りのバールで絵葉書を書きたい。グラン・バール・ラパッロは夏場、休暇を過ごす客でいっぱいになる海岸通りのなかほどにあって、きょうもこの季節にしては客がはいっている。ほとんどがよそから来た人たち、観光客だろう。そこは一人でいるのが似合わない。海岸通りの小広場のこぢんまりしたバールには寄ったことがある。ここに住みはじめたばかりで町を徘徊していて外テーブルで休んだら、ぼくのところに蜂がきたのだった。狭い店内は活気があり、男女連れが多く、今頃はこの町の人たちがほとんど。

まだ入ったことがなくて前から気になっているミストラルは、もう少し古い砦寄りの小広場に面していて、船室をかたどったバール、カウンターのそばで数人が立ち話、ぼくは広場を背にして座った。喋っていた人たちが奥の部屋にもどった。カンパーリを注文、ヨーコに港を俯瞰した絵葉書で十二月二日十八時五十八分の便りを書く。オリーブ、小玉葱の酢漬け、ピーナッツ、ポテトチップス二種がつまみ。

毛皮に眼鏡、髪がまだらの婦人がセーターの男性と席に着き、バールマンと言葉をかわす。奥の客たち、その二人とバールマンにチャオを言って出ていく。ダッフルコートを着た四十代後半くらいの男性が扉の脇から雑誌をとってカウンターに着くと、なにも注文しないがフルートグラスに入った白く透明な飲み物がその人の前に置かれた。食前向きの白葡萄酒か、泡がかすかにでている。

カウンターにいた男性が帰ると入れ代わりに女性が入ってきて同じ辺りに座る。注文はカプチーノ、外はすこしひんやりだからすぐカプチーノを飲むと暖まっておいしそう。海岸通りの気温表示は十四度だった。こないだも十四度だった。故障してんじゃないか。この町から海岸線を南東へ二十キロいったセストリ・レヴァンテの海辺にある店のチラシがテーブルに置いてある。十二月三十一日に年越しの盛装フェスタをおこなうという。

丘に帰って来て、ぼくたちが住む建物の玄関に近付くと扉が閉まった音、だれかが入ったところ、入ると明かりがついた。エレベーターの扉が開いていて、なかで男性が待っている。昨夜の男性とはちがう。確か最上階の人では、そうおもいながらその人の階のボタンを押そうとして聞くと、どうぞお先に押してください、そうだ、このエレベーター、先に降りる人が階を押すのだった。やはり最上階の人だろう。若い男性が軽快に階段を下りてくるのと擦れ違ったことがある。息子さんだろう。奥様には出会っていない。

■十二月三日（土）

体が屈むと痛む、背の下のほう。今週はじめ肩から背の上部が痛んでいた。背の下まで痛みがおりてこれで痛みが抜けるだろう。腰へはいかずに背から抜けていくだろう。そうならないで腰が痛むと坂の上りが骨折れる。それはそれで楽しめばいいか。体の痛みは体の平衡のくずれが調整されつつあるあらわれ、体が傾いでいるのだろう。六時半、六時五十六分、七時二十七分、きょうももう三度テラスに出た、綿の入ったヤッケにマフラー。

六時半、ほとんど夜中だった。東の山の背のかすかな赤みが夜明けのきざし、西のほうで列車の音、ラパッロの駅を出た列車がサンタ・マルゲリータへ向かってトンネルに差し掛かった辺りだろう。ほとんど空と海がいっしょ。

六時五十六分、東の山の空が白んでいる。海の空もすでにうすく白んできている。せかいは傾がないのだろうか。海が傾いだりしないのか。空が傾いで雨や風が荒れるのか。

八時、ポルトフィーノへいこう。

九時一分、でかける。

教会の鐘、空全体に雲がある。東の空が光っている。

■十二月四日（日）

六時二十三分、目覚めた。テラスにでた。東の山の縁にかすかな赤み、かすかなかすかな赤みがせかいをあらわそうとしている。

　東の山を赤らめ、せかいをあらわそうとする光のように、せかいをあらわしたい。ヨーコ、せかいをあらわす光にすべてを開くんだ。

　ポルトフィーノ岬の突端のすぐ先の海から岩が突出している。岬の端から海のなかを通って突き出た岩なのだが、せかいを突き抜けて現れているとみえる。ヨットが帆を揚げて西へ海をすべっていく。音もなくなめらかにすべる。漁師が舟から網を下ろす。漁師ふたりの交わす声が上がってくる。白い小型船が西へ向かう。船体が波乗りしてすすむ。海はうごいている。沖の海が凪いだように光る。いのちゆたかな静けさ、いのちのふくよかなうごき、あの海、ヨーコにあの海をみせたい。あそこにはいのちがある。せかいのいのちがある。せかいが生きている。いのちには死がない。いったい死はどこにあるのだろう。

　きのう、岬の突端へいく途中、教会裏の墓地に立ち寄った。外海に開けている。光のただなかにある。光の墓地、そこには光がねむっていると感じられてくる。あたたかい、あたりはどこも光だからね。光にほてる。うっとり酔ってしまいそう。

　光を抜けて教会の前から坂を下りて細い道に戻り、一本道を先へすすみ古城の脇をとおっていくとじき小道が二股に分かれ、左手は海辺へ下りる急な石段、石段を下ると密やかな浜なのだろう。そこへヨーコといこう。ひとりでいく気がおきず、まず岬の端へいきたかった。その辺からはもうほとんど上りもなく土の道をどんどんゆく。音楽が聞こえてきた。道端に別荘、そこからではない。その別荘、もちろん海に向かっている。テラスに紫の花、紫が鮮やか、光に晒されているからだろう。それから黄、赤、花が光に生きている。

ヨーコ、見せたい光景に会った。もう突端に近付いているのがわかった。道が海へ突き出るように曲がる。遥か下に海、体が海の青を感じる。青、青に染まるようだ。ぼくが青に染まると感じた。ヨーコにあの青を着せたい。青を着たヨーコと地中海へでていこう。ヨーコに地中海のいのちをかよわせたい。岬の教会脇から真下を見たときもまず青があった。地中海は緑でもある。ポルトフィーノに来る途中、静かなパラッジの入江が緑だった。そしてポルトフィーノ岬の先に海から突き出た岩の裾で緑に透ける海のなかに岩が見えた。

海を出て聳える岩に向かって灯台前の眺望台で鉄柵の手摺に身をもたせていた。傍らで鉄柵の最も低い鉄の横棒のそばに猫が現れ、鉄棒をくぐってわずかな土に生えた草を食べる。そして姿が消えた。跳んだのだった。少し下方の岩肌に降りている。岬の端の岩場はあちこちで裂け目ができて海へ下りていき、すぐ海から再び突き出るが、猫は鉄柵から近い岩肌にたたずんで下を覗く。しばらくそうしていて、ふっと鉄柵の方へ向き直るとひょいと跳び上がって草の生えた土に着地、鉄棒を擦り抜け、光る眺望台に座り海へ向いた聖母子像を見上げる。白黒のこの猫は海から聳え立つ岩へも時々いっているのではないか、頂きで光に晒されて横たわっている姿が浮かんでくる、猫が消えた。岩から目をもどすと聖母子像を見上げていた猫がいない。背後の灯台の窓から青と赤褐色のセーターが陽射しのなかに下がっている。

眺望台の鉄柵に「カルロ、ルチアーナは愛し合っている」と書き込まれている、日付が九四年十月二十九日。すぐ近くの鉄柱に「きみを愛しすぎている、カルロ」、おなじく九四年十月二十九日。そのかたわらの電気室の緑の鉄扉に黒で「Fuck the world」、それは別の人の字。人の声がする。家族連れ、小さな子が父親を見上げて聞く、ジェラート屋はどこ。灯台にジェラートの店があると矢印で示した道標を見たのだろう。ここには灯台しかない。灯台の人がジェラートをこしらえているのか、夏場だけだろう。もういちど眺望台の端で振り返り南の岩肌を見た。黄色い花、サボテンが手を広げた姿で海の空気に身を開いている。

眺望台を後にして石段を上がり灯台の裏手にでる。斜面の松が海へむかって枝を軽やかに伸ばしている。細い道を引き返し、来るときに見付けた密かな光景の箇所にさしかかった。道が曲がるところで真下を覗くと遥か下で海の青を松が縁取っている。青いセーターの男女が擦れ違っていく。真下を見下ろさないで灯台へ向かう。ぼくしか見下ろさないのだろうか。ぼくの次はヨーコがあの青を見るんだ。

紫の花が鮮やかな別荘の後ろから狭い脇道へはいっていく。じきにひっそりとたたずむ門が現れ、それは紫の花の別荘へはいる門、その前を過ぎてさらにすすむ。林のなか、糸杉があった。頂きのほうに丸い実がついている。入江がわずかにのぞき小道が斜め左手へとむかって下っていく。どこへ下るのか、ベルルスコーニの別荘のほうへむかうのか。引き返す。古城の脇を過ぎ、ときどき下のほうに入江が現れる。教会に上がってくる年配の女性がゆっくり歩いている。

入江の眺望がすぐそこに開けた。向こう岸に並ぶ建物に光があたっている。伯爵夫人の恋人マウリツィオ・ラッジョのアメリカン・バールに光がさしている。ラッジョという名前が光線を表していることが浮かぶ。ラッジョは光のなかで育ち、光へ向かおうとする。人の世をかがやかせる光へ向かう。それは富の光、かれは幼いときから富の匂いをかいだ。富裕な人たちの空気をすった。夏になると豊かな人たちがやって来て入江を歩き父親のバールに寄る。かれらは入江を見下ろす別荘で夏をすごす。よそ者たちがそういう場所を占めてしまった。

子供のかれは門を越えて屋敷の敷地にはいりこみ木々のあいだをさすらった。夏の昼下がり、ヨット遊びからもどった男や女が父親の店に寄り、すぐ前の岸に繋いである浮き場にわたり、食前酒を前に光に憩い消えていくときをすごす。夕暮れ時、かすれた赤黄茶の建物の壁が並ぶ桟橋に明かりが灯り、華やかな男女がそぞろに歩く。かれは華やぎにひかれていく。店にくる人たちの話から華やかな暮らしぶりが洩れてくる。かれはまっすぐ華やぎへむかう。アメリカで財務操作をまなび入江にもどる。入江にはありあまる金をもつ人たちがやって来る。かれらのせかいへ入っていこうとするかれの野心はかがやいた。そのかがやきは伯爵夫人フランチェスカをひきつけ、かれは入江と外海を見晴らす館に出入りするようになる。やがて館のフェスタにやって来るクラクシ首相に近付き、全盛期のクラクシに集まってくる金を密かに動かす作業に関わっていく。

夕刻、裏山から入江にもどってきて、かれのバールに寄った。奥から男性がでてきた。十五時五十八分、ヨーコに絵葉書を書きはじめた。そこにビスケット、ピーナッツ、ポテトチップスとともにカンパーリがきた。ビスケットがヨット、船、太陽の形をしている。岬の突端まで写っている絵葉書に書きだすと初めからイタリアの言葉があらわれて、ヨーコへの便りがはじめて全文こっちの言葉になった。さいごに"BAR LA GRITTA"。その店に来るまえ入江の小広場で絵葉書を五枚買った。桟橋から沖合にかけての色なし絵葉書にも書きたくなる。それには日本の言葉で書く。電話が鳴る。バールの男性が隣へいっている。隣はジョルジョ・アルマーニの店。ぼくは電話が気になった。もしするとラッジョから、行方知れずのラッジョがここには電話をいれているのではないか。呼び出し音八度くらいで男性が駆け戻り、受話器をとるまで音は切れなかった。ぼくはそっちへ気がいったが膝で便りを書きすすめていた。ラッジョからではなさそう。こんどはバールマンがどこかへ掛ける。シニョーラと呼び掛けた。若い女性が店にはいってきた。黒のパンツスーツ、八〇年代にアルマーニのモデルだった女優とどこか似ている。

ヨーコへの一枚目の葉書を書きだした直後、向かいの岸の明かりがいっせいに灯った。十六時ちょうどだった。やがてこの店の前で鉄柱に取り付けられた甲板用の明かりが灯り、岸に繋がれた浮き場がふっと浮かび上がった。ラッジョのバールにいたのはそんな夕暮れ時だった。そのときまで岬や裏山をたくさん歩いてきたのだった。

まず朝のうち、岬の先で海から立ち上がった岩を見て一本道を引き返してきた。古城の脇をすぎてしばらくすると急な石段があって、下り口で女の人たちが入江に下りられそうよと言っていた。ぼんやりしていると足を踏み外しかねない急な段、下りたところは南側の桟橋、すぐ右手に店、入江の周りの散歩やヨット遊びによさそうな服、男物だけのようだ。降誕祭の贈物の包みが床を飾っている。扉にすぐ戻りますと張り紙、歩きかけると女性がなにか食べながら戻ってきた。

南側の桟橋でごく短い突堤を歩く。先端に中年の男女、狐色濃淡まだらの髪の男性が山肌を見上げ、あれはだれの別荘とおしえている。若い男女がやって来た。男性が肩からカメラを外す。すみません、お願いできませんか、シャッターを押せばいいんですね、ここを合わせてください。ファインダーを覗くと女性が笑みを浮かべ男性もうれしそうな顔、シャッターの音、九四年十二月三日の笑顔。

入江の小広場をとおって裏路地にはいり、バールで生ハムとモッツァレッラチーズ入りパニーノの焼きたてを食べる。喉がかわいたので飲み物は生ビールの中グラス。奥のテーブルで長年漁師をしていたようなお爺さんがスパゲッティを食べながらコップ入りの白葡萄酒を飲む。年のいった男性が現れ、ぼくの背後の物入れの上のテレビをつける。スキー世界大会の中継、カウンターのなかから若い男性が見上げる。トンバがでるのだ。男性が入ってくる。ひとしきり話して、チャオ、出ていく。黄の細いパンツに皮ブルゾンの若い女性がぼくの脇のテーブルに着き、店の人たちと話す。なにか食べたいと言う。その人の前に焼いた肉の皿がきた。近くの店の女性だろう。

ぼくは軽い酔いを感じ、歩きたくなった。裏山のほうへすこしいってみようか。サン・フルットゥオーソという矢印のほうへ上りだす。六月にこの入江から船で岬を廻っていったもっと小さな入江、そこがサン・フルットゥオーソ、中世の修道院がひっそりとあった。そこへ山道をとおって行けることは聞いていた。ヨーコと歩きたいとおもっていた。そっちへ向かって食後のひと歩きをしてみよう。

女性がひょっこり現れた。俄かに人が湧いてきたふうだったが、別の道から上がってきたのだ。その道はずっと狭くて急、入江からの近道なのだろう。小広場のあたりで買い物をしてきたのか、それともサンタ・マルゲリータかラパッロまでいってきた帰りか、食料品がたくさん入っているようなビニール袋を両手に提げている。

じき上りが急になり、ホテル・スプレンディド、その全景が下のほうに現れた。こないだ岬の古城から山肌の中腹に見えたスプレンディドがぼくの下のほうにある。六月にはサンタ・マルゲリータに戻る船から見えたのだった。円形プールの水面が青い。ゆるい上り道をすすんでいく。左手で木から木へと赤茶の網が張られている。屋敷の門に出た。建物は奥に隠れている。門に表札はなし。

広そうな屋敷の前で道をそれ、道を隔てた廃墟の脇から草地の道らしき筋をすすんでいった。窪地から煙がのぼり、斜面に家が離れて数軒ある。下手にオリーブ林を見ながらすすむと個人所有地という表示、上手に建物、その家の窓が閉まっている。さらにすすむ。また個人所有地という表示、家が見える。すぐ近くまでいく。人がいるかどうかわからない。すこしもどり、草に腰をおろす。小鳥が鳴く。飛んで別の木へうつる。鶏の声、窪地の底のほうから一羽が鳴き、雄鶏、すこし間を置いて離れた窪地のほうから雌鳥、鳴きかわす。犬がなく。

立ち上がり、ひきかえす。先をいく猫が振り返りぼくを見る。ポルトフィーノで次々猫にでくわす。岬の突端に現れて消えた猫、路地裏で顔が合った三匹の猫、そして裏山で先導していった猫が道へでる前に走り去った。人の気配がする。廃墟と掘建小屋の間に女性の姿、言葉をかけずに道へでた。しばらくだれとも擦れ違わずに歩いた。曲がり目に別荘、鉄柵のむこう、アーチ状のはいりくちの奥に女性のトルソ、顔なし腕なし脚なし、鉄柵の隙間から手を入れ、女性の姿を撮った。

外が雲、光が雲間から洩れてこない。雲にとぎれがない。音、雨か、テラスに出ると、階下のテラスの庇シートに雨、地面が濡れている。日中の雨はヨーコが発ってからはじめて、雨に鳥がさえずる。早朝、水平線の上空に赤みがかった筋が刷毛ではいたように飛び飛びに三筋、東の山の辺に一筋、それがみているまにくずれだし、ちぎれていく。朝があけてくる。いのちがあらわれてくる。赤みはいのちの兆し、いのちを空にしめしていた。いまそのいのちはどこへいった。十三時二十四分、……夜明け直前、南のほう外海のほうからの風がつよかった。つよい風もヨーコが発ってはじめて。北の山の道をしめすじぐざぐの明かりがちらつかなかった。

■十二月五日（月）

八時二十分、テラスのタイルが濡れている。夜中、雨の音に気付かなかった。雨の気配感じなかった。もう雨はやんだな。

八時半、ヨーコからファクス、七時四十分に入れたぼくのファクスへの返事、アリタリア航空に連絡して帰りの便の確認をするように言っておいたのだ。早速電話してオーケー。ヨーコの飛行機の通り道、天気がいいといいね。ミラノからの飛行機で一緒になった女性はミラノに来るとき空港に霧が出ていて一旦ウィーンに戻り六時間遅れたそうだ。マルペンサ空港に濃霧が出ていないといい。まあ無事に着いてくれさえすれば六時間でも空港で待つよ。そうするとミラノの中心部の静かな路地にあるホテルに着くのが夜中になる。遅れたらホテルに電話を入れておく。

十四日はもう降誕祭が間近、あのホテルの界隈は華やかだよ。おととしの降誕祭もミラノにいたね。そのときは西の方の住宅地域の台所付きホテルに泊まっていたけど、中心街に出てきて華やかな食料品店で星の形をした食べ物とか買ったんだった。店の前の通りを歩いていた女の人たち、暖かそうな毛皮をまとっていた。食料品店に入ってきた女の人、柔らかそうなさすりたくなるような毛皮だった。ヨーコを迎えるとき、毛脚の長いオーバーを持っていくよ。おとといポルトフィーノで、入江の岸を毛皮の女性がふたり並んで歩いてきた。冬のポルトフィーノをヨーコは日焼けした肌の色のような毛のオーバーを着て、ぼくは色ちがいを着て歩こう。

雨、風、いっときもおなじ空気はない。空気はうごいている。海から空気がうごく。きょう、テラスへの扉の鍵を閉めておかないと開いてしまう。台所から戻ってきかかったら外気を感じた。居間の扉が開いている。空気のうごきがそうする。テラスに出ても背後で扉が開いてしまう。テラスが濡れていく。雨が空気のうごきにうごかされている。

木が揺れている。庭園のほうで棕櫚の葉が揺れているだろう。神さまが髪をふりみだすように揺れているだろう。

テラスへの扉を開けようとすると押し戻されそうになる。九月、荒れたときがあった。テラスの白いテーブルが風に運ばれ倒され脚がはずれた。そのときは北の山の方からの風にやられたのだった。テーブルはまだ風に運ばれていない。

荒れる空気のうごきにぼくを晒してしまいたい。荒れるなかですっかり解体されてしまうといい。

ポルトフィーノの裏山を歩いていて女体のある別荘を過ぎると道がなだらかになった。むこうから男女がくる。もう何人かに行き違ってきた。サン・フルットゥオーソのほうからポルトフィーノへと小さな半島の先っぽの山歩きを楽しんでいるのだ。

早足の男女がくる。女性は半袖シャツ、セーターを肩にかけているだけ、ひたすら歩いている。それでもぼくを見た。まわりの風景も見るのだろうか。ときどき下のほうに入江があらわれる。パラッジの入江。黄色い花が道端から谷のほうへ伸びている。花のかなたに入江、海が緑がかっている。窪地に二階家、窓がいくつもある。大家族の農家か、そこに住む人たちの姿を見たくなった。

道が曲がり礼拝堂があらわれた。辺りが集落だろう。礼拝堂の正面に裸の男の絵、体じゅうに矢が刺さっている。かたわらに同じ男の像、古代ローマの殉教者サン・セバスティアーノ。

礼拝堂のそばの道しるべに、パノラマが開けると書かれていて矢印が脇道を指している。そちらへむかう。あたりが開け、遥かかなたで入江がうっすら青く、淡い緑の岬が外海へ伸びている。ちょっと裏山をのぞくつもりが、山のなかの集落まできてしまった。

山の道を来たほうへかえっていく。麓への近道がひっそりとぼくちをみせている箇所に辿り着く。建物の窓を見上げて喋っていた男性がチャオの一声を最後に大股で大きく息をしながら坂を上がりだした。ぼくは麓へと下る近道へ入っていく。狭い道がくねりながらどんどん下り、やがて石段になった。ひとりがやっと下れる段が曲がりまた曲がり、日陰の石段にオリーブの黒い実が落ちている。入江が間近に出現、道が二筋にわかれる。右手の道でベンチから老夫婦の夫だけが立ち上がる。ぼくは急な石段をそのままいく。ついに道に降り立った。

その道を下っていけば行き止まりになってポルトフィーノに来るバスの終点、そこまでいく手前から入江の広場へ下りていけるはず。道からすこし退いた建物にそって石畳の通路をいくと、建物をくりぬいたアーチ、それをくぐったら中庭、二階の窓に明かりが灯っている。明かりにひきよせられる。カーテンのむこうにだれかがいる。女の人がいることを感じさせる明かり、なつかしいような人がいそう。姿が窓辺にあらわれるか。姿にでくわすのが恥ずかしいような気がしてくる。カーテンのむこうに生きている人がいる。

路地は行き止まりだった。腰から腿が酔ったような感じ。

ポルトフィーノにいくとなにかしらアルコールを口にする。たいてい食事のときに葡萄酒だが、おとといは岬から入江の広場にもどり裏手の路地でビールを飲み、さらに裏山からかえってきて桟橋のバールでカンパーリだった。なんだか飲みまくりたい感じが体にあった。

バスでサンタ・マルゲリータに戻った。この町、まだ海辺のほかはわずかしか歩いていない。港にも寄ってみたいが町も歩いてみたかった。しかし体はうちに帰りたがっていた。

海岸広場の屋根付きバス待合所のベンチに腰掛けた。生気ある肌の女性が乳母車の座席から幼い男の子を下ろし、前後ろ逆に着せていたキルティングのベストを着せ直し、その子を片腕で抱いて乳母車を折り畳もうとする。胸に子供がいてうまくいかない。タイツに皮コートをばさっと着た栗色まだら髪の女性が手を貸していたが、立ち上がって一人でやろうとする。でも畳み方がわからず、幼い子を母親からうけとって抱く。身軽になった母親が造作なく折り畳んだ。

ぼくは待合所を出て海岸通りの風景をみまわす。ヨーコが発ってからいつもなにかを一人でみる。なにもかもいっしょにみたい。

サンタ・マルゲリータで乗ったバスにサン・ミケーレから車掌が二人乗り込んできて検札、バスではじめて検札に出会った。切符を改札機に入れていなかった女性が慌て気味にまだしていないのと言って席から伸び上がって切符を挟み込む。

ラパッロの港にも寄りたかった。そのためにはサン・ミケーレを過ぎて海辺の坂を上がって曲がったらブザーを押す。下りはじめてじきの停留所が港の背後、そこで降りなかった。ボアーテ川を渡ってすぐ、マッテオッティ通りのとばくちで検札の車掌たちが降りた。ぼくは駅前広場までいってバス発着所で降り、売店で新聞を買い、さてポルトフィーノのバールで書いた絵葉書をポストに入れようと駅へ向かったが、そうだ切手を葉書一枚分しか持ってきていない。ヨーコにはじめて一時に二枚書いたのだった。がっかりすることはない。切手は駅の煙草屋で売っている。ヨーコへの葉書をポストに入れるとき、手のずっと先のほうにヨーコがいそうな気がしてきて、手があったかくなるんだ。帰り道、スタンダで野菜を買った。縮れた菜っ葉と白い苦みのある野菜、それから生ハム百グラム。つい最近、ハムとチーズと惣菜を扱う売場が整理番号の券を発券機から取って待つことになった。こないだそれを知らないでいたら客のおじさんが取って渡してくれた。

トラットリーアの角を曲がろうとすると晴天坂への路地からオーバーを着た年配の人たちがぞろぞろ出てくる。そのなかを擦り抜けて坂下へ出た。右手のサン・フランチェスコ教会から帰ってくる人たちだった。教会前にイルミネーション、きらめている。はじめて見た。

うちの教会、勝手にそうきめているけど、丘の麓の教会が降誕祭を迎える姿になったんだ。教会前の石段の両側で大きな星が宙に浮いている。ロゼッタというパンの形をおもいだす。朝市広場の店のロゼッタは五角だけど教会の星飾りは六角。扉の前には流れ星、イエスの生誕を告げる流れ星。晴天坂の石段を上がっていって線路をまたぐ平らなところで振り返ったら、海岸通りも降誕祭が近付いて輝きだしたようにみえた。明かりが灯った海岸通り、毎日のようにみているのに、ふっと降誕祭の海辺という言葉が浮かんできたよ。

丘の道を上がっていって、もうすぐうちという所にいつも明かりの灯っている建物があって、その明かりをみるとなんだかほっとするとヨーコが言っていた。そこの廊下の突き当たりの扉に月桂樹の葉の輪っかと赤いリボンがさがっていた。そういえば、ポルトフィーノの入江のリストランテの扉のむこうに降誕祭の木が静かにたたずんでいた。この町でも店の雰囲気がかわってきたよ。マッテオッティ通りの服の店で女の人が飾り窓にはいって飾り付けをしていた。

九四年の降誕祭をよろこばしいときにしたい。降誕祭はイエス誕生のとき、生誕のよろこびのとき、ヨーコにあらたに生まれてくるようなよろこびを感じさせたい。透けるようなよろこびのなかに在らせたい。

きのう夜八時からのRAI-1（イタリア放送協会のテレビチャンネル）のニュースにドミツィアーナ・ジョルダーノが現れた。ローマの住まいに戻ってきたところをテレビ記者につかまり、空港でも記者やカメラマンを振り切ってゲートへ向かった。逃亡中のディ・パームスタンをパリの住まいにかくまっていたというので大騒ぎになり姿を隠していたが、アメリカで出演した映画の完成パーティーに出席し、イタリアでも姿を現したのだった。

十二時五十五分、ますます荒れている。海がたちあがった。ガラス扉を開けるともろに風がはいってくる。

さっき扉を開けたとき、チェストの上に置いてあった新聞の切り抜きが飛んだ。それは十一月二十七日、日曜日の『コッリエーレ・デッラ・セーラ』、「きょう、店が開いている」という見出し、ジェノヴァに関する記事、小見出しは「旧市街が降誕祭へ向かってうごきだした」。そうなんだ、もうどの町もうごきだしている。もうすぐヨーコが帰ってくる。そして降誕祭、無原罪の御宿りからの生誕、イエスは透けるように生まれてきた。ヨーコに透けるような美しさを生じさせたい。

ポルトフィーノから帰ってきて、晴天坂を上がる前、サン・フランチェスコ教会の星のイルミネーションにさそわれて教会の前へ足がむき、そのとき初めて丘の麓の教会にはいった。椅子に腰をおろし、ふっと足元の革張りの台に足を乗せてしまった。それは跪くときに膝を乗せる台なのかもしれない。オルガンのひびき、さそうようなひびき、神のせかいへとさそいかけるひびきか。音楽はさそう、なにかしらへさそう、透けるせかいへさそう音楽がいつかきこえてくる。

■十二月六日（火）

何日振りかで明けの明星がでている。いい天気になるだろう。光あふれるようにはならないまでも雨は降らないだろう。きのう昼頃まで風が荒れた。雨が地面にぶつかっていた。夕方五時過ぎ、ほぼやんだ。二日つづけての雨だった。濡れたテラスで枯れた落葉が濡れている。海が空に浸透している。ここにも海がきている。息をすると海がはいってくる。海が生きている。たえず生きかえっている。ぼくはすぐ生きなくなってしまう。一瞬まえのぼくはもう生きていない。かすかな時しか生きていない。たえず生きかえらなければ生きない時間をすごしてしまう。生きかえりたい。たえず生きかえって生きているのが海なんだ。海が感じるように感じて生きたいんだ。

ねえヨーコ、海として生きるということわかるかな。海として生きる、ヨーコが海として生きる、すてきだろ。

猫がないている。なき声がたちのぼってくる。テラスからみおろした。姿はみえない。猫が海としてないている。

明けの明星がまたたき、海がまたたくようで、海岸の明かりまで海がともるようにみえるんだ。

北の山の靄にさえ海がある。

海のせかいにいる。

アントニオーニがポルトフィーノの入江で撮影したとき、カメラは入江のほうを向かず、入江の広場の小さなバールに向けられていた。しかし撮られた映像には海が浸透しているにちがいない。

六月、ポルトフィーノから船に乗り岬をまわっていった。船乗りの髪が海に同化するようにそよぎ、からだが海のなかにいるようにうごいた。

ポルトフィーノの入江で育ったラッジョ、ラッジョが入江にかえるのをむかえたい。かれは海にかえり、海を呼吸しながら海にみずからをひらくだろう。かれを都会の建物のなかで取り調べてもみずからをひらきはしない。

マーク・ディ・パームスタンをパリのアパルトマンに潜ませていたドミツィアーナ・ジョルダーノがローマで事情聴取を受け、ジャーナリストに追われる姿はテレビニュースに映ったが、その前日の三日土曜にはRAI-1のヴァラエティ番組に出演した。極細に幾筋にも編んだかすれた肌色の髪、以前は髪をばさっと垂らしていた。声は「ノスタルジア」に出ていたときほどかすれていない。映画では吹き替えられていたのか。かのじょに対する容疑はたいしたものではない。マークをかくまったことくらいだろう。かのじょは一連の事件をすっとかすめて通り過ぎようとしているのか。

伯爵夫人フランチェスカはメキシコにいるが、身柄の引き渡しにメキシコの警察が応じようとしていない。

ラッジョがどこか、わかっていない。

明るくなってきた。光のなかに海を感じる。

クラクシは追求を避けてチュニスに近い白い別荘で海をみている。カルタゴの海。若き日、チュニスからバスで一時間ほどの海辺にいった。村を発つ朝、ホテルの男性が下着姿で起こしにきた。顔も洗わずバスの出るバールの前にいった。バスに乗る人たちがバールで平べったいアラブパンを買い込んでいた。ひたすらにバスは走った。砂漠のほうへはいっていった。ふっと丘の町があらわれた。国境をこえ車体を弾ませながら港町アルジェへ走った。

居間に光がはいってきた。壁が光りだす。ぼくはでかける。光があらわれると光のなかにいきたくなる。

髭を剃ろうと泡を顔につけたところにファクスの音、ヨーコからだ。ヨーコは明日からもうひとがんばり茅ヶ崎のギャラリー通い、十一日が打ち上げ。こちらの十三日夜十時ごろ電話してほしいという。もちろんするよ。成田空港行きのリムジンバスが七時半発、遅れないように起こす。

棕櫚の葉のあいだの海がひかっている。まぶしい。まともにみていられない。

ジェノヴァへいく。十一時一分の準急に乗ろう。

表玄関ななめ前に止まっている車の脇で黒いパンツスーツ、金髪サングラス姿のシニョーラが猫を呼んでいる。はじめてみかける人。きょうサングラスで歩く人をあちこちでみかけるだろう、とくに海岸で。

列車、十三時四分発の準急にする。

二十一時過ぎ、帰ってきた。ジェノヴァ・ブリーニョレ駅で買ったパニーノと小型ピッツァを食べながらテレビをみる。RAI-1でU. E. F. A（ヨーロッパ・サッカー連盟）杯のユヴェントスとパルマの試合、トリノからの中継、霧のなかでのサッカー、どちらも一度ゴールを決めている。RAI-2に変える。特別番組が組まれている。アントーニオ・ディ・ピエートロがミラノの検事を辞職した。様々な傾向の政治家が喧々囂々。

二十三時四十五分、ベルルスコーニが統率するフィニンヴェスト・グループのテレビ局カナーレ5の「マウリツィオ・コスタンツォ・ショー」でもディ・ピエートロの突然の辞職がテーマ。

■十二月七日（水）

十九時十七分、夕食をおえた。ヨーコは来週のいまごろ、飛行機の遅れがなければミラノのホテルに着くだろう。ヨーコ、ぼくは踵を踏まないで歩くような感じだよ。ヨーコを迎える直前には爪先が空港の床を踏んでいる感じさえ消えてしまいそう。なにかを踏んでいる感じが消えてしまうといい。なにかに着いている感じが消えてしまうといい。

マッツィーニ通りに入る手前の店のオリーブオイル入りのパンがヨーコは好きだった。ヨーコが発ってから初めてそのパンを買った。それから白っぽいパン、そして小型ピッツァ一つとフォカッチャを二切れ、ピッツァをたのむと、いつもヨーコににぎにぎしながらチャオ、チャオと言う黒い瞳の睫毛が長いお姉さんが大きいのを持ってきた。いえそれでなく小さいの、目の前のを指さした。お姉さんはヨーコのことを知っているから二人で食べるとおもって大きいのを持ってきたのだろう。

帰って袋を開けた。パンの匂いがたってきた。うーん魅せられる。白っぽいパンを食べる。今朝焼いたものだから香ばしい。もともと粉がおいしいんだ。それを焼いて時間があまり経っていないときに食べるのだから、パンだけで食べてもおいしいが、トミーノ（山羊の乳から作るチーズ）とトマトをおかずにして食べた。焼きたてに食べたらもっとおいしいだろう。その店は夕方いくと棚があらかた空になっている。家具職人のガヴィオーリさんが生パスタは午前中に買うんだよ、そして昼に食べるとおいしいんだとおしえてくれたけど、パンも朝のうちに買うといい。

そのガヴィオーリさんから電話、昼の休みの時間、ガヴィオーリですが覚えていますか、もちろん覚えている。きょう電話したのはあなたたちをご招待したいとおもってなんです、そう言ったあと夫人とかわった。夫人が明瞭に話す。今週の土曜の夜、フェスタにお招きしたいのですが、ご用はおありですか、いいえありません、ただ妻はいま一時帰国しています、それでは奥様がもどられたらまたフェスタをすることにして、今回はお一人でいらしてください、金曜に主人が確認の電話をします、そして土曜に車でお迎えにいきます。

ヨーコがいたらよかった。

きょう、新聞三紙買った。ミラノの新聞『コッリエーレ・デッラ・セーラ』とトリノの『ラ・スタンパ』のほかにローマが本拠地の『ラ・レプッブリカ』を追加した。どれも一面にアントーニオ・ディ・ピエートロの写真が大きく載っている。一連の汚職捜査活動のシンボルがミラノ検察庁の検事を辞任した。

かれのうごきは一昨年二月のミラノの老人病院の贈収賄捜査から驚くような広がりで展開していくのを追ってきてはいたが、この九月からイタリアに住むようになって毎日のようにそのうごきが新聞で報じられテレビでも取り上げられるのをみていて、うごきの密度が高まっているのを感じていた。

浮かれた八〇年代に全盛をほこった元首相クラクシを一昨年の末に取り調べ、今年の十月初め、クラクシが収賄した金の隠匿、とくにスイスの銀行からバハナへの資金移動に関わった疑いのある伯爵夫人と恋人を追求してクラクシの金の流れの解明へ突き進もうとした。しかし、逮捕令状が発せられる三日前、十月八日の夜、伯爵夫人はポルトフィーノの館から執事の運転で監視していたカラビニエーレ（国防省所属警察）の追跡を振り切ってリグーリアの海岸をモンテカルロへ逃走、メキシコへ脱出した。

その後、ディ・ピエートロはメキシコの警察と連絡を取り続け、一方、十月三十日には、クラクシの金の操作に深く関わったディ・パームスタンが逃亡十八カ月後にパリで逮捕された。そしてクラクシと関係が深く伯爵夫人の館にもヘリコプターで訪れていた企業家で現首相のベルルスコーニをじかに取り調べようとするところまできていたのだった。

階上から女の子の声がしてきた。先日ぼくと一緒にエレベーターに乗った男性の声がする。奥様らしい声がする。女の子は二人の孫なのかもしれない。アンジェラ（天使）と呼ぶ声、小さな女の子の名前だろう。ドミツィアーナ・ジョルダーノがでていた映画「ノスタルジア」でいらだったドミツィアーナがローマにもどっていったあと、一人残された主人公の前に現れた女の子がアンジェラだった。階上のアンジェラの声がつたわってくる。ここの空気がかろやかになる。

きのう、あたたかかった、ほぼ快晴だった。ジェノヴァ・ブリーニョレ駅に一時三十分頃に着いて、床屋を探しながら一軒も見付からないまま緩やかな坂地の繁華街を上り中央広場に面したカルロ・フェリーチェ劇場まで来た。切符売場は閉まっている。午後は三時から、そのころまた来ることにして辺りを歩きまわっているうちに、初めてヨーコとジェノヴァに来て夕方、外テーブルでカプチーノを飲んだバールのそばに出た。そこの主人にはステファーニアという幼い女の子がいて、父親が目を離すとすぐ店から飛び出していってしまうお転婆娘だった。

そのバールの脇の坂を下っていくと道が狭くなり、両側に小店が並び、左側の銀器の店の飾り窓に来年の年号の入った銀張りの飾り皿、じき道は小さな広場に出た。そこに床屋があった。年配の男性が客の髪を刈っている。背後に若い女性がいる。その人も理容師だろう。そこに入るの気が進まないまま通り過ぎ、車道を渡り、下り坂のとばくちに旧市街という矢印、坂はすぐ突き当たって左手へ曲がる。

そこまでの街並と空気がちがう。旧市街、なにかが潜んでいそうでわくわくする。ぼくをひきこむ空気がある。両側に様々な店が並ぶ。布地、下着、小物、その目抜き路地に静かな路地が交差する。

左へ上がっていくと途中から骨董の店や流木のオブジェを置いてある店が現れ、突き当たりを右へ曲がる角にアラブの敷物や置物の店、二階がアラブ料理のリストランテ、昼間、一階の奥の部屋で一品料理を食べさせる。メニューが表に出ている。そのなかにクスクス（北アフリカ発祥の粒状のパスタの料理）、もうずっとクスクスを食べていない。

遥か昔、チュニスでアラビア風飾りの典雅な店内で魚介のクスクスを食べた。街で知り合った土地の若者たちが食堂で羊の肉のクスクスをご馳走してくれた。それ以来食べていない。ヨーコが気が進まなかったら、ひとりで食べにくるか。アラブの店の角を曲がった左手に古い絵画の店、じきに路地坂を今度は左へ曲がって上っていくと街の要のフェラーリ広場にでた。

広場の北側にカルロ・フェリーチェ劇場、さっき、劇場からすぐ北の高級商店街を経て次第に港のほうへと下りていき、地中海せかいの猥雑な神秘を感じさせる坂地の旧市街をかすめて途中から坂を上がっていったら元の広場に出たのだった。劇場の切符売場はすでに開いていて窓口に列ができている。前に来たとき用紙に書き込んで予約の申し込みをしておいた。その席が取れたかどうかをきたいが、それは電話にしよう。

劇場の背後に出て、その界隈を散策、ぼくの頭をすてきにしてくれそうな店を探す。リグーリア風にしてもらうのよとヨーコが言っていた。どういう髪がリグーリア風なのか、リグーリアの海のような光のような髪になったらうれしい。店が並んでいる回廊に美容院があって、女性の髪と男性のもひとつ写真が外に展示されている。ガラスのむこうで白い布を掛けて座っている人、髪が短めで女性だろうか男性だろうか通り過ぎてから戻って見るがわからない。

辺りをぶらついてから前にヨーコが靴を買ったローマ通りに出て、古い菓子の店の前を過ぎ、緑の多い広場に出るとその角にも菓子の店、そこはバールにもなっている。広場から西の方や東の方へ緑の多い坂が上がっていく。北の方へも道が緩い上りになっている。あちこち少々上ったり下りたり、いつしかまた旧市街へ。

前とはちがう路地坂から下りていって店がびっしり並ぶ先程の路地に出た。こんどは脇路地へそれずに先へいく。イルミネーションが路地の夜空をまたぐ。月があって星もあり花もリボンもある。たえず人と擦れ違いながらうごく。店がとぎれず並ぶ。右手の飾り窓に菓子が並ぶ。ジェラートが並ぶ。その古い店の表に若者たち、なかにも人がたくさんいる。

なかに入りドルチェ（菓子）をながめる。ファルスタッフというオペラの題名が付いた中になにかが入っているらしい揚げパン、ババというかわいらしい名の干し葡萄入りリキュール漬けのドルチェもある。奥がテーブル席、いちばん奥の席に着く。テーブルにメニュー、食前酒の箇所にはオペラ作曲家の名前が付いたカクテル、ロッシーニやベッリーニ、そして新しいカクテル〝コロンボ〟（コロンブス）ができたと記してある。ドルチェにはファルスタッフのほかにその作曲者のヴェルディという名前のものもある。大きなグラスに入ったコロンボというジェラートの写真が載っている。

コロンボはこの町に生まれ育った人物、ヴェルディはしばらくこの町にいてカルロ・フェリーチェ劇場のためにオペラを作った。かれがよく来たというバールがここなのだろうか。ヴェルディという菓子とカフェを頼む。やがてカメリエーレがヴェルディはなくなりましたと言いにくる。ふつうのブリオシュならあるというが、ジェノヴァにいるのだからこの町の降誕祭の菓子パンドルチェの小さいのにする。

白っぽく塗られた板張りの壁に絵が描かれている。古風なリグーリア風という感じ、海辺の光景もあった。ぼくの左手、奥まった壁面の総鏡に女性の描かれた壁が映っていて、その脇の同じ塗りの壁が化粧室の扉、内側の壁面にも女性や花や海が描かれているかもしれない。前を通り掛かるとだれかが入っているようなのでそのまま外へ出た。

すこし行くと左手に古い菓子の店、坂上のローマ通りの店と同じ名前、こっちの方が古い。なかで年配の婦人がテーブルに着いている。カウンターの前はカフェの立ち飲み客で埋まっている。飾り窓に栗のシロップ漬け、栗クリーム、それからにんにくシロップ、栗クリームはヨーコが喜ぶかもしれない。

港に近付いてきたようだ。目抜きの路地だけでなく脇路地にもイルミネーション、暗い路地に簡易宿泊所の小さな看板が出ている。泊まり、シャワー、食事、そのうちどれかだけでもよいのか、そこを覗いてみたい気がする。路地の先に大通りが見えてきた。港の前の通りだろう。そこに出る手前を左折する。路地へ路地へとすすみたくなる。怖いところにはいかないでとヨーコがくりかえし言っていた。

港へ通じる通りを港へとは逆の向きへ上がりだすと、見覚えのある教会、白大理石と灰色のアルデージア（石盤石）が横縞模様になった建物、サン・ロレンツォ教会だ。以前、小包を受け取りに港の税関に出頭した帰り、港寄りの路地の商店街を歩き途中から脇の路地を上がり始めじぐざぐにすすむうちに広場に出た。そこに教会が聳えていたのだった。ジェノヴァで最初にでっくわした教会、そこまで来るとあとは道がわかる。劇場のあるフェラーリ広場はもうすぐだ。

フェラーリ広場の周辺、どこにも理容の店がない。ジェノヴァで最も店舗家賃の高い辺りだから当り前かもしれない。都心をはずれた住宅地の方にあるのだろうか。横筋に入っていくとリコルディの店があった。十九世紀初めよりミラノで楽譜を出版して作曲家を支えオペラの黄金期を演出し、イタリアの音楽史に鮮やかな足跡をしるしたリコルディ家、そして今はCDや楽器を売る店がミラノをはじめ各地にある。その名門リコルディも今年、企業買収をすすめて世界三十カ国以上に進出しているドイツのマスメディア企業ベルテルスマンの傘下に入ったのだった。

ヨーコが音楽をききたがっていた。再生装置を買ってここでCDを探せばいい。ヨーコが好きなリコルディゆかりのオペラのCDは揃っているだろうし軽音楽もあるだろう。パリを拠点に活躍するジプシー・キングスの曲、六月にサンタ・マルゲリータの海を見晴らすホテルのテラスで夜遅く盛装の人たちが気分よさそうに踊っていた。こないだの日曜、かれらがRAI-1の人気番組ドメニカ・インで歌ったが、その前にレギュラー出演の催眠術師がジプシー・キングスの歌い手と握手した。手が離れなくなった。

大通りの通廊を下り、通廊がとぎれた先で通りがひっこみ、ごく小さな広場のようになっている。

そこにスティリスタという看板、近寄ると美容院だった。なかで若い男性の髪に女性が鋏を入れている。髪を刈ってもらえますか、もう一人やるので待ってもらうことになりますが、どのくらいでしょう、三十分くらい、待ちます。やってもらっている男性、できあがりがもうひとつ気に入らない。手鏡を頭の後ろにかざして注文をだす。ぼくの隣に座っている婦人がいいじゃない、わたしは好きよ、似合っているわよ、若者はまだ髪の長さをみている。それでいいじゃない、軽い溜め息、その婦人は若者の母親だった。やっと若者が椅子から立ち上がり母親が支払いをした。

ジェノヴァからラパッロに着いて駅をでて歩きだすと海岸に出たくなった。晴天坂へと曲がらず広場の駐車場を横切って向こう側に渡り、海岸へ向かう。海岸の遊歩道の棕櫚の幹に豆電球が巻き付けられていて、光の棕櫚並木、海岸通りのなかほどの広場に蛸のイルミネーション、頭が緑、目が赤、海岸通りの端の広場には蛸の噴水がある。蛸とこの町は縁があるのか。ひどく静か。遊歩道を幼い子が走り母親が追う。ほかに人影なし。

■十二月八日（木）

きょうは聖母の無原罪の御宿りの日、朝、雨が降っていた。十時過ぎ、ほとんどやんだようなので外にでた。丘を下り坂下のサン・フランチェスコ教会に行った。歌がきこえる。ミサがはじまっていた。後ろのほうだと祭壇が遠いのですこし前へいき、そっと椅子に座った。長椅子はあらかた人で埋まっていて、脇に並んだ椅子も空きが少なくなっている。赤ん坊の泣き声がする。斜め前方に毛皮の女性、隣に大柄な男性が深緑色の暖かそうなローデンコートを着て座っている。たいていの人がオーバーを着たままだ。数列前方で女性が膝に幼い子を抱いている。その前列でもうすこし大きな女の子を連れている女性が後ろを向いて幼児の顔を覗いた。

みなが立ち上がる。ぼくも真似て立ち上がり、みなが礼拝の言葉を言う。前列の女性が座ったまま組んだ手に額をのせて拝み、斜め前方にもそうしている女性がいる。母親や家族といっしょに来ている若い女性はあちこちにいるが若い男性はほとんど見掛けない。前列に年配の女性が座り、赤いベレーのような帽子をかぶっている。だれもオーバーを脱がないし帽子をかぶったままの人たちもいる。

中年の司祭にかわって若い長髪の男性が祭壇前にすすみ、聖書を読みはじめ、途中で拝みましょうと言う。みながいっしょに唱える。脇のほうにいる男の子が司祭たちと同じように白い祭服を来ている。また中年の司祭が話しはじめ、祭壇前から黒服の男の人が籠のようなものを人々に差し出しながらやって来て、みな紙幣や硬貨を籠に入れている。年配の司祭が現れ、煙の出ている器をもち煙を礼拝者たちのほうへいかせる仕種をする。一部の人たち特に前方の人たちが立ち上がり、司祭の前に人だかりができる。聖体を拝受しているのか。

ふたたび司祭の話がはじまり、「パーチェ（平和）を」、前列の赤い帽子の婦人が通路に出てきてぼくの斜め後方の女性に手を差しだす。みな近くの人と握手、隣の婦人が微笑んでぼくに手を差しだし、「パーチェ」。

きょうは聖母を祝う日、教会のはしごをしようと丘を下りてきたのだ。サン・フランチェスコ教会にミサのあいだじゅうずっといた。よその教会のミサはもう終わってしまったろうか。建物の一階がくりぬかれた通路をくぐって車が入らないマッツィーニ商店街へいく。きょうは祭日、休日だがどの店も開いている。マッツィーニ通りがカヴール広場に出る手前の新聞雑誌店がこんでいる。ミサ帰りの人たちが新聞を買いに来るのか。ぼくはこんだ店で新聞と雑誌を買う。並びの老舗食料品店に寄る。生ハムを百グラム、それからラザーニャと言ったら、売場のお姉さんが二切れですかと聞く。ヨーコのことを知っているのだ。そう言われると二人分買っていきたくなり、そうですとこたえた。朝市広場の生パスタの店でも茸のソースを二人分にしたよ。

零時の鐘、三カ所の教会の鐘。

星がでている。もう日付がかわったから、きのうのことになるが、昼頃の帰り道、かすかにまた降りだしてじきにやみ、午後ふたたび降ったのだった。きょうはいい天気になる。北の山肌の明かりがちらついている。海岸通りを車の明かりがかわいらしくうごいていく。

ヨーコと入れ替わりにこれからぼくはねむる。ねむりのバトンタッチ。

きのうはテレビのニュースでディ・ピエートロの郷里が映され、汚職捜査を辞めて休みの初日を家族と静かに過ごしていると現地から記者の声。

■十二月九日（金）

二十一時五十分、風がつよい。鍵を掛けないと居間からテラスへ出る扉が開いてしまう。木々のそよぎが雨のようにきこえる。夕方町へ下りていくと坂はさほど風がなかったが坂下の通りは海からの強風の通り道になっていた。その通りの両側に棕櫚のイルミネーション、星やリボンは一昨年の暮れミラノでも見たが、棕櫚のイルミネーションはなかった。海辺の町にしかないだろう。この町に列車で着くとホームに並んだ棕櫚に迎えられ、海岸通りは棕櫚の並木道だし、うちのテラスからも棕櫚の群れが間近にみえる。そういう町に降誕祭が近付き棕櫚のイルミネーションがあらわれたのだ。晴天坂下の通りでそれが風に揺れているのをみて、すこし感動した。ヨーコが帰ってくる日、夜になるだろう、棕櫚のイルミネーションに気付くだろうか。

列車の音が丘の裾からつたわってくる。その音も降誕祭らしい響きに感じられてくる。幼子イエスをはこんできそうにもきこえてくるよ。駅も降誕祭らしくなってきたよ。駅舎の二階の切符売場の前で樅の木が町に着いた人たちを迎えている。そこの窓からイタリア通りをみるとね、イエスの生誕を待ちわびるようにイルミネーションがきらめいている。

いま雨が降っているようだ。風だけの音ではない。列車がとおった。下り、そうおもう。雨風が荒れているなかで列車の音が揺すぶられ音から方向を察知しづらい。

二十三時五十五分、列車の音、下り、雨風の音がいくらかおとなしくなった。

ミンモ・パラディーノ（八〇年代に国際舞台に登場した南イタリア、パドゥーリ出身の画家、彫刻家、ヨーコが二作所蔵）の個展をやっているミラノの画廊の場所がわかった。十月にその個展の紹介を新聞でみて、十一月初めにミラノへ出た折りに寄ろうとしたが、電話番号案内に問い合わせてもそういう画廊はないという返事、それが最近その個展についての批評記事が新聞に載り、末尾に画廊の住所がでていた。ドゥオーモからさほど離れていない。十五日に寄れるかもしれない。その記事に「形而上学的透明性」とある。

十八時頃、丘の坂を上っていると後ろからオートバイの音、道端へ寄ると裏革のブルゾンの肩から背におなじ色の髪を垂らした女性。

■十二月十一日零時十三分

ラパッロの背後の山から帰ってきた。

山道にあるトラットリーアで奥の部屋の壁に沿って並んだテーブルに二十五人ほど、すこしも声のやむときがなかった。活き活きとした人たちを見ているうちに体じゅうが目覚めてきて飛び交うお喋りのなかで体がたのしみだす。茸、ズッキーニ、人参などの酢漬け、好きなだけ取って皿をまわす。手の長さほどのサラミが丸ごとくる。もう葡萄酒はサルーテ！と言って飲みはじまっている。まわりの人全部とグラスを触れ合わせた。向かい側の斜め右手の女性は北スペイン、バスク地方の出身、結婚してジェノヴァに三年住み、その後ラパッロに住んで二十年、イタリアとスペイン、言葉は似ているが料理はだいぶちがうという。まずパスタがスペインにはない。

パスタ、なにがいいか、料理を運んでくる女の人がきょうできるパスタの名を言うと手があがる。ぼくはパンソーティ（つぶした野草やチーズを詰めたリグーリア地方の郷土パスタ）のところで手をあげる。パンソーティが大皿に乗ってきて、スペイン出身の女性がまずぼくの皿に五つほど取ってくれる。ニョッキの大皿が出てくると斜め向かいのガヴィオーリ夫人がぼくにすすめる。数個取る、茸のソース。左隣のガヴィオーリさんがラヴィオーリをすすめる。ラヴィオーリはパンソーティに似ていて、つぶした青野菜が中に詰まっている。ソースはジェノヴァ風ペースト、パンソーティは胡桃のソースだった。パンソーティもラヴィオーリもカヴィオーリさんが教えてくれた朝市広場の生パスタの店でヨーコと一緒に買ったよね。

ぼくの右手のほうの端に陣取るマリーノさんや正面を背にしたジーノさん、それから奥のほうの若者たちのなかから歌が突如でてくる。ガヴィオーリ夫人があきれ顔で耳をふさぎ、ぼくを見て、シニョーラが来たらびっくりするわと言う。マリーノさんがくりかえし歌いだすのはラパッロという地名がちょくちょく出てくる歌、右隣の口髭小太り眼鏡の奥で瞼が二重の男の人が説明してくれる。ジェノヴァの方言の歌で、家を長く離れていて故郷に帰ってくると子供が亡くなっていたという悲しい歌、悲しげな調子はかすかにあるがそれを体じゅうで歌う。

■十二月十一日（日）

昨夜は陽気な夜だった。食べて飲んであちこちから歌、端の席のマリーノさんの声が大きくなって話に節がつきはじめもう歌になっている。奥の若者たちが天井に直進する声であわせてくる。元船乗りで日本にも立ち寄ったことのあるジーノさんが天井のあちこちへ声を走らす。敏捷な体つきの若者が突如立ち上がり天井を抜けさすように声を脳天からすっとぼす。女性は小声で歌うか手をたたく。ガヴィオーリ夫人が一節かすれた声を入れる。

パスタのあと、食べるのは小休止、運ばれる皿はとぎれたがお喋り、歌、呼び掛け、ぼくへも声が掛かってくる。あちこちであっちへ向きそっちへ向き立ち上がり声やうごきは休みなし。新しい皿が配られる。食べるほうもまたにぎやかになりそう。大皿が運ばれ、焼いた骨付き肉が盛り上がっている。スペイン出身の女性がぼくの皿に取ってくれる。鶏ですか、ガヴィオーリさんに聞く。子羊、それから豚、こんがり焼けている。ぼくはナイフとフォークで食べた。ガヴィオーリ夫人の親友のマリアカッラさんが骨を掴んでかぶりついている。ああやって食べればよかった、あのほうがおいしい。

喋っているうち歌になってしまうマリーノさんが若者たちの席へいっていたが戻ってきた。先細りの飲み口のある大きなガラス器を店の女性が持ってきて正面と脇のテーブルの角の辺りに置く。透明な器に女性たちが順繰りに顔を寄せ香りを嗅ぐ。グラッパね。それが手移しで歌う男マリーノさんの前にやってきた。みんなの拍手、掛け声が押し寄せる。彼がガラス器を顔の前に捧げて上体をのけぞらせ細長い飲み口を唇に触れさせないで傾けた。透きとおった液体が細く流れ込む。みんなの声が波になって寄せていく。ぐいっと器をもどすと彼は目元をぐるんとさせ節入りの声をあげた。

ひきつづきぼくの右隣の髭男性が液体を流し込み、つよいと呟き、歌いだす。やってみる？　マリアカッラさんがぼくに顔できく。口を付けないで注ぎ込むのとおしえてくれる。髭男性につよいですかとぼくはきく。つよいね、それじゃよします。

またガラス器が奥から運ばれてくる。地中海色の透けた液体が入っている。女性たちが香りを嗅ぐ。でも女性は注ぎ飲みをやらない。器がまた歌う男の前へいく。煽り立てる声が湧く。はげしい拍手。もうそれで彼はなかば酔ってしまうだろう。ふたたび注ぎ飲み、目が潤んで瞼が赤らんだ。

ガラス器に顔を寄せぼくは香りを嗅ぎ、グラスに注ぎ、味見、口のなかが透けるようになった。ガラス器が正面テーブルの奇声のジーノさんへいく。やらせようとする声が寄せる。ナプキンをシャツの首に挟んで胸に垂らし、隣の人のナプキンを器の底に当て、右手でガラスの取っ手を掴み、上体をそらせた。注ぎおえて眼鏡をはずす。ぼうっとした目、背中をたたくと涙がでそう。

明かりが消えた。音楽が流れだす。入り口のほうの部屋で十五人ほどがテーブルを囲んでいて、そこに蠟燭が灯っている。大きなケーキの上の蠟燭だ。ケーキにかぶさるようにして女性が息を吹き掛け、蠟燭が消えた。湧きあがる拍手、ぼくたちのテーブルからも湧きあがる。

外、さほど寒くない。スペイン出身の女性がぼくの手をとり甲をさすって、またお会いしましょう。ぼくは行きに乗せてきてくれた夫妻の車にガヴィオーリさんと乗る。

車が深夜の山道を走りだす。家はない。車とも擦れ違わない。道沿いの斜面はオリーブの森。

ヨーコが企画したイタリア・キッチン用品展がおわった。もうこちらも十二日になった。零時五十一分。きのうヨーコは打ち上げで帰りが遅かったろう。

明日夜ヨーコに電話を入れて起こす。そしてパスポートと航空券を忘れないように言う。

零時五十六分、テラスに出ると西の空に下弦の月、そんなところに月がいて懐かしくなってしまった。

ヨーコを起こすと書いた紙を居間のチェストに張った。

教会の鐘が一つ鳴った。

階下も階上も音なし、寝入っている。

山からの風、北の山肌のじぐざぐ道の明かりがちらちらしている。

男の声がした。テラスに出て姿を探す。みえない。もう声はしない。廃墟風建物の一階の木の鎧戸のむこうで物音。

■十二月十二日（月）

泡のように消えていく。ぼくが泡のように消えていく。消えきらないうちに目が覚めた。あしたはぼくが透けていき透けきらないうちに目覚めてしまうのだろうか。いのちが透けてしまうようずっと望んできた。透けるせかいをふっと感じるよ。ヨーコが透ける飛行機でかえってきて駆けてくる。透けるヨーコが駆けてくる。透けるせかいでは人も透けてしまう。なにもかも透けてしまう。時も透けてしまう。遥かいにしえの海にもいられる。いにしえの地中海をカルタゴの船がすすんでいく。ローマの船、ギリシャの船、フェニキアの船、いつの時代の船に乗っていてもふしぎない。いまの地中海しかないなんておかしいよ。いまのせかいしか感じられなければまぼろしを生きているにすぎないよ。

テラスから空のほうに海のほうに手を伸ばしたら手がすうっといってしまいそう。湯のなかで手が肌にふれるとそこに体がある。手応えを感じてしまう。がっちりとなにかを感じてしまう感性は鬱陶しい。もうそういう感性からめざめよう。実体と感じていたものはまぼろしだった。まぼろしの生からよみがえろう。イエスはよみがえった。クアットロチェント（一四〇〇年代）の人たちはリナッシメント（よみがえり）をしきりにもとめた。ピエロ・デッラ・フランチェスカがレオナルド・ダ・ヴィンチがよみがえったせかいをあらわそうとした。遅れて生まれてきたカラヴァッジョもよみがえりをもとめた。かれは人と争い人を傷めた。突き刺した体をまぼろしと感じた。まぼろしでない体をあらわしたくなった。

ぼくたちはいつか死ぬとおもってきた。人が生きて死ぬのをみてきたつもりだった。すべてまぼろしだった。人はまぼろしの体を地中に埋めてきた。あるいは焼いてまぼろしの煙をみてきたのだった。ラパッロ駅の北側に墓地がある。死者の日は十一月二日だけど一日の諸聖人の祭日に人々は墓参りにいく。その日、雨が降っていた。夕方やんだ。ヨーコとぶらぶら丘を下っていった。川をわたり駅の裏手へ出て墓地へとなだらかな坂を上がっていった。墓地の門前に花屋があり、いろんな花のなかでとくに菊がおおかった。あちこちの墓に菊が供えられ所々に薔薇もあった。女性像が薔薇を手にして立っている墓もある。墓地はゆるい斜面に広がっていて、奥のほうには石段がいくつもあって方々で段差が生じている。高みへ上がって、すでにうすれた赤みから透けるように夜があらわれだしている空をみやっていた。教会の鐘が鳴りだした。ほかの鐘がおう。鐘の協奏が空にひびきわたった。

岬の高みにあるポルトフィーノの墓地は外海をみはらし光があふれる。光のなかにまぼろしの死者がきえていきそうだ。

ぼくの体、なにかを感じているこの体、それはまぼろし。

泡がきえていく。浴槽にもりあがった泡、そばにいってごらん、たえずきえていく音がする。体が泡のようにきえていくのをのぞんできた。体というまぼろしがきえていくのを感じだした。うれしいよ、そうじゃないか、ずっとずっとのぞんできた。イエスはね、まぼろしがきえていくのをのぞんだんだ。みずからの体をまぼろしと感じ十字架にかけられたがっていた。まぼろしの体に槍が突き刺さった。体からまぼろしの血がでた。血とともにまぼろしがながれ、よみがえった。

南仏ニース育ちのル・クレジオが書いた「大洪水」、雨がつづく地中海の町を男がさすらい歩き、やがて光があらわれ男は海辺で光を直視、まぼろしをみてしまう目が光のなかにきえてしまうのをねがった。アルプスの北から地中海にやって来たニーチェはポルトフィーノの岬の果てに立った。光のなかにまぼろしがきえてしまうのをのぞみ地中海の光にいのった。十字架像にいのる人たちは十字架上でまぼろしの血をながしよみがえっていくイエスとともによみがえりたいとねがう。

まぼろしが地中海の光のなかにきえていく。ぼくは海をみはらす丘で光のなかにきえていこうとしている。

光がブラインドのわずかな隙間からはいってきて壁に映っている。映画「ノスタルジア」で雨をとおってくる光が壁で揺れていた。タルコフスキーはなぜあれほど水気を映してしまったのか。かれはありあまる水気、ありあまるまぼろしをみていた。あふれかえるまぼろしにむせかえりそうになっていた。水気あふれるまぼろしが光のなかにきえてしまうのをのぞんだ。くるおしくのぞんだ。
ひかりがまぶしい　　九時四十七分……

十八時二十四分、バール・ミストラル。……
扉の脇の席、しゃがれ声の歌がきこえてくる。若者が出ていった。ブルーのキルティングコートを着た金髪の女の子の手を引いてグレーの上着の婦人が扉のむこうを通っていく。左手に菓子だろうか、掌に平らに包みをのせている。船室をかたどった室内、長椅子にゆったりと身をもたせる。テーブルの上の食前酒が朝の水平線の輝きにみえる。身を起こすと山の辺の夕陽にみえる。はきこんだブルージーンズにブルーチェックのシャツだけの船乗りふうおじさんがはいってきた。背後で開いたままの扉に気付いて閉めた。カウンターの前にちょこんと腰掛け、なにも言わなくても食前酒が現れる。ぼくがためしたことのないもの。カウンターの柱の鏡にかれの顔がうつる。腕捲りの手首に時計、手が頬に軽くあてがわれ、横すわりして顔が扉へむいている。どこかを見ているというふうではない。はいってきたときバールマンと言葉をかわしたあとは、しずか。いま、きゅうに喋りだし、笑いだした。一つ星ホテルの看板が斜め前の建物の三階に掛かっている。

■十二月十三日（火）

深夜二時十一分、夜中、テラスにでると、左手、東のほうからテレビの声がする。右斜め下、廃墟風建物から例の女性の声がする。台所で片付ける音、山からの風がかすか、東の山の背がなぜかかすかに赤みがかっている。

きのう真下に黒猫がいて、見上げた目が金だった。まだ夜明けにはだいぶ間がある。なにしろぼくはこれから寝るんだから。

夜中のざわめきにはとがりがない。

列車、二時十六分、下りの寝台車、なんにんが眠っているか。

二十一時二十分に電話でヨーコを起こそうとした。寝室の電話のダイヤルを回したが通じない。受話器からなんの音もきこえてこない。玄関脇の親電話の受話器を取るとやはりなんの音もしない。ファクス機で電話を掛けようとしたが音なし。家を出て坂を駆け下り海岸通りの小広場へ駆けつける。公衆電話がずらっと並んだ屋内で電話を掛けようとしている人が二人、ぼくのすぐ後からも鳥打ち帽にコートの男性。

ヨーコを起こそうと海岸通り小広場の公衆電話でダイヤルを回すが通じない。鳥打ち帽のおじさんはじゃらじゃら戻ったお金を取って出ていった。電話機をかえてもだめ。ほかの人も家の電話が通じなくて来たのだ。ホテル・ティグッリオへいこう。顔見知りの支配人がいたら電話を日本へ掛けてくれるかもしれない。裏通りを小走りに急ぐ。路地に面したホテルの透明な玄関扉からはいるとフロントで年配の男の人がカード占いをしている。電話を掛けさせていただけませんか、家の電話もそこの公衆電話も掛からないんです、この電話だと料金がわからないな、ぼんやりした目の夜勤のおじさん、埒が明きそうにない。海岸小広場にもどる。何人もが電話を掛けている。通じている。ぼくもダイヤルを回す。00813…通じた。もうヨーコは起きていた。あとはパスポートと航空券を忘れなければいい。海岸をぶらつきたくなった。散歩の家族連れ、幼い子も犬もいる。年のいった大柄な男性が肩を丸め気味にローデンコートの身なりでしずかに歩く。四人連れの男たちがにぎやかに喋りながら遊歩道をいく。棕櫚の下のベンチに若い男女、棕櫚の幹に豆電球が灯っている。海の音がすこし。バールに寄りたくなる。なにか飲みたいというよりバールに寄りたい。カウンターの前でカフェを飲んで帰るか。

洗濯おわった、零時六分。

寝よう。列車の音、洗濯物を廊下に干そう。

そうだ、もう十四日だ。

■十二月十四日（水）

零時四十五分、東京は八時四十五分、成田へのリムジンバスに乗っているヨーコ。

きのう、ベルルスコーニが現首相として初めてミラノの裁判所に出頭、事情聴取を受けた。これから一眠りしてそのミラノへ。

七時の鐘とともに目覚めた。ヨーコが飛行機の窓のそばに座って空を見ている姿が目覚めのまどろみのなかに浮かんでいた。でもヨーコは通路側の席に座っているはず。

十時三十三分、トリノ行きＩＣ（特急列車）に乗った。

きのうの新聞に、きょう、メトロ、バス、列車のストライキがとくに北部であるかもしれないと出ていた。それを今朝読んだ。八時のテレビニュースで、アメリカできのう飛行機事故があったと報じられた。死者が出た。九時に空港のストライキのニュース、全面的なものではないからヨーコは到着できるだろう。ベルルスコーニはきのう夜、嫌疑に関する見解を読み上げた、私の性格は最後までやりぬく。

今朝目覚めてから目にはいってきたいろいろが浮かんでくる。

書斎のガラス扉の外側に大きな蜂がとまっていた。

大きな鳥が木から飛び立った。

東の山の背から水平線にかけて空がほんのり赤らんでいた。

列車がボアーテ川を渡ったとき、川面をかすめてたくさんの鷗が飛んでいた。

十時五十一分、ジェノヴァ・ブリーニョレ駅の三番ホームで十一時五分発のミラノ行きＩＣに乗り換えた。

十五時三十七分、空港で到着電光掲示板の前の椅子に座る。
髪から服に靴まで全身枯葉色の男性が携帯電話で話しながら歩いていく。
外が雪のように見えるが霧だろう。

二〇〇四年

2004.11.26〜2005.1.19

■十一月二十六日（金）

先ほど、イタリア時間の昼頃、奥様からお電話がありました。手術は日本時間の昨日の朝に始まり、九時間かかったそうですね。ヨーコが奥様とお話しました。

ダニエーレ君は日曜日にパルマに戻るそうですね。彼にはパルマに戻った頃に電話をして、昨日の手術について知らせます。今日、マントヴァ近郊に住むダニエーレ君のご両親に電話をします。

夜九時をまわったところです。日本はすでに早朝の五時頃ですね。今しがた、ダニエーレ君の実家に電話をしました。彼のお母様と話しました。すぐに、あなたの手術はどうだったかと聞かれました。手術が成功したことを伝えると、うれしそうでした。彼の力になってあげたい、でも私たち遠くにいるので助けてあげられない、彼には私たちみんなの協力が必要なのとおっしゃっていました。

■十一月二十七日（土）

今日、天気予報は雨でしたのに、朝から陽がさしていて、ヨーコがポルトフィーノへ行きたいと言い、彼女の運転であの小さな入江へ行ってきました。

今朝、十時頃ラパッロを出発して、途中、サンタ・マルゲリータでガソリンスタンドに立ち寄り、二十分過ぎ頃、ポルトフィーノに着きました。駐車場に車を置いて外へ出ると、ああ気持ちがいいとヨーコがうれしそうな声を出しました。

今日は土曜日ですが、十一月ですから人出があまり多くありません。この時期から冬場の晴れた日の午前中のポルトフィーノもまたいいのです。もちろん夏の夕方、あの小さな入江にのぞむ広場のバールの外テーブルで、食前酒を飲みながら、日がゆっくり暮れていくなかにいるのは実にすてきなひとときですが、冬の朝日の日だまりのなかにいるのもなかなかいいのです。

石畳の道を下っていって、入江の奥に面した小さな広場に出ると、東の方を向いたあの広場が日だまりになっていて、広場の北側から東へ続いている南向きの家並に沿った小舟の桟橋の道にも日がさしています。その海辺の歩道をぶらぶら歩きました。歩道に沿った建物の一階は服や宝飾品の店になっていますが、秋から冬にかけて休みにする店が多いです。

■十一月二十八日（日）

ヨーコは旧東ドイツ圏の町に住む日本人女性Hさんとメールで文通をしています。当初から、メールが届くたびヨーコは内容を私に話していましたが、最近は読むように勧めます。ヨーコとHさんが知り合った場所は、飛行機のなかでした。ヨーコは二〇〇〇年の十一月に日本へ行って、両親を市川の住まいから故郷の宇都宮の老人ホームへ引っ越しさせることを、両親の説得からホームへの入所までをやりとげ、三カ月ぶりに翌年の二月にラパッロに戻ってくる飛行機のなかで、ヨーコの隣の席にHさんが座っていて二人は話し始めたのです。

そしてそれぞれ住んでいる町に戻ってから、メールのやりとりをするようになり、Hさんの人生の筋道がだんだんわかってきたのですが、彼女は岡山の出身で東京で結婚しました。彼女の夫は再婚で、渋谷の駅の近くの借地にビルを持っていて、彼ら夫婦は持ちビルの一階で焼き鳥の店をやっていました。

店には常連客が増えていき、政財界の人たちや芸能人もいたそうです。店の経営はまあまあ順調だったようですが、一九八〇年代後半の例のバブル期に彼らのビルが地上げ屋に狙われ、背後には政財界の人物ややくざも絡んでいたようで、彼女の夫は圧力を受け、そんなさなか膵臓癌が発覚し、三カ月で他界したのでした。彼女は、夫は地上げ屋とそのまわりの人たちに殺されたと言っています。それがどういう意味か充分にはわかりませんが、夫の主治医にも地上げ屋が手をまわしていたと言います。ビルが地上げされないうちにバブルがはじけましたが、夫を急に失った彼女は戸惑ったようです。

■十一月二十九日（月）

今月の初旬、八日にミラノのマルペンサ空港を発ち、翌日成田空港に着き、二十四日にその空港を発つまで半月日本に滞在している間、私とヨーコがした主なことは家探しでした。その前にまず、ヨーコの両親の早められた一周忌がありました。成田に着くと、私たちは両親の菩提寺と墓のある宇都宮に直行して法事に出席し、それから茅ヶ崎のヨーコの友人宅に移り、横浜から湘南地域にかけての不動産仲介業者を次々訪ねながら家探しをしていたのです。しかし、ヨーコは次第に探し疲れして、もうどこでもいいという感じの物言いになってきました。それで私が一人で探して、これはと思う物件に出会ったら、そこをヨーコも見てみるというやり方に変えました。

その方法に切り替えて二日目、十九日、ヨーコは、私たちがイタリアで住んでいる町ラパッロからたまたま私たちより一日前に日本に来ているアレッサンドラと、鎌倉で会うことになっていました。アレッサンドラという二十八歳のお嬢さんについては、あなたにも話したことがあるとおもいます。私たちがラパッロで暮らすようになって二年ほど経って、フラーヴィオとミレーナというラパッロの西北の山のほうに住む夫妻と知り合いましたが、その夫妻の長女がアレッサンドラ、当時ナポリの東洋大学の学生で、比較文化を専攻し、英語のほか日本語と日本文化の勉強をしていました。その後、二度日本に行き、二度目のとき、つまり前回の日本行きのときもヨーコの日本滞在と同時期でした。

後で知ったことですが、ヨーコは鎌倉の駅に着くと、十月から鎌倉の弟さんの家に来ているアムステルダム在住のヤエコさんに電話し、ヤエコさんはヨーコが鎌倉駅に来ていることに驚き、そして喜び、すぐに材木座から出てきたのです。また、ヨーコの少女時代からの親友フサコさんも娘さんの住む横浜のアパートから出てきて、少し後にはヤエコさんのオランダ人のご主人と弟さんもやって来て、駅のそばの喫茶室でおしゃべりしたそうです。そして、ヤエコさんたちは近くの静かなお寺に連れていってくれて、そのあと、彼女たちは約束した用事があるため別れ、ヨーコとフサコさんとアレッサンドラは食事をしたり八幡様に行ったりしていたのです。

ヨーコが友人たちと鎌倉で会っているとき、私もまた鎌倉に現れ、不動産仲介会社の人が運転する車に乗って金沢街道を進み、料理屋の手前で車は左手の道へ入り、じきに小川を渡って、昔ながらの地形に沿った自然な道を徐行していき、少し先に小高い山の見える所で車は止まりました。そして車を降りて、せせらぎを聞き、背後の小山の木立を見ながら、空気も好ましく感じられ、家に入り、二階の南と東に向いた部屋に入ったころには、ここだと自覚して思っていました。

日付が遡りますが、その前日の十八日、ヨーコは朝八時頃、私より先に茅ヶ崎の知人宅を出て池袋へ向かったのです。まず十時に駅前のホテルで友人およびそのお姉さんと会って、午後一時に同じホテルに滞在中のあなたと奥様にお会いするという段取りでした。一方、私は横浜で用事を済ませ、それから池袋のホテルのロビーでヨーコと落ち合いました。そこにはすでに奥様が下りて来ていて、私たちはあなたが待つ部屋へ上がって行きました。室内に入ると、あなたがいらっしゃいました。胃をほぼ全摘してまだ二十日ほどしか経っていませんが、思い描いていたよりお元気そうに見えました。あと二つ癌をもっているお体には見えませんでした。

あなたは初めての病院生活の体験談や、これから受けることになる歯茎と甲状腺の手術について、話してくれました。そして、あなたが行きつけのホテル内のバーに場所を移し、あなたは赤ワインをグラスに一杯飲むことになったのでした。私たちとホテルで十八日に会う約束をしてから、あなたはその時、術後初めてワインの試し飲みをしようと決めていたのでしたね。あなたはごくわずかずつ、ほとんどなめるような感じで飲み始めました。私は、胃の手術のあとで、さらに別の手術が控えているあなたと一緒にワインを飲めるとはおもいもしなかったです。赤い液体を口にわずかずつ入れながら、しずかにゆっくりとあなたが快活になっていくのを感じました。

私は、あなたが癌に冒されていると知ったときから、あなたを危機から脱しさせたいとおもってきました。どうしたらいいか、あなたの魂に火をともしたら蘇る力が生じてくるのではないか、どうすれば点火できるのか、私の魂を切開して火をとりだし、その火をあなたに近づければ、あなたの魂に火がともるのではないか、そんなことをおもいました。そして、なんとか自らの魂の火をあなたへ送り込もうと手紙を書き始めました。それはあなたが患ったと知ってしばらく経ったころでしたから、九月の末だったでしょう。あなたはその手紙を読んでファクスでお便りをくださり、そのなかにどう感じたかが書かれていました。私はあなたへ書きながら、自らの魂を切開できず、できたのはせいぜい魂の表皮にかすり傷をつけるくらいでしたが、わずかでもあなたのお気持ちをかきたてることができたようで力づけられました。

それからしばらくして、私たちは日本へ行くことになり、私はあなたにお会いしようとおもいました。そして、池袋であなたと奥様にお会いし、その六日後にはラパッロに戻り、この文章を書き始めました。私はこのようにして書きながら、今度はほんとうに自分の魂を切開して魂の火を外界にさらし、その火をじかにあなたへおくりこみ、魂に火をともしたいのです。そうなれば、生きるちからが生じてくるとおもうのです。目に見えぬ火をおくろうとしているのです。

こうして書きながら、私はあなたに火をおくりこもうとしていますが、それとともに、というより、そうしていることの根底にはヨーコをすくいたいというおもいがあるのです。私は、私が好きなように生きようとするなかにヨーコを引き込み、きわめて危なっかしい人生に引きずり込んでしまいました。

あなたとご一緒にワインをゆっくり飲みながらおしゃべりしているうちに、静かに時間が経っていました。その日、十八日はあなたの誕生日の前日でした。それはホテルのバーで、実は明日が私の誕生日なのですとおっしゃるのを聞いて初めて知ったのでした。私たちは、あなたの誕生日の前夜祭というか前日祭というか、そのお祝いをすることになったのでした。

そしてです、翌十九日、あなたの誕生日に、私は鎌倉で住むのにいいかなと思う家を見つけたのでした。先月からあなたとの間で日付の呼応が生まれています。十月の十日、あなたの胃の手術が行われ、その日は私の誕生日でした。もう一つ付け加えますと、その夜、電話でダニエーレ君と話したのですが、その日はイタリアの聖人暦では聖ダニエーレの日、つまりダニエーレ君の日なのです。宣教師への道を歩んでいるダニエーレ君にとっては、彼の故郷に近いヴェローナの司祭で、後に中央アフリカで宣教をおこなった十九世紀の聖人ダニエーレは、身近な先達であり、聖ダニエーレの日は実感を伴って彼の日なのでしょう。

私の誕生日が聖ダニエーレの日であるということは、去年、あなたと奥様がラパッロにいらっしゃって、ダニエーレ君がパルマの修道会から駆けつけてきて、川のほとりのリストランテで海のものの食事をした後、近くのバールの外テーブルでおしゃべりをしていた時に、ダニエーレ君がそのことに気づき、話してくれたのでした。それを、あなたの手術が行われた日の夜、電話で彼と話していて思い出したのです。

あなたの誕生日十一月十九日、私は鎌倉で家を見つけ、翌二十日、天気が前日の曇天雨天とはうってかわり、よく晴れていました。暖かでした。私はヨーコと共に鎌倉の不動産仲介会社の車に乗って、前日見たばかりの家に行きました。そして一通り屋内を見た後、若宮大路の営業所に戻り、その家にたいして購買の申し込みをすることにし、希望価格を提示しました。

しかし、ヨーコからなにかが気に入ったときの浮き立つ空気があらわれてきません。なぜなのか、海がそばではないわねとか、すこしさみしそうとか、そんな言葉がでてきます。海がそばにないというのは、普通なら私から出る台詞です。私は海が好きで、イタリアで住まいを探したときはまずは海が見えるところを探したのです。ただ、私にとって海というのは地中海のことであり、日本で住まいを探すのなら海が見えるかどうかにはさほどこだわらなくてもいい、日本の風情をのこしているところがいいと思うようになっていて、鎌倉はそれがのこっていて、なかでもその家の辺りは鎌倉らしいと言えるのではないかと感じていたのです。そういうことにヨーコがあまり喜びを感じないようなのがなぜなのか、分かるような気がしてきました。

ヨーコは華やかな人です。生まれながらに華やかなのです。彼女はおしゃれが好きで、気に入ったものはほしがりますが、それを所有しようというより、優しく愛玩したくなるようなのです。華やかな場所に行くのも好きですが、派手に暮らしたいという欲もさほどあるようには思えません。でも、華やかなのです。そして、華やいだ明るくすきとおるようなところが似合うのです。

たとえば、私たちが十年来暮らしているラパッロの町はそのようなところで、住んでいるアッパルタメントは明るい地中海の入江と岬を見晴らすことができるのです。その情景が浮かびますと、たしかに鎌倉のあの家にすきとおるような明るさがあるわけではありません。でも、日本でヨーコに似合う場所を、住まいを見つけることはできないでしょう。

ヨーコは日本で生まれ育ったのに、その風土にそぐわない空気をもっているのです。彼女からあらわれる華やいだ空気のようなものは、日本の風土がそなえている雰囲気とは異なるものです。彼女は日本にいると、まわりの風景から、まわりの人たちから浮き上がって見えてくるのです。異質なものがいるという感じになるのです。それが、イタリアにいると、特に地中海のそばにいると、まわりの空気にしっくりとなじんでいるのです。

■十一月三十日（火）

私たちは鎌倉で住む家をなんとか見つけ、二十三日、売り主さんと売買契約を交わしました。

一時頃、契約が終わり、私たちは急におなかがすいてきました。三日前にヨーコと一緒に昼食をとった路地奥の鮨屋に行き、カウンターの左隅に座り、まずビールを頼みました。今回、日本に来て、宇都宮でヨーコの両親の繰り上げ一周忌を済ませたあと、茅ヶ崎の知人宅に滞在して住まい探しを始めてから、初めてアルコール飲料を飲むことになりました。

住まい探しを始めたのが十三日の土曜日、六日後の十九日に鎌倉の家を見つけ、その四日後の二十三日に契約を済ませるまで、ほぼ十日の間、ビールもお酒もワインも飲むような気持ちのゆとりがなく、契約を済ませた後にちらし鮨を食べながら、ビールをおいしく飲みました。

うっかりしていました。十八日に、池袋のホテルであなたと奥様がホテル内のバーに連れて行ってくださって、そこでご一緒に赤のワインをグラスに一杯飲んだのでした。その時は、あなたと一年五カ月ぶりに一緒に飲むという喜びの味でした。

今日、昼食中、ブザーが鳴り、私がインターフォンに出ると、「小包」、すぐ奥様からの小包だとおもいました。その通りでした。早速、ヨーコと二人で大きな段ボールの箱を開けました。なかにはだしの素の大箱、ヨーコの好きなちりめんじゃこ山椒、細い魚の佃煮、私の好きなとろろこぶ二種類、おつまみこぶが四種類、北海道と徳島鳴門のものです。そのほか、ヨーコの故郷の栃木の干瓢、蕎麦、きつねうどんの汁の素と具、お茶漬け類、さらにヨーコがフクロウ人形を収集しているのを知っていて、北海道と愛媛の木彫りのもの、旅行に行った時に見かけたのでしょう。あなたが体に癌を抱えて手術を間近に控え、そばでつらいおもいをしていたはずの奥様が、このような小包というより大包といったほうがよいような荷物を送ってくださったのです。

あなたと奥様はラパッロにいらっしゃるたび、今日届いた荷物の倍以上、三倍か、あるいはそれ以上だったかもしれません、いつも大きなビニール製旅行鞄の隅から隅までびっしりと隙間なく日本の食料品で埋めて、運んできてくださいました。その都度、私はヨーコと一緒に、これはもうお土産というものではないねと、そう言ったものです。そうです、あの旅行鞄のなかには、日本を離れて暮らす私たちが一日に一度日本食を食べるのに欠かせないもの、あったほうがいいもの、あってほしくなるもの、そういうものが、ほとんどの日本の基礎食品があったのではないかと見えるほど詰まっていました。その鞄を私たちは日本食の玉手箱と呼んでいました。

遠い日本からイタリアに来て、私たちの住まいに着くと、すぐに楽しいおしゃべりが始まり、ひとしきりしゃべると、待ちかねたように、あれを開けてみてくださいとあなたが言いました。私は大きな鞄を開け、ひとつひとつなかに入った食料品を取り出し、居間の大理石の床に敷いた新聞紙の上に並べていき、じきに私は気持ちが高ぶってきて、台所で食事の準備をしているヨーコを、すごいよ、おいで、おいでと呼んだものです。あまりに日本の食生活に欠かせないようなものが揃っていて、新聞紙の上に並べた食材の光景を写真に撮ったこともあります。そして、居間の床に並んだ日本からやって来たばかりの食料品をすぐには片さず、翌日、私が端からひとつひとつ食品の名前を言い、それをヨーコが書き留めていったこともありました。あなたと奥様のおかげで私たちはイタリアで生きてこられたと、ヨーコが言っています。

私とヨーコは日本で生まれ育ち、十年前までほとんどずっと日本で生きていました。私たちの体には日本の食べ物が必要なのでしょう。私たちはイタリアの食べ物が好きで、ラパッロで暮らし始めて、イタリアのものばかり、おいしいものですから毎日たくさん食べていました。そのせいかどうか、この町で初めて血液の検査をしたら、二人ともコレステロールの値がかなり高くなっていました。それで日本風な食事を取り入れるようにしたのです。ちょうどその頃だったでしょう、私たちは奥様に出会いました。

一九九五年の十月、私たちはこの町ラパッロで最初に知り合った家具職人のジェルミーノと夫人のニーチェに連れられて、彼らの故郷エミーリア地方へ旅し、近くのリナッシメント（ルネッサンス）の時代に栄えた町、彼らが誇りにしているマントヴァを訪れました。その際、中央広場に面したパラッツォ・ドゥカーレで、お友達と一緒に見学していた奥様を見かけ、ヨーコが日本の方ですかと声を掛けて、奥様と知り合ったのでした。そして、その年の暮れでしたか、降誕祭の時期にあなたと奥様がラパッロにやって来て、それから何度ラパッロにいらっしゃったか、今日、ヨーコと数えてみました。ならすと一年に二度くらいでしょうか、三度の年もありましたね、そうすると正味八年ほどのあいだに十五回以上いらっしゃっているのではないでしょうか。

今日、届いたばかりの荷物を開けて、ヨーコは奥様にいま届いて開けたことをお知らせしたくなり、ご自宅にいらっしゃるかなと電話をし、お留守のようでしたので、ホテルだわと言って、先日お会いした池袋のホテルに電話をしました。ヨーコがおもったとおり、奥様はあのホテルのそしていつもの部屋でしょう、そこに、あなたは入院中ですから、お一人でいらっしゃいました。奥様は体がたいそうお疲れでしょう、そしてそれにもまして心が疲れていらっしゃることでしょう。でも、わたし以上に本人がくるしいでしょうからとおっしゃっています。

あなたは今、大塚の癌研の集中治療室にいて、奥様は朝、池袋のホテルから病院へ行き、夜ホテルに戻ってくるという毎日を送っていらっしゃるようです。うまくいけば数日後に集中治療室から大部屋に移ることができるかもしれないそうですね、個部屋はいっぱいでとれないのでしょうね。ただ、歯茎に腕の組織を移植したようですが、その箇所の血管がうまくつながっていなくて、担当医は自然につながるようになりますよと言うそうですが、あなたは再手術をおそれて落ち込んでいるのですね。当然でしょう。すでに二度も難しい手術をうけて、とくに先日、五日前の二度目の手術は右の下の歯茎の一部を取り除き、そこに腕の組織を移植し、腕には脚の組織を移し、さらに甲状腺の癌を摘出したという、思い浮かべただけでも溜め息が出てしまうような手術をうけたのです。また歯肉の手術を受けなければならなくなるのではと、落ち込んでいるあなたのおもいはどんなでしょう。

私にはそのつらさ、こわさをあなたと同じように感じるちからが欠けています。あなたはいま、歯茎に移植した腕の組織の血管が地の部分の血管とうまくつながっておらず、口のなかに血が出るので、その血液を吸い出しているようですね。喉には穴が開いていて、そこに管が入っているので、まだしゃべることはできず、紙に鉛筆で言いたいことを書いているのですね。近く声を出す練習を始めるそうですね。脚が痩せてと奥様がおっしゃっていたそうです。どうしてこんなことになったのとヨーコが言います。あなたのような人がむごいとも言えるような手術を受けることになったのは理不尽だと、ヨーコはおもうのです。体を切り刻まれてとヨーコは言うのです。

一昨日、ダニエーレ君から電話がありました。私はあなたが受けた手術は成功したと話し、いま摘出したリンパ腺を検査に出していると言いました。もしリンパ腺に癌細胞が見つかったら、また手術をするのですかと彼は訊き、そうなるかもしれないと応えました。ダニエーレ君はボローニャに行っていて、一昨日パルマに帰ってきたのです。

ダニエーレ君はあなたの体のそして心の力が蘇るのを祈っています。そう私にはおもえます。祈るということを彼はできるのです。彼は私よりはあなたのくるしみを感じ取れるのです。くるしみを感じなければ蘇りを祈れはしないでしょう。キリストは人のくるしみを感じたのでしょう。神というものがいるなら、神は人のくるしみをその人とおなじように感じるのでしょう。

あれは何年ほど前だったでしょう、ダニエーレ君が原因不明の熱に悩まされ、体がだるい状態が続き、様々な検査を受けてもその熱の、だるさの原因がつきとめられないでいました。あなたは彼のことを心配していました。お医者さんであるあなたは、やはり医師である息子さんの力もかりて、彼の体調不良について調べ、あなたの考えを記した文章を私にファクスで送ってきて、それをイタリア語に訳して彼に伝えてくれませんかと頼んでいらっしゃったこともありました。

彼はそういう状態のなかで、神の声をきいたのでしたね。体の不調にくるしんでいただけではないでしょう。体の不調は深みにあるくるしみの表へのあらわれだったのではないかとおもわれます。生活の上で煩いも様々あったでしょう。しかし、根本には自分は生きるにあたいしないというおもいがあったのではないでしょうか。自分が生きていてもなんにもならないと感じていけば、生きられなくなりそうになるのではないでしょうか。そういうただなかで、ささやきをきいたのでしょう。くるしんでいる人をたすけにいきなさい、声はそう言っていたそうですね。

彼はそのことを家族、両親とお姉さんに話し、よく会っていた女性にも告げ、それからあなたと奥様に知らせ、彼はイエズス会に入り、宣教師になる勉強を始めることになりました。彼が聖職の道へ進めば自分たちから離れていくと感じ、家族の方達は泣いたそうですね。そしてあなたも彼の望みを歓迎できなかったのですね。それでも、彼がどうしてもそうしたいなら、宣教師として日本に来るといいとおもうようになったのでしたね。

稲光がきらめき、雷鳴があり、雨が勢いを増し、海へ向いたテラスに接するガラス扉になにかぶつかる音がし始めました。雹です。しかし私は荒れる外にいるわけではないのです。荒れる海へ出ていかなければなりません。ただ、そうすることが自分がすくわれる道になってはならないのです。

■十二月一日（水）

朝の五時三十六分です。夜明けはまだです。雨は降っていないようですが、曇り空のようです。この建物の前方、海へ下っていくすぐ下に屋敷があり、庭のユーカリの木とほかの木の間に、見えるはずのポルトフィーノ岬の灯台の明かりが見えません。ラパッロの入江の西岸の丘で、点在する家屋の明かりがきらめいています。その丘のたもとのヨットハーバーの明かりはきらめかず、じっとしています。丘のほうでは風があるために家々の明かりがきらめいているのでしょうか。私たちの住んでいるこの建物は入江の東岸の丘の中腹にあり、あなたはラパッロに来るたび、私たちの住まいに来て、一緒に食事とおしゃべりを楽しんでくださいました。

あなたと奥様は私たちと知り合ったあと、初めてラパッロにいらっしゃったのが、九年前、一九九五年の暮れだったでしょうか、その時はまずラパッロの西の丘の南端に立つホテル、エクチェルシオールに泊まったのだったと記憶しています。あの一九〇一年に開業したホテルは、私たちがラパッロ暮らしを始めたころは休業していたのですが、トリノを本拠地とするホテル・チェーンが買い取って復旧し、一九九五年に営業再開となったのではなかったかと、だいぶうろ覚えになってきています。

その滞在の際、最初の数日エクチェルシオールに泊まり、後半の数日は、同じホテル・チェーンが経営権を獲得して少し遅れて営業が再開されたホテル、私たちが住む丘の麓の海に近いエウロパに泊まったのではなかったでしょうか。このホテルは、一八七五年頃にミラノの実業家がジェノヴァ貴族の別荘の館を買い取って、ラパッロ初のグランドホテルとして開業したという歴史をもっています。外壁がやさしいバラ色の建物で、イタリア統一運動リソルジメントの主役の一人だったジェノヴァ人マッツィーニも別荘の持ち主に招かれて滞在していたことがあるのです。西の丘のホテルと東の丘の麓のホテルを滞在期間の半分ずつ試し泊まりをしてみたらどうでしょうと勧めたのは、ヨーコでした。

きょう、十二月にはいりました。降誕祭の季節の始まりです。今夜から町の大通り、旧市街の路地、海岸通りに、いろいろな形をしたイルミネーションが灯るでしょう。

テラスに向いた全面ガラスの扉を開けてみました。雨の音が少しだけきこえます。小雨が降っているのか、雨垂れの名残りなのか。小鳥の声がきこえます。東の空に星がひとつきらめいています、明けの明星でしょうか。東の空はまだ明るみ始めていません、六時四十六分です。列車の音が聞こえてきました。南の方、キアーヴァリ方面からやって来た列車でしょう。この丘の裾にある短いトンネルを出ればじきにラパッロの駅です。

■十二月二日（木）

今朝、電話があり、ヨーコが出るとミレーナからでした。今夜、ミレーナとフラーヴィオはサンタ・マルゲリータへ「トルコの花嫁」という映画を見にいくけど、よかったら一緒に行こうというのです。ヨーコが私に、どうすると聞き、ヨーコが行く元気があれば行こうと私は言いました。じゃ行くわとヨーコは言って、ミレーナと打ち合わせ、映画が夜九時に始まるから、九時十五分前に、私たちの住む丘の麓にあるホテル・エウロパの前で待ち合わせて、フラーヴィオ運転の車に私たちも乗ってサンタ・マルゲリータへ向かうことになりました。車一台で行ったほうが駐車する場所を探すのが楽だろうというわけです。まあ今頃は滞在する人たちが少ない時期ですから、海岸の駐車場に空きが見つかるでしょう。

この地域は海からじきに山になるという地形なので、平坦地が狭いため、どの町でも駐車場問題は、市長選挙の時も各候補が真っ先に取り上げるほど市民たちの関心度が高い政治課題です。なかでも、ポルトフィーノ、サンタ・マルゲリータ、ラパッロという、ティグッリオ湾岸の国際的にも人気の高いリゾートの町は、特に滞在客が増えて町の人口が三倍になるという夏場は、駐車場の空きを見つけるのが困難なのです。ラパッロ以上に平坦地の少ないサンタ・マルゲリータで、夏、駐車させる場所を見つけるのは実に難しく、週末などもう運だのみという感じになるのです。

サンタ・マルゲリータには古くから映画館が一軒あり、九月にもフラーヴィオ、ミレーナ夫妻に誘われました。ミレーナは私たちが関心をもちそうなことを見つけては誘うのです。今回は、彼らと私たち、それからローマの二組の夫妻、計四組の同世代の夫婦が夏トルコを旅したので、トルコが取り上げられた映画を一緒に見にいこうと私たちを誘ったのです。

■十二月三日（金）

あなたは、九月末に私が書いた手紙への返事を、十月初旬、胃の手術の前にファクスで送ってくださいました。その文章のなかに、人間に与えられた希望というものをもって生きていきますと書かれていました。私はいまおもうのです、希望というものが消えてしまうなかで生きる、そう生きることをおもうのです。

私は、あなたに書くという手立てで話しかけ生きている、そう感じています。しかし、私がはたして生きているのかどうか、私が生きていると感じているのさえ幻想かもしれないというおもいがよぎるのです。ヨーコとおなじ住まいのなかで暮らし、話し、食べ、眠りというふうにしている、それはまぎれもない現実とおもっていますがすべて幻想かもしれない、とすれば、その幻想はどんな私がいだいているのか。

希望が消えてしまうなかでしか生きるということはありえない、そうおもうのですが、でもなにかしら望みを抱きながら書き、それをする間は私という地球上の生き物が生きているような感じをそこはかとなく感じているという、なさけないありさまでいるのです。

昨夜、私たちは深夜零時を少しまわった頃に帰ってきました。フラーヴィオ、ミレーナ、アレッサンドラに送られてきて、彼らの車から降りると、助手席から降りたミレーナがトルコの旋回ダンス、ダルヴィシュの踊りの回り方を実地に見せてくれました。そのやり方と最近彼女が習い始めた中国拳法は同じなのだと言って、今度は拳法の攻撃の仕方を私相手に実演しました。そうしているところに別の車が坂を上がってきました。フラーヴィオたちの車の脇を抜けて私たちの住む建物の前の空き地に止まった車は、マリテが運転していました。

あなたは、フラーヴィオとミレーナとは、昨年の夏、私たちが彼らとポンツァ島への旅へ出かけるとき、ラパッロの駅に送りにきてくれましたので、顔見知りですね。マリテとはまだ会ったことがありませんね。

マリテと彼女の夫のピエトロは私たちの住む建物の最上階に住んでいます。ピエトロはラパッロの町なかに診療所をもつ歯科医です。彼はこの丘に上ってくる坂の上り口あたりのアッパルタメントで育ったそうです。いまも高齢の母親がそこに住んでいます。息子の彼は母親宅にときどき寄りますが、マリテはあまり行かないようです。彼は高校生だった時期、カヌー競技に打ち込んだようですが、大学に進んで学業に専念することを選びました。私たちが彼らと知り合ったころ、次男は高校生で、彼もまたカヌー競技に熱中していて、高校選手の代表として外国の競技会にも遠征していました。やはり大学進学と同時にやめました。

ピエトロは十年ほど前、私たちがラパッロで暮らし始めたころから、この町の政治活動に加わるようになりました。ロマーノ・プローディの政治集会に出たのがきっかけだったようです。ジェノヴァでの演説会だったのでしょう、以前から、プローディのことは、実兄から聞いていたのです。彼の兄はローマで働いていて、当時、兄の働く事務所と同じ建物のなかにプローディのオフィスがあったそうです。

プローディはボローニャ大学の教授をすでに辞めて、イタリア最大の国営企業のトップとして経営立て直しの成果を上げているころだったのではないでしょうか。やがて、一九九〇年代の半ば、中道左派連合の統一首相候補として、中道右派連合の候補ベルルスコーニと争い、首相になったのでした。すでに私たちはラパッロで暮らしていましたから、両候補の政治討論をテレビで見ました。プローディはその後、ヨーロッパ委員会の委員長となり、最近、任期が終わりイタリア政界での活動を再開しました。

昨日の夜、サンタ・マルゲリータからフラーヴィオ、ミレーナ、アレッサンドラに送られて帰ってくると、私たちの住むアッパルタメントの最上階に住むマリテも車で帰ってきて、建物の玄関を入ったところで少し立ち話をしました。マリテも私たちと同じくサンタ・マルゲリータの映画館からの帰りでした。映画館で彼女がいるのに気がつきませんでした。ピエトロも同じ頃に彼は別行動でキアーヴァリから戻り、わずかに遅れて玄関から入ってきたのでした。

昨日、私たちがサンタ・マルゲリータの海岸の広場でフラーヴィオが運転してきた車を降りると、そこでやはり駐車させて映画館へ向かいかけたミレーナの知り合いの婦人二人と男性一人に出会い、みんなで海岸通りを越えて行きました。映画館の入り口にシェパードが座っていて、その犬は映画館の犬なのです。ミレーナが五人分、つまり私たち二人の分も切符を買ってくれて、私が彼女に払おうとしたら、今日はおごりということです。

館内はまだ誰も人がいないで、私たちは中程の列に横並びに席を取りました。すぐにフラーヴィオが私に、カフェを飲みに行かないかと声を掛けてきて、私は彼とロビーに出ましたが、バールに人がいません。それで、切符売りのおじさんに、フラーヴィオが外でカフェを飲んできていいかと聞くともちろんオーケー。私たちは背後の丘から下ってくる通りを渡って、海岸通りのバールに入り、カフェを立ち飲みしながらちょっとおしゃべり。

映画館に戻ると、スクリーンの前で男性が話しはじめました。彼は長年銀行に勤めていたそうですが、ずっと前から、おそらく子供の頃からでしょう、映画が好きで、今はサンタ・マルゲリータのシネクラブの会長です。毎週木曜日がシネクラブの上映日で、映画の始まる前に会長がその夜上映される映画について話をするのが通例になっています。

昨夜の映画ですが、タイトルは「トルコの花嫁」、この映画は先月あたりに一般公開され、一部の映画ファンの間で注目されていました。私も見たいなとおもい、たしか一週間、ラパッロの映画館でも上映されたと記憶していますが、慌ただしい毎日だったのでしょう、行きそびれてしまいました。ですから、昨日ミレーナに誘われたとき、すぐに返事をしたのです。

映画が始まると、イスタンブールのブルーモスク（その原型のハギア・ソフィアではないか）と海峡を背にして、男性クインテットの真ん中で女性歌手が歌いだしました。トルコの歌です、トルコ風旋律です。この夏、フラーヴィオ、ミレーナ夫妻、彼らの長男パオロ、それからローマに住んでいる二組の友人夫妻とともにトルコを旅しましたが、旅の幕開けの地がイスタンブールでした。それからまだ四カ月ほどしか経っていないのですが、もうすでに懐かしいのです。故国にはノスタルジアを感じない私ですが、地中海地域へはノスタルジアを覚えるのです。私は地中海のそばに生まれるべきだったとそうまたおもうのです。

イスタンブールで歌う情景から、ドイツ、ハンブルグへと場所が変わり、街で出会ったトルコ移民の四十代の男とトルコ移民の家族の娘が、ほとんど相手のことを知らないままに結婚します。やがて彼は彼女に愛を感じだし、そういう自分に気づいて歓喜しますが、酒場である男を蹴飛ばして死なせてしまい、刑務所へ送られます。その後、彼女はトルコへ行き、いろいろあって、彼は出所してトルコに戻り、イスタンブールで彼女を見つけ、ふたりは愛し合い、一緒に故郷で暮らそうと彼は誘い、翌日長距離バスの発着所で待っていると言います。彼女はすでに別の男と結婚して幼い娘がいるのですが、夜、スーツケースに服を入れ始め、そこに隣の部屋から幼い娘と夫の声が聞こえてくるのです。翌日、ドイツ時代の夫は長距離バスの発着所のバールで彼女を待っていますが、彼女は現れず、彼はバスに乗りバスは走りだします。

この男女は二人とも出会う前に自殺未遂をしています。彼が傷害致死事件を起こした直後も、彼女は自殺しようとしたのです。彼女の自殺未遂は手首の血管をカミソリで切るというやり方です。彼が彼女と出会う前にした自殺未遂は、車に乗ったまま建物の壁にぶちあたったのでした。取調官が、壁にぶつかるときブレーキを押さなかったな、自殺しようとしたのだなと言いました。

なぜ父祖の地を離れて生きるこの男女は自殺未遂をしたのか。男と女は年齢が離れていますが通じ合うものをもっています。それは、ふたりとも立って生きているということです。彼はやたらビールを飲むという暮らしぶりですが、酔っぱらって横たわりそうになりながら生きているのではなく、酔いながらも立ち上がっているのです。ふらつき、大きくぶれながら、時には倒れ、起き上がり、また倒れ、立ち上がり、のめり、背後へひっくり返りと、なにかに揺さぶられるようにして、それでも立って生きているのです。彼女もそうです。

この文章を書き始めて二日目、ドイツに住むHさんからヨーコにメールが届きました。Hさんは十年ほど前からドイツ人の男性と一緒に暮らしているのですが、メールのなかで、彼の息子が自殺したと記しています。彼は息子が二歳だったときに離婚し、父と子は別々の人生を生きていました。そして息子は成人し、結婚して女の子が生まれ、そんなふうに家庭をもったあと、昨年でしたか、息子から彼に幼くして別れて以来の連絡があり、彼はうれしそうでした。しかし、会いにきた息子は、生き別れして再会した父親に借金の申し出をしました。そのとき彼は息子にお金を渡し、ときどき息子から連絡があるようになり、電話が掛かってくると彼はうれしそうでしたが、その都度、息子はお金を借りようとしました。やがて彼の弟からも借金し、弟が彼に、もうお金は貸さないほうがいいと忠告までするようになり、やがて息子は自殺したのです。

一昨日、私とヨーコは郵便局で用事を済ませたあと、買い物をし、そのころ、朝方の曇天から気持ちのよい晴れに変わっていて、どこかへ行かないかと私はヨーコを誘いました。そうね、この辺の住まいを探したいわね、じゃ、ゾアッリに行きましょう、それで決まり。日頃ふたりで、住むのにいい所と言っていたゾアッリへヨーコは車を走らせました。ゾアッリは、ラパッロから湾の東岸を南下していくと最初にある小さな町です。その辺りは気候がサルデーニャに似ているといわれ、空気が乾いていて灌木が多い地中海性風土の土地です。古代ローマ人が造った海を見晴らすアウレーリア街道を曲がりながら緩やかに上り、やがて下る途中で右手へ分かれる道を下りていくとゾアッリの町です。

駐車場は夏場は海辺に来る人たちの車で込んでいますが、季節外れの今、車をとめる場所は簡単に見つかりました。海辺へ向かい、市庁舎の近辺に地元の不動産屋がないか探すと、海際の高台へ上がっていく石畳の道の右側にそれらしき店が見当たりましたが、閉まっています。

私たちは、ゾアッリからさらにティグッリオ湾の東岸を南下していった次の町キアーヴァリへ行くことにしました。そこにあるエノーテカというリストランテへ行こうと、ふたりの思いが一致したのです。その店は、扉の外に立て掛けられた黒板に日替わりで四つの料理が手書きされていて、今日はどんな料理が食べられるかなと思いながら、まず店先の黒板を見るのが楽しいのです。

久しぶりでキアーヴァリへ車を走らせていると感じました。最後の上りで前方に空と海だけが見え、海へ突っ込んでいく感じで気分がひろがり、上りきって曲がり、あとは曲がりながら下りていくと町です。ヨーコにはもうすっかり勝手知ったる道です。

駅のそばの駐車場に車をとめて、旧市街のほうへ向かいました。その店は中世の柱廊が残っている旧市街の南側のとばくちにあります。店の前に着くと、黒板に、ミネストローネ（野菜スープ）、野兎のソースのタッリアテッレ（平打ちパスタ）、ロッセッティ（鰯の幼魚）のフライ、それからもう一品が書かれていて、すぐ扉を開けました。しかし壁に沿って並んだテーブルは扉のそばの予約席に人がまだ来ていないほかは食客で埋まっていて、中央の大きなテーブルの相席も空きがないのでした。

時刻は一時半をまわっていました。来る時間が遅すぎたのです。店を出た私たちはヨットハーバーへ向かいました。海を前にした商店街にヨットクラブがあり、そこでクラブの会員が食事できるようになっています。以前、会員でなくても食べられますかと聞いたら、なかへ案内され、そのとき食べたフルッティ・ディ・マーレ（魚介）のパスタはおいしかったです。

そこは席が空いていて、奥のほうのテーブルで男性数名、いかにもヨットクラブの会員らしい雰囲気の人たちがしゃべりながら食べていて、前に私たちがここで食事をした時もいた人たちよとヨーコが言います。

私たちは、大皿に盛られた数種類の主に魚介の前菜から自分で皿に取り分けて食べ、そのあと運ばれてきたパスタは盛りがよく、それも残さず食べ終えたとき、おなか苦しい、ヨーコがそう言います。あまり量を食べられる体質ではないのに、外で食事をするとき、つい彼女にしては多めに食べてしまい、おなかが苦しくなってしまうのです。そして、白葡萄酒はグラスに一杯、それも私が飲むのをたすけましたから、いくらも飲んでいないのですが、食後、ヨットハーバーの背後の散歩道のベンチで、私の膝に頭を乗せて横になり、顔は赤くなっていました。まあ、それでも、そうしてしばらく寝ていると、海辺の空気のなかで酔いが発散され、もう運転できるとヨーコが言い、たしかに、曲がりが連続する帰り道、危なげなく運転していました。

ラパッロに戻ると、不動産屋さんの張り紙を見に行こうとヨーコが言って、旧市街を主体に、数多くある不動産の店の表に出ている張り紙を次々見てまわりました。というのは、ヨーコは日本に住みっきりになるのはいやで、ラパッロか周辺地域に小さな住まいをもって、そこと日本の鎌倉の住まいとの間を行き来しながら暮らすのがいいと、ここ数日たびたび言うのです。

ヨーコは日本に住みっきりになることはできないでしょう。もともとヨーコから出てくる空気のようなものは日本では往々にしてまわりの雰囲気となじまず離れていましたが、ラパッロで十年暮らした今では、なかばイタリア人になっているのです。昨日、映画館でアレッサンドラと話していると、彼女が、ヨーコさんはエレガンテでイタリア人みたいと言いました。それから、ヨーコの日本語の教え子のエリーザは、明るくて愛想がよくてイタリア人みたいと日本語でそう言います。この土地の女性たちからそんな風に見られているヨーコが日本にばかり住むことはできそうにないです。彼女はもうこちらの空気を発散させているのです。

ヨーコは二月に母親の死後一カ月で父親が亡くなったあと、葬儀を終えてラパッロに戻って来ると、もう日本へ帰りたいと言いました。そう言っていたねと昨日聞きましたら、あのときは悲しくてそうおもったの、いまはもう、ずっと日本で暮らすとおもうとできそうにない、そう言いました。

彼女が日本に住まいをもちたいという訳は、私がもし先に死んだら、その後もイタリアで暮らしていくにはまず言葉の面で自信がないのです。それにイタリアの国籍は取れそうにないし、永久滞在許可証も取れないのでは、いつイタリアにいられなくなるかもしれません。それに重い病気になったら普通の滞在許可証ももらえなくなって、日本へ帰らなければならなくなるでしょう。そういうとき戻れる住まいを日本にもっておきたいと、ヨーコはそうおもうのです。しかし、そうして確保した日本の家にずっと住むとなると、それはできそうにないとヨーコはおもい、私もそれではヨーコが窒息してしまいそうになると感じます。

そして昨日になり、朝、ポルトフィーノの小さなアッパルタメントはどうかしらと、そうヨーコが言いだしました。それはいい発想だと私はおもいました。ティグッリオ湾地域のなかで、ラパッロは海岸のそばの車が入れない旧市街に商店が集中し、表通りには品揃えのいいスーパーもあり、南向きの入江に沿って海岸と背後の山からなりたつ地形が美しく、暮らすにはすばらしい町ですが、国際的なリゾート地としてのブランド力はポルトフィーノが抜きん出ています。ヨーコのような個性には、いっそポルトフィーノのアッパルタメントを夏場などに数カ月貸して、ほかの時期に住むというふうにするのが適した生活のかたちかもしれないのです。

■十二月五日（日）

昨日、ダニエーレのマンマから電話がありました。あなたの病状がどんなかを知りたくて、それを問い合わせてきたのです。ここのところ、奥様から連絡がなく、その後の経過はわかりませんが、多分よい方向へすすんでいるとおもいますと答えました。あなたが落ち込んでいるでしょうかともきかれました。ええ、そのようですと私は言いました。そうでしょうね、手術はどれくらいの時間かかったのですか、九時間です、そんなに長い手術の後では、当然、気持ちが沈み込んでいますよねと、ダニエーレのマンマは言います。

私はダニエーレのマンマにお会いしたことがありません。ヨーコは奥様に連れられてダニエーレのご両親とお姉さんが住むおうちへ行ったことがあります。ダニエーレのような愛情深い人が生まれたのがよく分かる家族よ、愛情があふれているような家族よ、そうヨーコは言っていました。

あなたと奥様がダニエーレの実家に近いマントヴァのホテルに滞在して、彼のご家族を訪ねると、なぜこの家に泊まってくれないのかと言われ、マントヴァに滞在しているあいだ、毎日お父さんが車でホテルに迎えに来て家に連れて行き、一緒に食事をしようとするそうですね。あなたと奥様がマントヴァを離れる時は、駅や飛行場に車で送るそうですね。

ヨーコが奥様に連れられてダニエーレの実家を訪ねたとき、次の目的地である温泉地サルソマッジョーレまでお父さんが車で送ってくれて、その途中、お父さんは弟さんの住まいに立ち寄り、じきに車に戻ってくると涙を流していて、バルコニーに出てきた弟さんを見上げ、彼は癌でもうあまり生きていられないのですと言ったそうです。

■十二月六日（月）

一昨日、十二時少し前、列車から降りたジョルジョとソフィアを迎え、私たちはヨーコの運転でラパッロの背後の山へ上っていきました。九月頃から、ジョルジョ、ソフィア夫妻に、サン・マウリツィオ・ディ・モンティという村にあるトラットリーアへストッカフィッソを食べにいこうと誘っていたのです。二人はそれはいいと喜び、楽しみにしていました。電話でパオリンというトラットリーアに問い合わせると、十一月初めの金曜日がストッカフィッソの季節の始まりだということです。ストッカフィッソはその店では金曜日にだけ食べられます。というのは、金曜日はイエスの死んだ日なので肉類を食べないという宗教上の習慣があったため、その名残で金曜日には干し鱈料理であるストッカフィッソを出すのです。

私たちは、ラパッロに住み始めた翌年の十一月、地元の新オイルができた時期に、この町で知り合った人たちに連れられて、金曜日の夜、まだ車をもっていなかったので、彼らのうちの一組の夫婦の車に乗せてもらってこの店に初めて来ました。そしてストッカフィッソを食べ、おいしさに魅了され、その後、ほぼ同じメンバーで毎年、ストッカフィッソの季節が始まるとじきに来たのでした。ただ、今年この店のオーナーが替わったため、作り方、味も変わってしまったのではないかと、その点がヨーコも私も気になっていました。

それまでずっと、年配のご夫婦と一人娘の三人で店をやっていて、パスタは夫人の手打ちで、ラザーニャ・ペースト、野菜のラヴィオリ、兎料理や茸料理、そして冬場のストッカフィッソ、料理数はごく少なく、ほとんどラパッロに住んでいる人たちだけが繰り返し食べにくるところですから、メニューの紙もないのです。料理は夫人が作り、どれもこの土地の農家の主婦の料理の味を伝えていて、私のような異国人にとっても懐かしいような、そしてああおいしいとおもってしまう味でした。

ところが、昨年あたりから、お嬢さんが沈んだ顔をしていて、結婚の事やその後の店についてなど心配な事柄があったのでしょうか。この夏、例年通りアムステルダムからラパッロの近くのカモッリにやって来たヤエコさんとオランダ人の夫君とともに来た時は、ご主人が店の前のイチジクの大木から実を採っていて、顔が急に老けた感じで、店には三十代くらいの女性がいました。もうその時、店の持ち主は替わっていたのでしょう。

私たちの心配は杞憂でした。大皿に山盛りになったストッカフィッソを三十代後半くらいの男性が運んで来て、それを見たとき、前と同じだとおもいました。自分の皿に取り分け、まず一口食べてみると、おいしいのです。あの味がからだと気持ちのなかに蘇ってきました。じゃがいもに干し鱈の味がしみていて、実においしい。早々にからになったジョルジョの皿に、ヨーコが取り分けてあげようとすると、彼がじゃがいもを所望しました。そして、大きなスペイン豆も前の味がします。

ストッカフィッソにはジェノヴァ地域では二種類の料理の仕方があり、ビアンコ（白）と呼ばれるのがいつも私たちが食べるものです。一週間ほど流れる水につけて戻した干し鱈を、大きく切ったじゃがいも、大きなスペイン豆といっしょに、できたての地元の新オイルで煮込むのです。もうひとつの料理はトマトを入れるのです。それはロッソ（赤）と呼ばれます。私たちが食べるビアンコ料理は、なによりも新オイルのみずみずしさで食べるのです。ソフィアはビアンコが好きだと言います。

前々日にヨーコが店に予約の電話をしたとき、土曜日の昼にストッカフィッソを食べに行きたいと言うと、ストッカフィッソは金曜日だけ作っているので、金曜日に来られませんかと言われました。でもヨーコは、土曜日でないと友人たちが来られない、私たちも彼らもあなたのお店のストッカフィッソが食べたいのと言って、ついに、では作りましょうということになったのです。

ソフィアが言うには、彼女が教える私立の小学校の給食でも、金曜日は肉がでないそうです。今年の春、私たちはソフィアの小学校に行き、彼女の教室で、十四人の生徒に私が、日本語の擬声語、擬態語、早口言葉を教え、子供たちからイタリアの擬声語や早口言葉を教えてもらうという交換授業をしました。私たちがその教室に行くのは二度目で、最初に行った時は、やはり春で、ヨーコが雛祭について話をしたのです。その日、子供たちは実に暖かく迎えてくれて、私たちのために用意された椅子に、ヨーコと私の名前がアルファベットの装飾文字で書かれた紙が置いてあり、もちろん子供たちが作ったのです。それから二年ほどが経っていましたので、子供たちは成長していました。前はまだ二年生で七、八歳くらいでしたか、今年の三月は四年生でした。

私たちの話が終わると、十二時頃、一人の女の子が教室を出ていき、じきに小粒なオレンジがたくさん入った籠を持って戻ってきました。そして、それを子供たちが食べ始め、子供たちは房をとって私たちにもくれるのです。ソフィアが言うには、それは子供たちにとっての食前酒のようなものなのです。その習慣はソフィアが始めたもので、すぐに子供たちは気に入り、そのうち、ほかのクラスでも真似るようになったそうです。

オレンジを食べた後、子供たちと一緒に階下の食堂へ行き、子供たちがいくつもある丸テーブルのまわりの席にすわり、私たちはソフィアと一緒に壁際の席に着きました。すると、一人の女の子が私たちのところにパンを持ってきて、そのあと、みんなにパンを配っていきました。そういう家庭的なことを自分からやりそうな感じの子で、家でお母さんの手伝いをしている姿が浮かんでくるような雰囲気があるのです。その子は自分から進んでパン配りをしていて、お客さんである私たちにまずパンを持ってきたのです。料理は食堂で働く女性が配ってくれて、先生たちも少し手伝います。前菜、第一の皿、第二の皿、さらにデザートまでついて、コースになっています。イタリアの子供たちにとっては当たり前なのでしょう。その日は私たちが日本人だからでしょう、一皿目はリゾットで二皿目は魚料理でした。

パオリンでストッカフィッソを食べながら、あの子たちはストッカフィッソが好きだろうかとソフィアに聞くと、たぶん好きな子と嫌いな子がいるわと言います。大人でも、干し鱈料理は好きな人と嫌いな人にはっきり別れるようです。ソフィアは好きです。とくにビアンコが好きなのです。それで食べにいくのを楽しみにしていたのです。そして一昨日パオリンに着き、ついにとソフィアがうれしそうな顔をして、九月に話がでてから待っていたのよ、そう微笑みながら言いました。

ソフィアは三度お代わりしました。ジョルジョもそう、二人ともふだんはあまり量を食べる人たちではないのですが、おいしかったのでしょう。そしてヨーコも三度お代わりし、私もそう、初め大皿に盛り上がっていたのがすっかりなくなったのでした。その後、デザートとなりましたが、みんな、もうおなか一杯というので、自家製のリンゴのトルタと梨のトルタを一人前ずつもらい、それをみんなで少しずつ味見しました。

まず前菜のサラダから始まってストッカフィッソ、デザート、それからガラスの器に入った葡萄酒も残さず飲んで、私が支払いに席を立つと、ジョルジョが来て半分ずつにしようと言います。今日は私たちが招待したのだからね、そう言って私持ちにしました。じゃ今度、ジェノヴァの山のほうにあるカミネットというトラットリーアに行こうと彼が言いました。

私たちは再び車に乗り、山道を先へ上っていきました。そして山道の行き当たりで車が止まりました。モンタッレーグロの山の参道を歩き始めると、空気が町のほうとはちがいます。いつもそう感じます。さきほどストッカフィッソを食べた村の辺りも空気のいいところですが、空気の性質がこの参道とは違うのです。自然石がでこぼこした石畳を踏んで歩いていくと、突然、前方の高みに白い建物が現れます、教会です、ふっと目の前に浮かび上がるように現れるのです。

石段を上りながら、あたしは信心深くはないけれど、宗教からすぐれた芸術が生まれた、ミケランジェロもそうだし、ソフィアが言います。石段を上りきって教会前の広場に立つと、ソフィアは気持ち良さそうな顔をして遠くを見やります。空は曇っていて、晴れていたらもっとすばらしかったのにとヨーコが言いますが、ソフィアは、あたしは灰色の空が好きと言います。

ティグッリオ湾の西岸が、奥まったラパッロの入江のヨットハーバーからサン・ミケーレ、サンタ・マルゲリータ、そして湾の西南の端にあるポルトフィーノ岬まで一望されるのです。山の上や、町から離れたところによく教会や修道院があるでしょう、そういうところは風景がきれいなだけでなく、その場所自体が特殊な力をもっていることが多いの、特別な磁力や水脈があったり、そういう土地の力がそこに来る人たちに働きかけるのだわとソフィアが言います。たしかに、聖地といわれるようなところに行くと、そこの空気がほかとは違っていて、心や体になにか聖なるとでもいうようなものがはいってくるのを感じることがあります。

この夏、トルコを友人たちとミニバスを借りて旅したとき、灌木が点在するいかにも地中海地域らしい山のなかの、人があまり訪れそうにない修道院の遺跡に行きました。私たちだけで、ほかにだれもいません。そこに着いたとき、いきなり空気に聖なるものを感じ、昼下がり、ふりそそぐ陽光からも聖なる光を感じ、そう感じたのは私だけではないようで、ふだんしじゅうしゃべっている友人たちが口数少なくなり、顔は太陽の光をあびて神々しく、俗界の人間くささが揮発してしまったようでした。

私たちの町ラパッロの守護教会があるモンタッレーグロの山の上にも、聖なる空気があるのです。教会のなかの手洗い盤のそばの壁面に、一五四七年七月二日、ここに泉が湧いたと記されています。今も教会の脇の山道に井戸があり、水を飲むことができます。

この泉には言い伝えがあります。一五四七年の七月二日、モンタッレーグロの山を越えた方に住む農夫が、畑でとれた野菜をラパッロの町へ売りにいき、帰り道、山のいただきに辿り着き、岩に腰を下ろし一休みしているうちに居眠りをしたのです。すると彼の前にマリア様が現れ、私が現れたことを町の人たちに知らせ、ここに礼拝堂を造ってください、私が現れた証にこれを置いていきますと農夫に語りかけたのです。農夫はびっくりして、傍らを見ると、小さな銀のマリア昇天像がありました。彼は急いで町へ下りていき、町の人たちに自分がマリア様を見たことを告げ、その人たちとともに山の上に戻ってくると、農夫がマリア様を見たところに泉が湧き出ているのでした。町の人たちは早速そこに礼拝堂を造り、以来その山頂はラパッロの人たちの聖地になり、マリア様が山の上から麓の町の人たちを守ってくれている、船に乗って海へ出ていく漁師たちを守ってくれると信じるようになっていきました。

一六〇〇年代にヨーロッパ中でペストが大流行したとき、ジェノヴァにもサルデーニャから入って来た船荷がペスト菌をもたらし、あたりの地域に蔓延していき、ラパッロの隣町まで達して多数の死者が出ましたが、ラパッロではほとんど被害がなく、先隣の町へと広がっていったのでした。

それから長い年月が経って同様な奇蹟が生じたこともあり、ラパッロの人たちは山の上のマリア様が自分たちを守ってくれたのだとおもい、ますますマリア様への感謝と信仰があつくなり、毎年、マリア様が現れた七月二日の頃、大祭をもよおしました。

その祭は数日は続き、近隣の町や村からも人が集まって来て、街道は馬車で込み、町なかは大層な人出で、露天の屋台がたくさん出てたいへんな賑わいだったそうです。マリア様への感謝祭は今も受け継がれ、七月の一日、町の人たちが巡礼の山道を深夜、松明を掲げて上っていき、山の上の教会に安置されているマリア昇天像を町へと降ろしてきて、その一行が町に戻って来ると、朝の空に爆竹が上がり、年に一度、マリア様を町に迎えて大祭が始まります。

一昨日、モンタッレーグロから町に戻った後、私たちの住まいにジョルジョ、ソフィアを連れてきました。私たちが住む建物はラパッロの入江の東側の丘の中腹にあり、その丘は戦後一九五〇年代の初め頃まではオリーブやレモンの木が斜面を埋め、家はオリーブ林の持ち主の住まいが二軒あるだけだったそうです。

丘の麓の海岸にクラリッセ女子修道院が今は劇場になってのこっていますが、修道院の敷地がかつては私たちの住む建物のすぐ下まで広がっていて、修道女たちは敷地内の畑で野菜を育て、一二〇〇年代からほとんど自給自足の生活をしていたようです。その修道院の名残りの塀に沿って、私たちの住まいの真下に小道があり、道をただひたすら行けばモンタッレーグロの山の上に辿り着けるのです。

私たちはまだ途中までしか歩いていませんが、春の頃など、山歩きの恰好をした人たちが小道を歩いていく姿を見かけることがあります。

■十二月八日（水）

今日はマリア様の無原罪の懐胎を祝う日です。昨日からラパッロの人口が増えています。車も増えています。きのうヨーコが、お隣にミラネーゼのシニョーラが来ているわ、すてきなショールを巻いてテラスにいるの、私にも見るようにと言います。寝室兼ヨーコの部屋に行くと、丘を曲がりながら上っていく細い道の曲がり目の向こう、お隣の建物の三階のテラスに、三十代ほどの女の人と男性と女の子がいます。おしゃれなシニョーラはいなくなっちゃったとヨーコが言います。部屋に入ったのでしょう、親子三代でミラノから来ているのでしょう。その家族は復活祭の休みと夏の一時期、それから降誕祭に休暇を過ごしに来ます。年配のシニョーラはこのまま降誕祭、年末のサン・シルヴェストロの日までラパッロで過ごすのかもしれません。

昨日、銀行での用が済んだ後、ヨーコは美容院で髪を染めるには時間が足りなそうだからよすと言います。三時四十五分に、サンタ・マルゲリータの文化協会カーサ・デル・マーレ（海の家）で、ジェノヴァのキオッソーネ東洋美術館の館長さんの講演があり、協会を主催するマリテさんに招待されているのです。

マリテさんは私たちの住まいの二階上、最上階に住む歯科医のピエトロの夫人です。彼女の両親はこの地域の出身ですが、南仏のマルセイユに移り、彼女はその地で育ち、そしてどういういきさつだったのかは分かりませんが、ラパッロにずいぶん前から暮す家系のピエトロと結婚したのです。私たちが住み始めたばかりのころ、郵便受けにイタリアの雑誌に載った日本についての記事の切り抜きが入っていたことがあって、だれがそれを入れておいてくれたのかとおもいましたが、後で、マリテがそうしてくれたのだと分かりました。

彼女は、二人の息子さんが学業を終えるころになると、ピエトロとともにラパッロの隣町サンタ・マルゲリータに文化協会をつくりました。彼らはその町で、ヨットハーバーの桟橋にある税関事務所の建物の二階を、定期的に開く文化講演会の会場にして、海の家という名前の付いた文化協会の活動を始めたのです。彼が会長をしているカヌー協会も、確かそのハーバーを拠点にしていたと思います。

税関の建物の外階段を上がって室内に入ると、両側のガラス窓の外は海、左側はヨットハーバーから北へ弧をえがく入江、その北の端の丘の上には、十年前、私たちがラパッロの住まいを見つけた直後に泊まったホテル・コンティネンタルが見えます。右側は湾から外海へ向かってずっと海、この部屋に入ると海にいるという気分になるのです。初めて入った時、海好きの私はすぐに気に入り、海の上にいるみたいと感嘆したものです。そして、ここは彼らの住まいと同じだ、海を見晴らす住まいで暮らすピエトロとマリテがここを文化協会の本部にしたかったのだと直感しました。

初めてその場所に招待された時は、ジェノヴァ・ネルヴィに住む詩人ジョルジョが俳句について話をし、その際、ジョルジョと知り合ったのですが、それからじき、年末にピエトロ、マリテ夫妻が親しい人たちを招いて内輪の晩餐会を開き、私たちも呼ばれました。その時、ピエトロが招待客の一人をテラスに連れ出し、海の上にいるようでしょうとうれしそうに言うのを見掛け、やはり彼はこの場所が気に入ってマリテの文化活動の拠点にしたかったのだと思いました。

私たちが少し遅れて桟橋にある建物の二階へ上がり、部屋に入っていくと、すでにたくさの人が来ていて、一番前の窓のそばにジョルジョが座っています。ファイッラさんの助手のルチアさん、マリテが若い女性を私たちに紹介しました。キオッソーネ東洋美術館の館長のファイッラさんがインフルエンザにかかって来られなくなり、代わりに助手のルチアさんが来たのです。ルチアさんは、ジェノヴァの東洋美術館に収蔵されている日本の美術、工芸品を収集したエドアルド・キオッソーネという人物について、来歴と功績の話をして、収蔵品の一部をスライドで映しながら解説をしました。

講演が終わるといつものように紅茶とお菓子が出てきましたが、その時、ジョルジョが私たちのそばに来て、きのうマリテに電話したら、急にファイッラさんから連絡があり、インフルエンザで高熱があって行かれないから助手を代わりに行かせると言ってきたそうでね、でも私はそれを信じないねと小声で言いました。

私は、館長のファイッラさんが来ていたら、講演の後に飛び入りで少し話をさせてもらって、美術館およびジェノヴァ市に提案を行おうとおもっていました。まず、エドアルド・キオッソーネの詳細な伝記を、キオッソーネ美術館と日本の美術工芸関係者との協力によって書物にまとめ、イタリアと日本双方で刊行するということです。

キオッソーネは一八三三年、リグーリア州の海辺の町アレンツァーノで生まれ、近くのジェノヴァの美術学校で銅版画を学びました。やがて紙幣造りに関心をもち、当時イタリアの紙幣を造っていたドイツの会社で技術を身につけ、日本も同社に紙幣製造を依頼していた関係で、日本に招聘され、紙幣や切手のデザイン、製版、印刷を指導し、死ぬまで日本に住みました。

その時代、明治維新のあと、武士階級が消滅し、多くの旧武士たちが生きるために美術工芸資産を売る必要が生じ、品質の高い骨董品が市場に出回り、非常な高給を得ていた彼は、潤沢な資金とすぐれた鑑識眼を活用して美術工芸品を集め、死後、彼の収集品はジェノヴァ市に寄贈されました。

十九世紀の前期、イタリア統一運動が進むなか、その中心地のひとつであったジェノヴァの近郊で育った彼は、一八七五年、武家政治が終焉し明治の時代となった日本に渡り、金融、通信の基礎となる紙幣や切手の製造技術を伝え、また、日本の美的文化をイタリアに紹介したのです。つまり、十九世紀の後期、新生イタリアと新体制の日本をつなぐ地道な活動に理知と情熱を注いだ人ですが、双方の国で充分顧みられているわけではありません。この人の生を精緻に辿れば、両国の関係の始まりが瑞々しく見えてくるでしょう。

命はいずれ消え去ります。消えてしまうのです。私の命はいつ消えるのでしょう。もしかするとすでにその時が近くなっているのではないか、とくに今日、うっすらとそう実感されてきたのです。命が消え始めているのかもしれないという感じがしてきたのです。

あなたは、お医者さんとして長いあいだ生きてきて、十年以上前から、毎年のように奥様と海外へ旅をしていたのですね。やがて日本に滞在していたダニエーレ君を知り、その後、奥様が彼の実家を訪ねた時、近くのマントヴァで私たちと出会ったのでした。それをきっかけに、あなたは奥様とご一緒にラパッロによくいらっしゃるようになり、そして昨年は六月、海辺の広場に面したホテルの最上階で、寝室のほかに居間兼食堂のある部屋を一カ月借りて、念願の長期滞在をしたのでした。

その頃すでに、あなた方はラパッロに来るたび、私たちの友人ジャンニ、エリア夫妻と会うようになっていて、昨年も私たちの住む丘の背後、山の中腹にある彼らの家を訪れました。夜、庭で一年ぶりの再会の食事が終わる頃、あなたが私に紙片を渡しました。紙には詩が記されていました。あなたがラパッロで休暇を過ごす間に作った詩です。その詩をイタリアの言葉にして、みんなに聞かせてほしいと、あなたは言いました。私は立ち上がり、海をかなたに見る庭で、六月の爽やかな夜の空気のなか、紙片を見て、あなたの詩をイタリアの言葉に置き換えながら朗読したのでした。思いのほか異国の言葉がすうっと出てきました。実に幸せそうな詩でした。

先日、五日の日曜日、私たちがサンタ・マルゲリータから帰ってくると、奥様から電話がありました。あなたは来年ラパッロに行こうと、管が何本も体に入っている身で、点滴もつながっているそういう状態のなか、病院内を歩いて、脚を衰えさせないようにしているのですね。ラパッロに行きたいという思いが生きようとする力を生じさせているようで、うれしいです。
ただ、さすがに奥様は心身がだいぶ疲れているようです。五日から三日間、奥様は自宅で過ごし、そして今日から、再び池袋のホテルに滞在し病院へ通う生活になるということで、あなたは三日ぶりに奥様とお会いしたでしょう。そうそう、そしてお話をじかに、筆談でなく声でしたのでしょうね。首に挿入されている管が細いものに換えられたら、声で話せるようになったのですね。

私は十代の頃、しじゅうといっていいほど、〝身を消したい〟と欲していました。当時、浮かんできた思いを随時、夜中にも書き留めておいたノートに、身を消したいという類いの言葉がよく書き留められていました。

私は地中海にむかって生きようとして、計画など土台からないような私の生き方にヨーコはまきこまれてしまった。私と出会った頃、すでにヨーコは日本のなかで異質な空気をもっていて、自分が日本の社会で異端であることを感じていた私は、ヨーコがそなえている空気を深くすいこみたくなったのでしょう。そしてふたりは一緒に暮らすようになり、十四年が経ち、私たちはイタリアで暮らし始め、ヨーコはますます日本風ではなくなっていったのです。そういうヨーコが来年の五月末、ラパッロの住まいを明け渡したあと、日本に戻って暮らしていけるかどうか、ずっと日本にいたら息が詰まりそうになるのではないか、そう私はあらかじめ感じるのです。

五日の日曜日、日がさし、ヨーコはどこか外へ行きたくなり、私もそういう気持ちになりました。サンタ・マルゲリータに不動産を見に行こうとヨーコが言い、日曜日だから不動産の店が開いているかどうか分からないけど、閉まっていても、表に掲示してある物件紹介だけでも見てみようと、車で出かけました。

サンタ・マルゲリータの海岸通りを歩いているうちに、次第に日が暮れていきました。港に着いたとき、振り返ると、ゆるい弧を描いている入江の海岸通りで建物にイルミネーションが灯り、北の端の丘の上のホテル・コンティネンタルも明かりで飾られています。うっとりするほど美しく、今までサンタ・マルゲリータをこんなに美しく感じたことがなく、ヨーコにこの町の住まいを贈りたいというおもいが湧いてきました。

サンタ・マルゲリータはイタリア国内だけでなく、ドイツやアメリカなど外国でも海岸リゾートの町としてよく知られています。この町に住まいを、たとえば海岸の近くに狭くてもいいからアッパルタメントをもっていれば、それを夏場、イタリア人か外国人に貸すと、その時期はふだんの月の三倍の家賃で貸せるそうで、夏の四カ月で一年分の家賃に匹敵する収入を得ることができるでしょう。そうしたうえで、ほかの季節をヨーコが使ったら、イタリアで、それもよく知ったなじみの町で時々暮らせることになるのではないかと思ったのです。

そして二日経って昨日、港で文化協会の講演が終わったあと、ぶらぶら海岸通りを歩き、旧市街の路地のとばくちにあるやや高級な食料品店で醤油を買って、車を駐車させておいたところへ、寒くなってきたので急ぎ脚で歩いていたら、日曜日にも見た不動産の店の張り紙が目に入りました。一つ新しい物件が目にとまり、広さがこの辺にしては珍しく狭く六十平方メートル、その割にテラスが三十と広い物件です。価格が知りたくなり、店内では五十代くらいの女性が机の前に座っていて、訊ねるとすぐに答えが返ってきて、その額はおもっていたより高く、やっぱりこの町は高いわねとヨーコが気落ちした声で言いました。

私は、昨年、ジョルジョを介してミラノの近くで手作りのミニ本シリーズを制作し続けている出版人を知り、彼の手で短文とイメージ作品が載った私とヨーコそれぞれの本が刊行されたのです。その本に、私はアダモ（アダムのイタリア語）と、漢字の〝我舵望〟をあてて、海の色の絵の具で書き、「我、熱望する舵なり」とイタリア語で記しました。私は未知の海を舵となって進んでいきたいと望んできたのでしょう。

急にドメーニコの姿が浮かんできました。アンドレイ・タルコフスキーの映画「ノスタルジア」のなかで生きているドメーニコです。彼はトスカーナの温泉地バーニョ・ヴィニョーニの村はずれで、廃屋に妻と子供を閉じ込めるようにして生きていたのです。やがて妻と子供はその家から警官によって外に出され、彼のもとを去っていきました。そういう過去が彼のなかにしじゅう蘇ってきて、自分のためにだけ生きすぎたという思いに苦しめられるのです。

ドメーニコは、自分のためでなく生きようと立ち上がり、廃屋を後にして、ローマのカンピドーリオの丘で世をすくおうと訴え、自分の体に火をはなって命は消滅します。

一方、ドメーニコにひかれていったロシアの詩人アンドレイは、ドメーニコが世をすくおうと訴えていることを知り、バーニョ・ヴィニョーニの村の、ふだんは温泉となっている広場、そこが掃除のためなのか温泉を抜いて地面がむき出しになっていて、その端から火を点したロウソクを手にして、火が消えないように手と体でまもりながら、広場を横切って火を対岸まで届けようとします。そして火が灯ったままロウソクが対岸のすぐそばに達したとき、彼は倒れます。

■十二月九日（木）

私は書いています。私によって書かれる言葉は命であり、言葉の連なりが命の流れです。

ここで行を変えました。行を変えるとき、自分の命がそのとき空白になると感じ、命がからっぽの不安を覚えます。それでも、こうして行を変え、そうして空白を感じた後、ふたたび書きだし命がながれだしたと感じ、まだ命がのこっているとおもうのです。命がすべて外へ出てしまったとき、外へ出て言葉となってしまったとき、おのずと命は消えます。そうならなければなりません。


きのう午後三時から、ヨーコは居間でエリーザに日本語を教えました。授業が終わると、エリーザが悩み事を話していい？と聞いたそうです。エリーザは月曜日、英語、ラテン語、歴史、物理四教科を三時間ぶっ通しで行う模擬試験を初めて受け、終わった後、クラスのだれもがへとへとになって、家に帰っても疲れきっていて、ぼんやり本を読んだりテレビを見たりして早く寝たそうです。でも次の日は試験が終わったあとうれしいから、解放感があるから、夜、おばあさんもおかあさんもめったにないことだからと許してくれて、友達とパブへ行ったのです。

その友達二人、レレちゃん、ナナちゃんとは夏休みの終わり頃、九月の初旬、レレちゃんのおばあさんがもっているアオスタの家に行き、そこでアルプス地域の滞在を楽しんだのですが、その間にレレちゃんとナナちゃんが衝突しました。エリーザがなんとか仲直りさせようとして、ふたりが話し合って、そのときは仲直りしたようなのですが、学校が始まってからもなんとなくふたりのあいだはよそよそしく、エリーザはそのことが気になっていました。

レレちゃんはクラスで一番成績のいい優等生で、彼女と親しくなってからエリーザは刺激を受け、去年はずいぶん学校の勉強に熱を入れて、相当成績もよかったようです。それが、今年になったころから、私はレレちゃんとはちがう、学校の勉強はほどほどにやって、好きなことに熱中したいのと言うようになりました。彼女は語学が好きで、でも古典語の勉強は好きではないです。いま実際に使われている言葉に興味があるのです。七歳からイギリス人について英語の個人レッスンを受け、去年からヨーコに日本語を習い、最近、ロシア語の勉強も始めました。ロシア語の勉強は「たしなむ程度」やっているそうで、今は日本語に熱中しているのです。

ところで、彼女の友人たちの問題ですが、レレちゃんとナナちゃんはついに、すいかの仲になったというのです。すいかの仲と言われ、ヨーコはなんのことか分からず聞き直すと、辞書に出ていると言ってエリーザは辞書のその言葉が載っているページを見せました。それで、水火の仲と分かりましたが、いま、この言い方はあまりしないわねと言うと、犬猿の仲、そうエリーザが言いました。なにしろつぎつぎ言葉を覚えているのです。

さて、火曜日、祭日の前夜、エリーザはレレちゃんとナナちゃんを仲直りさせようとしましたが、だめでした。人と人の関係ってどう思います、ずっと続くことはないのかもしれないけど、続くって幻想をもってしまう、そんなことをエリーザは言って、ヨーコはどう応えたらいいか戸惑ったようです。

■十二月十日（金）

昨日夕方、ヨーコと一緒に車で町に下りていき、いつも車を置く駅前広場の駐車場は空きがなく、海岸通りの馬車待機所に近い駐車場へ行くと、空きがあって駐車できました。私たちは郵便局へ行き、どの窓口も人が列をなしています。郵便係の窓口の列に並んでいると、ミレーナが現れ、私たちに気づき、頬を寄せてチャオ、すぐに赤い上着を脱ぎ、暑いと言います。

こうしてミレーナとぱったり町なかで出会うことがときどきあって、ミレーナだけではなく、町に下りてくればたいてい友人、知人に出会うのです。たとえば昨日の午前中、銀行に入りかけるとフラーヴィオの親友マルコのマンマが出て来るところでした。そして銀行のなかで列の二人前にラパッロの文化協会の会長さんのロマーノさんがいるのです。

こんなふうに町でしょっちゅう知っている人たちと出会うのは、この町が三万人の人口の小さな町で、海岸通りの裏手にある旧市街を要とした町の中心部でたいていの用は足りるようになっているということがありますが、それとともに、私たちが十年暮らしている間にできた町の人たちとの関係、私たちのこの町における人生がそうさせてもいるのでしょう。

ミレーナはベルギーに住む妹さんがプレゼーペを作りたいけど、キリストのまわりに配置する羊飼いや犬やそのほかいろいろな物がベルギーでは手に入らないので送ってあげるということです。彼女はナポリの近くの出身で、十六歳のころに北部のトリノに移りましたが、気質はナポリ人のままで、活発にしゃべり、明るいです。最近、ラパッロやその周辺に古くから伝わるボビンレース、ピッツォ・アル・トンボロを習い始めたそうです。

ピッツォ・アル・トンボロは、ティグッリオ湾に面して点在する町、特に湾の奥のラパッロから西岸のサンタ・マルゲリータやポルトフィーノにかけての地域で、一二〇〇年代のころから漁師の妻たちの内職として作られてきました。ジェノヴァが隆盛をほこった一五〇〇年代半ばから一六〇〇年代に掛けて、ラパッロとその周辺のピッツォはジェノヴァの名家の人たちが身に着ける衣装の縁飾りに使われ、またジェノヴァ商人の手を通してヨーロッパ各地へ輸出され、王族や貴族たちに珍重されたのです。その後、贅沢禁止令がフランス、そしてジェノヴァでも出て、ピッツォ作りは衰退した時期もありましたが、一八〇〇年代に再び注目されるようになりました。しかし、一九〇〇年代に入ると、生活習慣が著しく変わっていくのにともなって服飾にも大きな変化が生じ、次第に作る人は少なくなっていきました。

そんな盛衰を経たあと、一九九〇年代の頃から大切な文化財としての見直しの機運がでてきて、今、ラパッロにはピッツォ作りを教える学校が二校あり、サンタ・マルゲリータにもあります。ラパッロにはそのレースの美術館もあり、あなたもご存知ですね。美術館は数年前拡張され、貴重な下絵や、古いレース、さらにレースを使った年代物の衣装が展示されています。

ミレーナは、サンタ・マルゲリータの学校へ通っています。というのは、ラパッロには二校あるのですが、お互いに張り合っていて関係がわるく、それに、ラパッロの学校は下絵をあまり生徒に使わせたがらず隠しているためだということです。

きのうはそんなふうにして町のなかを細かな用事で歩きまわり、帰って来るともう七時になっていて、その後、九時半頃、ヨーコはアムステルダムに住むヤエコさんに電話をしました。ヤエコさんについてはあなたにお話したことがあるとおもいます。伯母様が日本に美術を教えにきていたイタリア人画家と結婚し、二人はパリへ移り、そこで華やかな生活を送った後、ラパッロから西へさほど離れていないカモッリの近くの集落ルータに移り住み、夫の死後も伯母様はその地で九十四歳まで生きたのでした。私たちがラパッロで暮らしはじめたころ、まだ伯母様は生きていらっしゃったのです。少し後に亡くなられたのですが、私たちはまだヤエコさんと知り合っていなかったので、そのような女性がルータにいたとは知りませんでした。

私たちがヤエコさんと知り合ったきっかけは、彼女の知り合いの藤沢の老人ホームにいらっしゃる婦人が、ときどき日本の新聞記事の切り抜きをアムステルダムに送ってくれて、その切り抜きのなかに私が書いた文章があったのです。それを読んだヤエコさんが、若い頃から知っているラパッロの町に日本人が住んでいることに驚き、でも慎ましい方なので、一年ほどその切り抜きを手元にもっていたのだそうです。そして、おもいきって手紙を書いたというのです。何年前でしたか、ヨーコが日本に行っているあいだに手紙が届き、それを見るなり、手書きの字が素朴でのびやかで、文章があたたかく、私は体がそして気持ちがあたたかくなったのです。

ヤエコさんは毎年、五月頃にご主人のハンスさんと一緒にカモッリに来て、伯母様が親しくしていたスイス人の女性の住まいの一階を借りて一カ月ほど海に近い生活を楽しみます。その間、私たちはご夫妻とときどき会って、連れ立って食べにいったり、滞在先におよばれして、お料理をごちそうになったり、そうして私たちにとってかけがえのない友人夫妻というふうになっていったのです。

ご夫妻はカモッリだけでなく、日本へもやはり毎年のように行き、鎌倉の材木座に住む弟さんの家に滞在するのですが、ちょうど先月、私たちが日本で住まい探しをしていたころ、鎌倉に来ていました。それで、ヨーコは鎌倉でアレッサンドラと会う日、鎌倉駅から電話し、ヤエコさんがすぐに会いに来てくださり、後からハンスさんと弟さんも駆けつけて来て、駅の近くのヤエコさんが好きなお寺へ行き、雨のなかの境内でハンスさんが写真を撮ってくれたそうです。その写真が昨日届き、ヨーコはそのことを知らせたくて、すでにアムステルダムに戻っているヤエコさんに電話をしたのです。

その電話の話のなかで、ヨーコが、鎌倉でヤエコさんに会った日、別行動をとっていた私が鎌倉で住むのに適した家を見つけ、日本を発つ前日に契約してきたということを話しました。そしたらヤエコさんは、よかったわね、あたしも鎌倉に家がほしい、自分の家がほしいと言って、失礼ですけど、買うことにした家はいくらくらいですか、どこの不動産屋さんの仲介ですかと、具体的なことをヨーコに聞いたそうです。

五月から六月頃、ヤエコさんとハンスさんがカモッリに滞在しているとき、ヨーコはよくヤエコさんと会ってあちこち行っては、一緒に食べたりおしゃべりしたりしていましたが、そんななかで、海を見ながら、ヤエコさんが、ハンスが死んだあとのことを考えてしまうのよねと言っていたそうです。ハンスさんが先に亡くなったら、ヤエコさんは言葉の問題やそのほかいろいろ外国で一人で暮らすには難問が出てくるでしょうから、不安をもっているようです。

こうして書きながら、命が刻々と減っていくのを感じます。書いていないあいだも絶えず命が減っていくわけですが、書いている時は、命を自分の外へ出そうとして書いているのですから、きっとどんどん命が減っていくのではないかとそうおもいます。そうして、これを書きながら私の命がすっかりなくなってしまえばいいのです。命がすべてこう書くほうへ移っていけばいいのです。そうすれば書かれたものが命をもち、生きはじめるのです。毎日たえまなく書いているわけではありません。書かないでいる間、ほかのことをしているわけですが、そうしていると、自分の命がぼうっとしているような、命がどこへいったらいいのか行き先がなくてぼうっとたたずんでいるようなそんな感じがしているのです。

昨日、エリーザについて書き始めました。その続きを書きたいです。エリーザはみずみずしく感じる少女です。ここに来ると、ヨーコのそのときの気持ちや体の状態を敏感に感じ、疲れているようでしたら授業休みにしていいんですよとか、悲しいことがあるんですかと言ったり、今日は元気そうとうれしそうにしたりするのです。そして彼女が感じていることはほぼそのとおりなのです。エリーザはいま十七歳ですが、人と人の関係がずっとつづくとおもうのは幻想なのかもしれないと感じ始めています。あるいは、もっと前からそう感じる時があったのかもしれません。

彼女が四歳のとき、両親は離婚し、母親はエリーザと妹を連れて故郷のエミーリア地方を離れ、実の両親がすでに移住していたラパッロに移って来て、それ以来、エリーザとその家族はラパッロの川のそばで暮らしているのです。彼女は父親がいないのはさみしくないと、まだここに通うようになってあまり経たない頃、ヨーコにそう言ったそうです。両親が喧嘩するのを見なくてすむようになって、せいせいしたとも言ったそうです。四歳のエリーザが両親の喧嘩の情景を覚えているのでしょうか。それともその後、母親から父親と別れたいきさつを聞かされたのが、自分が見たことのようになっているのでしょうか。

授業が終わって、ヨーコがお茶を入れに台所へ行くと、なにかお手伝いしましょうかと言って、エリーザが後を追ってきます。そして、ときどき、台所で、秘密をまもってくれる？と言ってから、母親や祖母にも言っていないことをヨーコに打ち明けるのです。

たとえば、エリーザは中学二年生、十二歳のときに、彼女をよくからかっていた同じクラスの男の子が好きになり、その子が文科高等学校に進学するので、エリーザも同じ高校へ進むことにしたのですが、その子に裏切られたそうです。そして彼女は引っ込み思案になったようです。一昨年、それまで日本語を教わっていたバルバラさんに連れられて初めてここに来たとき、彼女は自己紹介の文章を日本語で書いて持ってきましたが、そのなかに、自分は内気な少女で、初めて会った人とはどう話していいのかわからなくなりますと書いてありました。

エリーザは好きな男の子との経験を通して、人と人の関係はずっとは続かないのかもしれないと、みずみずしく感受したのでしょうが、それ以前から、そういうおもいはこの少女のなかにあったでしょう。彼女は父親がいない家庭で寂しさを感じることは実際さほどなかったかもしれませんが、父親がいないことに欠落感のようなものは感じてきたでしょう。

彼女は、墓地を歩くのが好きです。去年の夏でしたか、ヨーコがエリーザを隣町のゾアッリへ車に乗せて連れて行ったとき、ゾアッリの町の入りくちにある小さな墓地を見て、あたし墓地を歩くのが好きなんです、こんど一緒に墓地を散歩しましょうとヨーコに言ったそうです。

命がなくなった人たちが寝ている墓地、こちらでは今も人が死ぬと火葬にせず、遺体を棺に入れて墓地に埋葬することが多いのです。墓地には命がなくなった人たちが姿は残ったまま寝ているのです。そういう人たちが墓石の下にいる墓地を歩くのが好きというのはどういうことでしょう。こころが落ち着くのと彼女は言ったそうです。生気がみずみずしくほとばしりでてくる彼女が、生気の消え去った人たちがいるところを歩くのが好きというのは、なぜなのでしょう。落ち着くということは分かるような気がしますが、落ち着くといっても、彼女特有の落ち着く感じをいだくのでしょう。

彼女は母方の祖父が好きで、父親のようにおもっていたそうです。その祖父が亡くなったのは降誕祭を一緒にお祝いした少し後だったと、ヨーコに話しました。

エリーザは清水のよう、清水のようにおもいがあふれてくる、すきとおるように感じるのとヨーコが言います。彼女はすきとおるように、なにかが消えていくことをおそれているのでしょう。

■十二月十一日（土）

いま、朝六時三十四分二十六秒、数字で表される時間を見ていると、絶え間なく自分の命の時間が減っていくのがわかります。しかし、命が減っていくことは数字で表されるものではないはずです。果たして命に数字で表しうる量があるものかどうか、生まれた時から命は減っていくものなのかどうか、人に一生というものがあるのかどうか、それは人間が避けようがないほどにもってしまう幻想でしょうか。

エリーザは数字で表せば、十七年ほど生きてきて、彼女の命はいまゆたかにあると感じられます。彼女はヨーコにたいしてあふれるように自分を表そうとします。あふれるように彼女の呼吸がヨーコへとそそがれます。彼女はヨーコへなにかしら力のようなものをあたえています。生きる力のようなものでしょう。

　私がヨーコにさずけたいのは私にいのちというものがあるとしたら、それをさずけたいのです。私と出会ったことで、ヨーコがそれまで生きてきた道筋がまるでかわってしまいました。生きていれば当然、様々な人と出会います。しかし、なぜ私とヨーコが出会ったのか、わかりません。わからないことは運命という言葉でしか表しようがないのでしょうか、あるいは神のおぼしめしと言うしかないのでしょうか、そうではないはずです。

　いま、私がどうにかしたい生はヨーコの生のみです。ヨーコの生をゆたかにする、快いものにするというのは、望みとはちがうはずです。それはそうあらねばならないことです。私のいのちをヨーコにあげてしまわなければならないです。私は私をおおっていようとしてきたのです。おおいを取り払い、いのちをヨーコへそそぐのです。

　私は人としての形をとっています。顔があり、胴があり、手足があり、人々は私を人と見ています。そういう私の人としての形さえ、私のいのちをとじこめているのです。私のいのちは肉体を崩壊させてヨーコへとそそがれていかなければなりません。刃物や銃器や薬で肉体を滅ぼすのではなく、いのちが肉体というおおいを崩壊させてほとばしっていくのです。しかし、私が人としてある形、人としての肉体が崩壊されれば、人ではなくなります。人という在りようが消滅してしまいます。人として在るのは、人として閉じられているからです。人としてすべて開いてしまうということが生じれば、人としては滅びてしまうはずです。しかし、人として在るすべてを開いていのちをそそがなければ、ヨーコのいのちをゆたかにすることはできないです。

■十二月十二日（日）

この季節、ラパッロで暮らす私たちは、なかなか忙しいです。ラパッロからティグッリオ湾東岸を南東へ下っていくと、ゾアッリの次にキアーヴァリという町があります。もちろん、あなたと奥様はあの町へもう何度も行っていますね。昨日と今日、毎月の第二の土曜と日曜は旧市街の道の両側や広場に骨董の屋台がずらっと並びます。あなたと奥様はその市も知っていますね。それから、中世の柱廊がずっと続くその入り口にあるデフィッラというカフェや、そのカフェに付属したエノーテカというリストランテも何度か行っていますね。とくにエノーテカで、壁の黒板に書かれた葡萄酒の銘柄のなかから選んで飲み、料理もその日できる四品から選んで食べるのが好きでしたね。

あの町には「ペダルとフォーク」という文化協会があります。もう大分前、ジーロ・ディターリア（イタリアを舞台とした自転車ロードレース）の有名な選手だった人と彼の友人のリストランテの主人が、スポーツと食べる事を取り上げる文化協会を作ろうと思い立ち、当時彼らが住んでいたキアーヴァリに「ペダルとフォーク」という協会ができました。そして今では、毎年十月、その年度にイタリアで発表されたスポーツか食に関する本のなかから最優秀作を選び、キアーヴァリ賞を授けています。その協会にエリアの推薦で私たちは入会し、協会の最も重要な催しである文化賞の授賞式には欠かさず出席していましたが、今年は急に行けなくなりました。ですから、一昨日の年納めの晩餐会にはぜひ出席したいと前からおもっていました。

さいわい、急に行けなくなる用事が生じず、私たちはエリアとの打ち合わせ通り、列車でキアーヴァリへ行き、旧市街にある図書館に向かいました。駅前広場から旧市街の路地にかけてイルミネーションが灯っています。この町の今年のイルミネーションはおもに星の形をしたものです。ラパッロは川の流れのような細かく流れるイルミネーションが基調になっています。

図書館に着くと、ちょうど講演会が終わってエリアが出口に向かってくるところでした。私たちはボルサリーノ帽をかぶった小柄な男性に紹介されました。その人は作家で、ジェノヴァ大学のイタリア文学科のデ・ニコラ教授が彼の新作について話し、引き続き作者が講演をしたのです。作者の父親が戦前から六〇年代にかけて有名な喜劇俳優だったと、私は事前に百科事典で調べて知っていました。私が仕込みたての知識を披露すると、なぜ講演会に来なかったのかと作者に言われました。この人はやらなければならないことがいつもたくさんあるのよとエリアが脇から言ってくれました。話にキアーヴァリの高校のイタリア語の教師だったマルチェッロさんが加わり、少し奥のほうではデ・ニコラ教授がほかの人たちと立ち話をしています。そうそう、エリアやマルチェッロさんとともにネネさんがいました。彼女はトリノの出身で、前衛画家です。若い頃はトリノでアヴァンギャルドな活動を行い、日本の前衛美術運動「具体」の人たちと交流がありました。

さて、エリアはこの町の中央教会であるカテドラルの隣のキリスト教関連書物を売っている書店に入り、そこの女主人に、私とヨーコをサンタ・ジューリアのリストランテまで車に乗せて行ってねと頼みました。夫のジャンニの車に先約の二人が乗ってラパッロから来ることになっているので、私とヨーコを車で連れて行ってくれるよう手配したのです。その女性も協会の会員なのです。

しばらくして店主の夫君がもどってきました。その男性は協会の集まりでよく見かける人で、講演会の企画を立てる主要な一人です。以前はマルチェッロさんが企画に関する中心人物でしたが、彼が自分の友人知人の著書のプレゼンテーション企画ばかりするという批判が他の幹部たちから出て、批判派の一人であるエリアから、協会内がぎくしゃくしているとは聞いていました。そうこうしているうちに、会長、役員の選挙が近付き、マルチェッロさんへの投票を減らすため、私を役員候補に仕立てようという動きがあり、私は電話でエリアからそう頼まれました。私は内部の紛争に巻き込まれたくなく、断りました。そういうごたごたがあったあと、この書店の女店主の夫が企画者として表立ってきています。彼は文化賞の審査員の一人でもあります。

彼ら夫妻に促されて、私たちは車に乗り込みました。運転は書店の女店主です。夫は運転が好きではなく、彼女のほうがうまいよと彼は言います。私たち夫婦も、ヨーコが運転し私は運転しないです。ヨーコはモンテカルロまで運転したこともあるんですよと私が言うと、シチリアでも車を借りて運転したのとヨーコが話にはいってきました。あたしもシチリアで運転したわと女店主、彼女は運転も話しっぷりも活発です。

サンタ・ジューリアは見晴らしのいいところだよ、これから行くリストランテも見晴らしのいいところにあってね、店の主人は私の友人でね、前にほかの場所で同じ名前で店をやっていたが、もっと見晴らしのいいところを探していて、ついに見つけて今年の五月からやっているんだ、そう夫が言います。その店はベル・ヴェデーレ、見晴し台という名前です。

なるほど店に着くと、広いテラス、夏はそこで食べられるようになっているのですが、そこからティグッリオ湾の東岸の一部が見張らせます。すでに店内にエリアやネネさんがいて、ジャンニも奥のほうにいました。短い廊下で二部屋がつなげられています。奥の部屋にその日の講演者やデ・ニコラ教授が座っていて、エリアたちはそっちに席を取り、私たちは入り口のほうの部屋でネネさんの隣に座り、私の向かいに会長夫人、その隣が書店の女店主、ネネさんの向かいがプロフェッソーレ（教授）と呼ばれている品のいい老齢の紳士。

その夜、食事は野菜のトルタ、生ハム、サラミなどの前菜で始まり、大きなラヴィオーリのようなほうれん草詰めパスタに茸のクリーム状ソース、主菜が子牛のヒレ肉、デザートにはリンゴのトルタのチョコレート掛けを食べ、店からサービスでパネットーネ（降誕祭向けのパンケーキ）とスプマンテが出ました。ヨーコは前菜をおいしいおいしいと言って生ハムやサラミをお代わりして食べ、パスタも量がたっぷりだったので、そこまでですでにおなかが一杯になっていました。その後、リストランテの主人がオーブンから出してきたばかりのパイ包み焼きヒレ肉をみんなに見せにまわってきましたが、ヨーコはそれは少ししか食べられず、デザートは私のを少し味見しただけ、私もついにおなか一杯になりました。

年納めの食事会の終りには、絵皿が出席者、つまり協会員に手渡されることになっていて、毎年、ネネさんが手描きするのです。今年はピノッキオの絵柄で、縁にいつも通りラテン語が書かれていて、今年の言葉は、"Motum animat spes"です。それから、女性たちにロウソクと小枝が渡され、女性書店主から降誕祭の詩の小冊子が会員に贈られ、みな、新年度の会費を会計担当の男性に払って会員証をもらいました。その後、会長が挨拶し、新会員二人を紹介、最後にリストランテの主人と娘さんに感謝の言葉をかけ、みなが一斉に拍手して、その夜の労を明るく活発にねぎらいました。

ジャンニ、エリアに送られて帰宅すると、ちょうど深夜の零時でした。

そして昨日、午後三時半少し過ぎに家を出て、石段を下り、クラリッセ劇場の前からアウレリア通りを渡り、入江の東岸に沿った道を南東へ向かい、昔ジェノヴァ貴族の別荘だった建物に着きました。その建物は、今は市のものになっていて、一階と地階がこの地域に伝わってきたレースの博物館、二階三階が図書館です。二階の入ってすぐの部屋で、十月から翌年五月にかけて、毎週ではないですが、土曜日に詩に関する講演会が開かれます。シリーズの企画立案は、ラパッロの友人、ジェノヴァ大学英米文学科教授のマッシモと、ジェノヴァ・ネルヴィの俳句詩人ジョルジョが担当していて、司会もふたりでやっています。

昨日のテーマは、ジェノヴァに五〇年代末に生まれた詩の雑誌「松やに」の活動についてでした。事前に招待状がジョルジョから送られてきて、前日にはメールでも誘いがありました。会場に入ると、ジョルジョが迎えにきて、私たちは中ほどの席に座りました。海のほうに向いた窓から日がさしこんできます。暖かです。ヨーコは暑いと言って皮の上着を脱ぎました。ミレーナとアレッサンドラが階段を上がってきました。そしてアレッサンドラがヨーコの隣に座り、ミレーナは私のうしろの席に着きました。

■十二月十四日（火）

きのうは朝から夜まで家のなかの掃除と片付けでした。バスとビデを磨き、大理石の床の拭き掃除、夜到着するヨーコの友達のためのベッド作り、私の部屋を彼女に一週間明け渡しますので、その部屋の整理整頓、そうだ、思い出しました、朝からずっと掃除をしていたのではなく、昼前にヨーコの運転で町に下り、買い物をしました。

まだ一日しか経っていないのに、もう記憶が覚束なくなっています。記憶を辿って書くとはどういう動きなのでしょう。昨日は朝から一言も書きませんでした。時々刻々、呼吸し、血が巡り、感じ、思い、そういう動きがそのまま書くというのであったらいいでしょうに。たとえなにかを思い出して書くにしても、思い出しているという生きている動きそのものが書くというふうであったらいいでしょうに。

昨日、夜八時、私たちは出発、すでにたいていの家庭で食事が始まっているか、そろそろ始まる時刻ですので、町の道がすいています。人気がなく車も少なくなっています。通りごとに違う形のイルミネーションが灯り、その下を走るのは気持ちがいいものです。

高速道路も車が少なく、出発して三十分足らずでジェノヴァの高速を出て、その先、道が二度二股となるのですが、どちらも間違えずに空港前駐車場に到着、夏場と違い、さほど探してまわらずとも空きが見つかりました。そして空港の建物内に八時四十五分頃に着き、まず電光掲示板を見ると、ヨーコの友達の乗った便は到着予定が早まっていて、じきに彼女が出口扉から現れました。

帰りも車は順調に走り、私たちの住まいに着くや、早速ヨーコの友達のSさんが旅行鞄を開け、お土産を出し始めました。私は台所でご飯をといで炊飯器に入れたり、Sさんを迎えての遅い食事を一緒にしようと準備をし、そこにヨーコが来て、いま、お土産を広げたから見てあげてと言います。それで、すぐ居間に行くと、テーブルの上が日本の食品類で埋まっています。これはすごい、あなたと奥様がラパッロに来るたびに持参してくださった日本の食料品を思い出しました。ヨーコが頼んだ、納豆、三つ葉、ラーメン、どら焼きなどのほか、たくあん、京の漬け物、海苔の佃煮、豆腐、日本酒大吟醸、手巻き用海苔、梅干し、あられ、和菓子が三種、木村屋の餡ドーナツ、ほかにももっとあります。そうだ、新潟米、高級醤油、米酢もあって、そのお米は、エリーザたちを呼んでの手巻き鮨フェスタの時までとっておき、炊きたてのイタリアのお米〝ローマ〟で、たくあん、納豆を食べ、あられをつまんでビールを飲み、そしてお茶を飲みながらどら焼きを食べたのです。

そうして寝室に入った時、深夜二時半を過ぎていました。

先週の土曜日に海を間近に見晴らす図書館で、一九五〇年代末に始まったジェノヴァの詩の雑誌「松やに」の活動について振り返るという催しがあったと、前に話しましたね。その雑誌刊行は、ジェノヴァの高校の学生だったグエッリエーロ氏が始め、詩のアヴァンギャルド活動を進めていき、一九六八年の〝熱い秋〟、若者たちの支配体制に対する異議申し立てが活発化した時期が、その雑誌の最盛期でもあったようです。

図書館でミレーナと会った時、その日の夜、息子のパオロの友達が製作に参加した映画を見にキアーヴァリの劇場へ行くけど、一緒に行くかしらと聞かれました。ジェノヴァを舞台にした映画だというので私は興味があり、ヨーコも行くと言います。では何時に待ち合わせるか、家に戻ってからフラーヴィオとも話して連絡するとミレーナが言い、私たちも帰宅して連絡を待っていました。程なくフラーヴィオから電話が掛かってきて、今、仕事を終えたところなので、明日夜八時頃キアーヴァリへ行き、ピザでも食べて、最終回の二十二時半から映画を見ようとおもう、どう都合はと聞かれ、私はヨーコにそのことを話し、ヨーコはそれでいい、私もいいよとなったのでした。

そして翌日、日曜日、昼下がり、再びフラーヴィオから電話があり、ミレーナがポレンタ（とうもろこしの粉を練り上げたもの）を作ると言っている、パオロがノルチャ（イタリア中部の町、黒トリュフやハム類の産地）から持って帰ってきたサラミもある、そういったもので一緒に食事をしてから映画へ行こうとおもうけど、どう、もちろん私たちはオーケー、あの農家を改造した大きな家の台所でミレーナが作ったものを食べるのはありがたい、親密な感じがして私もヨーコも、その台所でフラーヴィオたちの家族と食事をするのは好きなのです。

日曜日、午後、エリーザが日本語の勉強をしに来ました。おばあさんが手作りした降誕祭の時期に扉に掛ける輪っかの飾りを持って来てくれました。帰りに、それをなんと言うのか私が聞くと、「ギルランダ」と教えてくれましたが、そのあと、この言葉は覚えないでいいとおもうけどと付け足しました。

エリーザが帰ったあと、ヨーコはいつものようにその日エリーザがヨーコに話したことを私に話します。このごろ、人生に、生活に飽きてきているんです、外国の人といると、おもしろかったりするけど、イタリア人といるの、いやになってしまうんです、身の回りのことなど、考えてしまうんです、仕事のこととか、イタリアで仕事見つけられるかしら。これが、その日のエリーザ語録です。

エリーザが帰ってじき、ヨーコはエリーザのおばあさんに電話をし、輪飾りのお礼を言いました。それから、私たちは日曜日の夜の食事時、静かな町のなかを走り、町を抜けて西北へ進み、丘陵地へ向かいました。

フラーヴィオ、ミレーナ夫妻の家は緩やかに上っていく山道から脇道に入ってすぐ、急な私道を上っていったところにあり、門の前に車を止めるといいとフラーヴィオが言っていますが、そこは坂地なのでヨーコは車を止めるのを怖がるのです。それで、山道から右折した脇道に車を止め、坂を歩きで上っていきました。

門の柵に取り付けられたインターフォンを押す前に、いつものようにこの家族の犬ネーロが走って来て、出迎えの吠え声を上げます。ミレーナが言うには、家族にとって親しい人たちが来たのか、あまり好きでない人たちが来たのか、ネーロは分かるそうです。私たちが家族から歓迎されているのをネーロは分かっているので、出迎えにうれしそうに走ってくるのです。柵の鍵が開く音がし、柵を開けて石畳を上がりだすと、フラーヴィオがゆっくりと下りてきます。彼はいつもそういう歩き方をします。時間がかなり迫っているときでも、急ぎ足になることはありません。

家のなかは、すでに降誕祭の飾りがあります。窓ガラスに星が縦横に連なって灯っています。それ、ヨーコが気に入りました。広い台所食堂に入ると、すぐ右側の棚に、プレゼーペが飾られています。ミレーナがイエスが生まれる岩屋や、羊飼い、農家の人たちなどを配置しました。毎年、ちがう配置になり、ちがうイエス誕生の情景になります。

これは人が多すぎて騒々しい、僕は禅のプレゼーペを作ろうとおもうんだ、岩屋に人が一人しかいないようなねとフラーヴィオが言います。禅寺の庭のようなと私が言うと、そうそうと頷きます。もちろんこれはフラーヴィオの冗談、だいたい彼の話はこんな調子になるのです。友人たちのなかで、男たちはよく冗談話をしています。下劣な話ではないです。ですから、どれがまじめな話でどれが冗談なのか、ヨーコには分かりにくく、いまはだいぶ慣れてきましたが、以前はなんでもまじめにとっていました。

ミレーナはガス台の前に立って、しゃもじで大鍋のなかのポレンタをかき回し、隣の鍋の茸のソースも混ぜ合わせています。すぐ私がしゃもじを受け取り、ポレンタをかき回し始め、でも、もうすでに四十分ほどミレーナがやっていて、ほぼ終わりかけていました。このポレンタはとうもろこしの粉だけでなく、もう一種類、もう名前は忘れてしまったのですが、別の粉も入っているとその粉をミレーナが見せてくれました。

パオロが台所に入って来て、ヨーコと私に頬を寄せて挨拶、さっそく、みんなして、パオロがノルチャから持って帰ってきたコッパとサラミを食べ始めます。ジェノヴァの病院の泌尿器科で働くパオロは、ノルチャであった学会に出席するために出掛けていき、その町にはミレーナの姉が住んでいて、彼女はパオロが帰るとき、地元名産のサラミ類を妹の家族へと持たせたのです。

ミレーナの姉妹五人はノルチャ、ローマ近郊、ピサ、ブリュッセル、ロンドンとみな離ればなれに暮らしていますが、よく連絡を取り合っていて、降誕祭にミレーナたちは割合近いピサの妹さんのところへ行きます。その妹さんは難病を患っていますが、若い頃から演劇が好きで、今も戯曲を試作したりしています。ノルチャのお姉さんは、数年前夫が亡くなったあと、生きているのがいやになって、修道院に入ると言いだし、ミレーナは反対しました。でも言うことをきかず、アンコーナ（イタリア中部、アドリア海岸の港町）のほうでしたか、修道院に入る儀式にミレーナとフラーヴィオは出席までして、フラーヴィオは、修道院に長くいられるはずがないよ、まず修道院の食事にがまんしていられるはずがないと予言し、その通り、じきに修道院を出て俗界にもどりました。ベルギーのブリュッセルにいる妹さんは、ソマリアの男性と結婚し、やがて彼は単身祖国に戻って内戦の渦中に身を投じ、彼女が会いに行った時には、地元の女性と暮らしていて、彼らは離婚することになりました。今、ブリュッセルでヨーロッパ連合の仕事をしていますが、その町での生活はさみしいと言っています。

今年の夏、八月十五日のマリア昇天祭のとき、私たちはフラーヴィオの親友マルコのお母様から、住んでいらっしゃるサン・マッシモの地区教会の屋外フェスタに、フラーヴィオ、ミレーナ夫妻とともに誘われました。マルコ、アドリアーナ夫妻と息子たちはまだギリシャのコルフ島でのヴァカンスから戻ってなくて、少し前にミレーナたちが自宅に私たちとイルデを呼んだとき、マルコのお母様もお呼びし、そうしたことへのお礼なのでしょう。そのフェスタに、ミレーナのブリュッセルに住む妹さんも来ていて、私たちは初めて彼女に会ったのです。数年前、ミレーナ、フラーヴィオに連れられてコルフ島でヴァカンスを過ごしたとき、当時、旧ユーゴスラビアで働いていた彼女が、私たちが発った翌日にコルフ島にやって来て、その時はすれ違いで会えなかったのです。

三日前の日曜日にミレーナの手料理を食べた話をしていたのでしたね。ポレンタにかけるソースはポルチーニ茸の味で、ミレーナらしく大きな切り身のポルチーニがたっぷり入っていました。ミレーナは細かい人ではないです。いろいろなことを豊かに感じる人ですが、細かな人ではなく、おおらかで闊達なのです。

息子のパオロは食事を私たちより先に終え、アノラックを着て、私たちに頬を寄せ、出かけていきました。婚約者のところへ行くのでしょう。私たちはミレーナが作った青リンゴのトルタも、ヴィンサント（干しぶどうで作る甘口の葡萄酒）を飲みながら食べ、それから、もう出かけなければということになって、外に出ると、玄関先でネーロがうずくまっています。あまり元気がありません。前日、よその犬にやられたそうです。もう年だからなあとフラーヴィオが言います。

キアーヴァリの劇場に入ると、アレッサンドラがいました。彼女は友人たちと前の上映時間で見終わって、ロビーに出てきたところでした。

映画はジェノヴァに異星から異人がやってきて、ジェノヴァが滅ぼされそうになり、でもジェノヴァ人たちが自分たちの町を守り通すという筋立てです。「インディペンデンス・デイ」のジェノヴァ版みたいなものだよと、フラーヴィオはあらかじめ私に説明していました。パオロの感想では職人が手作りしたような映画らしいわと、ミレーナが言っていました。なるほどジェノヴァのコンピュータ職人が手作りしたような映画です。

■十二月十五日（水）

絶えず動いている。その動いているというそれだけが生きているということでしょうか。こうして書いていますが、書いて動いているわけです。それで生きているといえるでしょうか。落ち着いてなにかをしていられはしないのです。命がけずれていくのを感じ、命がすくなくなっていく感じがするのです。

昨夜十時過ぎにダニエーレから電話がありました。この時期、彼はあちこち行かなければならず、忙しく、やっと私からのファクスを受け取ったので、すっかり連絡が遅くなってしまって申し訳ありませんと言っていました。この降誕祭前の時期、修道会の人たちは一年中でいちばん忙しいのでしょう。ダニエーレは日本文化を勉強し、本居宣長の〝言霊〟について論文を書いて卒業したあと、仕事探しに難儀し、原因不明の熱がでるようになり、そういうなかで、苦しんでいる人たちのところへ宣教に行きなさいという声をきいて、イエズス会に入ったのでした。

今日、午前中、晴天坂を下りていく途中、上がってくる元銀行家の方に会いました。近くに住んでいるのに滅多にお会いしませんねとその方は言って、奥様はお元気ですかと聞きました。この方は今は引退していますが、現役中はジェノヴァの銀行で重要な役職に着いていたようです。以前、駅前広場のキオスクの前でばったり会って立ち話をして、そのあと、新聞を買おうとすると、キオスクのご主人が、あなたは誰でも知っているのですね、今の方は銀行家で重要な人物ですよと言いました。

この町に住んで数年が経った頃、地元の友人夫妻と一緒にその方の家に招待され、晩餐にうかがったことがあります。その時、夫人が、息子がついに司祭になったと言っていました。銀行家の息子さんが司祭になったのです。娘さんもいますが、息子さんは一人です。ダニエーレもお姉さんはいますが、兄弟はいません。ダニエーレが聖職者の道へ進むと言いだした時、家族中が泣いたそうですね。昨夜、ダニエーレは、あなたの奥様が滞在している池袋のホテルに電話をしたいのだけど、書き留めておいた電話番号を失ってしまったので教えてくださいと言い、すぐヨーコが代わって番号を教えました。

午前中に町へ下りていったとき、まず、元銀行家の方に出くわし、それから、帰りがけに、スーパーマーケットのスタンダで、西の丘に住む女流画家のMさんとすれ違い、すれ違いざま私は気づいたのですが、彼女は気づかなかったとおもったら次の瞬間、彼女がくるりと振り返り、すれ違ってから気が付いたのと、おかしそうに率直に言いました。彼女もヨーコは元気?と聞きました。だれでも知っている人に会うと、ヨーコは元気かと聞かれます。電話して会いましょうね、そう言っていました。

先ほど、四時少し前に、再度、町へ下りていき、中央広場からバジーリカ(聖堂)の方へ交差点を渡ってじき、向こうからアレッサンドラが来るのが見えました。彼女も気づきました。きのう、ポルトフィーノへヨーコたちと一緒に行ってきたんだってね、私はヨーコから女性たちの岬歩きの話を聞いていたのです。そう、とても楽しかったです、でも今日は熱があるんです、明日ロンドンへ行きます。そうだった、彼女はロンドンにいるミレーナの妹、彼女の叔母のところに行くことになっている。いとこたちが行う若い人たちばかりの大掛かりなフェスタにアレッサンドラが呼ばれていると、ミレーナが言っていました。早く風邪をなおさなければねと私は言いました。

今日だけで、町で三人の知っている人にぱったり出会いました。ずいぶんこの町には知っている人がいます。日本で知っている人たちより、この町で知っている人たちのほうが多いのです。今では、ここが私の町なのです。ヨーコにとってもそうでしょう。その町を離れることが私にとってはもちろん、ヨーコにとってもしあわせなことであるはずがありません。

今朝、ミラノで作られたあの本、すぐに出る?とヨーコが聞きます。イメージが描かれ短文が添えられた私とヨーコそれぞれのミニ・アート本です。それをSさんに見せたいのでしょう。私の部屋の戸棚から出してきました。今年の一月に刊行されたものです。

私のものには、「ある人たちは、地中海のただなかで、原人としてよみがえる」、そうイタリア語で書いてあり、地中海色の絵の具で、「我舵望」と描かれ、Adamoと振り仮名がされ、「我、熱望する舵なり」という意味の文章が我舵望の下にイタリア語で書かれています。最近、あらためてこのミニ本を開くことはなくなっていましたが、時にふっと「舵」という言葉が浮かんできます。「舵」という自分が書いた言葉にひきよせられ、その言葉が自分のなかから瑞々しくあふれる地中海の水、地中海の泉のような言葉なのだと気づかされるのです。なにを熱望する舵なのか、望んではいけないとしばしばそう思いながらも、私は望むのです。望むというより熱望するのです。熱望する舵がむかうほうでは海が荒れています。

いまヨーコはどこにいるのでしょう。昼過ぎ、一時過ぎでしたか、私が町から戻ってじき、ヨーコから電話がありました。ご機嫌な声で、いま、デフィッラで食べているの、ロッセッティのフリット、それから野菜のトルタ、チンクエテッレ（リグーリア州の海際の村で造られる白葡萄酒）を飲みながら食べているの、そしてSさんが電話に出て、料理もそれからワインもおいしくて、もう酔っぱらっていますとうれしそうです。日替わり四品メニュー、グラス一杯でいろんなワインを飲めるその店にSさんを連れていくと、前からヨーコは言っていました。

ヨーコがいつもしあわせそうな声をだしていられるようであらねばならないのです。ヨーコもいずれ死にます。しあわせに死ぬということがあらねばならないです。

きのう、ヨーコはSさんをポルトフィーノへ連れていくとき、そこに着く手前で、海岸通りから丘へ上っていき、行き止まりにある世界中の富裕な人や有名な人たちが泊まるホテル、スプレンディドに寄りました。そこで、冬期休業中のいまもパートタイムでホテルに行っているアレッサンドラを車に乗せ、一緒にポルトフィーノへ向かいました。

集落の玄関口にある屋内駐車場に車を置き、小さな広場から坂を上り、岬の一本道を歩き、途中ちょっと右手にそれて、戦時中にこの集落を救ったムンム夫人の旧居サン・ジョルジョの館の前で入江を見下ろし、眺めを楽しみました。それから一本道に戻ってブラウン城に立ち寄り、さらに進み、岬の先端の灯台の真下まで行ったそうです。

その場所で一八七〇年ころ、詩人哲学者ニーチェが永劫回帰の霊感を得たといわれていて、以前ニーチェに関心を持っていたSさんにヨーコがその話をすると、アレッサンドラが、手すりに永劫回帰のようなことが落書きされていますと言ったそうです。その手すりの真下では、海から鏃のような岩が突き出ていて、狭小な尖った岩場で人が釣り糸を垂れていることがあります。岩の斜面で寝ている男女を見た時は、怖くないのだろうか、落ちたら大怪我するか死んでしまう、そう感じて私のほうが少々おっかなく感じたものです。

もう五年ほど前になりますすか、Sさんも知っている建築学の研究者が私たちを訪ねてきたとき、彼は日本を発つ前からニーチェが霊感を得たポルトフィーノ岬へ行くのが楽しみだったのですが、あいにく滞在中、天気がわるく、できれば日が射すなか連れていきたかったので、毎日そこへ行くことを日延べしていました。ついに帰る前日、もう日にちが残っていなくて連れていったら、灰色の雲が垂れ込めていたのですが、岬の先端に着くと一条光が雲の隙間から洩れてきて、彼が手すりを乗り越え、ごくわずかな岩場で海のかなたを見ているのです。下は絶壁です。落ちれば途中の岩にぶつかって死ぬでしょう。そんなことがありました。

きのう、ヨーコはポルトフィーノの帰り、サンタ・マルゲリータに寄り、海岸通りにある魚市場で、五時頃に上がって間なしのスカンピ（アカザエビ）と槍いかを買って来て、スカンピとズッキーニでタッリアテッレのソースを作りました。槍いかは茹でてオリーブオイルとレモンであえました。

■十二月十七日（金）

奥様からここ一週間ほど、ご連絡がなく、どうなさったかな、なにかあったかなと思っていました。やはり、あなたの体に変調があったのですね。点滴注射の際に菌が体内に入り、体中にまわり、四十度以上の高熱が続いたそうですね。毎日、同じ箇所に点滴の針を刺しているため、その部分の血管が固くなり、ほかの箇所にしてくれるようにあなたは求めたのに、医師は大丈夫ですよと言って同じところに刺し、点滴液が洩れ、そこが腫れ、さらに菌が入って全身にまわってしまったのだそうですね。

あなたはまだ充分にしゃべれる状態でなかったため、強く求めることができなかったのですね。

高熱が続くあいだ、もうこれでおしまいになるかもしれないと心身ともに感じていたでしょう。実際、もうこのままだめかもしれないと、奥様に言ったそうですね。奥様はひとりになると涙がぽろぽろでてきてしょうがなかったと、ヨーコにおっしゃったそうです。

■十二月十八日（土）

いま、朝の七時三十九分、風の音が強まり、テラスへ出るガラス扉の垂れ幕とブラインドを上げて、外の様子を見ました。ラパッロは東西と北に山がある入江に面した町で、風景が美しいことはもちろんですが、気候が穏やかなことが昔から特筆されています。一八〇〇年代初めのガイド書でも、ラパッロの項が気候が温和でという書き出しで始まっています。

古くからジェノヴァの名家の別荘地でもあったのですが、一八七〇年頃、海岸からじきに山となるこの地域にようやく鉄道が開通すると、海に近い川のほとりに建つジェノヴァ貴族の別邸を、ミラノの事業家が私財をはたいて購入し、ラパッロ初のグランドホテルとして開業しました。彼はラパッロの国際的な避寒避暑地としての将来に賭け、イタリアが統一されたばかりの時期でしたが、ホテル・イタリアとはせず、ホテル・エウロパと名付け、ヨーロッパ各地から富裕な客が来る、当時の感覚からすれば国際的なホテルを誕生させたわけです。彼の見通しはみごとにあたりました。その後一九〇一年、西の丘の突端、ティグッリオ湾を見下ろす地にエクチェルシオール・ホテルができて、さらにラパッロは保養地として本格化していったのです。

今夜晩餐に行くのが、ラパッロ初のグランドホテル、エウロパであり、二十五日に降誕祭の食事をしに行くのがエクチェルシオールです。どちらのホテルにも、あなたと奥様は泊まったことがおありですね。エクチェルシオールは開業後十年ほどで、イタリア初のカジノが造られるなどして、ヨーロッパ各地の裕福な人たちによく知られるようになり、最初、ドイツ語でホテルを意味するクルサールという名前で始まったのですが、やがてラテン語由来の優れたという意味合いの言葉、エクチェルシオールになったのでした。

この二つのホテルだけでなく、ほかのグランドホテルも、それからこぢんまりとしたかわいらしいホテルも一九〇〇年代初期に次々できていきましたが、特に前記の二つのホテルには、ヨーロッパ各国の王侯貴族や富豪たちが滞在し、また、そのような層の別邸も建ち、ラパッロは華やかな国際保養地となっていきました。そうなる素質がこの町には豊かにあったのです。その素質が、やさしい気候、美しい風光です。ティグッリオ湾の沿岸の町のなかでも、とりわけ湾の一番奥の入江に面したラパッロは気候がやさしいのです。

そのラパッロに今朝、強い風が吹いていたのです。もう過去形にしたのは、すでにいま、風はおさまりつつあるからです。さきほど、めずらしく目の前のユーカリの高い木がゆらゆら大きく揺れていました。まあ、私たちの住まいは入江を見下ろす東の丘の中腹にあり、ある程度以上の風があるとき、風が多少渦巻くような動きをとり、風の音が実際以上に強まる傾向があるので、さきほどの風も聞こえてくる風音ほどの強さではないのです。
十二時四十分、ヨーコは美容院へ行っています。今日、ラパッロの文化協会の年納めの講演会と食事会がホテル・エウロパであるので、髪を綺麗にしにいったのです。

■十二月十九日（日）

継ぎ接ぎのように書いています。生きているとは継ぎ接ぎのようなものでしょうか。ずっとひとつの事を続けてはいられません。書いていても、ヨーコが起きてくれれば、私は朝のカフェを作りに台所へ行きます。私はカフェを作るのが好きです。

カフェを買いにマッツツィーニ通りのボッキア・カフェへ行くのも好きです。あの店は、あなたと奥様も好きですね。お二人はラパッロに着くと、まず旧市街へ行き、お気に入りの店の奥のカウンターでエスプレッソを飲むのでしたね。そうするとラパッロに来たという気持ちになるのでしたね。

あの店はガラス扉を押して入りかかると、カフェの香りがしてきますね。細長い路地のような店ですね。チョコラータとボンボンとビスケットとパンドルチェに縁取られた路地のようでしょう。あそこでカフェの豆を二百グラム挽いてもらって、家に帰ると、家中がカフェの香りになるんです。そして袋を開けると香りがたちのぼってきて、私は目をつむってしまい、ヨーコにその袋を持っていって、彼女の顔にそれを寄せるのです。

私がこうして書いている文章は、継ぎ接ぎだらけです。繕う必要があるでしょうか。推敲すべきでしょうか。生きているとは推敲できないうごきでしょうか。死んだら生きていたうごきを推敲できるでしょうか。生きるのが終わったらどうなるか、わからないと思い込んできましたが、生きることが終わる前に、ある程度、あるいはすっかり、わかるかもしれないと、今そんな気がしてきました。

昨夜、十一時ころ、帰ってきました。この丘を下りたところにあるホテル・エウロパで、ラパッロの文化協会「旧市街の道」の年納めの講演会と晩餐会がありました。ホテル・エルロパに、私たちは六時十分過ぎ頃着きました。着きましたといっても、丘の我が家から坂道を下りていって、小走りで下れば数分で着いてしまいます。昨夜は、ヨーコが踵の細い靴をはいていましたから、ゆっくりと、ジェノヴァ言葉で言えばチャニンチャニン坂を下りていきました。

ホテルのロビーで十人ほどの人たちがかたまっていました。そのなかに文化協会の会長ロマーノさんの結婚していない伴侶の女性がいました。彼女は気持ちのいい笑顔をして、ヨーコを呼びました。ヨーコは町の友人知人たちから、親しそうにすぐ呼ばれます。ヨーコはこの町で溌剌としています。海際の町で、まさに水をえた魚になっているのです。町そのものからいだかれていると、私にはそう感じられます。ヨーコをこの町から引き離すのは、わずかな幸運をこわしてしまう仕業でしょう。

ヨーコは私と出会ったがために、安らぎ薄いなかを生きてきましたが、たったひとつ彼女によかったのは、ここラパッロで生きるようになったことです。ラパッロに初めて二人してやって来たとき、駅のホームに降りるなり、私は六月のさわやかな地中海の空気を感じ、安らかな快い気持ちになり、駅舎を出ると、左手へのびる道の先が海だと直感しました。そのとき、私はこの町に抱きかかえられるように迎えられるのを感じました。ヨーコも町に迎えられると感じ、以前、新婚旅行のとき中部イタリアで一緒に見た祭壇画「慈悲のマントのマリア」、そのマリアとはちがう、海辺のマリアに抱かれるように感じたと、そう私はおもいたいのです。

話が次々脱線していきます。脱線していくのも生きているあかしなのでしょうか。それとも、脱線しない人がいるのでしょうか。私は脱線脱線しながら生きているということなのでしょうか。いつごろから脱線するようになったのか、あるいは、脱線する気質体質に生まれてきているのでしょうか、おそらくそうでしょう。とくに、中学二年の五月に発病し死にかかって、もうまじめに学業をしなくなり、大学を卒業するとすぐに地中海を見にいったのでした。その後、多くの人が歩む線路からはずれて生きてきました。そしてラパッロで生きるようになったわけです。こうして書きながらも次々それまでの線路をはずれ、またはずれというふうです。はずれながら生きていれば自ずとそうなるのでしょう。

昨夜、ホテルのリストランテで、文化協会の事務長のマリアアウレーリア、まだラパッロ生活に慣れていなかった頃からの友人ですが、彼女がヨーコを中央のテーブルのほぼ真ん中に座らせました。そして左側の席に彼女の夫ミーノが着き、右の先隣が財務係のラウラ、斜め向かいにマリアアウレーリア、つまり協会の幹部たちがヨーコを抱きかかえるようにして座ったのです。ヨーコは親しい人たちに守られている晩餐の華でした。もちろんヨーコはこの町の人たちからすれば余所者です。それも遠い遠い遥か彼方の島国からやって来た女性です。言葉は充分には分かりません。それでも彼女は町の人たちから、町からいだかれているのを、私はきのう晩餐の場であらためて実感しました。そのヨーコを、町の人たちから、町から引き離してはいけないと体中で感じました。

晩餐が始まる前、ラパッロやその周辺の地域の降誕祭の伝統についての話がホテルの集会室でありました。その部屋も壁面が繊細に点滅する明かりで飾られ、やさしく華やかな雰囲気になっていました。そこで、協会の招いた人が、カトリックの教えと農民の耕作の習俗が結びつき混ざりあって、イエスの生誕、新しい作物の芽生えを祝う祭事が生まれていったと話し、この辺りの具体的な事例を紹介しながら、種を配ったり、柘榴の実を見せたりして、地元の人たちによる農民音楽の演奏も入りました。

降誕祭の話が終わった後、途中に部屋に入ってきたラウラさんと挨拶を交わすと、ラウラさんがうれしそうに私に顔を寄せ、ヨーコはすっかりヨーロッパ風になったわねと言いました。ラウラさんはこの地域の家族の出ですが、両親が南米のチリに移住し、サンチャゴで育ち、成人してからでしたか、ジェノヴァに来て、その地で結婚し、ラパッロに住むようになりました。

私たち二人の間では、彼女をバラのラウラさんと呼んでいます。もう一人、同じ名前の友人がいて、長年看護婦さんをしているその人は、赤めがねのラウラさんです。

なぜバラのラウラさんなのか、私たちがラパッロで暮らし始めたばかりのころ、町を散歩していて、海岸通りから広場の縁をまわってオレンジの並木の道をすすんでいったら、古いローマ時代にできたかのような石積みの橋に出会いました。その橋を眺めていると、橋が道をまたいで片端が個人のお宅の庭に入っているのに気がつきました。なぜ遺跡のような橋が人の住まいの庭に着地しているのか、興味が湧き、門扉の鉄柵に近付きました。庭に花がたくさん咲いていて、大部分が様々な種類のバラです。バラの間を緩く曲がりながら伸びる丸石を敷き詰めたジェノヴァ風通路の奥に、リバティ様式の家が見えました。このようなバラの住まいにどんな人が住んでいるのだろう、きっとバラのような人なのだろうと私とヨーコは話したのです。

やがて三カ月後、私たちは、町の西北の丘に遺る修道院跡の敷地に建てられたマリアアウレーリアの山荘へ、降誕祭のフェスタに呼ばれていきました。そこで紹介された女性と話をしているうちに、その方がバラの家に住む人だと分かったのです。私は目の前にいる人を、バラのラウラさんとそう呼びたくなりました。

それから少しずつ私たちは彼女と親しくなり、彼女の個性が多少分かってきました。彼女はチリ育ちですが、ヨーロッパが好きなのです。あたしはヨーロッパが好きよ、ヨーロッパは成熟した女性のようなものよ、ラウラさんのおうちにうかがったとき、古い石橋のむこうに海岸広場が遠望されるサンルームで、受け皿に敷かれたレースに紅茶の器を置き、ラウラさんはにこやかに微笑みながら言いました。

その時からどれくらい経ったでしょう、きのうの夜、そういうヨーロッパ風な女性にヨーコがなったとラウラさんが私に囁いたのです。私は気分が高揚し、ラウラさんにとってヨーロッパの精髄はイタリアでしょう、そうならヨーロッパ風をより精緻に言えばイタリア風、そんなふうに私は思い巡らし、うれしくなりました。ヨーコがイタリア風な女性になったというのは、私にとってはよろこばしいことなのです。

私はイタリアが好きです。おそらく愛しているのです。ほかにふさわしい言葉が思い付かないので、愛していると言っておきます。そのイタリアと私が生まれた日本は、地球上での場所が相当隔たっています。自ずと気候がかなり違います。そういう風土がそなえる性質が、そこで生きてきた人たちの風貌から気質まですべてにあらわれています。人は草や花や木とおなじように地球上で生きています。野菜や花は、それぞれが育った土地の風土の性質をそなえています。犬や猫にしても風土のなかの生き物で、人もそうです。気象とおなじ気性をしていると、だじゃれのように言うことができます。

■十二月二十一日（火）

呼吸するように、内臓が動くように、細胞が動くよう、というより、そういう私という生物の動きだけでなく魂というようなものをもふくめ、私が生きる律動が自ずと書かれていけばいいのですが。

きのう、朝九時少し過ぎに、私たちは車にSさんを乗せて出発、高速道路を走ってジェノヴァの海岸にあるクリストフォロ・コロンボ空港へ行きました。日本へ帰るSさんを見送ったあと、私たちはラパッロにすぐに戻らず、ミラノ方面へ高速道路を進み、ピエモンテのセッラヴァッレというところにあるアウトレットまで足を伸ばしました。ヨーコがエクチェルシオール・ホテルで降誕祭の昼餐のときに着る服を見つけたかったのです。ドルチェ&ガッバーナの店ですてきな服が見つかり、ヨーコはうれしそう。

帰って来てからもヨーコはうれしそうでしたが、疲れてもいるようでした。ここ一週間ほど、東京から来た友人をラパッロとその周辺やジェノヴァへ連れて行き、夜は居間で遅くまでおしゃべりし、そして、彼女を空港へ送ったあと、ジェノヴァからカーブが連続する高速道路を走ってアウトレットへ行き、たくさんの服を見て試着したのです。

今まででしたら、ヨーコは服を買って来た日は夜、それを着てみます。私にはその姿を見るのが楽しみでもあるのですが、昨夜、ヨーコは着てみることをしませんでした。帰って来てすぐバスにつかり、湯上がりにガウン姿になって、買ってきたばかりの服を居間のテーブルとソファと肘掛け椅子に広げ、眺めながら私とおしゃべりし、これ着ると姿勢をちゃんとしなくちゃねと言いました。そしてヨーコの服を買ってきた時はいつもそうするのですが、服を仕舞わずに居間に広げたまま、私たちは寝に行き、ドルチェ着ると疲れる？　私がそう聞くと、少し疲れるという応えが返ってきました。

私はドルチェの服が好きで、そういう好みをヨーコに押しつけがちなところがあります。ヨーコも好きではあるのですが、着ると気を張っているようになるのでしょう。その服作りを先導するドメーニコ・ドルチェはシチリア生まれ、そこの大地と海の匂いが立ち上がってくる服です。それを身につけるとヨーコが地中海の女、地中海の優美でセクシーな女になるのです。地中海のどまんなかの空気がヨーコからあらわれてくるのです。私はこころよくなります。

私は東京雑司ヶ谷でヨーコと出会ったとき、ヨーコに地中海的ななにかを感じたはずです。そういうヨーコの地中海性をよりゆたかにさせたいと始終おもっていました。私が二十代の半ばに西地中海を旅していたとき、とりわけ海をゆたかに感じさせてくれた土地はイタリアでした。それでヨーコにその地で作られた服を着せ、そこでできた食材でヨーコが料理を作り、その地域で生まれた絵画、映画、そしてオペラ、カンツォーネ、そういったものを共に楽しみ、言葉も一緒に習いにいきました。でも、日本にいたのではもうこれ以上ヨーコをよりゆたかに地中海的にすることはできないと、感じました。

ラパッロに住んだばかりのころ、散歩しているときに私が撮ったヨーコをあらためて見ると、どこか遠くからやって来た素朴でかわいらしい女の人という感じです。東方の列島の地からやって来たという感じがあるのです。日本にいたころ、ヨーコは仕事先で、どこかの国から来たような格好はしないでくださいと、遠回しに皮肉を言われたことがあります。単にイタリアのものを着ているというだけでなく、ヨーコがそなえているイタリア風というか地中海風というか、そういう空気は日本では異質な感じがありました。それでも、ラパッロで暮らし始めた当時の写真を見ると、日本から出て来た女性という感じなのです。

しかし、海辺の町で暮らしているうちにヨーコの空気はかわりました。とみにこのごろ、この土地の、この海の空気がヨーコからゆたかに感じられてくるのです。それは私が感じるだけではないです。

ラパッロで親しくしてきている友人たちから言われるのです。

最近でも、先週土曜日のホテル・エウロパでの講演会のあと、バラのラウラさんが、ヨーコはすっかりこっちの女の人ねと私に耳打ちしました。その晩、ホテルのリストランテで、入江の町ラパッロの人たちに囲まれてヨーコはプリマドンナのようでした。遥か東方の人の異質さがその場で目立ったというのではないです。日本女性の風情が注目を浴びたのではないです。地中海の空気と光をそなえた女性として晩餐会の華となったのです。私はしあわせになりました。ヨーコが地中海の香りのあふれる華となってほしかったのです。

翌朝、この町での古くからの友人マリアアウレーリアから電話があり、前夜、ホテルの晩餐会に飾ってあった花をヨーコにあげるのを忘れたので、ラウラさんの家に取りにいくようにと言った後、きのうの夜、ヨーコは美しかった、髪形もきれいだった、そう彼女は私に言いました。彼女もまた、ヨーコが地中海の魅惑的な空気をゆたかにもっているのを感じ、うれしくなったのです。

■十二月二十二日（水）

いま、朝五時四十四分、三日前、日曜日、奥様からファクスが届きました。あなたは鼻から入っていたチューブが取り外され、流動食が食べられるようになったようですね。ただ、飲み込むときに注意しないと、気管のほうに入ってしまって肺炎を起こす可能性があるので、ゆっくりゆっくり食べているそうですね。

その日の夜、イタリア中部のあなたと奥様もいらっしゃったことのあるペルージャの町、そこに住むイクヨさんから電話がありました。イクヨさんは四人姉妹の次女として一九二一年に生まれ、お父様が海軍の軍人だったので、呉とか佐世保とか、軍港を移転しながら育ち、ベルリン・オリンピックの前、候補選手だったほど水泳を良くする少女でした。

やがて、上野の音楽学校の師範科で声楽とピアノを学び、学生時代の友人のなかに「雪の降る街を」を作曲した中田喜直がいて、教職についてから、桐朋学園で教鞭をとっていたころ、同僚に吉田秀和、生徒のなかに小沢征爾がいたそうです。

青山の自分で設計した西洋風な家に住み、そこには好みの暖炉まであったのですが、妹を嫁がせたあと、その家を売って、国立に家を二軒買い、一九六〇年、横浜から船出し、イタリアに渡ったのです。その後、国立の家の権利証を預けておいた不動産業者に二軒の家を売られてしまい、帰国したら一軒に住み、一軒を貸して生活費の足しにして暮らそうという計画が壊れたと、以前話していました。

彼女はペルージャで音楽関係の仕事を始め、パーティーで知り合った盲目の歌手と結婚、一緒に演奏活動をしていましたが、隣町アッシジの合唱団を連れて日本へ行き、コンサートやテレビ出演をしてペルージャに戻ると、留守中の夫の世話を頼んでいた日本女性と夫が関係をもったことが発覚し、ふたりは離婚しました。

私たちが初めて彼女の住まいを訪れたのは、離婚後あまり経っていなかったころ、一九八二年の六月でした。そのとき、こころ暖まるもてなしを受け、毎夜テラスで食事をしながら、丘の上の町のあかりが灯るのを眺め、教会の深夜十二時の鐘が聞こえてくるまでおしゃべりしていました。蛍がテラスに来て、壁にとまったりして煌めいていました。私は日本で蛍を見たことがなく、ペルージャで初めて見たのでした。映画などで見た日本の蛍は能役者のしぐさのようにぼうっと灯りますが、ペルージャの蛍は軽やかに点滅し、イタリアの蛍だねと感じました。

そのイクヨさんが十月に心臓の発作で倒れ、十月中ずっと病院にいて、倒れたときに打った頭は異常なかったのですが、心臓は弱っているようで、ついに養老院に入ることになりました。

九年ほど前、私たちがラパッロで暮らし始めて最初にむかえた夏、彼女は私たちのもとを訪ねてきて、一週間ほど滞在しました。毎日あちこち一緒に行き、彼女は七十代半ばになっていましたが、岩場や入江でのんびりと地中海の泳ぎを楽しんでいました。

その後もイクヨさんはペルージャで暖炉とテラスのある家に住んでいましたが、やがて二階に住む大家さんが階下をイクヨさんが買い取らなければ自分たちで使いたいと言いだしました。それで、私に共同でその住まいを買って彼女の死後は私のものになるという提案の手紙を書こうとしたと後で知りましたが、結局そうはせず、その家を出て別の住まいに移りました。

イクヨさんは青山に住んでいたころからずっと暖炉とテラスのある家に住み、それが彼女の住まいに欠かせないものでしたが、移り住んだところは一軒家ではなくアッパルタメントで、暖炉とテラスはなかったです。ただ、窓からアッシジの町が小さくぽっこりと浮かぶように見えました。その住まいに私たちは泊まったことがあります。ペルシャ猫がいました。元の住まいの離れの音楽教室は、引っ越したあとも使えるように大家さんと話し合いがつき、その後も子供たちにピアノと声楽のレッスンを続けていました。

しかし、私たちが七年ほど前に訪ねた少し前、心臓発作で倒れ、しばらく意識がなく、掃除を頼んでいる人が発見して事なきをえたということがありました。それからもレッスンを続けてきましたが、今回の発作でついに音楽教室を教え子に譲り、イクヨさんの指導を望む四人の生徒に教えるのみで、養老院生活に入りました。初めて彼女の家を訪れたとき、静かに暮れていくなか、テラスで食事をしながら、彼女が下のほうの谷間を指差し、あそこが養老院、その隣がお墓、私はまずあの養老院にはいって、それから隣のお墓にはいるのと話していました。


イタリアの地では、自分たちの祖先、個人的な祖先にかぎらず、村の、地域の祖先が生きていた生の流れがいま生きている人たちのなかにながれ、その流れはいっときも途絶えず、流れが乏しくなってくると、流れの勢いを、みずみずしさをよみがえらせます。それは一四〇〇年代のリナッシメントに限った動きではありません。

たとえば、一二〇〇年代、アッシジのサン・フランチェスコが宗教的生というものをよみがえらせようとしました。すでに当時、キリスト教は原初の宗教性が乏しくなっていました。アッシジの裕福な商人の長男に生まれたフランチェスコは、華やかな青春時代を過ごした後、家を出て、父親から財産相続権を剥奪され、アッシジの山のほうで原初のイエスの生をよみがえらせようとみずからその生を生きようとしました。

三日前の日曜日、ヨーコは居間の家具の上にプレゼーペを作りました。ヨーコのプレゼーペです。この季節、イタリアでは各地の教会や礼拝堂、そして家庭でもプレゼーペが飾られます。今頃の夜、ヨーコは車で走っていて、山の斜面で家々の明かりが灯っている景色が見えると、プレゼーペみたいと言います。

方々の町でも村でも、教会に、昔の農民や漁師の生活のなかで岩屋にイエスが生まれる光景が、それぞれの土地の人たちに受け継がれている生活の原形をよみがえらせるように形作られます。そういうイエス誕生の光景を現すプレゼーペを作るようにしたのはアッシジのサン・フランチェスコだと言われています。彼はイエスが人の世に生まれたそのときを人々の目に見えるかたちでよみがえらせようとしたのです。

地中海地域の多くの人たちにとって、人類として最初の生はアダムですが、神とつながった原初の生はイエスです。アッシジのフランチェスコはそのような生をよみがえらせようとしました。彼自身、神とのつながりにおける原初の生を生きようとしました。

二十二年前、私たちが初めてペルージャに住むイクヨさんを訪ねたとき、彼女は車でアッシジまで連れていってくれました。サン・フランチェスコ聖堂の前の広場に着くと、広場の一角を縁取るホテルを見上げて、あたしが新婚の夜を過ごしたホテルとおしえてくれました。その朝、ペルージャの私たちの泊まっているホテルに迎えに来てくださった彼女は、ホテルから路地を少し下りたところの小さな広場に面した教会堂に私たちを連れていき、この教会であたし結婚したのと言いました。当時、離婚してまだあまり経っていなかったころです。

彼女にアッシジに連れていかれてから、ときどきサン・フランチェスコのことが私のなかに浮かび上がってきます。いま、サン・フランチェスコをまたおもいます。彼は神とつながる原初の生をよみがえらせようと、そうみずから生きようとしたと、私にはおもえます。

彼は生きるのに欠かせないものだけで生きたと言われています。しかし、欲を抑えるように生きたのではないはずです。抑えるたましいからゆたかな愛はうまれません。ものに恵まれた生活のなかで育った彼がなぜ原初の生を生きようとしたのか、彼は自分への愛から出ようとしたでしょう。

■十二月二十三日（木）

朝五時十六分です。私の時計は、今年一月、ヨーコの母の葬儀に出るため日本へ行って、ヨーコの父が暮らしている宇都宮の老人ホームに滞在したとき、父が私にくれたものです。その義父も、義母の亡くなった翌月に亡くなり、それから十カ月が経ちました。義父が亡くなった後、老人ホームの部屋を片付け、ラパッロに戻ると、ヨーコは、もう日本に帰りたくなったと言いました。そして、魂が抜けかけたようになり、空が晴れるとどこかへ出かけたがり、私はヨーコが行きたいところへ一緒に行きました。ポルトフィーノ、サンタ・マルゲリータ、キアーヴァリ、ヨーコが行き慣れているこの辺のいろいろなところへヨーコの運転で行ったのです。

しかし、このごろ、ヨーコはラパッロで暮らしたいと言います。いざというとき、私かヨーコが病気をしたり、私が死んだりしたとき、日本に戻れるように鎌倉の家があれば安心、でも、ふだんはラパッロで、やさしい空気のなかで、親しくなった町の人たちと暮らしたい、そう言います。お父さんが亡くなったとき、日本へ帰りたいと言っていたよと私が問い返すと、あのときはさみしくなったの、そうヨーコは言いました。つい最近のことです。そのとおりでしょう。ヨーコはいまは、ラパッロで暮らしたいのです。すでにここが彼女の町になっているのです。彼女からたちあらわれる空気にはこの辺の空気がしみとおっています。この土地の人になっているのです。

きのう、昼前、彼女とスーパー・ウピムの裏手にある仕立て屋に行きました。二十日にピエモンテのアウトレットで買ったドルチェのパンツスーツを直すためです。仕立て屋の更衣室でヨーコはスーツを身に着け、仕立て師の夫人が袖口とパンツの裾を折り返し、ピンで留めました。傍で見ていた仕立て師が、パンツの胴も直したほうがいいと言い、胴は彼がピン留めをしました。胴の直しはむずかしそうです。いまはやりの股上が浅い形です。

ヨーコがそのスーツを着たところを見て、若いと感じました。先日、彼女がアウトレットで試着したときも、そうでした。セクシーでかわいく、三十代のイタリア女、シチリア女のように感じられ、体が熱くなり、魂のようなものが熱くなり、夜、ベッドにはいってもほてっていました。翌日、彼女はスーツを居間で身に着けてみました。その姿を見て、ふたたび体と魂が熱してくるのを感じました。そういうとき、私は「感じる」と言います。私が感じるかどうかが、ヨーコを生かす服かどうかを見きわめる目安のように、私たちのあいだではなっています。それとも私だけが身勝手にそうおもっているのでしょうか。

ヨーコがみずみずしく愛らしいことは、私にとって慰めです。私とともに生きていて、地中海の空気のようにみずみずしいと感じるとき、私のそばにいるのがヨーコにとって不運一点張りのことではないかもしれないとおもい、かすかに気持ちがなごみ、やわらかい息ができるようになるのです。彼女は地中海のそばで暮らすようになって、一際みずみずしくなってきているのです。とくにこのごろ、そういうふうにこの町の友人たちから感じられているようです。

先日、キアーヴァリの文化協会の年納めの晩餐会で、ヨーコの隣にすわった女流画家のネネさんが、ヨーコをのぞきこむようにして、私が知り合ったころより美しくなったと言ったそうです。ネネさんは感じたままを言葉にして言う人です。私には、日本人が微笑んでいるのは怒っているのだと聞いたことがあると言いました。私が微笑んでいるのを指しているのでしょう。ネネさんと知り合ったころにもそう言われたのを思い出します。私は怒って微笑んでいるわけではありません。それはどうでもよく、肝心なのは、地中海のそばで地中海の空気のなかで生きるようになって、ヨーコは美しくなったと地中海のそばで生きている女性から言われたということです。

ヨーコの空気はたしかにかわってきています。日本にいた時分から、日本人離れした洋風な雰囲気がきわだってはいましたが、それでもラパッロで暮らし始めたころは、どこか東のほうの遥か彼方からやって来たというふうでした。そんな様子を当時の写真にうつっている姿から感じます。いま、地中海の、地中海の入江の町ラパッロの空気がヨーコの空気になっています。

ヨーコは先月、日本に滞在しているとき、電車に乗っても町を歩いていても、周囲の人たちを物珍しそうに見ていて、ときどき私に、ほら見てと言いました。彼女はすでに日本で異国人の目で見て、感じているのです。ラパッロでは、暮らし始めたころは町を歩いていても店に入っても、バールでもリストランテでも、まわりにいる人たち、通る人たちをおもしろそうに見ていて、見て見てとよく私をうながしましたが、このごろは、小さな子を見かけたときやおしゃれな人やかなり美しい女性や男性を見かけたとき、そんなふうに言うくらいになりました。すでに彼女はこの町の人なのです。

そんな彼女が、このごろとみにドルチェの服を着ると生き生きと見えるようになっています。ドルチェの服は、シチリアの服です。スキンヘッドのドメーニコ・ドルチェはシチリアの人です。彼はパレルモから内陸部へしばらく入っていったところで、服作りの会社を営む家族の長男として生まれ育ちました。そして若いとき、ミラノへ行き、ステーファノ・ガッバーナと共に世に出ていこうとする際、家族がつまりは父親が彼にお金を渡しました。現在、父がシチリアに起こした会社をミラノ郊外に移し、ミラノが彼の活動の本拠地になっていますが、彼はシチリア人です。彼が指揮して作られる服からはシチリアの大地と海の空気がたちのぼってきます。シチリアは地中海のどまんなかにある島で、古代から様々な民族がやって来ては住み着いたり、また出て行ったりした地中海の要、当然、地中海の空気を濃密にもっている風土です。

私は十八歳のとき、シチリアを舞台にした映画を見て、地中海の空気を身にしみるように感じ、地中海は私の海だ、あの海のそばで生きるのだと思いました。私はなぜシチリアに住まずに、地中海のもっとも北の方の入江の町ラパッロに住むようになったのか、わかりません。ラパッロにいて、私はしじゅう、シチリアの方をむいています。住まいのテラスから南南東の方をむけば、視線のずうっと遥か先にシチリアがあるのです。あるとき、地中海の地図を見ていて、ラパッロから南南東へ下っていき、エルバ島を通り、やがてシチリアの中央部を突っ切り、パッセロ岬を通り越し、リビアの湾に至る線が、地中海の生命線のようなものだと感じました。

私は地図を見るのが好きです。ここラパッロを見つけたのは、東京でイタリアの不動産雑誌を見ていたら、ラパッロの物件が入江の写真と共に載っていて、その入江が気になったのがきっかけです。早速イタリアの地図を開くと、ラパッロはティグッリオ湾の奥にあり、その湾の形を見て、ここはよさそうだと直感したのです。そして、ラパッロに来るなり、私もヨーコもこの町が気に入ってしまったのです。

なぜ気に入ったのか、私は自分がなぜラパッロに住むことになったのか、シチリアではなく北地中海の海辺のラパッロに住むようになったのかわかりません。私は地中海の入江のそばに住みたいとは思っていました。住むのは入江の町がいいのです。ですが、シチリアにも入江の町はあるはずです。

私は、この町の駅舎を出たとき、町の空気に抱きかかえられるように迎えられると感じ、ホテルの部屋に入るなり、ヨーコは木の鎧戸を開け、海を背景に棕櫚が並ぶ海岸を見て、マチスの絵みたいと言ったのです。私たちはすぐに街に出て、不動産の店を探しました。そしてこの家に案内されて、テラスへ直行、入江を見下ろしたとき、ここに住もうと私はおもったのです。

なぜそうおもったか、なぜと問うてどうなるものでしょう。自分がなぜこの町に住むことになったのかは謎ですが、ヨーコを見ていて感じるのは、ヨーコにはこの町がおそらく地球上のどこよりもかなっているということです。彼女にこれほど合う町をほかに見つけるのはなかなかむずかしそうなくらい、すてきに似合っているのです。ここでヨーコはみずみずしく生き生きとなっていきます。

ここが似合うヨーコ、ですが、このごろ、シチリアの服、ドルチェの服がめざましく合うようになってきているのです。まあ、シチリアの服ということは地中海まっただなかの服ということです。ここラパッロは地中海の北、そこから地中海のまっただなかを見やっているのがヨーコの生きる位置取りとしてはかなっているのでしょうか。それともヨーコを地中海どまんなかの地で生きさせるといいのでしょうか。わかりません、が、ヨーコはここ、この町でくつろいでいます。私といるせいで生じる傷みは感じているでしょうが、この町からはやさしくいだかれている、と、私はヨーコを見ていて感じます。ラパッロの女性となったヨーコが、なぜこのごろドルチェのシチリアの服を着るとよりみずみずしくかわいらしくセクシーになり、〝生きている〟と感じられるようになっているのか、彼女はますます地中海の空気にいだかれて生きるようになって、もはや地中海女といっていいようなそういうふうになってきているのでしょう。

ドメーニコ・ドルチェはシチリアの近くの島に別荘をもっています。そして、数年前からポルトフィーノ岬にも彼の別荘があります。ポルトフィーノ岬には外からは窺い知れないように隠れるようにわずかな数の屋敷があるのですが、ヨーコはすでにドルチェの別荘の在処を知っています。私はまだ知りません。シチリアとここティグッリオ湾という、地中海どまんなかと地中海の北の方で休暇を過ごすドルチェ、彼はドルチェという姓そのままに、ドルチェ（甘美）な地中海の空気をすおうとする人です。

そして彼の名前のほう、ドメーニコという名前、この名前も私にはちょっと気になります。その気になり方は、私の関心にひきつけて気になるわけですが、タルコフスキーがソ連を出て亡命するかのようにトスカーナに来て撮った「ノスタルジア」のなかに出てくるドメーニコを思い出すのです。そのドメーニコは、妻と長男を廃墟のような住まいに閉じ込めるようにして生きさせ、苦しめたいともわずにそうしたのでしょうが、苦しめてしまいました。それは彼が自分のために妻や子供をそうさせていたためだと、彼らが出ていったあと、ひとりになった彼は次第にそう気づいていきます。自分のために生きてはだめだと彼はロシアからきた詩人アンドレイに言います。そして、ついにローマの丘で、馬の彫像の上で広場へむかって、町へむかって、空へむかって、この世の人々へ、亡くなった人々へ、これからの人々へ、人々みんなへむかって、みずみずしく生きることをうったえ、みずからに火をつけ、火だるまになって落下し石畳の上で命がなくなります。

ドメーニコ・ドルチェ、彼が指揮する企業が作る服を身につけたとき、ヨーコは、なんであのたこ入道みたいな人がこんなに美しい服をつくるのかしらと言うことがあります。彼が、一九九五年頃でしたか、私たちがラパッロで暮らすようになってしばらく経った頃、一九九〇年代の後半にすでに入っていたでしょうか、イタリアの雑誌に彼へのインタビュー記事が載り、そのなかで、あと五年くらいしたら宗教の世界にはいると言っていたのを、時折り思い出します。お金にめぐまれ、甘美で優雅な暮らしをしているかに見える彼が、その生活をやめ、すくなくとも服飾の世界で生きるのをやめ、宗教的生活にはいるというのはどういうことなのか、どういうおもいがあるのか。

彼のアクセサリーには十字架の形をよく見かけます。今年の春先だったか、ピエモンテのアウトレットのドルチェ&ガッバーナの店で、木に金箔を貼った十字架の首飾りを見かけ、それをヨーコが首から胸に垂らしたらどんな感じだろうと、私はその十字架を覗き込み、見入りました。しかし、買わずじまいでした。なにか十字架をヨーコの首にかけさせることに、ヨーコに宗教色を帯びさせてヨーコをしばってしまう、宗教色に染めてしまうという危惧があったのです。次にその店に行ったとき、まだ十字架はありました。やはり買わずに帰りました。そして、先日、月曜日、そこに行くと、もうそれはなかったです。でも、別の十字架、金色の鎖が一度閉じられたあとまた鎖が垂れたその先に金色の十字架が付いています。それも私は見入り、ヨーコが身に着けたら、ヨーコの胸にその十字架があったらとおもいました。そうおもう私は、体が熱くなってくるように感じ、たましいも熱くなってきたのかもしれないです。その十字架がセンスアーレ(セクシー)なのです。そしてそれを身に着けたヨーコが、その姿は私が想像するヨーコですが、熱く地中海の濃密なセンスアリタ(官能性)をおびるのを感じたのです。

私には、地中海地域いがいにセンスアーレな領域があるとはおもえません。地球のセンスアリタはそこに集約されています。とくに地中海のただなかの地シチリアにはセンスアーレな人たちがいます。

数年前、島の北西部の地中海をみおろす小高い石の町エーリチェの教会にヨーコと立ち寄った時、結婚式に参列する人たちがはいってきて、花嫁の祖父が私たちに話しかけてきました。花嫁は私の孫娘だよと私に声をかけ、その言葉のなかには、孫娘の美しさをほこっているようなうれしさがあり、ほらその子も孫娘だ、双子なのだよ、この子の夫は軍人、花嫁の夫は実業家と話します。花嫁の双子の姉はシチリアに古くから伝わる黒いレースの衣装を着ていて、地中海の濃密なセンスアリタが感じられてきます。その土地で受け継がれてきている黒いレース、それは主に結婚式や葬儀など宗教的な場で着るのでしょう。彼女から地中海の時間、そして宗教のセンスアリタも感じたのです。

宗教にセンスアリタがあるというのはおかしな言い方ではないはずです。といってもそれは地中海の宗教のことですが、まあ私にとって宗教とは地中海の宗教しかありませんが、それにはセンスアリタがあきらかにあるのです。ドルチェの服には地中海の宗教の気配があります。彼が十字架にひかれ、宗教へとひきよせられていくのはふしぎないと感じられます。宗教へひきよせられるというより、彼は地中海宗教のセンスアリタのなかで生きているのでしょう。宗教は神というようななにかとつながる世界です。地中海地域にいると、神が性をそなえているのがじかに感じられてきます。かつて古代ギリシャ人は男女両性をそなえたような彫像を作り、それを十六歳のときに写真で見た私は魅惑されました。人間が神の写し身としてそのような姿であれば美しいだろうと、古代地中海人は夢想したのでしょうか。地中海にはすべてがあると、私は感じます。空気にも光にも満たされるのです。この海のそばで、女は男を自分のなかにもっていて、男は女をもっている。

■十二月二十四日（金）

言葉が漏れます。私という生きものから漏れる、生きている私から漏れる、のです。書きながら言い換えをしています。一遍で一つの言い方で表せない、というより、言い換えていくということが生きていくことという感じがします。なにかを言いながら、すぐそのそばから、そのときからもう言い換える、言ったことをすぐ修復するのです。息をするように、私という心身の全細胞、〝わたしすべて〟が生きるように書くのは、絶え間なく書き直すことだと感じます。いまはほかの書きようがなく、あなたへ言ったそばから、言い直し、書いたそばから書き直すことが書くことになり、こうして書く呼吸をして、ああ、あなたはいま体を直している、修復しつつあるとおもうのです。でもあなたは生きられるかどうかとおもうことが多いのではないか、そういうところに在るあなたへ書くのは、じきに命が消えてしまうかもしれないあなたへ書こうとしているのは、私の命が書き終えないうちはあなたの命が消えないと感じ、そう私が生きているみなもとで感じるのです。

いま、「ノスタルジア」のなかの情景が浮かびます。アンドレイがロウソクを手に持ち、灯った火を運びつつあり、彼の手にする火が消えれば、離れたところ、ローマの丘で人類という地球の生きものにむかって言葉を発しつづける人類のひとりドメーニコの命が消えてしまうと彼は感じながら、自分の命で火をまもりながら、すこしすすみ、彼は火を運ぼうとし、ドメーニコの命の火を運ぼうとし、どこへ、どこへ運ぼうとしているのか、命が汗をかくように彼は額をぬぐい、すこしすすみ、火を少しすすめます。ふだんは温泉がたまっている大きな屋外浴槽、いまは温泉がぬかれてからになって村の広場というふうになったそこで片方の岸から対岸へむかって火を運びつつあり、彼は対岸へ近寄り手を差し伸べ、対岸に火を置いたとたん、くずおれ、離れた地点でドメーニコはみずからに火を点し、彫像の上から火だらけとなって石畳の地上へ落下し、体が、命が燃え、燃え尽きます。

魂がどうなったでしょう、魂がともって空気のなかで生きだしたでしょうか。アンドレイは火を、ドメーニコのたましいの火を対岸へ運ぼうとしたのか。対岸、そこは神のいるところなのか。対岸に神はいるのか。わたしはあなたのたましいを対岸へ至らせようと、あなたのたましいの火を運ぼうと書くのか。あなたのたましいの火を神のいるところへ至らせようと書くのか。ドメーニコはみずからの身に火をともし、肉体の命を崩壊させた。アンドレイはドメーニコがみずから肉体の命を崩壊させるのを感じ、彼のたましいの火を神のもとへたどりつかせようとした。あなたはみずから肉体の命を崩壊させると、そうすると私はおもっていません。あなたはみずからどうしようもなく命が崩壊していくかもしれない、そう私は離れたここで感じ、あなたのたましいの火を神のもとへ着かせようと書く、と、そう感じ、あなたのたましいの火を神のもとへ着かせると同時に、アンドレイがくずおれたように、わたしの命がくずおれ、しかしあなたのたましいの火は神のもとでともり、そして、その火は、もしかするとわたしのたましいの火かもしれない、いや、わたしのたましいは、いや、わたしの命がくずおれ、わたしのたましいの火が神のもとでともり、ヨーコを神の力をおびたわたしのたましいの火があたたかくまもると、感じ、おもい、しかし、神のもとにいないヨーコはこの世で生きているヨーコは食べて、人とかかわって、眠って、目覚めて、動いて、この世で生きて、そういうヨーコを神のもとでともるわたしのたましいの火がまもるでしょうか。わたしはヨーコのたましいの火を神のもとにいっしょに連れていきたくなることがあります。でも、そうできません。ヨーコをこの世で生きさせなければなりません。いずれヨーコのこの世での命はきえますが、その命をわたしが連れ出してはならないと、おもいます。

奇蹟、ということをおもいます。奇蹟はどうしておきるか、わたしのそばでヨーコは奇蹟的にみずみずしいです。しかし、奇蹟ということはないことなのかもしれないと、おもいます。ヨーコが奇蹟的にみずみずしく生きているということは、奇蹟的といえるだけで、奇蹟ではないです。彼女の命はたえまなく減りつづけ、かならずくずおれ、からだは冷たくなり、動かなくなり、この世でいかにしたいように生きても命は消え、わたしはこうして書きたいように書いていますが、書くことはいずれ終わり、書き、書き終えたとき、書きくずれたとき、命はくずおれ、たましいが神のもとでともり、書き、くずおれ、そのときたましいが神の空気をおび、書いたことばのつらなりが神の気をおび、……

きのう、ヨーコと夕方、洋品雑貨のスーパーマーケット・ウピムの裏手の仕立て屋へ行き、店には夫人だけがいて、すでに服の直しはできていました。パンツをはいてみて変であったら再度直すと夫人は言い、ヨーコがはいてみると、胴回りが後ろで狭めてあって、少しひきつれが見られますが、股上の浅いパンツがきれいに腰にとまり、丈もよし、上着は袖を短くして、袖口の飾りボタンを移動し、かがった箇所がいくぶんつれています。ただ、その程度の難は仕方ないでしょう。

これは調整のための手直し作業ですが、この国ではもっと広く直すということが当たり前のようになされ、道も建物も家具も直され、修復されながら受け継がれていきます。そして食生活でも、土地の食材の古くからの食べ方が見直されていき、それから、たましいも修復されながらひきつがれていっているかもしれない、そうおもい、わたしのたましいは修復されてヨーコにうけつがれるか、たましいをどう修復したら、たましいの火をヨーコに移せるか、いや、ヨーコの傷んだたましいを直す、それだけだとおもい、……

仕立て屋からの帰り、旧市街のヴェネツィア広場、私たちは朝市広場と呼んでいますが、そこに面した生パスタとソースの店で、ペースト（ジェノヴァ地域のバジリコソース）とトロフィエ（リグーリア地方のニョッキ）を買おうとヨーコが言いました。立ち寄ると、店のなかは待つ人でいっぱい、整理番号をとったら十一番あとです。

ヨーコが店で順番を待ち、私は広場から駅のほうへ向かう路地に行き、小さな八百屋スーパーの向かいのクリーニング店でシャツを受け取り、市庁舎前の駐車場で車のトランクにスーツ等をおさめました。それから路地に戻り、路地をまがりながら進むと、左手の町の人たちが白のオラトーリオと呼ぶ礼拝堂は扉が閉まっています。そこのプレゼーペ、毎年この時期、降誕祭の前か後に見ているのですが、まだできていないのでしょう。そして路地の十字路を右に曲がり、すぐ右側に町で最古の礼拝堂である黒のオラトーリオ、鉄の柵が開いていて、石段を少し上ったところの礼拝堂の扉も開いています。前日、柵の前でぱったり会ったロゼッタさんが言ったように、そこのプレゼーペはできあがったのです。

生パスタの店からの帰り、ヨーコと見に寄ろうとおもい、ああその礼拝堂のそばに聳え立つ町の目印の塔、それは私たちがラパッロに住み始めた頃、すでにまわりが金網でおおわれ、やがて足場が組まれ、ずっとそういう状態で、いつ修復が終わるのだろう、早くあの足場が取れれば眺めがきれいになるのにと私たちは塔を見上げて何度もそんなことを言いました。そして、もう四、五年前になりますか、やっと修復が済んで、お祝いが冬の夜、行われ、狭い境内に人がいっぱい集まり、私たちの友人、ラパッロの文化協会「旧市街の道」の会長ロマーノさんが挨拶しました。その後、数人が塔に上りだし、私も塔に入り、なかはまだほこり、汚れがあり、でも私はアノラックを着たまま上り、鐘楼のある頂に着き、そこから駅のほうや路地のほうを見て、真下にいるヨーコや地元っ子のミーノ、マリアアウレーリア夫妻に手を振り、……

生パスタの店に戻ると、ヨーコが待つ人たちのいちばん前にいて、じきにペーストとトロフィエを受け取り、私たちは黒のオラトーリオに行きました。石段を白っぽい羽毛入りオーバーを着た小さな子が下りて来て、ヨーコがかわいいと振り返りました。

礼拝堂に入ると、人々の暮らしのなかでイエスが生まれる情景を現すプレゼーペがありました。ここのプレゼーペは壁際ではなく礼拝堂の真ん中に作られていて、往時の人々の暮らしぶりがきめ細かく形作られ、年ごとに情景が変わり、私たちはラパッロのプレゼーペのなかでも特に見るのを楽しみにしているのです。ヨーコはかわいらしいと言って小さな家家やあちこちでなにかをしている人形を覗き込むようにしながら見ています。この土地の昔の農家があり、大工さんは庭先で板を鉋で削り、女の人が二階の窓から赤い布を垂らし、羊がたくさんいて、牛を追う人がいて、池で釣りをする人がいます。

まわりをゆっくり巡っていると、ヨーコが声をかけられ、ロゼッタさんです。きのう会ったわねと彼女は私に言い、私がヨーコと一緒に早速見に来たのでうれしそう。彼女はこの礼拝堂でボランティアでなにかをしているのでしょう。前は旧市街と新市街を分けるマッテオッティ通りに靴の店をもっていて、マリアアウレーリアとミーノが開くサン・トマーソの丘の山荘の食事会でよく会っていたのですが、四年ほど前、夫のピエロが癌で亡くなり、彼女は店をだれかに売りました。

ヨーコはプレゼーペを細かく見ながらまわり、マリアがいる馬屋の前で、なかを覗き込むようにしてまだイエスはいないわね、あさって、ここに生まれるのねと呟きました。それからマリアの近くの人形を指し、この人はジョヴァンニかしら、そして外に立っている人形たちに顔を寄せ、三博士ではないみたい、まだ着かないのね、そうよ、五日の夕方、ここに着くわとそばからロゼッタの声、その日、夕方六時に、ここで聖歌を歌うの、あたしも歌う、そう彼女は言いました。私たちは礼拝堂を出て、ロゼッタもひとりで生きているのね、子供がいないもの、ヨーコがそう言い、……

帰って、ヨーコがトロフィエを茹で、ペーストをあえて、すぐに居間のテーブルに運び、食べ始めるやおいしいと声を出し、おいしいでしょうと私のほうを見ます。おいしい、おいしいです、トロフィエの茹で具合がちょうど、ペーストの量もちょうど。あたし、トロフィエでペーストを食べるほうが好き、トレネッテより。ヨーコはトロフィエ・アル・ペーストが好きです。サン・トマーソの丘の仲間の元お医者さんダニーロさんもそう言っていました。私たちの住まいの上の上、最上階に住む歯医者さんのピエトロもそう言っていた気がします。私は、この土地の平打ち麺のトレネッテで食べるのか、パオリンで食べるラザーニャ・アル・ペーストが好きですが、昨夜のトロフィエ・アル・ペーストはおいしかったです。

おととい、やはり同じ生パスタの店で、そうあの店はあなたと奥様もよくご存知ですね、奥様は、日本へ帰る日の朝、あの店でペーストと生トロフィエを買って帰るのでしたものね。あそこでおとといも、私たちは買い物をしたのです。この土地のやわらかい草を茹でてパスタで包みリスのような形にしたパンソーティと、胡桃のソース、それを買ったのです。パンソーティは春先、二月頃、短い間だけ朝市に出るプレブジュン、春の七草のようなものをパスタでくるむのが本来のすがたですから、その季節に食べるのがいいのですが、いまは一年中、この店で作っています。店にヨーコが行くと女性の店主が上品に声をかけます。お客さんのなかで特にヨーコにそうするのです。きのうも、帰りがけ、ヨーコにやさしく声をかけていました。そういう様子を見ると、ヨーコがこの町の人たちに大事にされているのを感じ、ヨーコがこの町で暮らしていけるようにしなければと思うのです。

きのう、プレゼーペを見て礼拝堂から石段を下り、路地に出ると、片隅で人と立ち話をしているマリアアウレーリアにヨーコが気づき、チャオ、すぐに私たちと彼女、それからミーノもいます、立ち話が始まりました。降誕祭はどこで過ごすのと彼女が聞き、エクチェルシオールでと私がこたえ、そう、あたしたちも今年は外で過ごすの、自分のところでやると手間がかかるから。彼女がしばし早口でしゃべり、かたわらにミーノが立っています。

プレゼーペのことで思い出しました。黒のオラトーリオで、プレゼーペの土台の縁に、"il segno di fede in Dio" と書かれてありました。神への信仰のしるし、というような意味です。この fede という言葉は、日本の言葉に置き換えれば信仰、信頼となりますが、この言葉について時々思い出すことがあります。

ラパッロで暮らし始めた翌年の一月でしたか、ジェルミーノ、ニーチェ夫妻が私たちを連れて西の丘を散歩中、車で坂道を下りてきたロマーノさんに気づいてジェルミーノが声をかけました。そして、この日本人の友人を後日あらためて紹介したいと言い、その後、彼はきちんと約束を取って、ニーチェと一緒に私たちをロマーノさんのオフィスに連れていったのでした。

ロマーノさんはこの町ですでに千年くらい前の書類にその名前が記されている旧家の当主で、本来は次男なのですが、お兄さんが第二次ヨーロッパ大戦のドイツ戦線で戦死したため、跡取りになり、みな、アッヴォカート(法科卒業者の称号)と呼んでいます。公証人の家系で、今もそういう仕事をしていて、目抜き通りに面した建物の二階にある仕事場で私たちを迎えると、まずなかを隅々まで見せてくれました。室内にはこの土地の古い家具が置かれ、壁に地元の画家の絵が掛けられ、ジェルミーノと同業の家具職人でもある風変わりな画家の作品も掛かっていました。

初めてジェルミーノから正式に紹介されたその場で、部屋や廊下を案内されているうちに、移民の話が出て、この町からは南米や北米にたくさんの人が移住していて、彼らとは今も書類なしで大きなお金を動かし合っているとロマーノさんが話しました。私がなぜそうするのですか、書類なしでと聞くと、"fede"と一言、答えが返ってきました。そして、その言葉から受けた感じは、日本語で信頼という言葉から受けるより深々とした趣きがあり、どこかで信仰ということとつながっているのだなと感じました。それでも人と人との間に信仰に近いようなものが生じうるとは、実感できずにいましたが、この町で暮らしているうちに、ありえるかもしれないと思うようになってきました。

この町の人たちのなかで生きていると、日本にいた時には思いもしなかったようなことが生じうると、それはほぼ確かな思いになっています。そういう思いもしなかったなにかが起きるのと、奇蹟が起きるとはどうでしょう、どれほど離れているのでしょう。イエスの奇蹟をおもいます。彼は水を葡萄酒にかえてしまったり、病人を瞬時になおしてしまったり、彼は修復する人なのでしょうか。病気をなおすとは体の傷みを修復するわけでしょう、精神の傷みをなおす場合もあるでしょう、修復する人イエスのそばへ人が集まるようになっていきました。

生きていればだれしも傷んでいます。崩れそうになる時だってあります。修復しなければもたなくなりそうにだってなります。自分で修復しようとしてもなかなかできません。体や精神の傷みはあるていど、医者がなおせるかもしれませんが、たましいの傷み、崩れは修復できないでしょう。生きている人ならだれしも、たましいが修復されたい、そうねがっているとおもえます。私だってそうですが、もうのぞみません。ヨーコのたましいを修復して、蘇らせなければならないです。

こちらでは古い家を丸ごと修復するのは、家を造るよりむずかしいと言われています。マリアアウレーリアのお姉さんは、七、八年ほど前、長く祖父母が住んでいたサン・トマーソの丘の石積みの家の修復に取り掛かりました。職人さんがはいって作業が行われ、一年以上がかかり、費用も新しい家を建てるよりかかったそうです。服をなおすのも、きのうヨーコのスーツが体に合うように修復されたのを見て、むずかしかったろうなとおもいました。

人の体をなおすのも精神をなおすのもむずかしいはずです。さらに崩れかかっているたましいをなおして蘇らせるのはどんなにむずかしいか。イエスは人のたましいの崩れをなおし、人を蘇らせたのでしょうか。イエスはもういない。すくなくともこの世にもういない。イエスが神のところにいてそこからヨーコの崩れをなおしてくれると私はおもっていません。神というものがいるかどうか、いるという実感はありません。

奥様が、年をとるのはいやですね、それを忘れるために旅行しているのですよ、そうヨーコに言っていたそうです。あなたと奥様は前からよく旅をなさっていましたが、ここ数年、とくに昨年から今年にかけて、もうどことどこだったか覚えていられないほど旅をして、そうして移動している間は、年をとっていくさみしさをあまり感じずにすんでいたのでしょうか。

人は生まれたその瞬間から、命がへっていくのでしょう。生きながら絶えず命がへっていくと、このごろ感じます。もともと生まれたときからそうだったのが、子供のころ、若いころはそう感じないのでしょう。たえず命がきえていく、のこりすくなくなっていくと感じ、あなたと奥様はじっと家にいるとさみしくて、あちこちへ出掛けていらっしゃっていた。そのあなたの命がいま危うくなって、命がすべてきえてしまうことがあってもおかしくないなかにあって、あなたはなにをおもっていらっしゃいますか。命が危うくなってもおもいはあるでしょう。しじゅう、なにかしらをおもうでしょう。命がすべてきえてしまったら、おもわなくなるのでしょう、か。

一昨日と昨日、クリスマスカードを書きました。日本で私がイタリア語を習っていたころの先生、私のイタリア語の恩師と勝手におもっているのですが、その先生へも書きました。お体の具合はいかがでしょうかと書きだしました。先生は今年の春、お便りをくださいました。いつも折りたたみ式国際郵便封書に細かい字でぎっしり書いてくださるのですが、今年のはいつも以上に小さい字になっていて、それは、パーキンソン氏病のためですと書かれてありました。そのとき初めて先生が病にかかっているのを知りました。すでに体を動かすのに難儀を感じるようになっていて、特に手紙を書いてくださった当時、病状が悪化し、歩くのがだいぶ苦痛になってきて、大学の授業もどうしてもしなければならないものだけにしてもらったそうです。

■十二月二十五日（土）

すでに今日になって十分ほどが経っていました。ヨーコがベッドに入ってから、二十五日の零時に生まれたんでしょう？ もうイエスを出してあげていいんでしょう？ そう聞きます。私はイエスが何時に生まれたのか知りませんが、二十五日に生まれたのだからもうイエスは出してあげていいんじゃないかとこたえました。教会で零時にイエスを出してみせてくれたわ。もちろんラパッロの教会でそれをヨーコは見たのでしょう。どこの教会でだったか、丘の麓のサン・フランチェスコだったか、町なかのバジーリカだったか、ミレーナの家のほうのサンタンナだったか、たぶんサン・フランチェスコだったでしょう。私たちはキリスト教徒ではありませんが、私たちの住む地域の教区教会は丘の麓、ホテル・エウロパの脇のサン・フランチェスコです。

サン・フランチェスコといえば、この住まいの上の上の階、最上階のペッシャ家の長男はフランチェスコという名前で、数年前、復活祭の一週間前の夜、ジェノヴァの中央教会であるサン・ロレンツォでぱったり出会いました。婚約者と一緒でした。そのころはまだ大学生でした。教会のなかは人がたくさん来ていて、彼らは教会でもらったばかりのナツメヤシの小枝を手に持っていました。私たちも持っていました。エルサレムの人たちがイエスを迎えるときに手にしていたナツメヤシの枝です。

その後じき、フランチェスコの母親であるマリテに彼とジェノヴァの教会で会った話をすると、あの子はうちで一番信仰心が厚いの、あたしたちよりそうなのと言いました。昨日、夜、十時頃でしたか、階段を下りていく足音がしました。上の人たちがミサに行くのかしらとヨーコが言いました。おそらく、フランチェスコだけが、もしかすると婚約者と一緒に丘の麓のサン・フランチェスコへ行ったのでしょう。婚約者はローマに住んでいますが、ときどき、特に降誕祭や復活祭の休みのときにラパッロに来ます。

きのう昼前、ミレーナから電話があり、ヨーコが出ると、二十六日、ミレーナの誕生日に来てくれるかしらと誘われました。もちろん、私たちは行くことにしました。電話の最後に、夜、つまり昨夜、十時頃、サンタンナの教会の裏にプレゼーペができるから、それを見に行って、そのあと海岸通りまで出向いて、みんなに振る舞われるあったかい葡萄酒を飲もうと思っているから、もしヨーコたちも来られたらねと言っていたそうです。いつもミレーナは弾む声でうれしそうに電話してくるの、その声がヨーコをうれしくさせるのです。電話で話すヨーコの声が夏の地中海の空気のようにあたたかくなり、冬の晴天のもとの海がきらきらひかるようにきらめきました。

昨日午後、奥様からファクスが届きました。九月からの四カ月のめまぐるしい事と言ったら……こんな人生もあったのですね、そう書かれてありました。奥様の文章によると、あなたのその後の経過は順調で、退院が二十八日に決まったとあります。歯茎の様子を見ながら入れ歯を作るようですね。話はできますがまだ掠れ声で、聞き取りにくいですが、だんだんよくなるとおもいます、歯が入ればと、そういうことが書いてあります。食べ物の飲み込みは時間がかかるようですね。今回の手術は大変、体力を消耗しました、お正月はゆっくりしようと思っております、ご心配してくださった皆様によろしくお伝えくださいませ。あなたはもちろん、奥様もいま体力が相当消耗しているとおもいます。私は早速、奥様に、今夜はイエスが生まれる前の夜です、もうすぐイエスが生まれてくる気がして、みずみずしい気持ちになります、イタリアの信心深い人たちは毎年暮れの二十五日にイエスがほんとうに生まれると感じているのかもしれませんと書きました。

一昨日、学校の帰りに、エリーザがおばあさんと一緒に焼いたビスケットを持って来ました。十二時ころに来る予定でしたが、十一時にブザーが鳴りました。学校が早く終わったのです。すみませんと言っていました。エリーザが焼いてきたビスケットは星とハートの形をしたものにチョコレートやナッツのペーストやそのほかが塗ってあります。

エリーザは我が家から帰った後、午後、おばあさん、お母さん、妹さんと一緒にタクシーでモデナへ行きました。おばあさんの弟さんの家、つまりおばあさんの実家で、降誕祭の休暇を過ごすのです。ここリグーリア州の東隣のエミリア地方にあるモデナ、香しい味のお酢、アチェート・バルサーミコの産地です。今日の昼、彼女はおばあさんや義理の大叔母さんが作ったモデナの伝統的な降誕祭料理を食べるでしょう。もちろん赤い肉、牛肉は食べないはずです。おばあさんは信心深い方ですから、近くのパルマの名産の生ハムは食べるかどうか、きっと食べないでしょう。白い肉、鶏か七面鳥を食べるでしょう。

私は十代の半ば頃から、自らの性癖さらには性質が消え、そして個性などというものが消えてしまうことを望んできました。自分というこの世でひとつの独自な生きものがすきとおって見えなくなってしまえばいいと、そのようなことを十代の頃、何度もノートに記しています。自分というものが目障りだったのです。自分を感じるのがいやだったのです。そういう感じはいまだに年を経て変質はしていてもあります。

日がどんどん経っていきます。私たちはもうラパッロで十一度目の降誕祭です。最初の前夜祭をサン・トマーソの丘のマリアアウレーリアの山荘で過ごしてから、まる十年が経ったのです。悲しくなるような歳月です。その歳月は私にはしあわせな歳月でした。それをおもうと物悲しくなります。この住まいに十年住んできたのです。すでに、ミラノのロッコさんに来年五月末にこの住まいを出ると伝えてあります。ラパッロを引き上げるのです。しかし、ヨーコがいつでも好きなだけラパッロにいられるようにしなければならないのです。

いま、難題が山積していると感じています。いっそのこと難題に締め上げられればいいと思ったりもしています。それは自虐的な心情からではなく、心身が締め上げられ息ができなくなって命が消滅してしまうほどにまで至ればいい、そこまで際に追い込まれれば、私の命が全開して障壁を崩してしまうのではと、まだ実感をともなわないかすかな望みをいだいてしまうのです。

■十二月二十六日（日）

すでに、新たなイエスは生まれました。ヨーコは昨夜、我が家のプレゼーペの幼子イエスの上にかぶせておいたポルトフィーノの苔を取り除き、見て見てと私を呼びました。あらたなイエスが馬屋にいます。生まれたてのイエス、こんな姿のときがヨーコにはありました。ヨーコは私と出会って、私とともに生きるようになり、こうして生国から遠く離れた異郷の海、地中海のほとりの町で生きています。私はヨーコと出会い、私にとって、その時までは前奏の人生であり、それから蘇りへの道をすすみはじめたのです。

十三歳のときに体が失調し、死にかかりました。私は死ぬと感じはしませんでしたが、医者たちはもう危ないと見ていたそうです。それを後で知りました。私にはこの世に生まれたときから、死に至りかねないなにかがすでに在ったのでしょう。生まれてから十三年間、死に至らずに、むしろ体力知力があるほうの子供として育ちました。しかし、そこまでが身体精神の動きがなんとかもっていた時期だったのでしょう。

やがて身体が失調し、でも振り返りますと、すでに十一歳のころから神経、精神が失調をきたし、その後、肉体の変調があらわになったのです。そして肉体がくずれかけ、命がほろびかけ、かろうじて持ち直しましたが、精神はなおも変調をつづけ、五年ほどが経った頃、自分で支えるのもやっとというところにまで至っていました。

その当時、地中海人カミュが書いた「シジフォスの神話」を読み、シジフォスのように、山の上へ岩を運び、山頂に達すると岩は転げ落ち、みずからも山を下り、ふたたびその岩を山の頂へ向かって運び、また岩は転げ落ち、また山頂へと運び、そうして生きれば生きられるかもしれないと感じました。北アフリカの港町アルジェで育ったカミュがなぜそういうことを書いたのか、「異邦人」において、人を射殺し、なぜ拳銃を発射させたか、なぜ人を殺したかを問われ、太陽がまぶしかったからとこたえる人物をえがいた地中海人の彼がなぜ、岩を山頂へくりかえし運んで生きる生を書いたのか。

私は、十年半前、ヨーコとともに自分たちが住むところを探す旅をしていて、ついにラパッロを見つけ、そのあと私たちはサン・レーモに寄り、そこに滞在している間に、フランスとの国境の町ヴェンティミッリアへバスで行きました。町に入り、人気の薄い広場に降りたとき、正午をすこし過ぎたころ、なによりもまず光を感じました。そのとき、カミュがえがいたムルソーという人物が光がまぶしかったから拳銃を発射した、人を殺した、ということがわかった気がしました。地中海人の感性を光から感じました。

しかし、なぜカミュが岩を山頂へくりかえし運ぶ生を書いたのかはわからないでいます。そして、地中海人のなかの地中海人ともいえるギリシャ人が岩を山の頂へ運びつづけるシジフォスという人物の姿をつくりだしたのか、わからないままです。この甘美な地中海の風光のなかで、なぜ頂上に達するや転げ落ちる岩をふたたび運ぶ生がおのずとありうるのか、彼シジフォスは岩を運びながら、蘇りへの歩みをすすめているのでしょうか。山頂へ岩を運び上げかけたとき、彼は蘇りそうになり、しかしそうならず、ふたたび蘇りへとむかうことになるのでしょうか。またあらたに蘇りへすすんでいくのでしょうか。イエスは毎年、人々のなかで蘇るのでしょうか。蘇ってはまた蘇りへとむかってすすみだし、一年後にふたたび蘇るのでしょうか。

毎日、日は蘇り、毎年、光がもっとも乏しくなるとふたたび光がゆたかになりはじめ、人もまた命が乏しくなると蘇りはじめるのでしょうか。しかし、人はいつか命がきえてしまいます。そうではないのでしょうか。肉体がうごかなくなって、それから人は蘇るのでしょうか。

私は子供のころ、祖父が死んだあと、祖父は別の生き物になって生まれ変わると聞かされ、路上で馬を見るとあの馬は祖父の生まれ変わりかもしれないとおもったものです。そこ、私が育ったところはユーラシア大陸の東の果ての、さらに先にある島国でした。子供だった私が感じた生まれ変わりはその地の人たちの感じ方です。

地中海の地イタリアでは、人はふたたび生まれる、蘇るのです。地中海へつきでたポルトフィーノ岬の先端で、アルプスの向こう、北からやって来たニーチェは、命はもどってくる、よみがえり、ほろび、よみがえり、とわにほろび、よみがえると感じました。

シジフォスはなにか罪をおかし、岩を山頂へ運ぶようになったのでしたね。やっと運び上げそうになると岩は転げ落ち、ふたたび運び上げ、また転げ落ち、そう繰り返し続くのです。シジフォスがどんな罪をおかしたのか、さだかに覚えていませんが、彼は罪をおかしたわけです。罪とはなんでしょう、罪かどうかをさばくのは神でしょうか、神という言葉をつかわずとも、地球上をつかさどるなにか、見えないなにかがさばくのでしょうか。

人は生まれてきたときから、あるいは母親の胎内に命として現れたときから、人という生き物として罪をもっているのでしょうか。もしかすると命とは罪ということなのかもしれないとさえおもいます。

イエスは人がそなえている生まれながらの罪を負って十字架にかかり、神のもとへ帰った、そして神と人はつながりうるようになった、そう思わなければならないほどに、当時イエスが生きた土地の人たちは罪によって自らが崩れ落ちそうに感じていたのでしょうか。人の生来の罪を負ってイエスが神のもとへいったとおもうことで、天空へすくいあげられるように感じたのでしょうか。

イエスには生きる源のほうから罪の感じがわきだしていた。わきだす罪が生を決壊させてしまうことがあるはずです。


きのう、エリアはホテルに、一八〇〇年代末に作られた細長い金色の台に真珠が一粒ついているブローチを持ってきて、すぐにヨーコが身に付けているスーツの上着の襟につけ、そうしたら、直線的なブローチが上着の切れ上がった襟の線に合って、すてきでした。エリアはそのスーツを初めて見たはずなのに、新調の服によく合ったブローチを降誕祭に贈ってくれるということになって、ヨーコはうれしそう。エリアはヨーコの服を間近に見て、すてきなタユールと言いました。

さらにエリアはフクロウの絵が表紙になったカレンダーをヨーコに渡しました。ヨーコがその鳥の飾り物を集めていたのを知っているのでしょう。カレンダーの一月中旬のページの始めに、なんと正岡子規の詩が載っています。詩のカレンダーなのです。それから馬の形をしたお守り、そして私には同じシリーズの銀の天道虫、イタリアでは幸運を運ぶ虫です。次が「キリストを運ぶ人たち」という写真集、リグーリア州の各地の教会にある十字架に掛けられたキリスト像、一五〇キロくらいあるその磔刑像を皮の腹帯で支えて、途中、他の持ち手と交代しながら行われる行進の写真がたくさん載っていて、ジャンニがそばで次々説明してくれました。

私たちは何度か、十字架上のキリスト像を男の人が運ぶ行進を見たことがあります。最初は、ラパッロに住んでまだあまり経っていない頃、隣町ゾアッリにぶらっと行ったら、教会前から行進が始まるところでした。そしてラパッロの七月一日、二日、三日の大祭の最終日の夕方、ラパッロを守護すると言い伝えられてきたマリア昇天像を巡行させるため、町の人たちが路地や通り、さらに海岸通りを練り歩く際、白の礼拝堂に保管されているキリスト磔刑像も男の人の腹帯に支えられて進んでいきました。

ジャンニが私にくれた「キリストを運ぶ人たち」という本の題名を、今朝、テレビでキリストを主人公にした映画を見た後、思い出し、続いてクリストフォロ・コロンボ、日本ではコロンブスと呼ばれているジェノヴァ人が思いのなかに浮かんできました。このアメリカへ行き着いた人物に、私は日本にいたころから関心をもっていて、調べもしましたが、数年前、クリストフォロ・コロンボという名前についておもしろいことに気づきました。まだラパッロで暮らし始めて三年ほどしか経っていないころだったでしょうか、エリアとジャンニの一人息子、アルベルトがまだ二十歳になるかならないかというころでした。彼と私は知り合ってしばらくしてメールの交換を始め、そのなかで私は発見したばかりのクリストフォロ・コロンボという名前とその人物の生との符合を彼には知らせました。

どういうことかというと、クリストフォロという名前のうち、クリストはキリスト、フォロには運ぶという意味があり、姓のコロンボは鳩を意味します、つまり、クリストフォロ・コロンボは、「キリストを運ぶ鳩」という意味になり、鳩はキリスト教における三位一体のなかの聖霊の象徴ですから、「キリストを運ぶ聖霊」を表します。彼が指揮する船がアメリカ大陸に行き着いて、キリスト教がその地で広がり始めました。クリストフォロ・コロンボはまさに「キリストを運ぶ聖霊」だったのです。その名前は彼がアメリカ大陸に行き着きキリスト教を広めるとっかかりを作るよう望んで付けられたわけではありません。なんという名前と一生とのあいだの符合でしょう。彼はキリストを運ぶ人でした。ただ、罪も運んだかもしれないです。

彼が生まれたこの地方で町の大祭の際、キリスト磔刑像を運ぶ作業は名誉な行いとされ、お金を払って運ぶ役目をさせてもらうような習慣だったと、ジャンニが言っていました。

■十二月二十七日（月）

今日になって一時間半ほど過ぎて、ここ住まいに戻ってきました。ミレーナ、フラーヴィオの家からヨーコが運転する車で帰ってきたのです。途中、イルデを町なかの住まいの前で降ろし、私が傘を彼女の上に掲げ、荷物を持ってあげて、アッパルタメントの門まで送っていき、彼女は門の扉の鍵をバッグから出しましたが、扉は開いていました。彼女は帰りの車中で、私たちとフラーヴィオ、ミレーナ夫妻とのあいだに友情が生じたことを喜んでいました。

私たちが彼女を知ったのはもう大分前、たしかラパッロで暮らし始めた翌年、サン・トマーソの丘の食事会で知り合いました。その後、彼女は、親友のミレーナの娘のアレッサンドラが日本語、日本文化をナポリの大学で勉強しているので、アレッサンドラの勉学によい影響があるのではないかと考え、ミレーナに私たちを紹介したのです。そして次第に、そういういきさつを越えて、アレッサンドラの両親と同じ世代の私たちが親密になっていったのです。

やがて、彼らは私たちをコルフ島でのヴァカンスに誘い、さらに、一昨年から夏、彼らのローマの友人夫妻二組とともにヨットで個人的に地中海をまわる旅に誘ってくれて、まずギリシャのイオニア海の島巡り、昨年がイタリアのポンツァ島、今年の夏がトルコの三週間にわたる旅でした。そういう遠出の旅のほか、日帰りでフラーヴィオの故郷の町トリノへ彼の用事がてら行って、帰りにアルバにまわり、季節のトリュフ料理を土地の最高の葡萄酒で楽しんだり、近場によく一緒に出掛け、そうしてすでにふかい親しみが彼らと私たちのあいだにできているのです。

きのう、午後四時過ぎに彼らの家に着き、鉄柵のブザーを押すと、すぐいつものようにネーロが駆けつけて来て、しっぽを振ってはしゃいで、ふだんはおとなしいのですが、うれしそうに出迎えてくれて、ミレーナが緩い曲がりの坂を下りて来ました。私たちは最初に到着したのでした。フラーヴィオが住まいの地下にある葡萄酒貯蔵庫から出てきました。その夜飲む分を取り出してきたのです。

みんなして食堂に入ると、彼は早速テレビをつけ、ウンベルトからメールで送られてきたトルコ旅行の写真を彼がテレビ用に編集したものを映してくれて、そこにイルデも到着しました。パオロの恋人のヴァレンティーナが車で迎えにいって連れてきたようです。パオロは熱があって不調ですが、二階の寝室から下りて来て、きょうはバーチョ（キス）の挨拶できないな。インフルエンザをうつすといけないからです。医者も風邪をひくんだねと私は言いました。

イルデといっしょにトルコの旅の写真をテレビで見ているあいだに、ミレーナは地中海ヨットの旅のローマの仲間、エンツォ、ダニエーラ夫妻へ電話して、エンツォと話し、その後、私たちは暖炉のある居間に移りました。

すでにフラーヴィオが暖炉で薪を燃やしていて、じきにフラーヴィオの親友マルコとアドリアーナ、三男のジョルジョ、マルコのマンマが到着、少しして着いたのはブリッジと船のモデル作りが得意な男性と夫人、この方たちと私たちは二年ほど前その居間で会ったことがあると、夫人が覚えています。やがて、この家の少し離れたお隣さんであるマッシモ、アンゲラ夫妻がやって来て、総勢十五名、スプマンテでチンチン（乾杯）、イルデの持ってきた北方のアルト・アーディジェ地方のビスケットや、ミレーナが前々日に作っておいたナポリのお菓子、パネットーネ、リンゴの薄い切り身にざくろの実を散らしたものなどを食べながらおしゃべりが始まりました。

私は英米文学者マッシモさんの夫人のアンゲラさんから居間と続きの食堂で立ったまま、彼女の故国ドイツの降誕祭の習俗の話を聞きました。それから、彼女が両親の代からの菜食者であることや、菜食主義者と関連がある緑の党について、さらに一九六七年の学生運動、そのうちトーマス・マンの話になり、彼の故郷の港町リューベックについて聞くと、明日、ピサから飛行機でリューベックに行くの、そこから列車で次男がいるベルリンへ行くそうです。

今朝、ヨーコが起きて来たのは十時頃、居間に日が射していて、ヨーコはどこかへ行きたいと言い、ポルトフィーノへ行こうと私は言いました。冬の天気のいい日の午前中、東を向いたポルトフィーノの入江の奥にある小さな広場は日が射して、バールの外テーブルでカプチーノを飲みながら日を浴びているのはいいものなのです。ポルトフィーノのひなたぼっこです。

その入江に着いたのはもう十二時過ぎでしたが、広場のテーブルにはまだ日が射していました。その椅子に座る前にまず、色とりどりの古色を帯びた建物がつながって並んでいる北岸へ向かい、建物一階のドルチェ&ガッバーナの店を見にいくと、今は冬期の休業中、三月一日に再開されるという張り紙がありました。

それで広場に引き返しましたが、ドルチェの別荘を見に行く？とヨーコに聞かれました。私はまだ見たことがありません。ヨーコは岬のなかほどのブラウン城に行ったとき、その眺望の名所で、切符売りの人が教えてくれて、岬の先の方にあるドルチェの別荘を見て知っているのです。ブラウン城に入場しなくても、その少し先のごく小さな入江に下りて行く石段の始まる辺りからも見えるというので、そこまで行ってみようということになりました。

なるほど、そこに着くと、岬の先のほうの海辺に別荘が見えます。ドルチェたちが来る時は入江でゴムボートに乗るのでしょう。岬に上ってきて灯台へ行く道と別れて急な石段を下りても行けそうですが、それよりもボートで行くほうが楽に辿り着けるはずです。石段の降り口まで来て引き返さずに、私たちは岬の先端の灯台まで行くことにしました。

岬の先端へ行くのは、ヨーコはつい先日も友人のSさんをアレッサンドラと一緒に案内していきましたが、私は何年かぶりです。ラパッロで暮らし始めて数年の間はよく行っていたのですが、この頃はもう入江くらいまで、せいぜい岬に上っていってさほど遠くない教会の辺りまでしか行っていないのです。

灯台に着く少し手前で、それまで入江、そしてティグッリオ湾が見えていたのが、急に外海が見えてきます。そこは道から外海へと下る斜面に海松があって、木々のあいだから海のやさしい風がきて、春から夏にかけてそこに来ると、たたずんで海のそよ風のなかでしばらくぼうっとしていることになります。以前、大家さんのロッコ夫人と一緒にそこまで来たとき、彼女も顔がそよ風のような表情になり、あたしはここが好きなの、特別なところねと言って、彼女の顔で光がきらめいて、光は微笑の光になっていました。特別なところというのがあるのです。ポルトフィーノ岬の松の木々のところ、そこでは魂がかるくなるのです。

そして、もう少し先、岬の先端にたどり着くと、左手にティグッリオ湾、右手に外海が広がり、真下で海中にくだった岩場がまたすぐ海上へ突き出て尖った岩になっています。その岬の先端にたたずんで、フリードリヒ・ニーチェは、すべてはきりなく巡りというような感じをうけたのでしょう。以前、日本からやって来たMさんは、そこの石の手すりを乗り越え、断崖の上のわずかな岩場に下りて、ぼうっと海のほうを見ていました。今日、あらためてMさんが下りた岩場を見ましたが、人一人がいられるくらいの狭い場で、下は断崖、すこし体の釣り合いを崩せば落ちてしまって、落命となりそうです。

ポルトフィーノ岬の先のほうにかぎらず、私にとって地中海という海は特別な海で、地中海周辺の地域は掛け替えのない地域なのです。そして、ヨーコにとってもいまでは地中海のそば、とくにラパッロからポルトフィーノにかけての海岸の辺り、なかでもラパッロは欠かせない所となっているはずです。

一昨日、二十五日にエリア、ジャンニ、アルベルトとエクチェルシオールで一緒に降誕祭の昼餐をとり、彼らといろいろなことを話しながら、トリュフのかかったポレンタとストッカフィッソのトルタ、ガンベロ・ロッソ（赤海老）と木の芽風味のリコッタチーズ入りニョッキ、香草ソースのアルベンガ産カルチョーフィ入りメッザルーナ（半月型パスタ）、西洋すももを巻き込んだ七面鳥のもも肉に栗のソース、それからさらにデザートを食べていて、この人たちと離れたところで暮らすのは寂しいと感じました。

そしてきのう、フラーヴィオ、ミレーナたちと深夜まで一緒に過ごして、この人たちがいない別の町で暮らすのは寂しすぎると感じ、そう感じるのは私だけでなく、ヨーコも寂しいにちがいなく、そうおもうといっそう寂しくなります。彼女を寂しく生きさせてはいけないとおもいます。

きのう、ブリッジの名手と夫人、それからマッシモ、アンゲラ夫妻が帰ったあと、マルコが私のそばに来ました。一月の末に彼は長年勤続するマレス社の仕事で日本へ行く予定になっていて、その件で相談したいと言います。彼は以前、マレス・ジャパン社に関する用事で何度か日本へ行っています。いまは若い人がその業務を担当していますが、マレス・ジャパンに関して二つ問題が生じているため、彼が現在の担当者と日本へ行って問題の打開を試みるよう社長から言われ、それで、どう対処していいか私の見方を聞かせてほしいというのです。

まず一つ目の問題は、マレス・ジャパンの経営陣についてです。マレス・ジャパンは日本のC社とマレスの合弁会社で、C社六十％、マレス四十％の資本比率で、社長はC社から出向してきています。現在、マレス・ジャパンの経営状態が思わしくなく、日本での売り上げが減少傾向にあり、マレス・ジャパン側は日本が不況である状況の影響を受けていると言っていますが、マレス側は現在の社長の経営能力を疑い、できれば社長を替えさせたいと考えているのです。

それで、実際にどう事を運んだらいいか、西洋のビジネス風土では経営の成果が上がらなければ社長を替えることができる、特にアメリカではそうだし、イタリアでもアメリカほどはっきりはしていなくてもやはり解任できるが、どうも日本ではそう単純には事が運ばないようだ、どうすればそのようにもっていけるかと、私は聞かれました。

そのような重要な人事に関わる問題では、人事のみならず重要問題の交渉にあたっては、当たり前のことだが、その件に実質的な影響を及ぼしうる人物は誰かを見いだし、説得できれば交渉はうまくいく、それができなければうまくいかない、そう言うと、マルコが以前何度か日本に行ってマレス・ジャパンに関することで話し合った相手は重要な人物で、彼との関係はうまくいっている、しかし、現社長は彼が推薦したという経緯があり、二人は友人同士なのだとマルコは話し、そうだと現社長を辞めさせるのはなかなか難しいと私は言いました。

マルコは系列という日本語を知っていて、マレス・ジャパンが大きな企業グループ、Sグループの系列の末端にある組織だということが当然分かっていますので、そういうグループ内企業間の、とくにマレス・ジャパンと親会社C社の間の人間関係を詳しく知って、適切な交渉相手を見つけ出すことが肝要ではないかと私は話しました。

次に二つ目の問題は、一月末に日本でマリンスポーツ関連の見本市があり、マルコはその場を活用して日本での営業活動を広げるよう動かなければならず、場合によってはC社とは違う企業と交渉する必要がでてくるかもしれない、しかし、日本のビジネス界では、ある企業と接触すると、もうすぐにそのことが同業各社に知られてしまう、知られずに交渉を進めるにはどうしたらいいかというのです。

大事な話し合いをする場合、決定権を持っている人物を見つけてじかに交渉すべきではないか、それ以外の人物と接触していると明快な答えは返ってこないだろうし、その動きが外部に洩れやすいと私は言いました。そして最後に、マルコがマレス・ジャパンの人と話し合う際は、できれば欧米の人たちの考え方に馴染んでいる人を相手にしたほうが話が進みやすいと付け加え、ただしそういう人は社内の主流からは遠ざけられているかもしれないと言い添えました。

私はマルコに聞かれ、こうこたえていったのですが、そうしながら私のなかに違和感のような感じが生じていました。私はこたえているが、日本人に関する事柄とはいえ、ビジネスの現場の問題に私がこたえるのはおかしい、それに私はこたえるようには生まれていない、そんな思いが浮かんできたのです。

そうですが、マルコに、マレス・ジャパン、C社、Sグループ、そしてそれぞれが関係する金融機関、そういった各組織間の人脈を調べ、参考資料として知らせようと思います。

マルコはフラーヴィオの親友であり、私はフラーヴィオのアミーコ、イタリアの人たち、といっても私が実際に知る人たちを見ていての類推ですが、こちらの人たちの人間関係には、親友の友人は知り合う前からすでに友人のようなものという、そんなところがあります。親友が親しくしている人にたいしては最初からある程度、親友がかなり親しくしていれば、おのずと初めから相当に信頼しているというふうなのです。

マルコは当初はどうだったか分かりませんが、もう知り合ってからだいぶ経ち、コルフ島で一緒にヴァカンスを過ごし、彼の家で年越しをしたり、フラーヴィオのところでも何度も会っているし、今はだいぶ私たちを信頼してくれているのでしょう。

きのう、フラーヴィオ、ミレーナの家に、最後にはマルコの家族とイルデ、ヨーコと私が残り、台所で食事となりました。フラーヴィオが作ったポルチーニのソースのパスタ、私やヨーコの好物です、それからノルチャ産のコッパ、トスカーナ地方の羊のチーズ、サラダ、葡萄酒はフラーヴィオがピエモンテに行ったときに買ってきたバルバレスコ、そして前回私たちが持っていったバルベラ・ダルバ、話は一時もやまず、ミレーナの姉妹の話はことのほか私にはいつも興味深く、いまベルギーに住んでUE（ヨーロッパ連合）の仕事をしている妹さんとソマリア人の前夫、……

二十三時十九分、ヨーコは風呂に入っています。今夜は納豆を食べました。Sさんが持って来てくれた納豆です。それからわかめの味噌汁、蕗と昆布の佃煮、海苔の佃煮、焼き海苔、高野豆腐、全部、日本のおかずです。日本の食べ物は日本の人たちのもっている雰囲気とおなじ性質の味をしていて、おいしいって自然によろこびの声を上げてしまう味ではないです。すうっと体中からよろこびが地中海の風のような声となって出ていくというふうにはならないです。

さて、ミレーナの五人の姉妹について、ベルギーに住む妹さんはソマリアの男性と結婚、そして別れ、ノルチャ住まいの長姉は夫が亡くなったあと修道院に入りましたが、じきに院を出て俗界に戻り、ローマにいる次姉の息子は障害をかかえ、……

■十二月二十八日（火）

今朝、珍しく寝坊しました。昨日、ポルトフィーノ岬を突端まで歩いたせいでしょう。いま、すでに七時半過ぎです。外は雨、雨音が聞こえてきます。

ミレーナの次姉について私は詳しく知りません。もちろんソマリア人男性と結婚したことのある妹さんについてもごく少ししか知っていません。間違って受け取っていることもあるでしょうし。次姉の息子さんは障害をもって生まれ、彼女は障害児教育の専門家になっていきました。

ピサに住むすぐ下の妹さんは演劇関係の仕事をしていて、戯曲を本にして刊行したいと望んでいますが、まだ実現していません。彼女の娘はローマで結婚生活を送り、娘さんは子供を産むのを障害児が生まれたらと心配して怖れていましたが、夫が大丈夫だと言って、結局出産しました。しかしその子は障害をもっていました。いまも言葉がおもうようにしゃべれず、頭痛に苦しめられ、痛みが高じると頭を壁に打ち付けようとするので危なくて目が離せず、祖母にあたるミレーナの妹が娘の手助けをすることになったと、ミレーナは言っていました。二十五日にピサで妹さんと一緒に降誕祭を過ごしたときに、妹さんが話したのでしょう。

一番下の妹さんはイギリス人と結婚してロンドンに在住し、夫は結婚当時お金に不自由していて、ミレーナやフラーヴィオは心配したそうですが、その後、彼は不動産関係の仕事がうまくいき、今は広い屋敷に住んでいます。容姿がいちばんミレーナに似ているのはその妹さんです。

一昨日の夜、ミレーナの台所で、サント・ステーファノの夜を一緒に過ごしていて、ミレーナが姉妹の話をしたとき、ミレーナの姉妹のことはとても興味がある、ミレーナはひとつの小説を書けるよと私が言うと、あたしはもうそれを始めている、そう彼女が応えました。彼女は前から小説を書きたかったのです。愛の詩も書きたかったのです。いま、少しずつ姉妹の話を書きはじめているようです。

その夜、食事が終わる頃から歌が始まりました。最初、だれが歌いだしたのか、ミレーナだったか、だれということが思い出せないほど自然に歌がでてくるのです。とくにミレーナがいればそうです。はっきり覚えているのはマルコがプレスリーの歌を歌いだした情景です。すぐミレーナ、フラーヴィオが合流し、マルコのお母さんまで歌いだし、私の隣のヨーコもそう、そうだ、その日はミレーナの誕生日なのです。降誕祭の翌日、サント・ステーファノの日（最初の殉教者を記念する祝日）にミレーナが生まれたのです。

マルコの夫人アドリアーナは初めてミレーナのところで会った七年ほど前は、白血病がようやくよくなってきたところで、肌に生気がなく、声も表情も仕草もまだ病み上がりのようでしたが、今は話す声も調子もみちがえるほどきびきびしています。でも、ミレーナのように体がおのずと踊りだしたり歌いだしたりするそういう個性ではなく、みんなが歌いだしても静かに聞いています。

歌のメドレーは休みなく続き、つぎつぎ懐かしの曲が飛び出し、もっと前の歌手も出てきて、ビング・クロスビーのホワイト・クリスマス、五〇年代に戻って、ポール・アンカはと私が言うと、さっそくマルコがダイアナを歌いだし、フラーヴィオ、ミレーナ、マルコの八十歳を越えるマンマも唱和します。続いてイタリアの五〇年代の歌、ヴォラーレはと私が聞くと、それは六〇年だからと後回し、時代は遡り戦時中のファシストの歌、そしてフラーヴィオが、シューに聴かせようと一八四〇年代のイタリア統一運動リソルジメントの歌を歌いだし、ミレーナ、マルコ、マルコのマンマ、みな一斉に歌います。

フラーヴィオは歌うのが好き、彼は大学時代、合唱部でバスを歌っていたのです。ミレーナは生まれながらの歌も踊りも大好きなナポリっ子、生まれはナポリではないですが、近くの町、彼女は私のイメージにあるナポリっ子が目の前にいるという感じ。マルコのお母さんはトリノ王立歌劇場の第一バイオリンを弾いていた人の娘、歌の勉強をした方で、オペラでも昔から伝わるトリノ言葉の歌でも、プレスリーの歌でも、ピエモンテ地方の古い歌でも、よその土地の歌でも歌詞をほとんど明瞭に覚えています。

フラーヴィオたちは終戦直後の時期の労働組合の歌まで歌いだし、それもマルコのマンマは一緒に歌い、そして、フラーヴィオはピエモンテにはアモーレの歌は少ないのだけど、ひとつあるんだ、そう言って、マルコのマンマに歌ってと頼みます。すぐに彼女がピエモンテの言葉で歌いだし、フラーヴィオが私のそばでイタリア語に同時通訳してくれます。フラーヴィオ、マルコの親友二人も途中から加わってその愛の歌を歌ったあと、私はフラーヴィオに歌詞をイタリア語に直して書いてほしいと紙を渡しました。彼はつぎつぎマルコやミレーナが歌いだす歌に唱和して口ずさみながら、紙に訳を書いてくれました。それをさらに和訳すると、

私の憧れ

私が憧れるのは静かで小さな家
バルコニーと庭があるきれいな巣
どんな時もただ彼女と生きること
どこの小ネズミより美しく愛らしい

彼女が息する空気を吸いこんで
女の子のように彼女をかわいがり
あの子がため息すれば私もため息を
彼女が悲しければ一緒に泣くだろう

さあ美しい歌よ彼女に伝えておくれ
夜も昼も彼女をおもっていると
その時を瞬間を夢見ていると伝えておくれ
熱い口づけで彼女をおおってしまう時を

物欲しそうな男は夢見るだろう
豊かさや栄光や名誉を
私は少しの詩情で満たされる
口づけと愛撫に一輪の花で

■十二月二十九日（水）

昨日、あなたは退院しました。ヨーコがお祝いを言いたいため、電話しました。前回の電話では奥様が相当お疲れだったように感じられたのが、今度はとてもうれしそう、最初に、もしもしと言った声からして弾んでいて、とてもうれしそうだったとヨーコが言いました。きのう、お刺身と鰤の照り焼きをあなたは食べたそうですね。そこまでよくなってきたのですね。あなたも電話に出られたそうですね。

あなたは九月から今まで、ご自分の命のことをしじゅう思っていたのではないでしょうか。命がなくなるかもしれない、そう思うときが度々おありだったとおもいます。先月、池袋のホテルでお会いしたとき、二度目の手術が間近に迫っていました。胃の手術が終わったあとは眠れるようになったのですが、また次の手術が近づいてきて眠れなくなりました、そうおっしゃっていました。

私には命だけがあると感じはじめています。私は顔があり胴があり手足があります。しかし、そういう外形、私の形、姿、それが私の殻だとおもえてきます。殻はいらない、私にあるのは命です。そういう言い方はへんです。私そのものが命だと、そう感じだしています。私には自らの姿が見えます。人の姿をしています。手が見え、腕が見えます。しかし、しかし、私は姿ではないです、命です。

三日前、二十六日、スマトラ沖で地震が発生し、インドネシア、ミャンマー、タイ、スリランカ、インド、モルディブ、インド洋のあちこちに津波が寄せて、すでに数万人の人が死んだと報道されています。二十七日の零時過ぎ、詳細は明らかではないですがインドネシアのスマトラ沖で大地震が発生しましたとアナウンサーが言いました。その夜、私たちはフラーヴィオ、ミレーナ夫妻の家にいて、マルコの家族もまじえて食事をしていて、そのうちみんなが歌いだし、そして深夜、ミレーナがなにかのビデオを見せようとしてテレビをつけたら、大地震を報道する画面があらわれ、そのまま皆が見ていました。

それからは毎日、テレビニュースの始まりから半分以上は大地震の報道で、今朝もタイのリゾートホテルが津波に襲われた情景をホテルの上階の泊まり客が撮った映像がながされていました。津波で何万という数の人が命をなくしたのです。二〇〇一年九月十一日のニューヨークの双子ビル崩壊の事件で命をなくした人は数千人規模です。今度の地震ではその十倍以上の人がわずかな時間のうちに命をなくしたのです。命をなくすとはどういうことなのでしょう。津波にさらわれる夫を間近で見た女性もいます。ともに生きてきた人の命がなくなっていくのです。

一昨日、月曜日、何日ぶりかで午前中、明るい日差しがさしこんできて、ヨーコは外へ出たくなり、ヨーコの運転でポルトフィーノへ行き、岬の先端まで歩きました。そしてポルトフィーノからの帰り、なんど通っても美しいとおもう海辺の道を走りながら、ヨーコがおなかがすいた、ピッツァを食べていこうかと言いました。そうしようとサンタ・マルゲリータの海岸の駐車場に車を置き、海岸通りのサンタ・ルチーアというピッツェリーアに行き、ふたりともピッツァ・ナポレターナを食べました。すでに二時を過ぎていたせいか、その店にしてはめずらしく、歩道にしつらえてあるガラスの壁面と屋根で覆われた外店の部分は一組の家族がいるだけでした。

じきにピッツァが運ばれてきて、それはまだ窯から出たばかり、モッツァレッラがとろけていて、口に入れると熱いくらい、おいしかったです。あんなにとろけそうなピッツァを初めて食べました。とろけたモッツァレッラに塩漬けアッチューゲが乗っていて、その味がとけていて、こうしておいしいピッツァを食べているあいだも、私の生きている時なのです。ヨーコとともによろこびを感じている時なのです。命がなくなればそういうよろこびを感じなくなります。そうおもうとかなしみを感じます。私より小食なヨーコもおいしいおいしいと言いながら、それは食べる速さからもわかり、皿からはみ出ているピッツァを食べきりました。

食後、私たちは海岸通りをぶらぶら歩き、通りから少し奥まったところにある骨董の店の飾り窓を見ていると、装身具を並べたところに初めて見る指輪がありました。ほかのものはほとんど前回の散歩のときにも見た覚えがありましたが、その指輪はヨーコも初めて見たと言っていました。細かい細工の台のまんなかにアメジストの石が収まっていて、フランスで作られたものです。

手近に見せてもらおうと店のなかに入ると、女の人が顔中をほころばせて迎えてくれて、二年前でしたか、いらっしゃいましたねと言われました。そうだったかもしれません。二年くらい前に店に入り、なにかを見せてもらったかもしれない、いやもっと最近、今年の春か夏頃、いや、去年だったか、いずれにしても買わなかったはずですが、その人は覚えているのです。

早速アメジストの指輪をヨーコがはめてみると、先日二十五日の降誕祭の昼餐にヨーコが上着の下に着ていたドルチェの黒のレース状のカットソーが浮かびました。それはドルチェの故郷シチリアの伝統的なレースのおもむきがあり、数年前にヨーコとシチリアを車で走っていて立ち寄ったエーリチェの教会で花嫁の双子の姉が着ていた黒いレースのワンピースを連想させたものですが、それに合うと感じたのです。ヨーコは気に入り、もうひとつ同じ型で石の色が黄色っぽいものを女の人が出して、それも指にはめてみましたが、濃いすみれ色のほうを選びました。

その店に入ったとき、男性が骨董の机の前にすわっていて、私たちが入っていくと入れ違いに挨拶して出ていき、そのとき、……

■十二月三十日（木）

十一月の十八日に池袋のホテルであなたと奥様にお会いし、十九日に鎌倉の家を見つけ、二十三日に契約し、二十四日に私たちはラパッロに戻り、二十五日にあなたは二度目の手術、歯茎と甲状腺の手術を受け、そして二十六日、私はこの文章を書き始め、一カ月後十二月二十六日、ミレーナの誕生日にスマトラ沖地震が発生し、二十八日、あなたは退院し、きょう三十日、この丘を下ったところ、海岸の近くにある元女子修道院、現在のクラリッセ劇場とその脇の庭で「火とともに」という年納めの伝統的な行事がおこなわれます。ラパッロで暮らし始めたその年の暮れから、ずっと参加していました。

この町の旧家の当主ロマーノさんが会長を務める文化協会「旧市街の道」が主催し、市が共催、市長、司祭、ライオンズクラブの会長など、町の文化、政治、宗教、実業の活動を代表する人たちが揃い、町の人たちが集まります。市長は一年の市政を振り返ったあと、翌年に向かう抱負を語り、市長に対して町のお目付け役ともいうべきロマーノさんが市政への注文を述べます。昨年は、八年この町の市長をつとめたバニャスコ氏の最後の「火とともに」、ロマーノさんは顔を紅潮させて町の現状を時には憂えながら苦言を呈し、将来への期待を語りました。

私たちがこの町で暮らし始めた年、クラリッセ劇場の斜め前の海へ突き出た古い砦のなかで「火とともに」が行われ、その後数年、劇場の修復が済んで再開されるまで、その砦で行われていました。最初の暮れ、式が終わったあと、知り合ったばかりのマリアアウレーリアからロマーノさんに紹介され、ロマーノさんは砦の窓から西岸の丘の上の方を指差し、あれが私の家です、今度いらしてくださいと言い、年が明けてから、私たちを昼餐に招待してくれました。

■十二月三十一日（金）

昨日の朝、六時ころ目覚めて台所へ行くと、外から小鳥の声、ペッティロッソの声が聞こえてきました。

朝食後、私は丘を下って、海が間近い通りに面したクラリッセ劇場に着きました。玄関広間に大きなプレゼーペが飾ってあり、イエスが誕生した岩屋のまわりの情景は、この町の昔の人々の暮らしぶりを思い浮かべさせるようなものです。ちゃんと入江があり、海からすぐに山になっています。劇場内に入ると、すでに半分以上の席はうまっていました。ヨーコは支度が遅れ、後から来るということになりました。そして劇場での行事が済んだあと、十一時か十一時半ころに私たちはニーチェの住まいへ行く予定です。

年納めの行事は文化協会会長ロマーノさんの挨拶で始まりました。この町の一年の活動を総括し、オリーブの枝を燃やして神に感謝し、新年の町のしあわせを神におねがいする催しです。一九八五年にロマーノさんが中心になって文化協会「旧市街の道」を創り、その年から古い年末の行事を復活させているのです。

まずロマーノさんがこの一年の町の活動を振り返り、市の政治がどのように行われ、どういう実績が上がり、どんな点が足りなかったか、町の人たちの声を代弁するように壇上で市長に語り掛け、とくに町の重要課題である駐車場問題について、市の取り組みがどうだったか感想を述べ、市長がこたえていきました。

この地域は平地が少なく、海からじきに山地になり、車を使わないと生活がかなり制約されてしまうのですが、駐車場を造る土地が足りなくて、それが町の人たちにとって、また各地から車でくる滞在客やホテル業者にとっても大きな問題です。一昨日、改築された駅のそばの駐車場に初めて私たちは車をとめてみました。露天の部分は入り口が自動化されて使えるようになっていましたが、新しく造られた地階はまだ使用されていないようでした。

今年六月の選挙で選ばれた新市長は、この半年で行政チームが様々な成果を上げたと話していきました。もう一人、壇上にいる中央教会の主任司祭、つまりこの町の宗教界の代表は、今年赴任してきた人です。昨年までその席に着いていた方は高齢で亡くなったのです。市長の次に、新司祭が挨拶し、今年の宗教的な活動をたくさん集まっている人たちに話し、そうだ、今年の「火とともに」の目新しい特徴は、行事が始まるとまず、ロマーノさんの挨拶の前に、ジェノヴァの民間伝承を守るグループがこの地域の古い歌を歌ったのです。さらに行事の途中でも、ジェノヴァのフォーチェ地区、今は国際見本市会場があるあたり、かつては漁師たちの岩場の港だったところ、そこの漁師の歌や、山の人たちの歌、そして最後は、スザンナという若い女性の恋の歌を歌いました。

文化、政治、宗教界の代表が一年を振り返った後、町の恵まれないお年寄りがいつでも来られる集会場でお年寄りを世話し、はげましているベネディクト会の修道女の方に文化協会から感謝の額が贈られました。また、今年美しい修復をして町の美観に寄与した建物が、ティグッリオ環境協会から次々表彰されていきました。旧市街のガリバルディ広場に面して広場の東端北側にある建物は、その一階で祖父の代から続く薬局を営む前市長が代表して表彰状を受け取りました。彼は私の並びに座っていましたが、壇上に上がると観客席にむかって手を振り、市長時代のように振る舞いました。

表彰状を読み上げたのは、私たちの住む建物の最上階に住むピエトロです。彼は環境協会の幹事であり、この町のライオンズ・クラブの事務長でもあります。環境協会の会長は隣町サンタ・マルゲリータの市長ですが、市長はサンタ・マルゲリータ、ラパッロ間の唯一の道である海岸通りが事故だかで遮断されて来場できなくなり、彼が代わって表彰を行ったのです。現在、この二つの町をつなぐトンネルを造ろうという計画が両市の間で進められていますが、いつのことやらと町の人たちは言っています。

中央教会のそばのカネッサ広場にある駐車場の一部が市から教会に寄贈されたことに対して、新しい主任司祭が感謝の言葉を述べました。その広場の北側に面した建物も美しく修復されたとして表彰されましたが、そこの二階にピエトロの歯科医院があり、住人を代表して、私たちの知人の女性が豪華な毛皮をまとったまま壇上に上がりました。彼女は若い時から映画を撮っている人で、メキシコや諸外国へも講演に行っています。

私たちがラパッロで暮らし始めてどのくらい経ったころでしたか、彼女から電話がかかってきて、事務所に呼ばれ、そこで彼女の活動についての話を聞きました。それから彼女を中心に宗教的な話し合いが行われる海岸に面した集会所にも連れていってくれました。別の機会には、ペルージャの大学で映画や演劇の勉強をしていたころからの友人で当時スカラ座の美術監督だった人を紹介され、その人の同伴者の女性は創価学会員でした。

共に映画を撮っていた夫はすでに亡く、現在一緒に暮らす人は画家です。先日、彼が写生をしに彼女の運転でサンタンブロージョの丘に来たとき、たまたま私たちもその丘に来ていました。私たちが道端であたりの家や景色を見ていたら、そばに車が止まり、彼女が降りてきて、立ち話で近況を話してくれました。彼女の事務所の階下で息子さんたちが不動産仲介業を営んでいます。

「火とともに」の行事が大分進んだころ、私はヨーコが二列後ろの席に来ているのに気がつきました。ヨーコは十一時過ぎに町なかからニーチェに電話を入れ、午前中に彼女の住まいに行けなくなったので午後四時に変更してもらいました。

午後、ニーチェに会おうとボアーテ川右岸のミラノ通りへ行ったのですが、川沿いにずらっと車が並んでいます。はたして車をとめる場所が見つかるかどうか、年末を故郷や保養地で過ごそうという人たちでいま町は人口が増えていて、車も増えているのです。運良くニーチェの住まいの近くに一カ所だけ空きが見つかり、駐車できました。

通りを渡ってニーチェが住む建物に入り、最上階の五階まで上っていきます。階段の手すりに個人用昇降機が備え付けられています。それは、ニーチェの夫、私たちのこの町での最初の友ジェルミーノが心臓病の悪化で階段の上り下りが困難になり、エレベーターがないため、彼らが個人費用で取り付けたのです。長年住んでいる住まいを引っ越すのはいやだったのです。しかし、ジェルミーノは死んでしまいました。その後もこの昇降機は取り付けたままになっています。ニーチェが買い物が重いときにそれを上らせるのに使ったり、それに愛猫のピッピーナがこれに乗ることもあるのです。

ニーチェは元気を取り戻しつつあります。だいぶ元気になってきたでしょう、そう私に言いました。

私たちが知り合ったころの快活だったニーチェ、休みなくおしゃべりし、料理を作り、どんなに私たちの世話をしてくれたことか、私たちがこの町でなんとか暮せるようになっていったのは、ジェルミーノとニーチェのお蔭です。

しかし、私たちがこの町で最初に親しくなったジェルミーノは住まいのなかにいません。丸テーブルに私たちは着きましたが、そのテーブルで食事をごちそうになるとき、彼がいつも座っていた椅子にヨーコが座りました。彼がいないということはどう言ったらいいのか。お通夜で亡くなった姿、命がなくなった姿に会いました。その数日前、ラパッロの病院の一室で苦しそうな彼に会いました。そして葬儀に出席しました。ですから、亡くなる前後を近くで見ていたわけですが、きのう、ニーチェの住まいにはいったら、彼が生きていた分が空いてしまっているのです。埋まっていないのです。彼がいないだけ生きている温みがかけていて、肘掛け椅子のあたりの空気が彼がすうようにのこされている、そんな感じがするのです。

肘掛け椅子のかたわらの本箱の外に張りでた棚に、ジェルミーノがニーチェと一緒に友人の娘さんの結婚式に出た時の新郎新婦と庭に立っている写真、自然なほほえみがあらわれている。

今日、昼近く、ヨーコに頼まれたビタミン剤を人で込み合うマッツィーニ通りの薬屋で買ったあと、海岸通りに出ると、屋外音楽堂で深夜の演奏会の準備がなされていて、その広場に駐車させせようとしている人に市の警官がもうじき退去してもらうよと言っていました。

台所で昼食をカレーうどんで済ませた後、ヨーコが、ブーゲンビリアが見えると言いました。台所から見える階下の斜面の庭のむこう、丘を上っていく道に接した住まいの庭にブーゲンビリアが咲いています。この辺では一年中、南向き斜面の石垣などに咲いています。ヨーコは花が好きです。六月がもっとも美しいブーゲンビリア、二月のミモザ、三月頃から咲きだす藤、道ばたの野花、どんな花でも好きです。この夏のトルコの旅でも古代の遺跡で野花を摘み、遺跡で拾った小枝は小さなものが好きなジョルジョにあげようと持って帰りました。

いま、夕方、六時五分、爆竹の音が聞こえてきます。今日は大晦日、こちらではサン・シルヴェストロの日と言います。深夜零時にあちこちから個人が花火を打ち上げます。花火の本場ナポリでは大騒ぎになります。怪我人、死者がでることもあります。今年の一月一日のテレビニュースに、去年の大晦日の夜の各地、各国の様子が現れ、この町ラパッロの海岸通りの砦が火で縁取られた光景がでました。

少し前、ヨーコがミレーナに電話して、今夜何時にどこで待ち合わせか問い合わせ、九時にフラーヴィオの家に私たちが行って、車をそこに置き、彼の車にミレーナと私たちが乗ってレッコの方へ行くという手筈になりました。今朝、ミレーナから電話があって、もし計画がなければ一緒に年越しをしようと誘われたのです。彼らにはマルコから、レッコのトラットリーアで年越しの食事をしようという話があって、それじゃあ私たちにも声を掛けようとそういう成り行きだったのでしょう。彼らと一緒なら年越しは楽しくなるにちがいないです。

昨年はマルコの家で、フラーヴィオが作ったズッパ・ディ・ペッシェ（魚のスープ）を食べ、食事のあと、近くの教会へ行ったらもう人で一杯だったです。その夜、マルコのお母さんと夫妻の長男夫婦、高校生の三男が食事を共にしましたが、次男が婚約者のオルガと一緒に彼女の故郷シチリアへ行っていたので、私たちが呼ばれたのでしょう。こないだの日曜日、ミレーナの誕生日、ミレーナはオルガのおじさんが作っているシチリアの蜂蜜をお土産にくれました。早速シチリアが好きな私は朝、パンにつけて食べています。

今夜、ニーチェはレンツォ、カティ兄妹のところで年越しをします。昨日、ニーチェはうれしそうにそう言っていました。ジェルミーノが亡くなってから、四回の年越しを独りでして、今夜、一人暮らしになって初めて人と一緒に年越しをすることになったのです。近くに住んでいる弟夫妻は年越しを一緒にしようと呼んではくれないそうです。きょうだいはだめ、私にはマンマがいるだけ、マンマが死んだらあたしは独り、あたしはマンマを必要とはしていないけど、マンマはあたしを必要としている、そんなことを言っていました。

レンツォさんは、ゴルフ場の背後の斜面の裾にあるジェルミーノの作業場の隣で、他の二人と共に自動車修理工場を経営しています。彼はジェルミーノ、ニーチェ夫妻と以前から親しく、私がジェルミーノと知り合って最初に迎えた夏、彼の仕事場に顧客や同業者を呼んで、車修復の名人とジェルミーノが呼ぶ別の修理工場の修理工の人が中心になってズッパ・ディ・ペッシェを大鍋で作り、男たちだけのフェスタをしたとき、ジェルミーノが私を誘ってくれました。

それから数年後、私たちはレンツォさんの家に招待され、妹カティさんが朝から離れの厨房の窯で半日かけてピアーノ、ピアーノ焼いた豚の丸焼きを、ニーチェが切り分け、食べました。レンツォさんは六十代後半でしょうか、独身です。前に結婚歴があったかどうかは知りません。妹のカティさんは子供のころから絵を描くのが好きで、彼女の描いた美しい配色の絵が室内や廊下にかかっています。彼女はジェノヴァの家で夫と暮らしていて、八十七歳の姑もいますが、二週間ジェノヴァで暮らすと、二週間ラパッロの兄のところで洗濯や掃除やいろいろ兄の世話をするという生活をしています。

■一月一日（土）

新年、明けましておめでとうございます。朝、八時二分前です。階上にはミラノに住んでいる夫妻が先月二十七日から来ています。夫妻は、年末から年明けにかけての降誕祭の時期に一カ月ほど、それから復活祭の頃に一カ月ほど、夏に二カ月ほど、このアッパルタメントに滞在します。ご主人は銀行で働いていた方で、ラパッロのほかにスイスとの国境にあるルガーノ湖でしたか、たしか湖のそばにも別荘をもっていて、そこへもときどき行っているようです。

五階、つまり最上階のペッシャ夫妻はそこが自宅、二階のノリーコ、ジョルジャ夫妻は今年は来ていません。体がわるいのかしらとヨーコが心配しています。毎年、暮れ、夫妻は降誕祭の時期には来て、ノリーコさんが大病をする前は、彼が庭のオレンジの木に豆電球を張り巡らせて、夕方にそれが灯り、私たちの台所から間近にきらめく光景を目にすると、ヨーコは嬉々としてよろこんだものです。

このアッパルタメントは全部で七所帯が入っていますが、常時住んでいるのは私たちと最上階のペッシャ家だけで、ほかの家族は週末や休暇の時期に滞在するのです。
いま、この建物のなかで起きているのは私だけでしょう。なんの物音も聞こえません。今しがた、教会の八時の鐘が鳴り終わりました。今朝は、イタリア中の人たちが一年でもっとも遅くまで寝ている朝です。前夜から食べて飲んで、おしゃべりして、街では音楽が鳴り響き、賑やかな深夜を過ごしたあとなのです。いま目覚めているのはそれほど多くの人ではないでしょう。

たえまなく私はながれています。私は向きのない川の流れのようだと感じられます。私という生き物は人の形をしていますが、たえず流れていると感じられるのです。

一昨日、二〇〇二年にはじまった四組の夫婦の地中海ヨットの旅の船長ウンベルトからメールがきました。いま、彼の家は昔のペスト患者収容所のようだとあります。夫人のパツは熱をだして寝ていて、インフルエンザにかかったらしい。滞在中のパツのマンマも熱をだしている。そして、パツの妹は泣いている。なぜかというと、パツの妹さんはロンドンの旅行代理店で働いていて、彼女が企画したツアーで南アジアへ行った人たちがあの津波に遭ってしまったからです。
でも、昨日、レッコへ向かう高速道路をフラーヴィオの運転で百八十キロで走り、ヨーコがもっと遅くしてと私のそばから身を乗り出すようにして言っているなか、ウンベルトと前の日に電話で話したミレーナが言うには、パツの妹さんが企画したツアーへの参加者が一人をのぞいて無事だったとわかり、彼女は気持ちが持ち直してきたそうです。

一昨日ウンベルトからメールが届いたあと、昨日の夕方、ヨットの仲間、ウンベルトの親友、エンツォから電話がありました。エンツォの懐かしい声、ぼくたちはいつもあの旅のことを、君たちのことを話している、今夜はギリシャ好きの友人のところで過ごすんだ。エンツォにはウンベルトのほかにもギリシャ好きの友人がいるのでしょう。ただ、ヨットの旅の相手はウンベルトです。ウンベルトとパツはローマ近郊、ローマ法王の別荘の近くに住み、彼の子供の頃からの親友エンツォと夫人のダニエーラはヴァティカンの近くに住んでいて、彼ら二組の夫妻はローマ組、フラーヴィオ、ミレーナ夫妻と、ヨーコ、私の二組がラパッロ組、古代から続く地中海人の都会と地中海岸の保養地、この二つの町に住む四組の夫婦のヨット旅がつづいているのです。

フラーヴィオはトリノ人ですが、子供のころ、ラパッロの隣町サンタ・マルゲリータの夏期学校に来ていたことがあり、また青年期には一時サン・レーモに住み、ギリシャへ行きはじめたのはその当時です。ミレーナとはすでに婚約時代にイオニア海のギリシャの島々をゴムボートでまわり、その後、子供たちが幼かった時期の二年ほどが欠けたくらいで、ほぼ毎年のように地中海岸、とくにギリシャ、なかでもコルフ島で夏を過ごしています。

ここ十年ほど彼らが夏に滞在しているコルフ島のホテルの主人からは毎年降誕祭の日か大晦日に電話があります。今年はその島へ行かなかったのですが、きのう、フラーヴィオがシャワーを浴びているとき、ミレーナが電話に出ると、いきなりギリシャ語で新年を迎えるお祝いの言葉が降ってきたそうです。ミレーナもすこしギリシャ語が分かりますが、フラーヴィオほどではありません。昨夜、晩餐へむかう車のなかで、電話から聞こえてきたギリシャ語をミレーナが再現してくれました。ミレーナが話すとおのずと一人芝居を演じているようになります。それは生来の彼女の生きている姿です。

フラーヴィオがなぜギリシャに惹かれていったのか、もちろんイタリアの海も好きですが、特にギリシャへ毎年のように行っています。古いもの、それも古代のもの、古代という時代に関心があり、コルフ島の海で見つけた古代壷が二つ自宅の居間に置いてあります。二つ目の壷を最初に見つけたアレッサンドラやパオロの友人であるラパッロの青年は、その年の暮れ、自宅でひとり変死していました。

フラーヴィオの親友マルコは、新婚旅行をフラーヴィオ、ミレーナ夫妻とともに過ごしました。それぞれ車にテントを乗せてイタリア半島を南下し、長靴の形をした半島の踵にあたる辺りの港町ブリンディジに着きました。それまで延々と何時間も、六時間だったか、若い彼らは運転しつづけ、ミレーナがおしっこをしたくなって困ってしまったそうです。

おとといの午後、マルコはフラーヴィオと小舟でティグッリオ湾に出て、釣りをしました。魚はなにも釣れなかった、ほかに十艘ほど舟が出ていたけど、舟に上がった魚を見なかったなとフラーヴィオが言います。彼らはしょっちゅう一緒に過ごしています。

マルコはトリノ歌劇場の主席バイオリニストの孫ですが、短い期間、数学の教師をしたあと、フラーヴィオがすでに移り住んでいたラパッロに来て、この町を代表する企業、潜水用具の会社マレスで働くようになり、毎年、フラーヴィオたちとコルフ島へ行き、潜りを楽しんでいます。数年前、ラパッロ沖でマレスが主催して素潜りの世界記録挑戦が行われ、その際、船に私も乗って、マルコとともに記録達成の瞬間を目撃したということがありました。そんなふうにマルコは仕事で海と関わってきたわけですが、それ以前から彼には海が、地中海が欠かせなくなっていたのでしょう。彼がウンベルトやエンツォと出会ったのも、コルフ島の海辺にいた時です。もうずいぶん前、二十年以上前だったでしょう。コルフ島は私たちが初めてフラーヴィオ、ミレーナに誘われて行った地中海の島です。私たちの「地中海ヨット冒険クラブ」にとって、遡ればその起源ともなるそういうところなのです。

ウンベルトはフラーヴィオたちと出会ったころはまだヨットの操縦免許を取っていませんでしたが、その後ヨットに熱中するようになり、いまは冒険クラブの船長です。一方、ずっと前に免許を取得し、若いころ家は借りて小さなヨットをもっていたフラーヴィオは、そのヨットを売ったあとはあまりヨットの操作をしていなくて、副船長。そして、エンツォは免許をもたず、それをもっているのは夫人のダニエーラですが、地中海への熱いおもいではエンツォも劣りません。きびきびと動くウンベルトとゆっくりとしたエンツォ、まるで似たところが風貌もふくめてなさそうに見えるふたり、それから、考古学が好きであるとともにミレーナに言わせると実際的な面をそなえているフラーヴィオ、この三人の男性は地中海への熱情でつながっています。

さらに彼らの夫人たちもそうでしょう。私には女性のおもい、彼女たちの地中海へのおもいがどういうものか分かりませんが、彼女たちがそれぞれのおもいを地中海へむけているのは見て取れます。皆、地中海で蘇ったようにみずみずしくなります。私が撮った写真でだれもが地中海の上、地中海のなか、地中海のそばでしあわせそうです。

そして私とヨーコ、私は十代のころから地中海に惹かれてついに地中海のそばで生きることになったわけですが、ヨーコも自覚はしていなかったにしても、私から見れば、生来、地中海へむかっていた女性です。私がヨーコを初めて見たとき、私が感じたのは、彼女にそなわる空気が地中海の空気にかようようだという感じだったです。なぜそういう空気が彼女にそなわっているのか、日本で生まれ育ち、両親も日本人であるのになぜそうなのか、彼女の空気が私をよびました。そうして彼女は私とともに生きるようになり、一九九四年から私と地中海のそばのこの町で生きて、ますます地中海の空気になじんでいき、いまでは地中海の女性です。そういう彼女とそれから私が、遥か彼方の異国からやって来た者ですが、地中海を個人的にヨットで旅する人たちの仲間になったのです。

フラーヴィオの親友のマルコと夫人のアドリアーナがなぜヨットの旅に参加しないのか、アドリアーナがヨットに乗ると海に落ちそうな気がして怖がるのだと、年越しの食事をしながらフラーヴィオが話してくれました。

きのう深夜零時、その少し前にマルコがスプマンテを開けにかかり、入り口そばのテーブルではマルコの長男夫婦が友人たちとスプマンテの栓をいつでも開けられる状態で待機していました。彼ら若者たちが秒読みにはいり、零時、私たちのテーブルではマルコが栓を抜き、スプマンテをみなのグラスに注ぎ、チンチン（乾杯）、フラーヴィオが待っていられないようにグラスを置いて、向かい側の端へ駆けつけてミレーナを抱き寄せ、あたらしい年になった喜びをまずミレーナにからだごと浴びせ、それにつられるように私は隣のヨーコに頬を寄せました。そして、友人同士が男性も女性もみんな、それぞれ抱き合って頬を寄せ、マルコは長男とそれからお嫁さんのパオラを抱き寄せ、私たちも彼らと身を寄せ合い、ほかの若者たちとも握手して、みんなしあわせそう、もちろんマルコはまず最初に隣のアドリアーナを抱き寄せて頬を寄せ合ったのです。

■一月二日（日）

朝、六時三十五分、ここテラスに面した部屋に小鳥の声が聞こえてきます。きのう、元日、すばらしい天気でした。十一時近くにヨーコが起きてきて、居間の鎧戸を開けるなり、すばらしい天気と声をあげました。すぐ隣の居間へ私は行きました。春みたいね、そう、ヨーコの言うとおり、もう春でした。年が明けて気持ちが春という感じになったのでしょうが、実際、もう春という感じ、春がそのまま居間にはいってきたという感じでした。

起きて来たヨーコとカフェを飲みながら、春の陽がさしこんでいる居間でおしゃべりしました。イタリアの人たちは生きることの大切さを無意識に知っている、ヨーコがそう言いました。つづけて、人間を知っていると言いました。ヨーコが言うイタリアの人たちというのは、私たちが親しくしている人たちのことです。身近な人たちからイタリア人という全体をおしはかってそう言っているわけでもあります。具体的には十二月三十一日、サン・シルヴェストロの夜、フラーヴィオ、ミレーナ夫妻、マルコ、アドリアーナ夫妻と一緒に過ごした光景を思い浮かべてそう言ったのです。もちろん、今まで一緒にすごした友人たちとのほかの光景もつづいて浮かんできたことでしょう。

イタリアの夫婦って、仲がいいわね、そうおもわない？　ヨーコが言います。この言葉も、一緒に年越しをした二組の夫婦の姿をおもいうかべて出てきたのです。秒読みをして新しい年を迎え、それぞれの夫妻が抱き合う光景がヨーコによみがえってきているのです。見ていてきもちがいい、ヨーコが言います。いい性格している、いい性格、ヨーコが言うこの言葉、いい天気、いい風、いい気候、いい空気、そう言うのとおなじです。いい土地、いい町、いい海、そう言うのとおなじです。彼らはイタリアで生まれ育って生きてきた人たちです。イタリアはヨーロッパの国というより、ミレーナに言わせれば地中海の国です。彼らは地中海地域で生きる人たちです。地中海人の末裔です。彼らの性格は広くとらえれば地中海人の性格です。地中海の空気のような性格と、私は実感します。人は先祖が生き、自分が生きてきたその土地の空気とおなじような性質をしています。生き物である人間は、それぞれが生きる土地の風土の性質をしていると、私はここで生きながら、たびたび感じています。

地中海は私が愛する海で、地中海地域は私が愛する地域です。私は地中海の空気が好きです。おのずと地中海人が好きです。そうですが、ヨーコは日本人です。もちろん私も日本人です。その私がなぜ地中海を愛するのかという自問が長い間、私のおもいをすっきりさせず、よじらせていましたが、すでに、私が日本人であるというおもいは私からかなり消えてきています。私がどういう生まれであるかはどうでもいいようになりつつあります。ヨーコがどういう生まれであるかはそういうわけにはいきません。ヨーコは日本で生まれ育ち、私とともにラパッロで暮らし始めるまでずっと日本で生きてきたのです。彼女は日本人です。大和人の末裔です。私が好きな地中海人の末裔ではありません。ときどき日本の物を食べたくなりますし、私がそばにいなかったら、だれか日本の人としゃべりたくなるでしょう。

民族というものがあると、この地で生きていて感じます。しかし、わずかでしょうが、自分が生まれた土地、地域の空気とことなる空気をもっている人がいます。私が実際に知っているそういう人は、ヨーコです。それから、自分が生まれ生きてきた土地からおのずと、草が光のほうへむかうように、ほかの空気へほかの光へむかっていく人がいます。そういう人というのは私自身をさしています。私は日本に生まれ生きてきたのに、なぜだか地中海へむかっていったのです。そういう私が、ヨーコに地中海を感じさせる空気を感じ、ヨーコと生きはじめ、ともに地中海で生きようとしてきたのです。

ヨーコは若いころから、外人さんみたいと何度か言われたことがあるそうです。そしてラパッロで暮らし始めてだいぶ年月が経ち、二年ほど前でしたか、ヨーコは日本に行き、父母と会いました。母親と一緒にテレビを見ていたら、日本の女の人もきれいね、テレビに出ている黒髪で色白の女の人を見て、母親はそう言ったそうです。そのとき、自分のことを西洋かぶれした女だと言われている気がしたわとヨーコは言っていました。父方の義理の叔母からは、なにかちがうわね、そういう髪形をしている人は日本にもいるけれど、なにか空気がちがうわ、そんなふうに言われたそうです。そうした話を聞くと私はうれしくなります。ヨーコが日本人ばなれして地中海人にちかい空気をそなえるほど、うれしくなるのです。

もともと私はヨーコから地中海性の空気を感じていたのを、さらにその空気を地中海の空気にとけあうようにしてしまいたかったのです。もう日本にいてもこれ以上どうにもならないよ、そういうことを私は日本での生活の末期に言ったのを覚えています。イタリアの服を着て、それに合うような化粧をして、イタリア風な料理を作って食べて、イタリアの音楽を聴き絵を家のなかにかざり、オペラを見、できるかぎりイタリアの生活するように、日本にいながらそうなっていきましたが、それが限度に達しました。どんなにイタリア風に私たちは生活しても、日本にいるかぎりイタリアの空気のなかで生きてはいないのです。ヨーコはもうそれ以上、イタリアの地で生きなければ、その地の空気にちかくなれないのです。地中海の空気にちかいものになれないのです。

そうして、私たちは地中海のそばのここで暮らすようになり、ヨーコの空気は地中海の空気にちかづき、とけあってきています。この町の友人たちからも、イタリアの女の人みたい、地中海女性のようだと言われることが多くなってきました。最近、こっちの人になったみたいに感じる、この町やこの国の人たちといると違和感を感じない、そう大晦日の日、ヨーコが言いました。そうした話をしているなかで、日本の女の人もきれいねと母親が言ったという話も出たのでしたが、そのあと、娘が自分から離れていく気がするのかしらと付け加えました。

ヨーコを日本からひきはなし、日本人離れさせていったのは私です。ヨーコは私が出会ったころから、日本のなかで異質な空気をそなえていましたが、いまではもう、日本ではたして暮らしていけるのかとおもうほど、地中海の空気、イタリアの空気がしみわたっています。

地中海を愛する人は人を愛する、なぜなら地中海は愛の海だからという、自らに引き寄せた言葉が、きのう、ヨーコと話していて出てきそうになりました。そんなことを言ったら、まるで私が人を愛する人間、愛に満ちた人だと言うようなものだとすぐに感じ、言わなかったです。私にそういう思いが湧いてきたのは、年越しをともにした二組の友人夫妻のことをヨーコと話していて、その人たちは仲がいいとヨーコが言い、私もそうおもい、なぜ仲がいいのかなとおもっていると、地中海を愛する人は人を愛すると、そんな言葉が浮かんできたのです。なぜ地中海を愛するのか、私のように遥か彼方の異郷から地中海にひかれてきたものと、地中海地域に生まれ育ったフラーヴィオやマルコとは、地中海への愛もおのずとその性質がちがうものでしょうか、それとも根底ではおなじでしょうか。ヨーコを地中海を愛する人たちのなかで生きられるようにしたいです。地中海の光のなかで、海を愛する人たちと親しんで生きるといいのです。そしてときどき生まれた土地へ行くのです。

■一月三日（月）

一昨日、私とヨーコはこの丘を下りて、海岸通りに面したクラリッセ劇場で、「新年音楽会」を聴きました。市が主催し、地元の銀行が後援して、ジェノヴァの若い音楽家たちの管弦楽団がシュトラウス、モーツァルトの曲、さらにフニクリフニクラ、ロッシーニのウイリアムテル序曲の一部を演奏していきました。そして指揮者が友人の外科医と共作した曲を演奏する際、市長が立ち、彼の娘さんが新生児のとき障害があり、その外科医が執刀して、いま娘さんは元気になっていると話しました。この町、この地域の人たちが共に新年を祝う催しなのです。

私たちが五時の開演予定の十五分前に劇場内に入ると、もう一階の席は埋まっていて、ほかの人たちの後について二階へ行きましたが、二階も席はなくて、床の絨毯の上にも人々が座っています。私たちもそうしました。お尻が痛くなってきましたが、人々と体を寄せ合って音楽の演奏を間近に見聴きしながら、同じ町の人たちと共にいると感じました。

十六時十二分、まだ命があります。あるのは命だけです。命があるのです。

いつも気がへんでした。ヨーコに再三、指摘されてきました。たしかに私は気がへんです。気がおかしいです。気がおかしい男がこれまで生きてきたのです。気がくるっているともいえる男とヨーコは生きてきたのです。私はなにもいりません。すべてヨーコにもたらしたい。ヨーコにもたらすとともに命がおわる。また気がへんなことかもしれませんが、映画の場面が浮かびます。「ノスタルジア」の最後のほうの情景、火を……

蝋燭の火を手で守るようにしてアンドレイが広場の端から歩きだし、火を向こう端に運んだとたん、倒れます。いま、その情景がまざまざと浮かびます。いままでふかく私のなかにのこりながらどうもわからなかったアンドレイの向こう岸まで火を運ぶうごきが、我が事のように感じられてきました。アンドレイは火を向こう岸へ運び、命つきるのです。なぜアンドレイが、心臓のわるい彼が、冬のさなか、汗をかきながら、なぜ蝋燭の火を広場の端から向こう端へ運ぼうと懸命にするのか、火を運びおおせたとき、命がつきます。

ノスタルジアは死に至る病だとアンドレイは言います。彼のノスタルジアのおもいのなかにロシアにいる家族、妻が娘が現れます。とくに妻、妻へ彼は火をおくったのです。妻に命の火をおくったのです。命を妻におくりたくなったのです。命を妻へおくり、たおれました。

ジェルミーノが浮かびます。私たちが最初に親しくなったこの町の人であるジェルミーノ、彼は私たちをこの町で千年以上つづく旧家の当主に紹介してくれました。その人物と知り合えば私たち、この町に知る人もいないで住んだ私たちが生きやすくなるだろうと直感したのでしょうか。木をいじることしかしないような家具職人のジェルミーノが、町の歴史と共に生きてきた家系の当主、その家の家具を作ったことがありますが、そういう人であるロマーノさんの事務所へ、夫人のニーチェと一緒に私たちを連れていきました。その私たちをこの町で生きさせようとするおもいの熱さを、いまあらためてふかく、ふかぶかと感じます。

実際、ロマーノさんと知り合ってから、私たちはこの町で親切に大事にされるようになり、いろいろな人たちと知り合っていきました。ジェルミーノと出会わなかったら、ジェルミーノが私たちに熱い好意をもつようにならなかったら、私たちは様々な人たちから親身になって世話され、快く過ごすことはできなかったはずです。ジェルミーノが私たちを導きました。そのジェルミーノが二〇〇一年の十月に亡くなりました。彼は命がなくなって、私たちにとっては初めて見た背広姿で、棺に納まり、蓋をされ、町のはずれの墓地の壁面の墓に棺ごと入れられ、セメントでふさがれたままそこにいます。彼の命を蘇らせることはできないものか、そうおもうこと自体、気がへんなもののおもいでしょう。

■一月四日（火）

朝六時三十七分。私はラパッツロを離れようとしています。五月三十一日にこの住まいを出ます。そしてラパッツロから出ます。出ていく四カ月二十七日前ですが、ラパッツロにノスタルジア、タルコフスキーの映画のタイトルになっているノスタルジアをすでに抱いているのに、いま気づきました。まだいまラパッツロにいます、が、ラパッツロはノスタルジアのところです。映画のなかで、ノスタルジアは死に至る病だと詩人のアンドレイは言いました。私は死に至ります。すでに死にむかっています。生はおわろうとしています。おわろうとしながら書いています。火を運ぼうとしています、どこへ、……

書きながら火を運ぼうとしています、火をだれへ、……

■一月五日（水）

朝七時三十七分、昨夜、夜更かししました。深夜一時ころ、寝ました。

■一月六日（木）

朝六時三十一分、台所でペッティロッソの澄んだ声が聞こえてきました。小鳥が生きています。階下の斜面の庭で鳴いています。小鳥は早起きです。この丘で、一番の早起きはペッティロッソやメルロ、次が私か犬を散歩させる早起きの数人、でも、今朝は六時起床、今年になってから私は早起きとはいえなくなっています。

生きていると眠らなければならないです。そういう眠っている間も命が刻々とへっていくと感じられるのです。

きのう、ひどく疲れていました。風邪をひいているようですが、風邪の疲れだけではないかもしれません。もうすべてから解き放たれたいと、何度もおもいました。

三日の日、月曜日、朝、すばらしい天気で、ヨーコがどこかへ行こうと言い、その数日前にカモッリに行こうかと私が言ったまま、まだ行っていないことをヨーコが覚えていて、西へ向かう山道を走りパラディーソ湾に面したカモッリへ行きました。カモッリの日だまりの緩やかに下る海辺の散歩道を歩いていると、小さな漁船が舫う漁師村の面影が残っている辺りで、岸のベンチに腰掛けている女性が、ノースリーブ姿で顔を日へむけています。顔、姿がうっとりしていました。

教会の鐘が高らかに鳴っています。七時十五分、毎朝この時間に鳴り、それは時報の鐘ではなく、ミサをしらせる鐘の音でしょうか。いまだにそんな町の習慣も知らないでいるのは、へんなことです。

昨日、朝のテレビニュースが、南アジアの津波被災地で子供たちが盗まれ売買されているという警告が出たと伝えていました。このごろ、ニュースはテレビでかるく見るだけです。日々の世の中のできごとに目を配っている間があれば、こうして書きたいです。しかし、子供たちが売られているというニュースに、胸が少し疼きます。

お金を盗むことと子供を盗み売るということをどちらも犯罪だとひとくくりにはできません。たとえば商売は相手からいかにうまく盗むかという作業が含まれていますし、もっと広く見て、人が世の中でする活動の多くは、人の気をひく、人々の気持ちを盗むという作用がなければ成り立ちづらいでしょう。そういうところまで思いを広げなくても、私が人からお金を盗むということは生じうると、感じます。しかし、子供を盗んでその身を売るとなると、できるとは思いません。

私はいま、それをする人がどう感じながら事を進めるのか感じ取れませんが、だから人ごとだというわけにはいきません。この〝人ごと〟という言葉、この一語に引っ掛かります。人ごとであるようなことはどこにもいつでもありえない、刻々といたるところで生じつつあるあらゆることが人ごとではないです。地球上でたえず人々がなにかしらしています。すべて人の動きは、人である私に関わっています。私にじかに見える人の動きはごくわずかです。ほとんどの人の動きは見えませんが、それらすべての動きは人ごとではありえません。そういう人の動きをそれぞれの人の命の底まで末端まで感じたいです。そうしないで生きているのはへんです。被災地の人が感じつつあるように感じたいです。それだけでなく、被災した子供たちを盗んで売る人がどう感じているかを感じ取りたい、しきりにそうおもいます。

■一月七日（金）

朝五時三十六分、いま、私の部屋にいます、ペッティロッソの声が聞こえてきます。今しがた、台所では鳥の声が聞こえてこなかったと、ここに来てから、そう思い出したところです。

昨日、イタリアはエピファニーアの祝日、幼子イエスが東方から訪ねて来た異邦人の三博士の前に現れたことを祝う日です。一昨日の夜、プレゼーペのイエスが生まれた馬屋の前に、到着したばかりの三博士の人形が置かれます。そしてイエス生誕の物語は終息します。ラパッロの路地の曲がった十字路の角に、町で最古の教会サント・ステーファノがあります。きのうの夕方、そこのプレゼーペのそばで合唱がおこなわれたはずです。ピエロの未亡人も歌ったでしょう。先月二十三日の夕方、その教会で彼女と出会った時、彼女がそう言っていました。

きのうは、子供たちにはベファーナおばあさんの日として知られています。いい子の靴下にはおばあさんからお菓子の贈り物が入っていて、悪い子には炭が入っています。もちろんその炭も黒いお菓子です。この町では海からベファーナおばあさんが海岸に上がって来て、子供たちに贈り物をあげます。

今日は日本では七草粥を食べますね。一昨日、奥様からお湯をさすと溶けてすぐ食べられる味噌汁やけんちん汁、石狩鍋などたくさん届きました。そのなかに、七草粥の具が入っていました。今日、私たちも七草粥を食べます。お礼を早速、ヨーコがファクスで送ると、もう、こちらの翌日の午前三時頃、奥様からファクスが入ってきました。風呂上がりの体がほてって寝付かれなかったヨーコが、紙の上がってくる音に気づいて納戸に見にいったのです。枕元の明かりで文面を見ている姿に私は気がつきました。

思いがけず正月を一緒に家で迎えられて、とてもうれしゅうございますと記してありました。昨年九月にあなたのご病気が発覚してから、胃の手術、さらに歯肉と顎に甲状腺の手術、その後の院内感染による発熱、そういう非常事態のなか、私たちにこれでもう二度も小包を送ってくださり、あなたの病状の経過を知らせる電話やファクスをたびたびくださいました。元旦に、ダニエーレ君から電話があって、あなたも電話に出られたそうですね。うれしそうなお顔が見えてきます。おそらく、二度目の手術のあとの感染による発熱の際、あなたの命は危うい状態にあったとおもいます。それを乗り越えて、元旦をおうちで迎えられて、お屠蘇でお祝いをしたのでしょうか。あなたの病が発覚してから、ことさら命についておもうようになっています。

昨日、俳句の詩人ジョルジョからメールが入っていて、ジェノヴァ大学のイタリア文学科教授のフランコ・クローチェ氏が交通事故で急死したことが書かれています。この人は、昨年ジョルジョの「海の俳句」に好意的な言葉を寄せてくれて、ジョルジョが喜んでいました。年末か年始か、いずれにしてもごく最近、その人の命が亡くなったのです。年末頃からジョルジョのメールが来ないなと、すこし気になっていました。気落ちしていたのでしょう。きみなら私のいまの気持ちを感じてくれるだろう、そう記してありました。

ジョルジョはいま、敬愛している批評家が急死して、感じやすい彼は悲しみにおちいっています。感じやすいと感じ深いとはちがうでしょうが、彼はどう悲しみを感じているのでしょう。私はその人の死に悲しみを感じていません。会ったことがないとはいえ、ジョルジョから私たちの共作「海の俳句」へのその人の感想を聞かされているのですが、悲しみを感じていないのです。

ジョルジョは彼の俳句にとって大切だった人物を失いました。急死でした。事故死です。事故死という死はどういう死なのでしょう。病死は体がむしばまれ、命がけずられていって、ついに命がなくなります。事故死は、どういうふうなのでしょう。

ジョルジョへ昨夜、メールを送りました。そのなかで、諸行無常という言葉をイタリア語に訳しました。そしてクローチェ氏の死を諸行無常という言葉で済ませてしまいました。それはいまだ生きているものがしていいことではありません。人の命はそういう一言でおわりとされるべきものではないです。突然生じた事にたいして、驚きに言葉がありませんという言い方も日本ではよくされます。しかし、言葉がないで済ませられることなどありません。

クローチェ氏もまたみずからの命のおわりへむかって生きて来たのです。その人の死を運命だと言うことも私にはできません。ただ、運命という言葉にひっかかります。人は〝命を運ばれて〟生きるのでしょうか、私は、〝命を運んで〟生きていると感じます。生きるとは命を運ぶことだと、そうもおもいます。自らの命を運んできた人の命が車とぶつかって壊れてしまったのです。

南アジアでは、津波に出会ってなくなっていった命がたくさんあります。十二月二十六日の津波から一週間ほど経って、今年になってじき、イタリア人の行方不明者は七百人くらいと発表され、翌日、六百六十人、その翌日五百七十人と減り続け、いまでは三百人台になっています。その間、死者の数はわずかしか増えていません。

家族から行方不明とされていた人たちの生きている行方がわかってきたのです。自分のことがそんなに心配されているとはおもっていなくて肉親への連絡が遅くなった人たち。津波の三日後にバリのATMで現金が引き出されているのが記録されていて生存が確認された人もいます。愛人とタイの保養地に滞在していて連絡できなかった人たちもいるでしょう。そのなかには命がなくなった人たちもいるわけです。

目の前で夫が津波にのまれるのを見た人もいます。津波にのまれて命がなくなるというのはどういうことなのでしょう。それを間近にじかに見た人は、命がさらわれたと感じるのでしょうか。その人は一九六二年に撮ったふたりの結婚の写真を見ながら、そのころ、私には婚約者がいたのですが、彼と出会って、一目ぼれしてしまって、そう語りました。

私はいま、地震が生じたことのない堅固な岩盤の地帯で、暖房で暖かくされた室内で、こうして書いています。いまこのとき、この町でだれかの命がなくなりかかっているかもしれないです。地球上では、様々なところでこくこくと命がなくなっているはずです。いま、いま、こうしていまという言葉を続けていても追いつかないほど、命がなくなっていきます。命がなくなると手も脚もそして体じゅうがうごかなくなります。すべて体のうごきがとまります。

一年前、ヨーコの母親が亡くなり、亡きがらに会いました。うごかなかったです。うごいていたのが、うごかなくなっていました。

人は体をうごかして生きています。生きていれば、たとえ重い病にかかっていても体はうごいています。手足から細胞にいたるまでうごいています。

命をつかいたい、そうおもうのです。人は生まれて来たときからおのずと命をつかっています。命はたえまなくつかわれていきます、その命がまだ私にはのこっています。それをみずからすすんでつかいたいのです。

生きることに未来はなく、過去もなく、待つも戻るもないです。といって、現在だけがあるのでもない、そう感じます。

今日からリグーリア州でも冬のセールが始まりました。それぞれの州がセール開始日を独自に決めます。ヨーコに昨年ピエモンテで買ったマーロのおしゃれな皮のコートに合うパンツを見つけてあげようとおもい、昼前、彼女がそのコートを着て、一緒に町に下りました。それは見つかりませんでした。

旧市街の玄関口にあるカヴール広場で、エリアが携帯電話で誰かと話しています。ヨーコが気づきました。電話が終わるのを待って、ヨーコがエリアに声をかけると、エリアがヨーコを抱いて頬を寄せ、それから私を抱き寄せました。覚えている？　十四日ね、そう私がこたえ、アルベルトが列車のこと、ヴァポレット（ヴェネツィアの水上バス）のこと、みんな説明するからね、エリアはジャンニと共に先にヴェネツィアに行き、後日、私たちが彼らの居場所にどう辿り着いたらいいか、追って一人息子のアルベルトから説明があるからねと私たちを安心させたのです。

夕方六時過ぎ、ヨーコは帰って来るなり、町は人でいっぱい、なぜかしら、楽しいわよ、マッツィーニ通りも表通りも人で一杯、ラパッツロを離れるのつらくてつらくて、そうヨーコは弾むように言いました。一昨日でしたか、アムステルダムのヤエコさんから電話があって、その時も、ヤエコさんと話しながらヨーコは、ラパッツロを離れることをおもうと、このごろ気が重くなって、そう言っていました。

私はラパッツロで一番痩せていますが、それでも肉がつきすぎていると感じます。まだ肉をつかっていない、そう感じます。精神にも肉がついています。神経もぶくぶくしています。命がだらけています。

生きているということは肉があることです。体だけでなく精神にも肉がついているのです。命に肉がついています。ああ、生きていなくなってしまいたい、まるで消えてしまうのでなく、肉がないものとしていたい、だれからも見えない肉や骨がないものとしてヨーコをまもっていたい。

体の肉は食べればつきます。精神の肉はだらければつきます。命の肉は深々と豊潤に感じればつくとそう思いたくなります。そういう命の肉はおいしそうです。それを差し出したら、人は食べたくなるでしょうか。へんてこな連想ですが、昨年の十月、フィレンツェで食べたステーキを思い出します。うまかったです。フィレンツェという町はあまり親しみが感じられなくて、食べ物もおいしいと感じたことがなかったのですが、その肉はうまかったです。私が差し出す命の深奥の肉がうまければ、人はそれを欲しがるでしょう。

■一月八日（土）

小鳥の声が聞こえます。

懐かしい思いがしてくる人たちがいます。いままで生きてきたなかで数えきれない人たちに出会ってきていますが、そのなかで僅かな人たちに懐かしさを感じます。

すでに亡くなっているジェルミーノ、いまもこの町で生きている彼の夫人ニーチェ、彼が紹介してくれたロマーノさん、彼ら夫婦を通して知ったミーノ、マリアアウレーリア夫妻、その夫妻が主催するサン・トマーソの丘の食事会で知り合ったイルデ、彼女の紹介で行き来が始まったフラーヴィオ、ミレーナ夫妻と娘のアレッサンドラ、息子のパオロ、フラーヴィオの親友のマルコと夫人のアドリアーナ、サン・トマーソの丘で大晦日の深夜に出会ったジャンニ、エリア夫妻と息子のアルベルト、そしてヨーコの最年少の友エリーザ、この町で最初に出会ったジェルミーノ以外はいまもこの町で生きています。ときどき会っています。最近も会いました。でも、その人たちをおもうと懐かしい思いがしてきます。

それから、ローマで暮らしている地中海冒険仲間のウンベルト、パツ夫妻とエンツォ、ダニエーラ夫妻、そして、あなたが紹介してくれた、いまはパルマの修道会で働いているダニエーレ、ペルージャの養老院にいるイクヨさん、アムステルダムに住んでいるハンスさんとヤエコさん、この人たちを思うと懐かしさが湧いてきます。

■一月九日（日）

朝、六時五十三分、小鳥の声が聞こえません。列車の音が聞こえてきます。南東のキアーヴァリ方面からの列車でしょう。音でどちら方面からかだいたいわかるようになりました。

いま、私が小学校の五年生、六年生だった時に教えてくださった恩師ギオウ先生へメールを送りました。先生は元旦におめでとうのメールをくださったのですが、三月の先生ご夫妻のトスカーナ滞在に参考になることをお知らせしようと思っているうちに返事が遅くなってしまいました。

私はトスカーナのいくつかの町、ざっと数えても十くらいの町へは行っていますが、トスカーナについてはあまりわかっていないと感じます。最初にヨーコとしたイタリア旅行では、ピエロ・デッラ・フランチェスカのイタリアにのこっているフレスコ画をみんな見ようとして、特にこの画家の故郷に近いトスカーナ州アレッツォには一週間ほど滞在し、画家が生まれたサンセポルクロへ「復活のキリスト」を見に行き、母親の故郷では「出産の聖母」を見ました。そういう経験がありますから、私にとってトスカーナは身近な地域であっていいはずで、その後も何度か行ってはいるのですが、私のなかにこの地域が根付いてきていないのです。

イタリア探索をルネッサンス期に栄えた町を辿ることから始め、その後、先住民族エトルリア人の遺跡を訪ね歩いたあなたと奥様のほうが、トスカーナをよく知っているのではないかと思います。

エトルリア人の町だったヴォルテッラは、あなたと奥様が私たちを連れていってくれました。あの町のエトルリア博物館で、石棺の蓋の上で肩肘着いて横たわる人の像を前にして、あなたとお話したのを覚えています。片肘を着き、皿に開いた穴に指を入れて皿を支え持っている像です。あの像を眺めながら、あなたとおしゃべりに興じた情景が浮かんできます。

棺に入った後も飲んで食べていたくて、皿を手にした像を棺の蓋の上に作らせたのかしらと、そんな話をしたのではなかったでしょうか。実際、そうできるといくらかは思っていたのかもしれません。この世で生きている人間としては食べられなくなっても、どこかよそで別の姿で生きて、飲み食いをしようと思っていたのでしょうか。その時なにを食べるつもりだったのか、やはり自分たちが人間として食べてきたものなのでしょう。

棺の蓋の上で夫婦が寄り添って片肘着いている像もありましたね。人間でなくなってからも二人して食べて飲んでして生きたかったのでしょうか。人でなくなった後も生きていたらくたびれてしまうかもしれませんが、それでも一緒に生きていきたかったのでしょう。

■一月十日（月）

朝六時二十八分、小鳥の声が聞こえます。鳥は暗くなると眠り、明るくならないうちに目覚めるようです。

このごろヨーコはよく、暖かい暖かいと言い、ときには、暑い、場合によっては、死にそうに暑いと言うのは、この冬が暖かいという事情もありますが、体質が変わったのかしらとヨーコが言います。それはあるね、体質が変わったね、そう私は言います。たしかに私たちの体質は、この町で十年暮らしているうちに、ここの風土によって変化させられ、この町の人の体になりつつあります。私から見ていると、ヨーコはもう〝ラパッロの人〟です。

ラパッロでは、ラパッロ生まれの人をラパッリーノと言い、生まれはよそで、その後ラパッロで暮らすようになった人をラパッレーゼと呼びます。私たちはラパッレーゼです。ヨーコを見ていると、もうすっかりラパッレーゼだと感じます。

昨日、私が先にベッドに入って、そのあとすぐヨーコがメールを送信して、寝支度をしながら、今日この辺が暖かいというのがよくわかったわ、山のほうは寒いと思っていたけど空気が柔らかいの、そう、ミーテだね。ミーテという言葉をどう日本語で言いましょうか、おだやかという感じでしょうか。

一八〇〇年代初めのガイド書で、ラパッロについて「気候がミーテで」という書き出しで始まっています。気候がやさしいのです。もうここを離れるのいや、最近何度もこの言葉をヨーコは言います。もう人との関係ができているの、日本ではこういう風に暮らせない、日本に行くのこわくなってきた、そうも言います。この辺でずっといたい、まもられているの、空気はやさしいし人はやさしいし。

きのう、十一時半頃から十六時半頃まで山歩きをしたのです。朝、八時半に電話があり、ヨーコが出るとマッシモさんからでした。代わらなくてもいいとマッシモさんが言ったそうですが、ヨーコは間違って解釈してしまうのを何か用事の電話の時は怖がるのです。マッシモさんからの電話はたいてい何か用がある時ですから、それでじき私に代わりました。

レッコの方に散歩にいかない？　レッコで車を置いて、バスでウッショへ行って、ウッショからレッコへ歩かない？　日曜日だから、そう誘われました。私は彼と一緒に歩いてみたいです。ウッショの方へは一度ヨーコと車で行った覚えがありますが、その辺りを歩いてはいないです。

私たちはヨーコの運転で街を抜け、上りの道を進んでマッシモさんの家の前に着き、車から出て山の空気を吸いました。少しして彼らが石段を下りてきて、きみの車でいく？とマッシモさんがヨーコに聞き、すぐにヨーコが運転席に戻り、助手席にマッシモさん、アンゲラさんと私が後部座席に乗り込んで出発しました。家がまばらな風景のなかをしばらく走っていくと見慣れた集落ルータに出て、そこからはヨーコもよく知っている古代ローマ人が造ったアウレーリア街道、海を見晴らす道を下っていってレッコに着き、駅前の坂に駐車させました。

駅は高台にあり、ジェノヴァ方面へ向かう線路は駅を出るとすぐ鉄橋になっています。私たちは鉄橋のそばから石段を下りていき、この鉄橋、戦時中、爆撃されたんですよね、そう私がマッシモさんに話しかけ、それだけではないよ、町の大部分だよ。この町、列車でラパッロから来れば、ジェノヴァ方面へ向かって三つ目の町、ここはこの地域では戦争で最も被害を受けた町です。

停留所でマッシモさんの友人がジェノヴァから乗って来るバスの着く時刻を調べると、十一時、まだ時間があるので、すでに目の前のキオスクで切符は買ったし、海岸へ行ってみようか、そうマッシモさんが言って、ぶらぶら歩きだしました。並んで歩きながら、私は戦時中のこの辺の事情をマッシモさんにたずね、私とちょうど同じくらいの世代ですから彼の話は親をはじめいろいろな人から聞いたことですが、レッコは鉄橋があるのでとくに英軍から狙われたそうです。

この辺りはすでに当時、ナチス軍にほぼ占拠されていたのです。彼が専門とするのは英米文学ですが、その英国人が爆撃したのです。彼のお母さんはアメリカ出身、おばあさんの生まれはドイツ、おばあさんの故国の人たちが占拠し、お母さんが生まれた国の同盟国の戦闘機が爆弾を投下したのです。

ラパッロはさほど被害は大きくはなかったですが、中央教会の右翼の部分は破損し、戦後に復旧されたそうです。それから、彼の祖父母が住んでいた界隈、私たちが住む丘の北側の麓ですが、その辺りは爆撃されました。一九四三年か四四年だったか、十二月三十一日、彼も記憶がさだかでないです。祖母が年越しの晩餐の料理作りをしている時、隣家に爆弾が落ち、家族は亡くなりました。しかし、祖父母の家はガラスが割れましたが、だれも亡くなりはせず、夜、町なかの教会へ祖父母は年越しのミサに行ったそうです。やがて、祖父母はラパッロの背後にあるフォッジャという村落に疎開し、そこから医師の祖母は町にある医院へ通っていたといいます。

当時この地域を占拠していたドイツ軍に関しては、今も語り継がれている話があります。マッシモさんの祖母は医者でしたが、彼女が主治医として往診していたポルトフィーノのムンム家、その家は夫がドイツの有名なワイン業者で、夫人はイギリス出身、戦時中すでに夫は亡くなっていて、夫人がドイツ時代からのお手伝いさんと二人でポルトフィーノ岬の高台に住んでいました。

戦争末期、入江と外海を見晴らす邸宅の前で、サン・ジョルジョ教会が英空軍から爆撃され、キリストの髪と言い伝わる聖体は無事でしたが、教会は大きな被害を受けました。すぐ近くにドイツ軍の駐屯部隊の司令部があったのです。もはや駐留は困難と判断した本部は入江を破壊して撤退する計画を立て、部隊は準備を進め、あとは本部からの指示を待つだけとなりました。その時、ムンム夫人が駐屯司令部を訪ね、若い隊長と二人きりで話し、翌朝、部隊は入江を破壊せずに撤退していきました。

夫人は亡夫の同国人である青年隊長を説得し、美しい入江を後世に残したわけですが、彼女自身は、自宅前の教会を爆撃したイギリスの出身です。そして、彼女の主治医はドイツ系イタリア人、マッシモさんの祖母であり、当時すでに結婚していた彼のマンマがアメリカ生まれです。ムンム家とその主治医の家で、第二次ヨーロッパ大戦の敵対する陣営双方の絡んだ人間関係が形作られていたわけです。

ムンム夫人の決然とした熱意でポルトフィーノは破壊されずにすみましたが、レッコは壊されました。英空軍は戦闘機が地上から迎撃されるのを怖れて低空飛行をしなかったため、爆撃の精度がわるく、それでほかの町はさほど大きな被害を受けずにすんだようですが、レッコは鉄橋が目立ち、それが目印になって町の中心部が狙われたのです。

海岸に立ち、マッシモさんが浅い入江の東の丘を見て、あそこは爆撃されなかったので昔の家が残っている、町の方もああいう建物だったのだよ、ゾアッリのような町だった、ゾアッリをすこし大きくしたようなね、そう言いました。彼も破壊される前のレッコの町を実際に見ているわけではないですが、彼の家には昔のレッコの写真や絵があるそうです。当時はこの辺り独特の町だったのです。いまは戦後に建てられた建物が並び、ラパッロの旧市街のようなところがもうないのです。傷めつけられ死にかかったことのある傷ましい町です。

いまレッコはフォカッチャの町として知られています。フォカッチャは昔からリグーリア地方、とくにジェノヴァ県でよく作られてきましたが、レッコはチーズの溶け込んだフォカッチャ・コル・フォルマッジョ発祥の地とされています。また、旧来の町並みをほとんど失ったレッコを食の町として特徴付けていこうとする地元の人たちの取り組みが効果を上げ、フォカッチャというとこの町の名前が出てきます。

実は、昨日、レッコの海岸からバス停に戻ってマッシモさんの友人が乗ってくるバスを待っていると、見たことのある人がフォカッチャを食べながら近づいてきます。僕の同僚だよとマッシモさんが言います。そう、ジェノヴァ大学のデ・ニコラ教授です。マッシモさんから紹介されるまでもなく、私たちは教授をすでに知っていて、握手しました。知っているの？とマッシモさんがデ・ニコラさんに聞くと、ダンテ・アリギエーリでね、そう、イタリア語の世界への普及活動を行っているダンテ・アリギエーリ協会のジェノヴァ支部の部長がデ・ニコラさんで、私は協会の会員です。

ジェノヴァの港に、十三世紀に創建された当初は海の館と呼ばれ、十五、六世紀には地中海・ヨーロッパ地域を代表する銀行の本部でもあったサン・ジョルジョの館が今も残っていますが、その建物の、栄えたジェノヴァの香りがとどまっているような広間で開かれる協会主催の講演会に、私はときどき出席しています。外国から見たイタリアという講演会の後、飛び入りで日本から見たイタリアについて話したこともあります。

イタリア文学の専門家であるデ・ニコラさんは、ラパッロ文学賞の審査員の一人であり、またキアーヴァリ賞の審査委員長でもあります。キアーヴァリの文化賞を主催するペダルとフォークという文化協会にも私はエリアの推薦で入っていますので、その協会の集まりでもデ・ニコラさんとは何度も顔を合わせているのですが、きのう、すぐに彼だと気付かなかったです。というのは、いつもスーツを着てネクタイを締め、ジェノヴァ地域の代表的な文化人という雰囲気なのが、昨日は家にいる服装のままで来たようなセーターにブルゾンをひっかけた姿で、それにフォカッチャを食べながら現れたのです。

口を動かしながら、うれしそうに少し恥ずかしそうに顔を崩して、かわいらしかったと後でヨーコが言っていましたが、そうでした、かわいらしかったです。少年時代の彼が浮かんできます。もう少年だった頃から文学が好きだったでしょうが、フォカッチャも好きだったでしょう。妻についてきたんですよ、ソーリからね。ソーリはレッコより一駅ジェノヴァ寄りの町、その町にある自宅から夫人がレッコへ行くというので、日曜、休養日、まだ大学は始まっていないし、レッコでできたてのフォカッチャを食べようと思い立って、夫人が運転する車に乗って来たのではないでしょうか。

彼は私たちのところに挨拶に来ると、握手した後すぐ、もうフォカッチャ食べた？と聞くのです。まだと笑いながらマッシモさんが言うと、そこを右に曲がったところとそれからどこそこがおいしいよと教えます。昼の食べ物持ってきた？とマッシモさんが私たちに聞き、持ってきていないとヨーコがこたえると、夫人に連れていってあげるよう言って、アンゲラさんとヨーコが早速フォカッチャを買いに行きました。

あとにのこったマッシモさんと私がバスを待っているとじきバスの姿が見え、行って！、そう彼が声を上げ、つまりフォカッチャ屋へ行って二人を呼んできてというのです。私は駆けて角を右へ曲がり、少し行くと右にフォカッチャ屋、前にその店に入ったことがあったと思い出し、それに五年ほど前からラパッロの朝市広場に面した所にも店を出しています。中に入るとヨーコがいました。買うのが終わったところです。バスが来たと知らせると、店を出るなりアンゲラさんが駆けだし、ヨーコと私も駆けて、バスは待ってくれていました。

ジェノヴァから来たバスです。長距離バスのように座席がすべて前方を向いています。空き席はヨーコと私の二人分だけ、あとは埋まっていて、マッシモさんが隣の男性を私たちに紹介しました。彫刻家のジョルジョさんです。素朴な笑顔です。イタリアの人たちは笑顔がいいです。自然が好きで、自然な人たち、そうヨーコが言います。ジョルジョさんはとても自然な人のようです。毎週日曜日はどこかへ〝散歩〟に行くそうです。山間の道沿いの村でバスを降り、……

昨日、私たちはたくさん歩きました。あんなに歩いたことないわ、ヨーコが言います。生涯で最もたくさん歩いたというのです。その割に疲れていない、脚も痛くならない、これから痛くなるのかしら。ジョルジョさんが、明日脚が少し痛くなるけどじきに消えるからね、そう言っていましたが、脚、私も痛くなっていません。ヨーコも私も思ったより元気です。私もというより、私はある程度ふだんから歩ける自信があります。でも、ヨーコがきのうほど歩けるとは思っていなかったです。

ウッショでバスを降りた後、私たちはバスで来た道を先へ歩きだし、ジョルジョさんは歩くのが速いです。アンゲラさんも速くて、二人が歩きながらしゃべっています。私たちは後からマッシモさんと話しながら歩いていきます。マッシモさんは私たちに歩調を合わせてくれているのでしょう。

私たちが知っているもう一人のジョルジョ、彼のことはマッシモさんも知っています、ジェノヴァ・ネルヴィの詩人のジョルジョです。彼がメールで知らせてきた文学評論家クローチェ教授の死について、マッシモさんも同じジェノヴァ大学文学部の教授だから知っているのではないかと思い、クローチェ教授、知っている？と聞くと、友人だよ、彼はいい人だ、そして彼が急死したことを知っていて、昨年末、冬休みを過ごしにアルプスの村クルマユールへ行く途中、運転していた夫人が眠気に襲われ、車が滑り、彼はシートベルトをしていなかったので頭を打ち、亡くなったと話してくれました。夫人は亡くならなかったようです。

■一月十一日（火）

朝五時四十分です。三十分ほど前、目覚めたとき、小鳥が盛んに鳴いていました。このごろ、夢を見ます。以前も見てはいたのでしょうが、目覚めたとき、あまり覚えていなかったのでしょう。最近、朝方に夢を見るのかもしれません。

■一月十二日（水）

朝、六時六分、台所でも、そして私の部屋でも小鳥の声が聞こえてきます。列車の音が聞こえます。いま暖房は入っていません。なんて暖かいのでしょう。暖房なしの朝、この冬初めてです。暖房をつけようとしましたが、よしました。ヨーコが夜中二時半頃、暑がり、羽毛布団を上半身はぎました。いま、暖房をつけるとまた目を覚ましてしまうかもしれません。ヨーコにはぐっすりと眠ることが必要です。

私はこのごろ夢をよく見ます。昨夜から今朝にかけてはずっと夢を次々見続けていたような、そんな気がしています。いくつも連続で現れた夢のなかで覚えているのは、父が私を訪ねてきて、いまイタリア系アメリカ人の事業家と会ってきた、彼は心臓発作で倒れ入院した、今は落ち着いてきた、そう言いました。その人はまだ若く、四十代くらいらしい。姿が現れ、細身で繊細そうな、陰影が濃い雰囲気の男性、彼は千円のスーツを売り出して成功したそうです。そして別の誰か、誰だったか、私が知っているラパッロの誰かが私に、その事業家はラパッロと関係があると言います。彼の一族の出がラパッロだったか、その辺の細部はもう覚えていません。奇妙な夢です。なぜ父がそういうイタリア系、もっと細かくいえばラパッロと関わりのあるアメリカ人を知っているのか。

昨日、郵便局へ向かい、局の玄関前に着いたとき、後ろから声を掛けられました。振り向くとセバスティアーノ、近くのボアーテ川を越えてじき、西の丘の麓にある元イギリス国教会を買い取って住まい兼仕事場にしている風変わりな男性です。彼の祖父はトリノからラパッロに移って来て、この町で最初にバス路線を開設した人です。彼は三代目なわけですが、バスの運行には関わっていません。兄弟のいない彼は元イギリス国教会のそば一帯を相続しましたが、その一部を売って元教会を買い取ったのです。私たちが親しくしているジャンニが元教会の裏手にあるセバスティアーノ所有の建物の二階を会計士事務所として借りていて、そういう関係でジャンニ、エリア夫妻の住まいで彼と知り合ったのです。

彼は昨日、私たちに声をかけ、今月二十三日に彼の住まい、元イギリス教会で国際文化交流についての集まりがあるからぜひ来るようにと誘ってくれました。そして、その集まりを主催する美術評論家の事務所がすぐそこだからと私たちを連れて行き、評論家に引き合わせました。評論家は私たちのことを知っていて、最近サンタ・マルゲリータで彼が企画した美術展の写真を見せ、そのなかにエリアが写っています。エリアが評論家に私たちのことを話したのです。

その事務所を出た後、セバスティアーノは町を旧市街と新市街に分けるマッテオッティ通りを渡ったところにあるバールへ私たちを連れて行きました。そこでカフェを飲みながら、ラパッロは昔から異国の人たちが滞在し、また住んで、文化的な国際交流が行われてきた町ですという話になり、あなたたちもそういう町の歴史を生きていて、町はようこそと歓迎していますと、顔からこぼれそうな笑みをふっくらとした満面に浮かべて言うのを聞いていたら、隣で、ああっというヨーコの声、振り向くと、ヨーコがカフェをこぼしたのでした。その瞬間、カウンターの向こうからバールマンがロール紙を手にもうヨーコのそばに来ていて、パンツに染みが着かなかったかと気遣い、彼の素早さにヨーコは感嘆し、……

私はラパッロ人として生を終えたいです。ヨーコをラパッロ人として生を終えさせたいです。あたし、この町にずっといたい、このごろ繰り返しそう言うようになりました。

私たちは、一八七〇年代の頃から欧米の王侯貴族、富豪、文学者、画家、音楽家たちが集まって来る避寒地、避暑地であった、そういう町に住んでいて、ラパッロの友人マッシモさんの祖父母、父母はティグッリオ湾のまわりの町に来ていた異国の人たちと知り合い、父親が詩人や画家、女優たちとの交遊を記した「昨日のラパッロ」という本が残されています。私たちもセバスティアーノに言わせれば、海辺の町ラパッロに異邦人たちがどう関わってきたか、そうした流れの今を生きているということになります。私は別にして、ヨーコは、ヨーコという日本女性がかつてラパッロで暮らしていて、この町の人たちから愛されていた、そう誰かが書き留めることになってほしいです。ヨーコの生をこの町でまっとうさせたいと、このごろ頻りにおもうのです。この町のヨーコを愛する人たちのなかでさいごまで生きさせたい。

かわいらしく小鳥が鳴いています。ヨーコはあの小鳥の鳴き声のような女性です。

こないだ日曜日に山歩きをした後、その晩、それから次の夜、ヨーコは実にすやすやと健やかに眠っていました。ああよく眠ったとヨーコは気持ち良さそうでした。あたしはよく眠れれば元気なの、山歩きをしたのがよかったのかしら。ヨーコはよく歩きました。見直しました。私が思っていたよりずっと体力がありました。

一度下りの山道で転びましたが、転びかけた時に声がしたのか振り返ったマッシモさんが、うまく転んだ、と言ったほど、私も背後から目撃しましたが、スローモーションの一齣のようにゆっくりと回転するように転びました。膝を打ったり脛を傷つけたりしないで、わずかにズボンを汚した程度でした。ヨーコは柔道をやっていたの？　受け身を知っているの？とマッシモさんが聞きました。ヨーコは柔道をやったことはないですが、確かに転び方はうまいのです。

一昨年、イオニア海のギリシャの島々を地中海冒険仲間たちとヨットでまわっていた時でしたが、海の近くの山の方を歩いていてヨーコは転び、それを見たフラーヴィオが見事に転んだと言ったのを思い出します。

日曜日、山歩きの途中、エリカ、マルゲリータがあちこちに咲いていて、ヨーコはうれしくなり、香りを嗅いだり手で花に触ったり、ティーモ、ミルト、ロズマリーノなど香草は少し摘んで香りを嗅ぎながら歩き、緑の色が瑞々しく明るい苔を見つけ、今年のプレゼーペに使おうと採って、私がそれを持ってきたビニール袋に入れました。

麓に下りてくると、すでに私とヨーコは足腰ががくがくしていて、時々テニスをしているマッシモさんも歩き方が脚を投げ出すようになっていました。そうした状態でやっと麓の道へ出たら、レッコの町へ下りていく方へジョルジョさんが向かわず、反対へ遠ざかる方へ向かいだしたのです。マッシモさんがこっちの方が近道だよと指さすと、あと二カ所いいところがあるからねとジョルジョさんはアンゲラさんと並んでどんどんそっちへ進んでいきます。たしかにそっちは遠回りなのですが、すてきな抜け道を下っていくことになったのです。

道端がロズマリーノの生け垣になっていて、その花がずっと続いていたり、もうミモザも咲いていたり、そしてすてきな一軒家が立ち並ぶところに出て、こういう家に住みたい、ヨーコが言いました。さらに道を下り、そして線路の下をくぐると、海が間近に見えて、海沿いの道から下を見下ろし、海際の散歩道を指し示してジョルジョさんがマッシモさんに何か話し、それから私を見て、マッシモはほとんど何も知らないんだ、そう言いました。

夕方七時の教会の鐘が鳴っています。往時ジェノヴァの名家の別邸だった海に臨む館の二、三階にある国際図書館から帰ってきました。先日、日曜日に山歩きをしながらマッシモさんとおしゃべりしていて、十四日にヴェネツィアに行く話をし、エズラ・パウンド（アメリカ出身の詩人）は何度もヴェネツィアに行っていましたねと私が言うと、彼の墓はサン・ミケーレ島にありますよ、ストラヴィンスキー（ロシア出身の作曲家）の墓の近くです、彼のヴェネツィアの家はアカデミア美術館の裏手です、私の本「バイロンの洞窟」に書いておきました、ラパッロの図書館にありますよ、そうマッシモさんが教えてくれたので、図書館に借りに行ってきたのです。

図書館でその本を読みだしたらおもしろくて閉館まで読みふけっていました。帰り、海辺の道を歩きながら、ラパッロは美しい町だと心の中でつぶやきました。この町で私の生をまっとうしたいです。もちろんヨーコの生もこの町でまっとうさせたいです。入江の向こう岸の丘の先端にエクチェルシオール・ホテル、その隣に光るものがあって、何だろうとよく見ると、下弦の月、……

■一月十三日（木）

小鳥が鳴いていると、いつも言っていましたが、今朝は小鳥が歌っていると言いたいです。いま、私の部屋に静かに列車の音が聞こえてきます。麓を走って去っていきました。ローマ方向へ行ったのではないでしょうか。

小鳥が鳴いているのが、今しがた台所でお湯を沸かしているとき、聞こえてきました。あの小鳥はメルロでしょうか、ペッティロッソでしょうか。メルロの雄は羽が黒く嘴が黄色です。少し大きめの小鳥ですが、晴天坂でメルロがカマキリをくわえているのを見たことがあります。ペッティロッソは赤い胸という意味の名前です。メルロより小さな文字通り小鳥で、胸のところの毛が赤いです。

私はまだアッシジのサン・フランチェスコのように小鳥と話せません。私はあの小鳥のように歌えません。歌って生きられないです。

作曲家は歌って生きられる人なのでしょうか。私は日本にいた最後の時期、ロッシーニの曲にひかれていました。彼のオペラの台本を二つ翻訳しました。その日本語は彼の曲に乗って彼がおもうように歌われるはずがありません。それで、私の訳で上演されたことがありましたが、公演に行きませんでした。それを私は、日本語という言語ではイタリアの歌は歌えないと、言語のせいにしてきました。もちろん今もその通りだとおもいますが、それともうひとつ、私は歌えない人間だと感じます。歌って生きていないのです。

ヨーコは歌う人です。歌って生きています。歌って生きているはずの人と言ったほうがいいです。いま、彼女は歌って生きているか、歌って生きていないとしたら、それは私のせい、私が彼女を歌って生きることができないようにしてしまったのです。

昨日、マッシモさんの著書を図書館から借りてきました。「バイロンの洞窟」、副題が「場所と本」、バイロンをはじめ様々な英語圏の詩人、作家たちと土地、場所との関係が書いてあります。とくに私にとっては、エズラ・パウンドとラパッロの関係が気になります。それから、明日ヴェネツィアへ行きますので、彼とヴェネツィアとの関係も知りたい、そして現地で実際にその場に立って、彼とヴェネツィアとのつながりをわかりたい、そうおもいます。

人はある場所で生きます。人はある場所で生まれ、ある場所で生き、ある場所で死にます。それから、ある場所にひかれ、そこへひきよせられ、そこにおもむき、そこに住み、そこで生きるということがあります。エズラ・パウンドはアメリカで生まれ、前世紀の初め頃、ヴェネツィアに滞在した後、ロンドンに住み、第一次ヨーロッパ大戦後、パリに移り、やがてラパッロで生き、最後はラパッロで死んだのだったか、ヴェネツィアで死んだのだったか、墓はヴェネツィアのサン・ミケーレ島にあるということです。

私は地中海にひかれ、ひきよせられ、海辺の町ラパッロで生き、しかし、今年の五月の末に去ろうとしています。ある時、私は勝手に自己流にこの町の名の語源説を作りました。再びという意味をもつ接頭辞 **Ri** が呼び声という意味の **appello** が変形した **apallo** に付いて、**Ri** の **i** が消えてつながって **Rapallo** になった、だから、**Rapallo** は再び呼ぶ町、そう解釈しました。その語源説を作ったのは七年くらい前です。まだここで暮らし始めて三年ほどしか経っていなかったころです。しかしもう当時、いずれ一度はこの地を去る時がくると感じていたのでしょうか。

ヨーコが歌って生きられなくなっているかもしれないということを、おもいます。もしそうなら、私がそうさせてしまったのです。すでに私たちが出会った時から彼女が歌いづらくなるような傷みをもたらしてきたのです。その傷みはラパッロで癒されなかったでしょうか。

おそらく、ラパッロは彼女が生きられる町です。地中海に臨むこの町に彼女を連れて来たのは私です。駅のホームに降りた時、この土地の、この町の空気にいだかれ愛撫されるのを感じました。そっくり同じとは言えないでしょうが、ヨーコも同じように感じたと言います。そしてホテルの部屋に入って、ヨーコが窓を開け、いきなり、マティスの絵みたいと言いました。窓を額縁にして海なのです。海岸の棕櫚と海が見えて、家を探しにいこう、そうヨーコが言って、すぐ不動産の店をまわりはじめたのです。ヨーコはこの町が自分の生きる町だと直感したのです。彼女をこの町にいざなってきたのは、私が行ったゆいいつ間違っていないことだったと、そうおもいます。

昨日、図書館からの帰り、海辺を歩きながら、入江の向こう、西の丘の上に弦の月が出ているのに気づきました。そういう入江と丘の夜景を見ながら、なんて美しい町なんだとあらためてみずみずしくそう感じ、この町を去りたくない、そうおもい、私が去りたくない、それよりもなによりも、ヨーコをこの町から去らせてはならないです。ヨーコをいだき、愛撫してくれるのはこの町です、そう感じます。

私がどんなに熱く彼女をいだき、愛撫しても、それだけで彼女をしあわせにできるものではないです。土地に町に愛撫されなければならないです。

昨日、図書館からの帰りに弦の月を見て、ジョルジョの俳句に弦の月を歌ったものがあると思い出し、寝る前、海の俳句の小冊子を見ました。「弦の月　網の目ほどけ　魚逃げる」、私の訳はそうなっています。「絶えぬ波　夜通し浜に　貝散らし」、この句は彼がヴェネツィアのリド島で作ったものです。彼の「十四の海の俳句」の最後は、「浜に跡　海へ向かうは　夢見るか」、ラパッロに至るまでの私の姿が浮かんできます。

ジョルジョはジェノヴァで生まれ育ち、今も近郊の海岸の近くで暮らし、海と密接に生きてきています。彼が一月八日にくれたメールのなかに、そのうちジェノヴァの背後の山の方にあるリストランテへ行こうと記されていて、そこへ一緒に行くことは、「地の事物への旅、海を愛する私たちにとっては」と書かれています。リストランテの名前は「ソフィアの家の小さな暖炉」、ソフィアはジョルジョが共に暮らす女性の名と同じです。

ジョルジョは小さいものが好き、詩は短い詩、それで俳句をイタリア語で作っていて、ソフィアは小柄な女性です。いつの事だったかは知りませんが、彼は小舟にソフィアを乗せ、ジェノヴァの沖へ出て、そこで結婚しようと言ったのです。

昨年十一月、彼らと連れ立ってラパッロの町の背後の山道にあるトラットリーアで干し鱈料理を食べた後、モンタッレーグロの山頂へ行き、白い教会への参道を歩いていたら、前を行くジョルジョがソフィアの肩を抱いています。それを見てヨーコが、恋人同士みたい、そう言いました。そしたら、彼が、私たちは九月にまた結婚したのだよ、それがどういう意味だかよく分からずにいますが、彼らは夫婦だと私たちは思っていましたが、以前、夫婦関係を解消し、その後また一緒に暮らすようになり、そして九月に再び結婚して夫婦ということになったのかもしれません。

彼は八日にくれたメールのなかで、修復が済んだジェノヴァの「海の博物館」へソフィアと行ってきたことも書いていました。ジェノヴァの旧港にあるその博物館へ私たちはまだ行っていませんが、私たちと同じ建物の最上階に住むピエトロ、マリテ夫妻が主催する文化協会「海の家」が、昨年の十月十六日、本部にしているサンタ・マルゲリータのヨットハーバーにある建物の広間で今季の文化講演活動を開始した時、ジェノヴァの水族館の館長とともに海の博物館の館長も来て、講演をしました。この博物館は、去年一年間ジェノヴァがヨーロッパ文化首都になった機会に修復され、その最中にモロッコから来ていた作業員が足場から落ちて死ぬという事故が起きましたが、なんとか修復が終わり、あらたに再開され、彼はソフィアと見に行ったのです。とくに、往年の造船所を再現した部屋が興味深かったと彼は記しています。

私のまわりには海が欠かせない人がいます。地中海冒険仲間たちがそうですし、マッシモさんもそうでしょう。彼の住まいはラパッロの西北の山の方にありますが、庭からラパッロの入江が遠望されます。

いまマッシモさんを思い浮かべ、つづいて浮かんでくるのが、こないだの日曜日に私たちを山歩きに連れていってくれたもう一人のジョルジョ、ジェノヴァの彫刻家のジョルジョさんです。山歩きが始まって初めのうち、私は一、二時間の山の散歩とおもっていたのですが、どうもそうではないなと思い始めたころ、マッシモさんが彼はまじめな散歩をするんだと、前方を歩いているジョルジョさんを見て、そう言いました。まじめな散歩、なるほどそうか、ただの散歩ではないんだ、まじめな散歩なんだと分かった気がしました。

その彼が、山歩きの途中、昼ご飯のとき、といっても彼は昼ご飯らしき物はなにも持って来ていなくて、アンゲラさんがパニーノを一つあげたようで、ヨーコも私たちのフォカッチャを手で切り取って彼にあげ、彼は私たちにチョコレートを一切れずつくれました。彼が立ったまま、彼は五時間ほどにもなった山歩きのあいだ、腰を下ろさず立ったままです。彼は立ったまま、僕に必要な場所は三つの要素それだけがあるところ、谷が狭まって海へ出る、そこは狭まった谷と海とその上に空、その三つだけがある、そこが僕にとっての場所、そう言いました。彼にはそういう場所がなくてはならなくて、そういうところに、住まないまでもときどき身をおかないと生きている気がしないで、毎週日曜日に歩いているのでしょう。

こないだの山歩き、ウッショからレッコへむかって山の道を歩き続け、山と山の間がだんだん狭まっていくのが歩く途中のところどころで遠望でき、しだいに海に近づき、山間が狭まり海と空、間近に海と空を見晴らすところで、ここに住まいがほしい、そう私は言いました。なかば軽口で言ったのですが、アンゲラさんが、ここまで歩いてくるのたいへんよ、もうすこし町に近いほうがいいわとまじめに言いました。

彫刻家のジョルジョさんは、僕に必要な場所は三つの要素だけがあるところ、そう言い、そういう場所へ連れていってくれました。場所の三つの要素という言葉から、私は生の三要素ということを今朝からおもっています。人が生きるのに必要な三要素、というより、私が生きるのに欠かせない三要素というべきです。私が生きるのに、場所、女性、お金が欠かせません。場所は地中海のそば、女の人はヨーコ、そしてヨーコがしあわせに生きられるお金、私の生に欠かせない三要素は、ヨーコを生きたいままに生きさせる、その事に集約されてきています。

去年の十一月、日本へ向かう飛行機のなかで、機内に置いてあった雑誌を見ていたら、或る言葉が気に掛かり、そのページを切り取って持ってきました。私が気になったのは、わずか薄皮一枚それを破る、という箇所です。人は誰でも生まれてきたら先ずは生きます。その生きるということをおおっている薄皮を破ってしまいたいです。そして人がどうしても辿り着く死ぬということ、その薄皮、すきとおる皮を破りたいです。

■一月十七日（月）

朝六時四十分です。昨夜ヴェネツィアから帰ってきました。奥様からファクスが入っていて、あなたは歯茎の抜糸が済み、食べやすくなったようですね。二月二十八日に歯の型をとることになったそうですね。あなたの添え書きに、元旦にイタリアの絵を描き始めました、イタリアへ行く日を愉しみに描いていますと書かれてありました。

あなたはヴェネツィアには何度も行ったことがありますね。私とヨーコがふたりで初めてヴェネツィアに来たのは、新婚旅行のときでした。新婚旅行と言っても、一緒に暮らし始めて一年ほど経っていました。旅行の直前に戸籍上の結婚をしたのではなかったか。パスポートを取ることになり、同じ名前のほうが旅行するのに都合がいいのではないかとそんな話をして、そうしたのだったか、そういう節目の事柄までもう記憶は曖昧になっています。

その旅行は、ペルージャ、アレッツォ、サンセポルクロ、モンテルキ、ウルビーノ、リミニ、フィレンツェでピエロ・デッラ・フランチェスカのフレスコ画を見たあと、フィレンツェの駅で北へ向かう列車に乗り、乗換をするボローニャ駅でその二年前にテロで爆破された待ち合い室を見てから、ヴェネツィアへ向かいました。一九八二年の七月でした。二十二年以上前です。

ヨーコがヴェネツィアへ行きたがっていました。私はヴェネツィアはあまりに観光地として有名なので、そんなところ行ってもしようがないと、半ばばかにしていました。しかし、メストレ駅を出ると、列車が海の上を走っているようになり、私は立ち上がりました。サンタ・ルチア駅に着いたあと、ヴァポレットでホテル・モナコへ向かいました。大運河に面した部屋に泊まろうとして、そのホテルに前日でしたか、フィレンツェから電話したのです。当時、イタリア語は知りませんでしたから、フランス語で電話をしたはずです。浴室のない部屋が一室だけ空いていました。普段は使うことがない部屋なのでしょう。浴室がなくてもよければと言われ、同じ階にある独立した浴室を使えるというので、その部屋を頼んだのです。

部屋に入ると、窓の下が大運河、向こう河岸左前方にサルーテ教会、私はすでに列車のなかから高揚しはじめ、ヴァポレットで大運河を進んでいるあいだ、唖然として両岸の建物を見ていました。私が育った東京下町の深川地区を明治時代、スイスの外交官が水の都ヴェネツィアになぞらえたのを思い出しましたが、この町は水の都というより海の上の都です。

二度目にヴェネツィアへ行ったのは、一九九四年六月にヨーコと私がイタリアで住む場所を見つける旅をしている途中、寄りました。その次、三度目が、昨年の復活祭の休暇のとき、温泉地モンテグロット・テルメに滞在している間に、ヨーコと日帰りで行ったのです。最初が七月、二度目が六月、三度目が三月、今度初めて冬に来ました。

私にイタリア語の翻訳を教えてくださったK先生はヴェネツィア大学で二年間日本語を教えたことがあり、冬のヴェネツィアはいいですよ、歩いていると、霧のなかから人が現れるのです、美しい人が、そう言っていました。冬に行きたいとおもっていました。ミケランジェロ・アントニオーニの映画のなかで冬のヴェネツィアが出てくるのを思い出します。「ある女の存在証明」という映画、ヨーコと一緒に六本木で見ました。当時、日本でイタリア映画が上映されることはあまりなかったですが、あればヨーコと見に行きました。

十四日、ヴェネツィア、サンタ・ルチア駅のホームに降りると、空気が冷えていました。さあ、これからヴァポレットに乗って、六時頃にはエリアたちのところに着くとおもって、急ぎ足でホームを歩いて行きました。あれっとおもいました。瞬間、見ている人がいる、知っている人、そうおもいました。当たり前です、エリアとジャンニ、ふたりがにこにこして立っています。ヨーコが駆け寄り、エリアがヨーコを抱きしめ、それから私に頬ずりしました。ふたりは迎えにきてくれたのです。ヨーコは感動して、顔がかがやき、声がはずみます。

駅を出ると冬のヴェネツィア、すでに暗く霧がでています。霧がでてきてほしいと私はおもっていたのです。ヨーコもそうです。冬の霧のヴェネツィアのなかにはいっていきたかったのです。霧のなかに黄色い明かりが染みています。ヴェネツィアに冬着いたのも、夜着いたのも、霧のなかに着いたのも初めて、霧の大運河をヴァポレットが進んでいきます。

アカデミアの一つ先、サンタ・マリア・デル・ジッリオの船着き場で降り、桟橋から路地に入ります。人とすれ違うのがやっと、そういう狭い路地をヴェネツィアではルーガと言うそうです。エリアが教えてくれました。ルーガ、ふつうは顔の皺を表す言葉です。じきにカンポ、小さな広場に出ました。ヴェネツィアでピアッツァ、広場というのはサン・マルコの広場だけ、ほかの小広場はカンポ、もっと小さければカンピエッロ。サンタ・マリア・デル・ジッリオ小広場に面した四つ星ホテル、その一部屋を使う権利をジャンニがもっているのです。一部屋といっても、彼らが使う部屋は寝室のほかに広い居間があり、ソファがふたつあって、それがベッドになるのです。そのベッドに私たちが寝るというわけです。ほかに浴室、小さな台所が付いています。

荷物を置いたあと、ジャンニが私たちを連れて散歩、サン・マルコのほうへ向かっていきます。歩きながら、ヨーコが私たちの新婚旅行の話をし、ホテル・モナコに泊まったと、この話は前にジャンニやエリアにしたことがありますが、すると、ジャンニが、ホテル・モナコはベネトンが買い取って大幅に改修したと言い、新しくした玄関ホールへ連れていってくれました。なるほど、表玄関の場所が大運河のそばから少し離れたところに変わり、なかは艶やかに輝いていて、その部分は私たちの知らないホテル・モナコです。このホテルにヨーコと泊まってから長い時が経っています。ほぼその期間、ヨーコと私がともに生きてきたのです。このホテルは変わり、ヨーコと私はあのころの私たちではないです。

ホテル・モナコに泊まった私たちの初めてのイタリアの旅、ふたりだけでゆっくりとピエロ・デッラ・フランチェスカのフレスコ画のある町を訪ねてまわりましたが、ヴェネツィアでホテル・モナコに泊まっていた数日が旅の頂点でした。夏の盛り、ふたりで来たイタリア、その旅が最高潮になった所がヴェネツィアでした。

ホテル・モナコ、ヨーコと私が泊まったヴェネツィアのホテル、朝、窓を開けると朝日がはいってきました。昼、夏の盛りの日が大運河をかがやかせていました。そして夕日、どの時間の日も私にはかがやかしい光でした。それから長い時が経ち、真冬、そのホテルの前でヴァポレットに乗りました。ホテルの一階のテラス、私たちが夏の夜、対岸のサルーテ教会、大運河を行き来する舟やゴンドラを見ながら、舟がつくる波の音を聞きながら食事をしたテラスに人はなく、……

一つ目の桟橋で下り、溜め息橋を指差し、昔、牢獄へおくられる罪人が渡った橋だとジャンニが話してくれます。何十年も牢獄から出られない罪人もいたのだから、橋を渡るとき溜め息が出たんだよとジャンニが言います。俗世との別れの溜め息です。ただ、牢獄から逃げだした人もいたのではないか、たとえばジャコモ・カサノヴァは牢獄の屋上から逃げました。

罪ということをおもいます。世の中のおきてにそむき罪をおかしたとされて隔離されるというのはごめんです。私は罪をおかしている、深い罪をおかしているとおもいます。しかし、世の中にたいしておかしているとはおもっていません。ヨーコにおかしているのです。でも、ヨーコに償おうとはしなくて、しあわせにしたいのです。ヨーコと夏の盛りをすごしたヴェネツィアで、冬のさなか、霧のなか、この死の町でヨーコをしあわせにできる秘められた道を見いだせるかもしれないとおもってしまうのです。

死の町です。死の町の上をヨーコと私はジャンニに連れられて歩いています。ヴェネツィアは死んでいます。すでに国際貿易の町としての活動を終えて、ただ観光の町と化したから死んだ町と言っているのではないです。この町を歩いていると、死んだ町だと感じるのです。密集した丸太に支えられているという町の構造をジャンニが話してくれます。そのようにして町を造ろうと考えだした人たちも奇妙な人たちですが、実際にそうやって町を造ろうとしはじめた人たちはなんという人たちだろうとおもいます。造りだしたときからもう死の町だったのではないかと私はおもうのです。それはそうおもうということで、説明のしようがないです。しかし、冬の霧のなか、夜のヴェネツィアにいて、死を感じるのです。

今まで私がある場所で死を感じたことがあるのは、一九九四年六月の真昼、正午のころ、ヴェンティミッリアの広場で地中海の光のもとで感じたです。地中海の光が死を感じさせるのを知って、地中海の光のなかで人ははじめて死を感じることになるとおもった、そのときそうおもったかどうか定かでないですが、いまそうおもいます。もっと前、病気になって、死への恐れを感じたことがあります。しかし、死への恐れを感じたのであって、死を感じたのではないです。死をはじめて感じたのは地中海の光のなかでです。

正午の光のなかで死を感じ、そのまま死のなかにいればいいのですが、どうしてまた生きてしまうのでしょう。生きているなかでやり残しがあるからです。やり残しているのではなく、ただそれだけすべき、すべきなにかをしていないです。しかし、死んでいるなかでしか、生きている間にしなければならないことをし遂げられないのでしょうか。生をつきぬけて死へはいってしまわなければ、生をまっとうできないのでしょうか。生きてすべきことは死してなされるのでしょうか。生きていてしかし死んでいておかしくないと感じだしているのです。正午の地中海の光のなかで感じた死がよりどころになって感じられてくるのです。

ヴェネツィアは死の町です。なぜヴェネツィアに人はひかれていくのか。海の上の町ヴェネツィア、そこを訪ねれば、多くの人がこの世ならぬ町にいる感じにとらえられ、陶然となるでしょう。まがりくねった大運河の両岸の建物は人をひきつけ、小さな運河にかかる小さな橋を渡り、路地を歩いているうちにこの町にひきこまれていく人たちもいるでしょう。そういう町の魅力の奥底には死があるのです。その死がある人たちをひきよせてはなさないのです。この町の光に死があるのではなく、町自体に死があるのです。町が死んでいるのです。町は死んでいて、それでもこの世にあって、先祖たちが歩きまわっているのです。この世に生存しながら死んでいる町、それがヴェネツィアです。生存しながら死んでいる人というのがありえるでしょうか。

いま、ここラパッロの私の部屋の窓から光がさしこんでいます。外は光のなかです。この光には生のよどみがありません。この光のなかにいると生があたたかくすきとおっていくのです。生がそうなっていくのは、生ではなくなっていくということでしょうか。

エズラ・パウンドはラパッロに住み、ヴェネツィアによく行って、サンタ・マリア・デッラ・サルーテ教会の近くの恋人オルガの家に滞在していました。彼はラパッロのひかりのなかでなにを感じ、ヴェネツィアでなにを感じていたのでしょう。いずれも地中海の町です。ラパッロはジェノヴァに近くジェノヴァと深く関わってきている町です。一方、ヴェネツィアはながいあいだ、とくに全盛期、ジェノヴァと競う相手でした。ラパッロはすきとおるように甘美なひかりの町であり、ヴェネツィアは死の空気のなかにある町です。地中海の表と裏、もっと狭めれば、イタリアの表と裏、半島の付け根の表にジェノヴァがあり、裏にヴェネツィアがあります。

霧のなかのサン・マルコ広場に人は少なかったです。私は人がたくさんいるサン・マルコ広場しか知りませんでした。寒いです。空気が冷えています。私はエリアがかぶるようにと渡してくれたジャンニの帽子をかぶり、エリアの帽子をかぶったヨーコ、フードをかぶったジャンニと歩いています。おなじ空気のなか、おなじ霧のなかを歩いているのです。

エリアの待っているホテルの部屋に戻ると、初老の男の人がいます。グエッラ氏、エリアはジージョと名前で呼んでいます。彼はヴェネツィアのD.O.C.だとジャンニが言います、ヴィーノのD.O.C.(検査済み原産地呼称)にたとえて、正真正銘のヴェネツィア人だというわけです。少し遅れて、グエッラ氏の夫人マリアンナさんが来ました。お孫さんのことで遅れたそうです。

あとでエリアが話してくれたことによると、この夫妻はヴェネツィア出身ではなく、近くのパドヴァの生まれです。生粋のヴェネツィア人ではないのですが、ジャンニに言わせれば地元生まれ同然なのでしょう。夫人は裕福な家の出で、母親がヴェネツィアに家をもっていて、いま夫妻が住んでいる家は夫人の実家のもちものだったのです。とくに夫人がヴェネツィア好きで、もう五十年もヴェネツィアに住んでいます。グエッラ氏は同じヴェネト州の北の州境に近い保養地コルティーナ・ダンペッツォが好きですが、夫人があまり行きたがらないのでそう頻繁には行けないようです。

この夫妻には一人息子さんがいて、地図作製法を教えています。彼の夫人は建築家、義父の援助でヴェネツィアに、エリアが言うには、あんなにきれいなスタジオ見たことない、そういうスタジオをもち、スタッフをかかえ、建築家として成功したいという野心を抱いています。しかし、設計競技に応募するには、そのための設計案を作成するあいだ、スタジオを維持していくのが財政的に大変なようです。この息子夫婦は一年ほど前に離婚し、ふたりの子供は母親がひきとりました。しかし彼女は建築家として生きることに忙しく、なかなか子供たちの世話ができず、元義母のマリアンナさんが孫たちをなにかと世話していますが、お孫さんたちは不安定な家族関係の中で精神的にむずかしい状態にあるようです。

このマリアンナさんがなぜヴェネツィアにひかれているのか。エリアによるとヴェネツィアは生活しづらい町です。物価が高く、生活する上でのいろいろな機能が不足していると言います。たとえば商店はたくさんありますが、多くは観光客相手の店で、ふだんの生活の買い物をする店は少ないのです。特殊な町ですから、暮らすには様々な難しい面があるのでしょう。それでも、その町に暮らしたい人たちがいます。ヨーロッパやアメリカの詩人、作家、作曲家、画家たちがこの町にひかれ、住み、サン・ミケーレ島の墓地に埋葬されました。どうして彼らは自分が生まれ育った町でなく、このヴェネツィアという町の一部である島で死後をすごそうとしたのでしょう。

人の生はどうなっていくのか、その人その人の生が皆ちがいますが、生は偶然に運ばれていくものではないと感じます。おもいがけないとおもうことが起きますが、果たしてそれがおもいがけないことだったのかどうか。十代にはすでにその後の生へむかう流れが浮かび上がってきているとおもわれます。そしてその源流はもっと前、生まれた時からはじまっているのかどうか。

十代のころ、私がおもったことは、地中海のそばで生きよう、ヨットで地中海をまわろう、美しい女性と生きようでした。美しい女性と生き、ともに地中海のそばで生きました。私というひとりの人がおもいつづけてきたように生きるようになっていったと感じます。十代のころに志を抱いたわけではありません。ただこうしたいとおもっていただけです。そういうおもいが私という人の生きる流れなのでしょう。おもいが流れるのだと感じます。おもいが生の流れとなっていくのです。

もうひとつ、自分というものをすきとおらせたいと、十代のころ、しきりにおもっていました。自分の肉体、精神、神経、たましい、命、みずからのあらゆるものがうっとうしく感じられていました。その後もずっとそう、いまもそう。しかし、自分をすきとおらせたいというおもいは、そうしなければヨーコをしあわせにできないと感じだしてから、私のいのちいっぱいにひろがってきています。

私たちは地中海の町ラパッロで生きてきました。ヴェネツィアも地中海の町です。しかし、ヴェネツィアの海は私にとって、地中海の海という感じではないです。ヴェネツィアの海はヴェネツィアの海であり、地中海という感じがしないです。私の地中海はラパッロの海であり、シチリアの海であり、ギリシャの海、そういう海が私の海、私の地中海です。

私は十代の頃、もうひとつおもっていたことがあります。おもいだしました。私の墓は地中海を見下ろすところにあるはずだとおもっていました。ヴァレリーの生まれたセートの町の彼が詩に描き埋葬された海辺の墓地には行っていません。はじめて地中海のそばに来たとき、それは二十代の半ばの頃でしたが、ニースにいた秋、マントンに行き、旧市街の高みにある海を見下ろす墓地に立ち、海を見ながら私の墓地はこんなところかなとおもいましたが、そのとき、私はまだヨーコと出会っていませんでした。数年前、ヨーコの運転でマントンへ行ったとき、その墓地へ上っていきました。ああ私の墓地はここではないとおもいました。私の墓地になると感じたことがあるのは、ポルトフィーノの墓地に行ったときです。しかし、いまはもう私がどこの墓地にはいるかより、ヨーコが命おわったあとどこで寝るのがしあわせか、見いださなければなりません。

ヴェネツィアにもどります。ヴェネツィアは私の町だと感じないです。ヴェネツィアの海を私の海とは感じません。しかし、あの町が人をひきよせるのは感じます。なぜか。

しかし、ヴェネツィアは人をしあわせにする町だとは感じないです。あの町がヨーコをしあわせにするとはおもわないです。

〝しあわせ〟、そのことをおもいます。しあわせとはどういうことでしょう。

■一月十八日（火）

五時三十三分、小鳥の声、ここはラパッロ、ヴェネツィアでは小鳥の声が聞こえてこなかったです。小鳥のいない町、緑はところどころにあります。

ヴェネツィアを歩きました。十四日、夕方五時少し過ぎにサンタ・ルチア駅に到着、おもいがけずエリア、ジャンニに迎えられ、いったんホテルに荷物を置いたあと、ジャンニに連れられて歩きだしました。ホテル・モナコの前でヴァポレットに乗り、ホテル・ダニエーリの前で降り、溜め息橋を見て、サン・マルコ広場を歩き、店が並ぶ道を通って、小橋を渡り路地を歩き、サンタ・マリア・デル・ジッリオ教会の斜め前のホテルに戻ってきました。

翌十五日の土曜日、午前九時半頃、ジャンニ、エリアと一緒にホテルを出て、ヴァポレットで対岸の少し先に渡り、大運河の出口の右岸にあるサンタ・マリア・デッラ・サルーテ教会へ行き、ティツィアーノの精霊の絵がありました。空から光がイエスたちの上にさし、精霊をあらわす鳩がいます。またヴァポレットに乗って、今度は大運河を引き返し、リアルト橋の近くまで行き、そこから商店街を歩き、ヴェネツィアで最古の教会サン・ジャコミーノにジャンニと一緒に私は入りました。古い教会、私は好きです。小さな教会です。簡素だろうとジャンニが言います。そうです、古い家のなかにいるような感じです。教会はイエスを慕う人たちの家だったのだなと感じます。

外の広場に出ると、教会のそばのスペイン風蝋燭作りを実演している店で、ヨーコとエリアが蝋燭を買ったところでした。ヨーコは三月が誕生日の友人に贈ろうとおもうのです。そのあたり、寒いのに人がたくさん通り、にぎやか、土曜日、そして市場が近く、まず野菜市場、大勢人がいます。ヴェネツィアはふだんの食料品などこまごまとした日常品の買い物が不便だと聞いていました。この市場で野菜を買う人が多いのでしょう。ヴェネツィアは車が通りません。野菜を買ったら、手に提げて家まで歩いて戻ることになります。ヴァポレットに乗るにも船着き場まで、そして降りた船着き場から家までは歩く必要があります。いま、自分の舟で家まで運ぶ人がいるのかどうかは知りません。いることはいるでしょう。まあ、そういう人の場合、お手伝いさんもいるでしょうが。

野菜市場の先に魚市場、もうだいたい魚市場は終わった頃だよとジャンニが言います。朝七時から開いているそうです。大きなサン・ピエートロ（的鯛）が二匹、並んでいます。魚の町です。キオッジャのほうから来る魚が多いのでしょうか。ヴェネツィアの少し南にある漁師町キオッジャにはまだ行ったことがありません。以前、日本にいたころ、その町を舞台にした映画を見ました。エリアはヴェネツィアのほうが好きだと言います。

ヴェネツィアは海の町です。魚の町、肉は似合いません。肉の市場があるかどうか知りません。この町に住んでいる人たちはだいたい毎日一度は魚を食べるのでしょうか。魚はラパッロのほうの海よりたくさん獲れるようです。市場のそばの小さな船着き場でゴンドラの渡し舟に乗ります。

対岸の船着き場の名前はカ・ドーロ（黄金の館）、駅とリアルト橋との間をむすぶ通りを突っ切って、エリアは路地に進み、じきに突き当たりのトラットリーアに入っていきました。ヨーコと私がエリアのあとについていくと、カウンターの前で男の人たちが立ったままなにか飲んで、しゃべっていて、にぎやか、部屋は右手へ細長くのび、古びた厚い木のテーブルが二列並んでいます。典型的なヴェネツィアのトラットリーアよとエリアが言います。エリアは昼の食事を予約しにきたのです。外に出ると、ジャンニが待っています。三十分ほど辺りをぶらついたあと、大通りにグエッラ夫妻の姿、一緒に店に入っていきます。

そこで、初めてのものを食べました。カペルンゲという細長い貝、簡単に身はとれ、きびきびすっきりとした味です。その前にパスタを食べましたが、私はグエッラ氏と同じで、鰯のソースのブカティーニ、ヨーコはジャンニと同じで、スカンピ（あかざえび）のソースのスパゲッティ、グエッラ夫人とエリアはパスタは食べずにシャコ、そういえば魚市場でシャコを見ました。もちろん鰯も見ました。鰈も、すずきも、真鯛も、そのほかいろいろ、この店は魚市場の対岸の路地の突き当たり、あの市場からちょこっと魚や貝や海老を仕入れてくるのでしょう。

私たちは細長いカペルンゲという貝を初めて食べ、ヨーコが以前エリアのところで食べた小さな巻貝と似ていると言い、また違う味ね、あれはもう獲るの禁じられている、あれは岩場の貝、これは砂のなかに突き刺さっている貝、そうエリアが言います。東リグーリアの海岸は岩場が多く、ヴェネツィアのほうは砂場が多い、ラパッロのほうでは、ヴェネツィアの魚は砂が多くてと言う人がいます。ヴェネツィアの人はリグーリアの魚を何と言うのでしょう、岩っぽいとでも言うのでしょうか。食事が終わる頃、グエッラ氏が、さて、このあと、家まで食後の散歩をして、お茶を飲みましょうと言いました。

大運河の曲がり具合に沿うようにして、ほぼ目抜き通りを歩いていきます。途中、エリアがお菓子屋さんに入り、ヨーコも入り、ヴェネツィアで復活祭の時期に食べる揚げ菓子があって、エリアがそれを注文しました。グエッラさんのお宅に行くので、それを持っていくわけです。ヨーコがあたしが買いますと言い、そうします。このお菓子屋はおいしいのだとジャンニが言います。

木のアカデミア橋を渡り、ヴェネツィアにしては広めの道をまっすぐ進みます。この道はもとは運河だったとグエッラ氏が説明してくれます。両端と真ん中では石の並べ方が違っています。両端の石畳の部分がもとは岸だったのです。一八〇〇年代、リソルジメント(イタリア統一運動)の時期に、オーストリア軍が埋めたそうです。その時期に埋められた運河はだいぶあるようです。ジャンニが何カ所か教えてくれました。

岸に突き当たると向かいがジュデッカ島、ジュデッカ運河に沿った岸をしばらく歩くと、もうすぐそこ、あの赤い建物、夫人が濃い赤の建物を指しました。

二階が夫妻の住まいです。居間からジュデッカ運河、対岸のレデントーレ教会が見えます。曳き船が通ります。はじめ、軍の舟艇かと思いましたが、大きな船を曳いていく水先案内の曳き船です。この運河は幅が広く、船旅の大型船も曳かれていきます。運河の底の深めの部分があるそうで、そこを曳いていくわけです。

ヴェネツィアの中心部のほうは町が密集した木の杭で支えられているのですが、この岸はセメントの杭で支えられているとグエッラ氏が言います。それを聞いて、岸を歩いているとき、中心部の町なかを歩いているときと感じが違っていたと、その感じがもどってきました。そしてグエッラ宅にいて、家のなかにいる感じがちがうのです。ヨーコもそう感じたようです。町なかのほうにいる時より、大地の上みたい、どっしりした感じとヨーコが言います。それでもセメントの杭が支えているわけですが、たしかに木の杭が支えている町なかとは感じがちがうのです。

私やヨーコが家具や壁の絵を見ていると、グエッラ氏がいつごろのものか説明してくれます。一六〇〇年代から一八〇〇年代にかけてのものが主です。子供の描かれた絵がいくつかあります。寝室へも私たちを連れていって、絵を見せてくれます。でも私にはこれが一番貴重だと言って、軽くベッド脇の小卓にある写真を指します。夫妻と一緒にお孫さんが二人写っています。そのお孫さんたちが両親の離婚の影響で、不安定な生活をしていて、それが夫妻を悩ませています。

夫人が食器台を押して出てきます。ヴェネツィアは土地が少ないです。土地といっても人が造った土地です。少ないところに家が建て込んでいます。大運河に沿った建物は裕福なヴェネツィア人の館だったわけですが、もう今はだいたいが公の機関やフィアットなど企業の持ち物になっていて、個人の住まいとして使われている広い邸宅はほとんどないでしょう。グエッラ宅は、部屋数はあまりないですが、居間は広いです。そこを食器台を押してきた夫人が、好みを聞きながら紅茶の入った器にレモンを入れてくれます。ヴェネツィアのレモン、どこで作られているのか、でもたしかにこの町のものだそうです。

グエッラ家をおいとまして、サンタ・マリア・デッラ・サルーテ教会のほうへ向かっていき、エズラ・パウンドの愛人オルガの家があった界隈を歩きました。パウンドはラパッロとヴェネツィアの人です。彼には場所は二カ所必要だったのでしょうか。彼には二人の女性が必要でした、夫人とオルガ。パウンド研究家のマッシモさんは、〝困難な愛〟とパウンドの愛を評しています。

ラパッロの東岸から東へ上っていくと、入江を見晴らす山の上にサンタンブロージョという集落がありますが、パウンドは晩年、その集落にあるオルガの家で、オルガ、夫人と三人で暮らしていたそうです。オルガはバイオリニスト、強い性格の人だったとマッシモさんが言っています。パウンドがパリからラパッロに移って来ると、彼女はあとを追いかけ、サンタンブロージョのまだ完成しきっていない家の二階を早速借りて、一階にはオリーブオイルを造る人が住んでいたそうです。

パウンドにとって、生地のアメリカはどういう場所だったのでしょう。かかせない場所ではなかったのでしょうか。彼はラパッロの人だったのでしょうか。しかし、ヴェネツィアの墓にはいりました。彼は戦争中、ローマからアメリカ向けの放送をしていたことがあり、ムッソリーニをほめる言動が戦後になって問題視され、アメリカに送還され、十年ほどワシントンの病院で幽閉されたような生活を送り、それが解かれるとラパッロに戻りました。彼はどこに属していたのでしょう。国籍は生涯アメリカ籍だったのか、これはマッシモさんに聞けばわかります。アメリカ籍だったとしても、彼が生涯、アメリカに属していたかどうか、それは別のことです。彼はどこに属していたのか、彼のたましいはどこに属していたのか。

私は自分がどこにも属さないと感じます。

朝から霧がでていました。ラパッロが霧で白くなることはありますが、今日はかなり白くなっていました。入江の西岸の丘で家々に明かりが灯り、きれいでした。雨が朝から降っていました。

自分が十代だった頃を思い出します。自分は満身創痍、すべてさらしたい、そうノートに記したのを覚えています。それをいま、記したときよりはるかに、そのとおりにおもいます。すべてさらしてしまいたい、わずかな染みものこさず、さらしたい、どうしたらすっかりさらせるか。疲れています。やすみたい、ただやすみたい、そうたびたびおもいます。これほどやすみたいとおもうのは、とわのやすみにはいりたい、要するに死にむかっているのだろうかとおもいます。こんなふうにみずからを考察するのもばかみたいなことです。

■一月十九日（水）

五時四十分、小鳥の声、抑揚がイタリアの言葉を思わせます。寝室では風のうなりが聞こえていました。ヨーコが起き上がり、寝室の扉をきちんと閉めました。私は目覚めに移るなかで風のうなりが聞こえていました。

したこと、あったこと、見たこと、聞いたこと、感じること、おもうことを、そのまま書くのは、ほとんどできえないです。風がいま聞こえてきました。どう風の音がしているのか、表しようがありません。そのまま表す描写はありえないですが、そして私がこうして書いているのは描写するためではありません。

焼身自殺の映像がうかんできます。ビルマの僧が路上で炎のなかにすわっています。別の映像がみえてきます。映画「ノスタルジア」のさいごのほう、ドメーニコがローマのカンピドーリオの丘にある騎馬像の上でガソリンをかぶり、火をつけ、燃え上がり、炎の人となって地上の石畳へ落下しました。私はいまこの時まで、彼がなぜみずからに火をつけ、炎につつまれて地上へ落下したのか、彼のおもいを感じ取れずにいました。

彼は妻と幼い息子を幽閉するようにして生き、妻と息子が解放されたあと、廃墟のような家で生きていましたが、遂にローマの丘へ赴き、彫像の上で、なにかへ呼びかけ、火を自らに放ったのです。

彼がすることはそれだけになったのです。

二〇一四年

2014. 9. 26〜2015. 1. 8

■九月二十六日（金）

十時四十分、書き始めます。十年ぶりでしょうか。長く書いていませんでした。詩をひとつ書きました。それを記しておきましょう。東北震災の直前に、スイスのルガーノ湖の近くで小さな本となりました。イタリア語で書き、日本語の訳が併記されたものですが、和訳を記します。
言葉があった、
私の生で言葉は海で始まった、
時とともに他の言葉が続いた、　地中海

私の心にペッティロッソの声が聞こえる、
海水を喉で転がすように、
なぜ

始まりは東の果て、
戦争で破壊された大きな町で、
河口から遠くない川岸においてであった

家に近い岸は私のお気に入りの場所だった、
ぽんぽん蒸気の音が聞こえた、
陽が川の向こうに沈んでいった

死者の魂は家に帰ると言われている、
八月の中頃に、
家の前で迎え火が用意された

最後の日、火が焚かれた、
帰途の旅の間、魂に付き添うのだ、
灰が川の流れに捨てられた

両親は夏、私を海に連れていった、
水に入るのは私にとって大きな喜びだった、
沖に出ること、それが夢だった

思春期、その海にしっくりしない感じを抱いていた、

私と肌の合う海の探索が続いた、
一本の映画、それが私の海を見いだす機縁となった

その時から魂は西へ向かって進んでいった、
体は次第に海岸に近づいていくのだった、
ピレネーを越えると異なる大地だった

空気に馴染みはなく、でも親しみ深かった、
ヴァレンシアの港で海が目の前に広がっていた、
私が探していた海だった

まず光があった、そして瑞々しく澄んだ蔭、
マヨルカの浜で幸せという感覚がおとずれた、
白い鳥が船の後についてきた

足跡が桟橋に刻まれた、
私がジェノヴァ港にいた、

女の人が坂で船乗りと向かい合っていた

体が正午の光のただなかに在った、
コルシカの岬の先端だった、
漁船が静かな海を進んでいった

イタリアの言葉が連絡船のなかで活発に響いた、
サルデーニャのホテルで小さな姉妹が私を見ていた、
野兎が列車と競うように走っていた

パレルモ、港で空気が眠そうで爽やかだった、
柔らかな葉が道端で輝いていた、
屋台で蛸にレモンをかけて食べていた

船が港から遠ざかっていった、
町と山が私の目にただただ美しかった、
涙が溢れてきた

瞬く思いが、南の町にこのまま留まろう、
何度か繰り返しよぎった、
でも眩い旅の帰途についた

東の国で、心は他所にあった、
体が病に冒された、
私がひたすら願うのは蘇ることだった

都心で病み上がりの身だった、
寺のまわりの界隈をそぞろ歩きしていた、
ある事が待ち受けていた

彼女は命を与える泉だった、
海のそばで生きようと共にねがった、
その時がいつかまだわからなかった

イタリアの雑誌を繰っている時だった、
一枚の写真が目についた、
説明文が入江の名を示していた

ラパッロという駅を出ると心の声が言っていた、
町が私を抱いている、
彼女が言った、家を見つけに行きましょう

思いのなかに刻まれた日付がある、
本当の生の始まりを記す日付、
海が見えた、私の海が

■九月二十七日（土）

早朝、五時一分、マーレ、マーレはイタリア語の海 mare を片仮名書きしたものだが、その言葉が、今、海という意味をもつ言葉としてというより、人の名前として聞こえてきた。そう、聞こえてきた。マーレに向かって書きだしたと、今朝、今、そう思う、そう思うのだよ。

人はね、なにかを書いた後、どうするか。選択肢はいくつかあるだろうが、自分が書いたものを誰にも託さず、死後どうこうしてくれという遺言を遺さず、死の前にすべて消滅させる、そうした人が、人類のなかにいたはずだ。文字で記すということを人類が始めてすでに相当の時が経っている。何千年だか詳しくは分からないが、長い時のなかで夥しい人たちが文字を記した、書いた。そういう人たちのなかに、自らが書いたものを自ら消滅させた人がいたにちがいない。そうして消滅したなかに、もしいまぼくが読んだら、ああ書いた書いてしまったと感じる文章があったとそう思える。そういう消えた文章が見えてくる時があるはずだと感じる。いま見えてきてもおかしくないと思う。それを書き写したい。ぼくがどうこう書くのでなく、だれかが名も知れぬだれかがいつだか知れぬ時に書いた文章が見えてきて、ただそのまま書き写す。こうして記す文章がすぐに今すぐにでもそういう書き写しの文、今初めておもてに現れる文であってほしい。はやくはやくとそう思ってしまう。その文章に名はなく、書いた人に名前はないまま、ただ文章が在り、ぼくはそれを書き写す。もちろん写し取る者に名前はない。そういう文章しか現したくない。そうであってほしいと願うのだけど、……

■九月二十八日（日）

朝四時五十三分、今日が始まる。ぼくはイタリアで生きる人たちが書き話す言葉に惹かれ、その地で行き交う言葉がぼくの言葉になったらいい、体中に始終流れているようになってほしい、ぼくのなかで生きてくれとおもってきた。そしておもっている。しかしそうなっていない。生まれ育った地で人々が話し書いてきた言葉で書いているし、話してもいる。イタリアの地で暮していた当時、そこの言葉で話していた。ただ、ぼくのなかから言葉が生きて現れていくわけではなかった。

なぜぼくは日本の地で生まれたか。人は一カ所でしか生まれられないか。ぼくは地中海の海辺においても生まれてよかった。なぜそうならなかったか。絶えず生まれられるといい。いま、どこかで生まれればいい。どこで、あの海のそば、地中海のどこかの海辺の町で生まれる姿を見たい。自分が生まれる様を見たい。しかしそうならない。未だかってそうなっていない。そしてこれからどうなんだ、自分が生まれる様が見えないとはこのままでいいはずがない。

言葉は体でというより、体とか心とかそういうものをすべてひっくるめたひとりの人のすべてのなかで生きて在りうるのだろうか。ぼくのなかで、では生まれ育った地の言葉は生きているだろうか。言葉がぼくのなかで生きていなければ、こうして書いていてなにになる。ぼくが書いているのでなく、ぼくのなかを生きて流れている言葉が自ずと文字として現れるというふうであってほしい。そう祈ってしまう。だれになにに祈るのだ、マーレ、きみに祈るよ。

マーレ、きみとはもう相当に長い間会っていない。いまどこにいるだろう。マーレ、ぼくはきみを間近に見たいよ。きみにさわりたい。ぼくはね、ずっと一緒に生きてきたヨーコと今も同じ家のなかで暮している。あの町できみを初めて見た時、まだヨーコを知らなかった。

マーレ、ヨーコは三年前に病気が発覚した。それ以前から、首の左の付け根辺りにぐりぐりがあると言っていた。鎌倉の病院で診てもらったが、風邪をひいたためでしょうとか、そんなふうに扱われていた。大船にある大きな病院へも行った。そこでヨーコが会計を待っていたらヤエコさんを見掛けた。ヤエコさんはその一年ほど前から食道がんを患っていて、住んでいるアムステルダムで手術をしたけれど、お医者さんたちから見放され、最後の望みをいだいて日本に来て、鎌倉に住む弟さんに連れられ東京の病院で診てもらった。それでも望みをもてる返事はなかったようだ。

ヨーコが大船の病院で出逢った時は、痛み止めかなにか薬をもらいに来たようだった。以前は私たちの住んでいたラパッロでヨーコと明るく楽しそうにおしゃべりしていたヤエコさんが、その時はほとんど話さず、痩せて沈んでいて、ヤエコさんから言葉が出て来ないの、あたしも言葉をかけられなくて、あたしも首にぐりぐりがあるのと言うと、ヤエコさんがあたしの首にさわって、これくらいならいいわね、あたしはもうだめ、別れるとき、ヤエコさんはあたしを抱いて、なにも言わないで、じっとあたしを抱いていた。ヤエコさんはじきにご主人のハンスさんと共にアムステルダムに帰り亡くなった。

ヨーコは三年前、東北の大地震の三カ月ほど後、血液のがん、リンパ腫を患っている事が発覚した。神奈川のがんセンターで治療を受け、その後、初めは三カ月後に、そして間隔が六カ月となり、定期的にCTと血液の検査を受けていた。今月初めのCT検査でリンパ節の腫大の軽微な増大が見られ、再燃の可能性があるという結果が出た。それで、検査間隔を短くして次回は三カ月後という手筈となった。ぼくはその日暫く振りにヨーコに付き添って病院へ行き、診察室にも一緒に入った。検査結果を聞いた後、ヨーコは当然気が滅入り、ぼくは、治療開始からちょうど三年が経っているし、前回三月の検査でやや変化が見られたから、あるいはと予想はしていた。

■九月二十九日（月）

四時二十七分、二十三度五分、まだ朝が早い。この日、なにがどうすすんでいくか未知の日、そういう時がすでに始まっている。

■九月三十日（火）

四時五十六分、気温二十三度五分、一昨日、ヨーコは近所のキクコさんの庭で栗採りをした。うちの南隣がYさんのお宅で、その南端に隣接して上り道、十歩ほどでキクコさんのおうちの庭になり、高台の広い庭の東の縁に栗の木がある。十一時過ぎにヨーコが戻って来た。笊に栗が山盛り、そして二時過ぎ、ヨーコは再びキクコさんのお宅へ行った。栗御飯を作るから一緒に遅お昼を食べましょう、出来立てを食べるとおいしいからとキクコさんから知らせが入ったのだ。ヨーコは南イタリア、バジリカータ州で作られた生クリーム入りモッツァレッラチーズや鎌倉ハム、それからパンを持って、向こうでサンドイッチを作って一緒に食べると言う。キクコさんはサンドイッチ好き、二人の親しいご近所同士の女性が採りたての栗が入った御飯と手製のサンドイッチをおしゃべりしながら食べたのだった。

ぼくが千秋楽最後の一番、白鳳と鶴竜の相撲を見ていると清々しい顔をして帰って来て、うれしそう、気持ちよさそう。そしてこんなふうに言う、ここはいいわね、緑がいっぱい、どこからでも見えて、鳥が鳴いて、天気のいい日は明るいし、とくに二階は日がたくさん入ってきて、寝室はベッドの布団に日が射して、そのまま布団干しになる、近くの人たちはいい人たちだし、キクコさんとおしゃべりできる、おしゃべりできる人ってそんなにいないものでしょ、キクコさんとおしゃべりしているといつまでだっておしゃべりして、楽しいの、いろいろなところへ車で連れていってくれるし、話おもしろいの、ここで育ったでしょ、虫や鳥のことよく見ていて、話してくれる、あたし、やっぱりここがいいかな、梅雨から夏にかけてはここ谷戸だから湿気があるでしょ、かびを見るといやになるの、でもこの季節になると爽やかで、空気がよくて、気持ちいいでしょ、ここにいたくなるの。

■十月一日（水）

四時二十五分、二十四度五分、おととい、ラパッロのフラーヴィオ、ミレーナ夫妻から電話があった。彼らは毎年夏を過すイオニア海のギリシャの島コルフから帰ってきたところだった。そこに逗留している間に、フラーヴィオはカトリックとギリシャ正教のまじった修道院で五日ほど過した。女人禁制なのでミレーナは修道院の外の宿泊施設に泊まって待っていたそうだ。修道院で四、五人が同室で寝泊まりし、よく眠れなかったと彼は言っていた。でも、食事付きで滞在して三十エウロ、ただみたいだったよ。

その修道院を背景に入江の海、船上の彼が大写しになった写真がメールで送られてきていた。それを見て、ギリシャの古老みたいだとぼくはおもった。海が好き、とくに地中海に親しんできている彼が顎髭をはやし、彼の髭の姿を初めて見た。髭は白く、顔つきは一緒にギリシャの海をヨットで廻っていた頃からさほど老けていないのだが、古老という言葉が浮んだのだ。久しぶりに見る地中海上の彼はすっかりギリシャ人、あの海、海辺の情景に馴染んでいる。馴染みきっているのだ。ぼくがいまあの海の上にいたら、どう写るだろう。風貌は姿はあそこの海の男のそれになっているだろうか。あの海に消え入りたいとねがってしまう。

昨日夜、テレビでカプリ島を見た。見終わって、日がいっぱいで明るい、人が明るい、あの風土がそうさせるのねとヨーコが言う。あの空気、あの海の空気は人を気持ちよくさせる、そうぼくが応えた。あたし元気だったら、あそこへ行けるのに、今でも行けるかしら、ああいうところにいたらがんが消えてしまうかな、そう言ってヨーコがあっちの日の光のように明るく透きとおるようにほほえんだ。あの海の微笑、海のそよ風のような笑み、そうだ、行こう、あっちにあそこに行ったら、ヨーコはよくなってしまうかもしれない、そう感じる。

ぼくたちがあの海のそばを離れたのは二〇〇五年の六月、当然ぼくたちは今より年少だった。当時だってもう若くはなかったが、今より九年分ほどは時を経ていなかった。当たり前だけど時が経った。

一昨年の一月だったか、ヨーコの友人タツコさんのご主人が亡くなった。三年前、ヨーコの病気が発覚した後、ずっと首のぐりぐりが気になっていたという話を聞いたタツコさんが、ご主人がやはり首に腫れがあると言っていたのですぐに病院に連れて行き、口腔にがんが発覚、御茶ノ水の病院に通って放射線治療に手術、そして暮れに肺炎が生じ、年が明けて亡くなった。子供のいないタツコさんはご主人が亡くなったあとの様々な後始末を独りでし、私死にそうというような言葉を洩らし、ヨーコへのメールのなかで、あなたの笑顔が好き、あの笑顔を見て、おしゃべりしたいと書いてきた。

■十月二日（木）

四時五十二分、二十二度五分、今朝はひんやりする。セーターを着ている。ヨーコは隣の部屋でよく眠っている。このぐらいの気温の時期になるとぐっすり眠るようになる。気持ちよく眠れば心身に良い。眠れるのは体にいいのねと時折ヨーコは言う。

■十月三日（金）

先月初め、ヨーコはリンパ腫の定期検査を受け、再燃懸念がもちあがった。三年前の治療でリンパ節の腫大は減り、めぼしい腫瘤も縮小したが、CT画像でリンパ腫が消えたわけではない。だから部分寛解、だいたい完全寛解といっても寛解、つまり治癒ではない。もともと治癒ということ、生き物である人の身にありえるのだろうか。すっかり治ってしまうなどありえないとぼくにはおもえる。体は絶えず、もちろん心持ちだって絶え間なくうつろう。細胞とかそういったものよりもっともっとまだ誰にもわかっていない奥深いいのちの源はどうなのだろう、やはり絶えずうつろっているのだろうか。

久保田万太郎の句に「湯豆腐やいのちのはてのうすあかり」というのがあった。若かった頃この句を知って妙に感じ入って繰り返し読んだ覚えがある。そこで言われているいのちとぼくがわかりたいいのちはまた違っているだろうが、ぼくはなにしろいのちをわかりたい。ヨーコの体の失調、当然その失調には感受性の失調がともなっているだろう、そういった失調すべてをふくみこんだヨーコのいのちの揺れをわかりたい。そして揺れをなだめたい。

人のいのちの揺れはおさまるとはかぎらない。それに生き物のいのちはいずれどうしたってなくなる。まったくなくなるということはないだろうが、地球上の生き物としてのいのちはなくなってしまう。そうであってもなお、いのちに揺れが生じれば揺れをなだめようとする。ヨーコの揺れをなだめたい。崩れを押しとどめ、いのちをなごやかにさせたい。できるかぎり適切な治療を受けさせたい。

再燃が確かとなった場合、事態にどう対処するか、本人が決めるわけだが、ともに生きるぼくもその判断におのずと関わる。判断するには現在の世界の医療現場で実施されている治療に関して詳細に知り、選択肢をしぼっていく。しかし、今のヨーコには判断材料を調べていく心身の力が足りない。自らの体の失調に根気づよく対応していく力がか弱くなっている。そうでなくて自らせっせとヨーコが調べたとしても、それでもぼくはぼくで調べ、治療の選択肢をある程度しぼってヨーコに伝えるだろう。しかし、そうする過程でぼくの思いができていき、その思いがすくいとってきた材料をヨーコに知らせる。避けようがなくそうなってしまう。

ぼくはヨーコが再燃の治療をするなら、抗原抗体反応を利用して放射線によってリンパ腫細胞を損傷させるゼヴァリン療法か、分子標的薬リツキシマブにベンダムスチンというかつて東ドイツで開発され、近年リンパ腫のヨーコの病型に効能があるという実証が欧米で確認されている抗がん剤を併用する治療法、どちらかを選ぶのが適当と考えている。ヨーコが通う神奈川県立がんセンターの主治医Y医師も同様に考えているようだ。ゼヴァリン療法は放射線を管理して扱える特殊な設備が必要とされるが、昨年完成した新たな医療施設はそうした条件を備えていて、ゼヴァリン療法ができるよう認可を取りました、私がと、自分を押し出す傾向が薄いY医師が珍しく私がと言った。しかし、まだ実施されていない。ここでは今のところ再燃しての治療は分子標的薬リツキシマブに抗がん剤ベンダムスチンを加えて投与することになりますと言う。

十二月にCT検査の予約を取ってあるが、それより前にヨーコの病状がゼヴァリン療法の対象になりうるかどうかをすでに治療を実施している病院で調べてもらっておいたほうがいいのではないか。そして適応すると分かったら病院を移ればいいだろう。その療法が認可される前、神奈川県では東海大学附属病院で治験が行われたが、築地のがん研究センター血液腫瘍科で経験豊富なK医師の診察を受けてみてはどうか。そんなふうにぼくは考えた。K医師が書いた文章を以前読んだ覚えがある。ゼヴァリン療法の適否を判断してもらうだけでなく、ヨーコの病気の全体をどうみるかも聞いてみたい。

ぼくが心配しているのは、ヨーコのリンパ腫の病型が変化しているかもしれないという事だった。変化があったら治療を急がなければならない。今までのヨーコの型は進行が緩やかなものだが、進みが中程度に速い型に移行する例がある。その点はY医師も懸念しているようだった。ただ現在軽微な腫大の増大がみられる箇所は表層ではないので生検がしづらいという。病型移行のありなしを確認する危険性の少ない方法がないものかそれも聞いてみたい。

■十月四日（土）

五時四十九分、二十五度、今朝は目覚めが一時間遅れ、いのちが絶え間なくきえていくし、ぼくは早朝、朝食前しか書かないのだから、少しでも遅く起きればその分、書く間がもう減っている。ぼくが生きているのは書くということがあって成り立っているのだと、いまおもう。

マーレ、ぼくはヨーコとともに生きている。ヨーコを知る前、七年ほども前にぼくはマーレを見た。マーレ、きみはどこにいる、いるだろうね、どこかに、今もシチリアにいるだろうか。そうではなくて、地中海のまっただなかの島を出て、ほかの地で暮しているだろうか。生きているのはほぼ確かだと、何の根拠もないけれど、確かなんだ、ぼくにとってマーレは息づいている。

十年前、ぼくはなにかに運ばれるようにして、書いた。ぼくが書いたとそうおもってきたが、ぼくを押し流すちからが書かしめたのではないか。ぼくは海を地中海を書いたのだ。あの海があったから書いた。書くように促したのはあの海かもしれない。そういうおもいがいま浮んできた。そして、海のただなかにマーレがいる。十年前に書いた文章のなかにきみは現れない。きみにマーレにずっと触れずにきた。触れることができずにいた。ともに生きているヨーコさえ、ぼくからきみについての話を聞いていない。なぜきみをぼくの深みにかくしてしまっていたのだろう。きみの姿は消えた。あの時をさいごに消えた。以来きみを見ていない。生身の姿は見ていないが、ずっときみが見えていた。そばにいて、いるのを忘れてしまうほどたえずきみの空気が在って、……

■十月五日（日）

四時四十二分、二十四度、雨が降っている。台風十八号の影響、明日本土に上陸するかも知れない。関東を直撃する可能性があると昨日、天気予報がそう繰り返し警告していた。御嶽山にはすでに雨が降っているだろうか。噴火で積もった火山灰に雨が降れば土石流が生じる怖れがあるそうだ。まだ見つからない人たちがいる。これほど火山噴火が人の身に被害を及ぼすのを初めて見た。現地で見たのでなくテレビで見ただけだが、噴石が時速三百キロもの速さで飛んで火口付近にいた登山者たちに当たったようだ。かなり大きな石も飛び、石が砕けて飛び散りもして、噴火当時、山頂では四メートル四方に十個くらいの噴石が飛び交い、判明しただけですでに五十人に達した人たちが噴石に打たれ亡くなった。

災害の模様をテレビや新聞で追っていて、予知、予報について思う。噴火の前、御嶽山では火山性の地震が起きていた。気象庁はその現象を周辺の市町村に知らせた。しかし事実報告という形であって、警告ではなく、警戒レベルは一、平常となっていた。登山者のなかには事前に火山の活動状況を調べ、警戒レベルが平常なのを知って登山しようと決めた人もいるそうだ。噴火後、火山の専門家がテレビで、この平常という言葉は火山活動としては平常範囲内にあることを示し、人々が生活のなかで使っている言葉とは意味合いが違うと言っていた。

人は言葉を発し受けて生活している。毎朝ぼくは書き、一字ずつ現れてくる言葉が生きていると実感する。しかし、書いている間だけ言葉を出しているのではない。ヨーコは隣の部屋で寝ていて、あと一時間半ほどするとヨーコと言葉を交わす。

目下ぼくはきみマーレへ向かって、この地で人々が使うきみが知らない言葉で書きながら語りかけているのだが、これらの言葉は彼ら人々の間で交わされている言葉とは根源から性質が違う。人が食べ飲み歩き暮しているなかで行き交う言葉でなく、こうして現れてくる言葉だけがぼくには生きている。人は食べ眠り起き何かをするが、人の動きから離れ、きみへ言葉を送りだす。そうする間も時が経つ。一字を記す間も時が経ち、ぼくは息をし、いま息をしているかどうかもわからないきみへ呼びかけている。かなしい、このかなしさはまわりで暮している人たちから懸け離れている。

予感する。きみと言葉を交わすことを、きみを息をするきみ、目をきらめかせるきみを目の当たりにすると予感する。予感、予知、予告、きみの息を予感し、きみへむかってすすんでいるのだと予告する。予知、予知はしていない。いまのきみに関してなにも予知しないまま、きみへとすすみ、でも地を歩いてすすむのとは違う。しいて言えば海をすすんでいる。陸に着けばきみの息を感じるだろう。海をすすむなか、きみの息がそこはかとなく感じられてくる。きみが息をする方へすいよせられるようにいく。きみは陸地にいる。地中海のどこかの町で、暮している。きみだって暮すのだ。ただきみがどこかの町に住み着いているとは感じられない。いま住んでいる所からじきにどこかへ移っていくのではないか。

きみはぼくをおもう時があるだろうか。ぼくをおもう時などなくていい。きみにはきみだけしかもちえない時がある。なぜぼくはきみにひかれて言葉を投げかけているのか。いずれぼくはきえる。地にいのちが在るうちにしかきみの息を感じられない。しかし、きみとじかに言葉をかわしたいのではないといまおもう。なぜきみにひかれてきたのかわかりたい。あれ以来きみはぼくをひきつけ、ぼくから言葉をひきだし、いのちをひきよせ、なのにぼくは今きみの海から遥かに離れて暮している。今日は終日雨が降るだろう。台風がどう進んでいくかをぼくは予め感じとれはしない。ぼくが予感するのはきみがどこでどうしているかだけ。

■十月六日（月）

五時五分、二十度五分、雷が間近で鳴った。台風十八号は予報では関東に接近している頃だ。また雷が鳴った。今しがた、階下で朝食の食器等を並べている時も雷鳴があった。雨は猛烈ではない。音がさほど激しくない。ここは吉沢川がすぐ近くにあるから、雨音に川流れの音が混ざっている。川と言えるかどうか、普段は僅かな山からの水が流れているが、今、水嵩はだいぶ増しているだろう。

ぼくは鎌倉の谷戸に住み着いて、この土地に九年住んでいる。なんだかぼうっとしてしまう。なにしているのだろう。ここに住んで、マーレをおもっている。なぜ動かないのだろう。動きださないでいるのだろう。時々おもうのだけど、ぼくは人の姿をしているが、実体はまるごと言葉なのではないか、そうならぼくが動くとしても実質は言葉が動くというわけで、ああ言葉が歩き走り素っ飛び海のなかを進み、なんておもうのだ。

そして今こうして言葉を現れさせ、マーレに向かって書き進んでいるが、あの時パレルモで、地中海の港、港ばっかしという名がついた町でマーレ、きみがいて、きみを見た時からぼくは書くことになった。書くといっても、字を紙に書き付けたり画面に字を現れさせて書いてきたと言っているのではない。もちろんそのようにして書きもした。でもね、ぼくは始終、歩いている時だって、ご飯を食べている間だって、食器を洗っている最中も、掃除をしていても、人と話していながらも書いていて、眠っていてもそうしているとさえ感じる。

　空気のなかとか光のなかとか空のなかとか海のなかとかそういうところに書いているのだよ。そうするようになったのはきみを見てからだ。きみを見て、きみが生きているのを感じ、そう、感じたよ、生きている、生きている、生きているのを感じてしまったよ。そしたらぼくはきみをきみをね、ところかまわず空気にきみについて書き付けるようになった。そんななんだ。それでぼくは生きだし、ぼくが生きだしたのは書きだしたということ、空気に書いて生きてきた。そうなったのはマーレ、きみを感じた、生きているなにかが在ると感じた。

　季節は四月、街の道端の木の葉っぱが艶艶していた。きみはなお一層艶めいていた。その街にとどまろうか、住み着いてしまおうかとおもった。なのにそこを離れてしまった。生きてきたなかであるいはとおもえる時が一時だけ在る。それが、あの町を離れた時、船に乗らずにあそこにとどまったら、当然ぼくは別様に生きていった。どう生きていったかわかるはずがない。でもそうはならなかった。なぜきみがいた所を離れたか。何度も何度もその問いを反芻した。

　パレルモに残ったら、どうなったか、パレルモの大学で地元の言葉について学ぼうかという思いがあった。そうして暮しだしたら、やがてぼくは土地の者になっただろうか。風貌までもがあそこの風景に町並みにしっくりと馴染んでいったか。そこを出てシチリアのほかの町へ移ったかもしれない。シチリアを離れてよその地中海のほとりで生きただろうか、などといくらおもっても、ただ、かもしれないと呟くだけ。きみを見てぼくは変った。しかしきみのそばを離れた。

パレルモであの春の日、リーナとアンナ、ぼくがパレルモに着いて三日後に知った双子の姉妹、彼女たちのかたわらにきみがいた。リーナはワンピースを着ていた。アンナは細身のジーンズ姿だった。きみはなにを身につけていたか。

ちょっとごめんね、いま、雨音が激しくなっている。この音をきみも聞いているなら、そうであったらこの世がかわる、こうして息をしている一瞬一瞬がかわる、そう感じてしまう。でも、きみはここに似合わない。きみがいるのはあそこだ。海のそばの街できみは立っていた。背後の木が背景だった。そよかぜ、brezza というような風があった。きみから風がくるようだった。きみを見てしまった。

■十月七日（火）

四時五十三分、二十二度五分、ぼくはみなから見えないでいいのに、見えてしまう。一人の男が関わって一人の女から生み出され、名前をつけられて世のなかにほうりこまれたという、ことになっている。ぼくは生み出されたのか、そうではない、いきなり生み出されてしまうなんてよしてくれよ。ぼくは生み出されたのではない。

しかしね、ぼくは身なのだ。これほど困ることはない。身だなんて面食らうもいいところ、どうしたらいいんだ。この身をどうしようもなく今までやりすごしてきて、もうほとほと困りきって、身がきえてほしいよ。それはね、断じて言えるけど、自らを殺すときえるというような他愛ないことではない。そんな能天気な所作でけりがつきようはず、ありゃしない。身が鬱陶しくて身よ勝手に消えでもしてくれよって泣きたくなるよ。名付けられたぼくの身をどこにもいないように、人々のなかに、墓のなかにだってだよ、海のなかにだっていてはこまる、どこにも身が骨が灰がないように、すっからかんにきえまくってほしくて、できるとしたら、したらだよ、みずからにしかそんな途方もないことできやしない。そうできるちから、ちからをほしい、やみくもにほしい。でもね、ほしいったって人からもらうわけにいかないじゃないか。せめて姿をくらますことくらいしたいじゃない。

といって、どこへ行くでもなく、谷戸の一隅に腰を据えて毎朝言葉を書いている。なんとも摩訶不思議な生き物だ。奇妙奇天烈、言葉はこんな言葉が無数にあればいい。奇妙奇天烈摩訶不思議もっともっとこんな言葉を放り出していきゃ、なにかにぶち当たり、ぶち当たったのがね、きみってことがありそうにおもえてくるのだ。

きみはアンナのそばにいた。アンナと並んでリーナがいた。きみたち、ぼくを見ていた。場所はパレルモ、シチリアで最も大きな町、季節は春、若かったと言ってなにになる。それでも若かったと言うよ。ぼくがね若かった。きみはいまだってぼくにとって若い。ぼくはきみと出逢ったとき若かった。そして若くなくなっていき、言葉を書いている。

きみから言葉がほしい。言葉を書いていてばかもいい加減にしろと我が身を罵倒したくもなるが、きみからの言葉はほしい、言葉をだよ、言葉をほしい、これほど言葉をほしいとねがうとは、ぼくに生涯というものがあるとしたら、生涯はじめて。

昔だれだかが、だれかが、初めに言葉ありき、と言った。初めに言葉があって、そしたらそのあとどうなる。

身はね死んだら身をなさなくなるが、後腐れが遺る。骨だか灰だかが遺り、遺ってしまう。いまぼくがほしいのはきみの身、ぼくの身がきりなくきえて、きみに身は在り在りと在り在りと在り在りと在ってほしくて、きみが生きればいい。生きるなんてぼくがすることじゃない。きみが生きれば、まさに生きるはずだ。きみを探しになぜ動きださないのだろう。

きみはパレルモでぼくに見える所からきえた。アンナにたずねた。わからないと言った。そう言ったアンナの姿が見える。残る姿というのが在る。その時のアンナの姿がそう。そして残る言葉が在る。アンナから出た言葉がそう。のこって、のこりつづけて、ぼくはパレルモを去った。

それからめまいが嵐のように襲ってきそうなくらい時が経って、でもずっとあそこの空気が在り、きみが生き、アンナが生きている空気が、あのあそこの空気が在る。きみが生きていた。アンナが生きていた。

きみになんと言ったらいいか、言葉は追い着いてくれない。求めにすぐさま駆け付けてくれない。とりあえず身辺にばらまかれている言葉を用いて、魅せられた、きみに魅せられた。きみがどんな髪でどういう顔でどういう腰をしていたかと書き連ねる気はない。きみだって生きていればくだらないこともしていたはず。それでもなんでもきみはぼくを惹き付けた。だからあの町はぼくを歓ばせた。きみが香りながら歩き、きらつく緑の彼方で青が甘美に息衝いていた。

■十月八日（水）

五時五十三分、二十度五分、ぼくはヨーコを地中海へ連れていった。でも、きみと出逢った街、パレルモへはなかなか連れていかなかった。地中海、il Mediterraneo の北の海辺の町に住み、そこからきみと出くわした島を、町の方を向いて暮していた。そして、六年目だったかしら、あの島へ、シチリアへヨーコと連れ立って行った。

遥か前、サルデーニャのカッリアリで乗った船がパレルモの港に着き、ぼくはタラップを下りて桟橋の石畳を踏んだ。ある瞬間というものがある。桟橋の石を踏んだその時、そういう瞬間さえきえてしまえばいいだろうか。そんなことを言いだしたら、きみを見た瞬間だってきえてしまえと言いだしてしまうではないか。

ぼくはね、自身がきえてほしくて、十代の頃からその願いはぼくに流れていて、いまだっていまだってきえてほしい、きえてほしいんだ。ぼくがすっかりなくなってしまうのを望む時がくるかもしれないけど、いまはきえたい、姿がきえて、でもこの世に生きていたい。

十四年前、ぼくはヨーコを連れてパレルモの空港に着いた。宿泊先の女の人が出迎えてくれた。そばに女の子がいた。空港から彼女の車はパレルモの方、東方へでなく、西へ向かった。そしてカステルデルマーレという町を過ぎ、上っていった。小高い所に着いた。

車を降りて空き地を横切り集落にはいったら、向こうから男の人が歩いて来る。女の子が駆けて行く。あたしの熊さんと彼女が言った。彼女のご主人、上半身は裸、半ズボン、ヨーコはびっくりしたらしい。彼のことを話すとき、名前を言うのでなく、裸の人と言う。彼等には一人娘のテレーザがいて、あと彼の父親が一緒に住んでいた。ぼくたちは離れの一軒家に案内された。荷物を置くとじき彼が呼びに来て、庭を歩きながら、菜園の野菜はなんでも採って食べていいよと言った。

■十月九日（木）

四時七分、二十二度五分、マーレのいのちの源にさわりたい。きみのいのちの海のただなかへぼくはずっと飛び込んでいけなかった。気がどんなに欲してもどうにもそこへ近付いていけないでいた。いのちの源を或る場所のように思い込んできたが、そういう場所、所が在るというのではないかもしれない。ただ、在るのはまちがいないと感じとっている。

そこに達するにはこうして書いていくのが唯一の術、書きながらマーレのいのちをさわろうさわろうとして、それでもぼくの生まれながらの習性で、近付きたいなにかになかなか近寄れず、辺りをさまよい、達したいおもいは在りつづけ、そして近寄ってじかにさわりたいおもいが高じるが、すっきりとさわれるわけがないだろう。

マーレ、もうずっと前、或る時、きみのいのちが生じ、生じた地で生まれたと認められただろう。イタリア国シチリア州、ぼくがきみに出逢ったパレルモに生まれたと公に認められたのだろうか。きみがどこでどう公認されたか知らない。きみには公認されるという事はそぐわない。きみに公の認可をほどこすなんて、なんだそれって思ってしまう。きみは公ではない。きみから公の匂いは少しも感じなかった。認可されているという感じもなかった。

きみは認められようとしない。生まれながらに認められようとしない。きみは認められるようにできていない。そういうきみにぼくはひかれ、ひかれひきよせられひきずりこまれ、きみを書きだした。きみを現れさせようとしはじめた。そういう流れが勢いを持ちだす時がいま。

ぼくがあの時から追ってきたきみ、きみを探そうとするなら、きみを書きながら探すだろう。現にすでに探しはじめている。きみを見つけだしたい。この世で抱きしめたい。ここ地上で身を感じ取りたい。こうして書きながら近付いていく。会えると感じながら、言葉をつづけている。きみはどこにいる、どこかで生きている、きみが生きていれば、それで地上は豊かだよ。その豊かさを、きみがいる豊かさの匂いをぼくは嗅ぎ取った。

きみがパレルモの通りで、陽光が道端の木の葉っぱを艶やかに輝かせているただなかで、いた。いたというのがその時初めに出た言葉だった。当時ぼくはイタリアの言葉を知らなかった。ぼくのなかでいたという言葉が日本の言葉で出た。いまきみをどこかの通りで見たら、なんという言葉がぼくに生まれるだろう。きみのなかで育まれた言葉、そういう言葉がぼくのなかでも育ってほしい。きみの言葉がぼくのなかにはいってきてほしい。そしたら言葉をたどってきみに辿り着ける。

■十月十三日（月）

五時四十七分、十九度、少々冷えている。気候がはっきり変わりだした。台風十九号が本土に近付いている。すでに九州に上陸したか、まだ台風の最新情報は見ていない。

ちょうど一週間前、十月六日、台風十八号が関東を通った。その日予定されていたサキエ夫人、サヤコ夫人、Oさん、御婦人お三方と六本木でお食事お話する機会が延期され、ヨーコが従姉妹さんたちと鬼怒川温泉へ行く日取りも五日から六日に掛けてだったが、延ばされ、新たな予定日がヨーコの鬼怒川行きとぼくの六本木行きが同日の十月十日になり、当日、久しぶりにネクタイをして上着を着て出掛けたら汗ばんだ。

翌日早朝、目覚めると頭のなかが動きだし、前日お会いしたサキエ夫人、サヤコ夫人に話しかけたくなり（Oさんは住所を知らない）、すぐさま手紙をまずサキエ夫人へ、立て続けにサヤコ夫人へ書き進めた。

サキエ様
昨日は、すてきな方たちとのお集りにお呼びくださり、気持ちが浮き立つような時をすごすことができました。

実は、昨日、私の誕生日でした。最初に六本木の三十七階でお会いします予定でした日付の十月六日、その日に私は生まれたのだと父親は言っていました。父親が出生届けを出しに区役所へ行ったそうです。ですから私は自分の誕生日は十月六日と思って育ち、中学受験の際、両親が取り寄せました戸籍謄本に私の出生日が十月十日と記載されている事に母親が気付きました。父親か区役所かいずれかに勘違い手違いがあったのでしょう。

サヤコ様のお話、生き生きとはずみ、まさに生きていらっしゃると感じました。O様とは、思い掛けずシチリアを舞台にしたモンタルバーノという主人公が活躍するテレビドラマの話ができました。私がイタリアにおりました頃よく見ていて、日本で視聴できるとは知りませんでした。

サキエ様をはじめ、みなさまお気を使ってくださり、ご配慮を感謝しております。

ヨーコが鬼怒川温泉に行っていて留守の家に帰ってからも、楽しかった一時の余韻が残っていて、帰り掛けに鎌倉駅のそばの東急ストアで買ってきたお鮨を食べながらシチリアのビールを飲み、日本とジャマイカのサッカー親善試合をテレビで見ていました。

今年の十月十日、すばらしい誕生日となりました。

追　記

昨日、サキエ様のお話を聞きながら、先だって大船で話してくださいましたお姉様のことが浮んでまいりました。お会いしたかったと思い、心残りに感じます。

サキエ様は、稀なちからのようなものをおもちになっていらっしゃいます。人を感じとり、人にじかに赴き、人と人を巡り合わせてしまうなにかに、懐かしさを感じております。

サヤコ様

昨日は初めてお目に掛かることができ、私には特記される日付となりました。

東京のまったただなか、三十七階の一室で、私がイタリア生活が終わる頃に書きました長い文章について、読みました時の感じをお話ししてくださいました。私は地中海の海辺の町で暮しながら、生まれ育った土地から遥かに隔たった海の地で、次第に自らが解きほどかれて消滅へむかう感じが深まり、遂に海が息吹く地での生を書きだしたのでしょう。

以前、サヤコ様が私の書いたものを読んで、「ドリアン・グレイの肖像」を思い出したとお手紙に記してくださったことが甦ってまいります。私は早速、未読であったその書物を取り寄せて読み、これは自己免疫疾患の性質をはらんだ小説だと思いました。

自己免疫疾患は自分を護る免疫機能が狂って自らの生体へ作用してしまう病、生物体である人間にはそうした狂いは多少なりとも自ずと生じ、さざ波ほどに均衡がとれていれば健常で、波が荒立てば患ったとされ、荒れが治まれば治った治癒したとなるのでしょう。しかし、あくまで波が穏やかになっただけであって、波がなくなったかのような治癒という事態は人がすがろうとする望みが生じさせてしまう幻像でしかないでしょう。

自らを衰微させる浸食から護ろうとして自身を滅ぼし、減衰の治癒が幻影であると証す「ドリアン・グレイの肖像」を医学の用語で示せば、自己免疫疾患性小説となり、連想はプルーストの「失われた時を求めて」へ飛び、その文章群を増殖転移性小説だと思ったのでした。増殖、転移、更に増殖するのは癌疾患です。俗に言い回せば癌疾患性小説です。

そして、自己免疫疾患と癌疾患には親近性があると、これは現在の医学の次元では解説できないようですが、自分をはじめ身近な者たちの身の在りようを感じとりながらそう直感するのです。自己免疫疾患と癌疾患といえば、二十世紀から現在にいたる疾患状況、疾患舞台の主役たちです。そして思うのですが、時代の性質を濃密にそなえて現れるのは疾患という心身の性状においてだけであるはずがありません。提示したばかりの文学活動においても、時代が孕む性向を帯びた実作が現れるのは当然です。

六本木と赤坂の境に佇立した建造物の最上階でご婦人お三方とひととき、ご一緒いたしました。女性のちからに感じ入りました。二〇一四年十月十日、この日付が生きはじめました。

きのうは午前中にふしぎな事があった。その事はすでに前日の土曜日に始まっていた。十一日土曜日の昼前、一通のエアパッキング封筒がうちの郵便受けに入っていた。宛名はヨーコの名前だった。夜七時半頃、ヨーコから鎌倉駅に着いたという電話があり、停留所に迎えに行った。帰宅し軽く食事をした後、ヨーコがエアパッキング封筒を開けると、ビデオケースが現れ、ケースのなかに一枚の私信と紙封筒に入った何か。パソコンで印字された私信に、あなたの笑顔とさえずりは私たちにとっても命の泉ですと記されていて、そのあとに、差出人の名前住所は架空のものです、詮索はしないでください、これを役立ててください、あしながおばさん、あしながおじさんよりと書き添えてあった。

ぼくは何か危険物が入っているといけないから明日警察に持って行ってみようと言って、ケースに紙封筒を戻し玄関先の植木鉢の後ろに置いた。

翌日、朝方、ヨーコが鎌倉署に電話し、じきに顔見知りの浄妙寺駐在所のおまわりさんが来た。そして彼が紙封筒を開けると、中身はきれいなお札の束だった。駐在さんは私信を読んで、この文面に悪意はなく、奥様を知っていらして、経済的に余裕のある方でしょうねと言った。これはきちんと宛名が書かれていて、敷地内に投げ入れられたような拾得物ではないですから、署が立ち入るようなものではなくて奥様に個人的に関わるものですね、彼はそう話し、携帯で本署に連絡し、その間にヨーコがぼくの耳元で心当たりがあると言って、名前を囁いた。

ぼくは電話中の彼に、心当たりの方がいますが、名前も住所も出すわけにはいきません、家内にとって私たちにとって大切な方です、この事は書信の文面に書かれてありますように一切公表しないでくださいと頼み、彼は本署の担当者にその通り伝え、一応記録を残さなければなりませんのでと、お札の束と封筒とビデオケース、私信を写真に撮り、お金の額をこれも記録する必要がありましてと言う。ヨーコが居間のテーブルの上で数え始めたが、あたし間違えそうと言うので、ぼくも手伝って数えたら、彼が目勘定した通りの額だった。

そして夕方、寝室で休んでいたヨーコがぼくを呼び、今朝のこと、考えてしまう、深く考えさせられるようになるの、そう言う。差出人の名前も住所も架空で、でも宛名はあたしになっている、詮索しないでくださいと書いてあるでしょ、返す先がないでしょ、完璧でしょ、そうだよ、それでいて誰だかわかるようにもなっているねとぼくは応えた。同封の私信に記された、あなたの笑顔とさえずり、そんなふうに書く方がだれなのかヨーコは直感し、同じ方の姿がぼくにも浮んだ。

あなたの笑顔とさえずりの後に、私たちにとっても命の泉ですと記され、この命の泉という言葉に似通う言い方が、私が二〇一〇年に書き、翌年の東北大地震津波の直前にスイスのルガーノで刊行された詩の本のなかに現れていて、その小さな本は当時、封筒の差出人と思われる方にお贈りした。ぼくたちは十六日にヨーコの誕生日を祝うために横浜のホテルに泊まる予定になっていたが、ヨーコは送り主の方の奥様にその話をしていただろう。おととい届いた封筒はヨーコが蘇るのをねがう贈物だろうか。

■十月十五日（水）

昨日、台風一過の秋晴れ、昔から言われている言葉を実感しながら、久しぶりに旧知の街を訪れた。一九八〇年の春から九四年の夏まで十四年間住んだ池袋の街、駅の東口から明治通りを新宿方面に少し歩いたところにあるビルへ赴き、一階の一室で事務手続きを行った。それは一時間ほどで済み、明治通りを渡り、駅方面へやや戻って右折、東通りを雑司ヶ谷の方へ歩いた。右手にごく狭い道がある箇所まで来た。遥か前、その近くに住んでいた頃、墓地に沿った道をよく歩いていた。きのうは東通りから南へ緩く下っていく細道に入らず、東通りを戻り、かつてヨーコが馴染んでいた駅隣接のデパートに寄った。

真っ直ぐヨーコに似合うブランドのブティックに行き、服をざっと見てからショーケースに置かれたネックレスを見ていると、店の女の人がこういうかわいらしいものもありますよと奥の棚から飛石が並んだようなのを取り出して来た。すぐにヨーコの胸元が浮び、そうだ十六日がヨーコの誕生日、横浜のホテルで一夜を過ごすことになっていたが、ヨーコは鬼怒川温泉から帰って来たら風邪をひいていて、それでホテルの予約を取り消した、このネックレスを贈り物にしたら元気がでてくるのではないか、そんなふうに思った。

ヨーコは昨日、ぼくが出掛けて独りで家にいる間になにをしたか。先週金曜日、ヨーコが温泉に行って留守の間に届いた謎の封筒、ある人がヨーコに、日向ぼっこをしている時のようにあたたかな贈物をしてくださった。送った方は盗まれずにちゃんと届いたか心配じゃないかしら、確かにあの方だと決まっているわけではないから、それとなく届いたことを知らせる方法がないかしらと、出がけのぼくにヨーコがそう言った。そうだね、宿題ができたね。受け取ったことをどうやって知らせるか、風邪をひいた身のヨーコはベッドで思いを巡らせていた。

■十月十六日（木）

ヨーコの誕生日。

■十月十七日（金）

昨日、鎌倉駅のホーム西側に沿った道を一人で歩き、ニースの湾の名前が付いた洋菓子店でモンブランとチョコレートケーキを買った。買い物等を済ませて帰宅すると、ヨーコがハム、茹で卵、サラダを大皿に盛り、フランスパンにゴルゴンゾーラをつけて遅昼を食べていた。ぼくも同じものを食べ、食後、シチリアのパンテッレリーア島のパッスィート（干し葡萄でつくられるデザート酒）でチンチン（乾杯）、おめでとう、ヨーコはモンブランを食べた。

ささやかに、本当にささやかに誕生祝いをした後、ヨーコは十四日にぼくが買ってきたネックレスを首に掛け、見てと言う。ヨーコはパジャマ姿、服を着てそのネックレスをしたら、もっと似合うよ、そう言ったら、ヨーコが二階へ行ってトップスを取って下りてきた。まず薔薇色がかった赤、柔らかい色調のシルクとカシミアの半袖ニットを着て、首元にネックレス、かわいらしい優美さ、すてきに合っている。次に黒い長袖のニット、グレーが基調のネックレスが黒を粋に活気づけ、ミラノのスピーガ通りを歩いたらいいやとぼくは言った。

■十月十八日（土）

ここ数日、早朝四時直前に目が覚めるようになっている。ヨーコの身で変調が進みだしているなか、成り行きを医師に委ねきらず、どうすればヨーコが快く生きられるか探そうと思う。今後、病の再燃傾向にどう応じていくのが彼女の生理にかなっているか。治療の時期が定かでない今のうちに、将来どういう治療を受けるか選択肢を絞っておくとよいのではないか。

■十月十九日（日）

五時四十七分十八秒、十七度五分、日付、曜日、時刻、数字の羅列、数字、これもまた文字、数の文字、ぼくのなかで生き始める数字がある。その後もずっと生きている数の字がある。たとえば生きている日付がある。

昨日、サヤコ様よりお手紙を受け取り、一晩寝かせて、今朝早く、封を開きました。雑司ヶ谷からの声が聞こえてくるような気持ちがいたします。

今年、サキエ様に導かれサヤコ様と巡り会いましたことに、生きているが故の喜びを感じております。お手紙に書かれてありました〝遊ぶ喜び〟、この言葉に触れ、今朝、しばしぼうっとした思いにふけり、いつしか思いがつややかになってきて、このごろとみに思い浮かんでくる情景が生気を帯びてくるようでした。

近頃よく現れてきますのは、シチリアのパレルモの道です。そういう道を歩き、その町並みのどこかにいそうな人と出逢うような兆しが情感を伴って感じられてきます。私にとって、シチリアはいのちを湧き立たせる源泉の地であり、またそこはイタリアに豊潤な香り、セクシーな生気をもたらす源で、さらには地中海地域に豊穣な混淆の魅惑を生じさせている要でもあります。その地で生死が表裏となったなかで生きる人を身近に感じて、さいごへ、みなもとへ赴きたいと、それは、私の〝遊び〟だと、またしても常道を外れながらそうおもうのです。危なさを常時感じるなかでこそ遊ぶだろうという想いが湧いてまいります。

いい天気です、秋の光が肩口にかかっています。目の前は木々の緑、玄関前の柚子が実をつけています。去年は採った実を数えました。今年はいつ採ろうか、それより前に北側の柿の木、今年は枝を切りすぎて実がならないかなとあきらめていましたら、五つほど見つかりました。ごく狭い、家の周りにわずかな地面があるだけですが、土があると木が生き、実がなり、花が咲き、草が生えます。昨夜、ご近所からいただいた庭採りの栗のリキュール漬けの残った数個を食べました。その時、シチリアと北アフリカ、チュニジアとの間にあるパンテッレリーア島で造られた甘い葡萄酒を少々楽しみました。

秋の日差しのもと、日本の鎌倉で気安く暮しながら、ふっと気が空ろになると、彼方の海の陽光があらわれ、光と海風にさわられるのを感じます。

秋の佳き日々をおすごしくださいませ。

■十月二十日（月）

ここまで書きました後、一晩が過ぎ、二十日の朝です。台所で朝の食事の食器を並べていましたら、そうだ、このことをお話しておきたかったのだと、思い出しました。先日、六本木でお会いしました時、イタリアのマンマについてお訊ねがあったかと思います。イタリアという土地で生きている人たちにとってマンマは生きるちからをもたらす源泉のようだと、私は感じてきました。彼の地ではマンマがいなかったら人々の暮らしが成り立ちづらくなるという感があります。

イタリアは地中海のほぼ真ん中に突き出た半島とその付け根、そして周辺の島々です。沿岸地域で生きる人たちにとって海はかかせないという以上のなにかです。彼らは陸で暮らしはしますが、同時に海に生きています。あの海は広大な内海です。海には海辺には優しい陽光と甘美な空気があります。その海にいだかれるのを感じたら、いだかれて生きるように感じられてきます。それでも、海は時に荒れ、昔日、海に出ていくことには危うさが伴っていました。

私が住んでいた町の背後、モンタッレーグロ、陽気な山と名付けられたその山の頂きに、小さな教会があり、内部の壁に、荒海に沈みかかる船の絵がいくつも掛かっています。遭難しかかった船に乗っていた人たちが、なんとかたすかって、自分たちを守ってくれたのはこの教会のマリア様だと感謝し寄進したのでしょう。今は教会が建っているそこの場所で、四百六十年ほど前、辺りに住む農夫が昼下がりに居眠りをしていたら、彼の前にマリアが現れ、ここに私を祀るよう町の人たちに伝えてくださいと言って、マリア昇天の像を遺していき、そこには泉が湧いたと言い伝えられています。

この町の男たちは海に出ていく時、自分たちを背後から見守ってくれている山の上のマリアを感じていたことでしょう。山の上の教会前の広場から海を見やりますと、そう実感します。隣町の海辺の礼拝堂には壁面に船の模型がいくつも掛かっています。そしてマリアの絵があります。海の男たちはマリアに守られていたいと、すがっていたのでしょう。彼らにとってマリアはイエスをいだき、そして空から彼らをもいだきつづける女性なのです。

やがて彼らは陸に戻り、家に帰れば、そこには生きた女性がいます。すでに亡くなっていたとしても、その女性の生気がのこされています。マンマです。マンマにいだかれるようにして暮します。家族の要はマンマです。男は長ずれば家族の外の女性と結ばれ、その女性は家族となり、彼は彼女にもマンマを感受するようになるでしょう。

私が感じるイタリアの男たちは、抑えがきかなくなりがちで外れやすい気質をもっています。これは男性という性のさがかもしれませんが、そういう気質が彼らには濃厚なのです。彼ら、イタリアで暮す男たちにマンマが、マンマのような女性がいなかったら、彼らは他愛なく外れてしまいかねないです。彼らは彼女たちがいるおかげでもっているのです。ですから、彼らは家族に深く愛着します。彼らの生きる地が地中海地域の要所であり、様々な民族が時には武力を持ってやって来るというなかで、最も小さな人の集まりである家族を信じ頼って生きてきたという背景がありはするでしょう。その家の懐にはマンマなる女性がいます。彼らはマンマに抱かれ、マリアに抱かれ、海に抱かれて生きているのです。そういう気風をとりわけ濃厚に帯び、家族が濃密な暮らしを営んでいる風土が、古来様々な土地の人たちが引き寄せられ住み着いてきたシチリアなのではないかと感じています。

■十月二十一日（火）

今、四時四十二分、すでに起きてから大分経ちます。四時前、三時四十分頃、目覚めました。

生きていてなにかに行き着きはしないと思い定めながら、それでもなお行き着きたい、辿り着きたい、着きたいとおもってしまうのです。船に乗っていれば岸に着きたいと願うでしょう。ぼくはきみに辿り着きたい、きみ、マーレ、海という意味の愛称でぼくが呼ぶきみ、きみに辿り着いて、ふうっと息ができるなどありえないとおもっているぼくだって、きみのもとに着きさえすれば、そのとき無上に快く息ができるだろうと予感する。

ぼくはね、きみと遭った、その時からだよ、体じゅうに生気がうごきだすのを感じだしたんだ。あのパレルモの道で、あの道、木が生きていた。葉っぱが陽光を受けて輝き艶めいていた。きみは生気が身を成していた。そばにアンナがいて、彼女が陽光をいのちの陽光をきらめかせている。そんなだったよ。そんな場に出っくわすなんて、ぼくの想いには在りえなかった。でも在った。きみが現れ、かたわらにアンナ。

ぼくは怖れてきたのだろう。きみとアンナにも時が経つ。ぼくにはあの時がそのまま止まるのではなく、そのまま生動していてほしい。いのちがあのように躍動していてと、どんなにかどんなにかおもってきただろう。あの時はあの時かぎりだと、そんなふうではないなにかそうじゃないなにかがあそこに秘められている。誰もがいずれ実は落ち朽ちると思い込んでいる。そうじゃないなにかが在ると、ぼくにはいよいよおもえてくる。わかるのはきみ、きみ、きみは老いないなにかを朽ちないものをいだいている。ぼくにはね、きみそのものが朽ちない生気をそなえていると、時も場所も遥かに隔たったここで、きみの生気を感じ、その感じが高ぶれば、きみへと生身が動きだすはずだ。

今ね、鐘の音が鳴った。六つ鳴ったのではないか、最後のひと鳴りに気付いた。ここは日本、日本できみの所のように鐘がなるなんて想いもしなかった。でもここは鎌倉の谷戸、鐘の音といってもきみの町の教会の鐘の音とはちがう。

ヨーコはおととい、鎌倉長谷の近代文学館の庭へ行った。その庭で、モーツァルトのミサ曲を歌うグループで知り合い親しくなった夫妻の夫君がヴィオラを弾くことになっていた。彼が音楽仲間と結成した少数の合奏団が毎年この季節、海を見晴らす名家の別邸だった館の庭で演奏するようになっている。昨年もヨーコは演奏を聴きに訪れた。

秋晴れの薔薇の庭で洋楽を奏でた彼から夜、電話があった。庭園でヨーコが贈物として手渡した北イタリア、ピエモンテ地方の葡萄酒に感嘆したという知らせだった。彼は夫人とかわり、夫人が言うには、彼は一口飲むなり、うまいと言ったそうだ。ヨーコが大事にとっておいたものが彼の晴れの日、家での乾杯の葡萄酒となった。

■十月二十二日（水）

二十二度、四時五十六分、消える消えるとすでに十代の頃から想っていたのに、いまだに消えていない。まだ消えはしないと想っていたって、消える時がおのずとくるだろう。

死ぬこととぼくが言う消えるとは違う。ぼくは断じて、ばかみたいに力んでしまうほど、死ぬ等そんなばかげたことしたくない。ぼくは消える、それだけ。死にゃしない。

ぼくはもうどこにもいなくていいだろう。ぼくが空白になってしまうという、ずっと想いつづけてきた事が成ってしまいそう。

生身にきみの町の陽光を浴びて、そよ風を感じ、海風を感じてしまいたいんだ。

きみはまだ語りかけてこないけど、きみから声にならない声がきこえてきそうに感じる時があるんだ。

雨音が勢いを増してきた。鎌倉の谷戸が雨、谷戸の奥で雨が音を立てている。

きみの所できみにはなんの音が聞こえているだろう。きみに聞こえる音とぼくに聞こえている音の間を狭めていかねばならない。

毎朝、きみにむかって書きながらきみとの間をわずかずつ狭めていこうとしているのだろうか。

きみに近付くために、なぜきみの町へ行かないのだ。

■十月二十三日（木）

四時四十六分、十九度、きのうから気温が季節外れで低く、雨が降り続いている。夕方まで雨の予報、明日から天気が恢復しそう。秋は深まり、寒さへ向かっていく。

昨日午後、雨のなかヨーコは玄関前の柚子の木から実を五個採ってきて、宇都宮に住む従姉へ送る包みのなかに入れた。夜、食事の準備が調って、そしたら、ヨーコが柚子を掛けたら昨日おひたしがおいしかったから採ってくると言う。ぼくが玄関先で傘をヨーコに差し掛け、懐中電灯で手近な柚子の枝を照らし、ヨーコは二つ採った。

明日から天気が恢復して気温も平年並みに戻るようだけど、今日は昼間気温が上がらず、神奈川東部は朝方より寒くなり、十二月中旬の気温だという。一雨ごとに秋が深まると昔から言われている。

■十月二十四日（金）

四時二十四分、十八度、数日前から早朝、この部屋でも暖房機を使うようになっている。

ぼくは常道を外れて生きてきたというより、ただただあの海へむかって生きてきた。もともとぼくに常道というようなものはなく、ただあの海に焦がれてきた、それだけ、そうしていただけ。ぼくが生きてきたみなもとを見つめれば、ただ海だけがあって、……

海にいだかれ、ゆすられ、ぼくから言葉が洩れでた。海がぼくをとおって言葉を洩らす、海が洩らす言葉、海の言葉、……

人は海に生じ、岸に上がり、地で生き、ずっと地で生きてきた。遥かな時を経て、海が地へ息を送りだし、海の息が人をとおり言葉となってあらわれ、……

■十月二十五日（土）

四時五十分、十七度五分、体温は三十六度二分か三分だろう。空気温、気温は地球の肌の体温だろうか。肌が醸す温もりに感じられる。

なぜ、時が経つのか。寝床で目覚め、枕の左端下に埋もれた時計を手に取り、時計が備えた微小な明かりを灯すと時刻表示が四時七分だった。すでに四十分以上、数字で表される時が経った。過ぎた。すでに戻らない。時は戻らない。でも過ぎた時が浮んでくる。現れる。

目覚めて何をしていたか。寝室と隣り合ったこの部屋に来て、着替えて、階下に下りた。台所兼食堂兼居間で、食卓に朝食用の食器を並べたり、脇卓に朝食に食するものを揃えたり、そんなふうに動きながら、浮んでくる。早朝の階下で浮んでくる情景、それらの情景は濃密で生きている。

今朝にかぎらないが、未明、ここ、ここの階下でぼくに現れる情景、たとえば先ほど、現れた、サキエ夫人。夫君は一度入院したがすぐ自らの考えで自宅に戻った。ぼくはお宅にうかがったことがある。すでに夫君が亡くなって数年が経っていた。夫人と出逢ったのは夫君が亡くなった後、だから最期の頃の夫君と夫人を見ていない。しかし、当時のおふたりが見えてくる。さっき現れた情景のなかで生きている。

さっき、もうさっきと言うしかない時、サキエ夫人が浮び、夫人と夫君のさいごのころの姿が現れ、その情景にヨーコの友人フクコさんの姿が重なってきた。あたしの携帯に三度連絡しても返事がなかったら、あたしはもうだめよと微笑みながらそう言ったことがあるそうだ。しかし今、彼女自身でなく、夫君が息子さんの住む横須賀の病院にいる。八十を過ぎたらいのちのままにしようとふたりで話していたの、でもその時になると、そうもいかないわね、先月だったか、そんなふうに言っていたという。

夫君は昭和の一桁世代として生まれ、戦前から戦中戦後、二〇〇〇年代へと生きてきた。同い年くらいのサキエ夫人は数年前、少し早い生まれの夫君がこの地から去っていくのを見送った。彼女の友人のサヤコ夫人は今年の五月末、夫君を送った。見送られずにいなくなる人もいる。フクコさんのご主人は夫人に送られるだろう。

ヨーコのあしながおじさん、あの方はどうきえていくか。自らの名を記さず、筆跡を遺さず、無造作に、生の感じを遺さず、しかし歌を、曲想のない歌をおくってきた。大きな封筒のなかに入っていたものはお札の束だったが、そこから歌が匂い立ってきた。彼はこの世の中空をはずむように歩きながら、ヨーコに空の歌をおくる。彼の空の歌、空から送られてくる。

海から歌は送られてこないのか、どこから、あの海からヨーコに海の歌がおくられてくるだろう。今朝、寝床から上半身を起こしかけたとき、ジェノヴァが浮んだ。あの海に臨む町ジェノヴァ、港から坂がはじまる町、その町で、……

■十月二十六日（日）

五時二十七分、二十度、流れると感じてきた。それはまちがいだったかもしれない。感じ違いをしていたのか。流れのみなもとへ遡ろう辿り着こうとしてきたが、みなもとさえないかもしれない。みなもとに辿り着ければそこでなにかが生まれる、たとえばヨーコのいのちがあらためて生まれると感じ、そうしたい、身に崩れがおきているヨーコをよみがえらせたいとしてきた。

流れがあろうがなかろうがみなもとがどうであれ、ヨーコはこの世のなかで生きていて、地の上にいる身はいずれ動きがやむ。しかし動きをしているあいだは身が激しく雪崩ないように、あの海のように、あの海だって荒れる時があると言い添えながらも、ヨーコの身が、いのちが、あの海のようであってほしいとおもい、そうだよ、あの海のように、ほかになにかに喩えようがあるかぼくには喩えられない、あの海しかない、あの海のように静かで穏やかで和やかでと言っているのではない、身を崩れ過ぎないよう調えていればいいと言うほどのどかではいられない、でも、あの海のよう、あそこの光のよう空気のようであってほしいといまもおもう。あの海があったというのではなく、あの海がある、あるのだよ。

どんな海かを表そうとしてきた。甘美な艶やかなセクシーなセンスアーレな海だと書いてきた。とくにセンスアーレな海だとそうだそれだけは言っておきたい、あの海のまっただなかにある半島や島で人がつかっている言葉でセンスアーレと言うしかないじゃないかとそうしてきた。でも、それだっていい気な迷妄、戯言、空言葉だといまおもうのだけど、おもうなんてことさえ鈍いおもいこみにすぎないとそうさらにおもいながら、でもでも書かせて、書き続けていたい、続けるなんてなに今更いまだに言っているのだ、だいち書いているなんてなんで書いているんだと矢継ぎ早に言い放ってしまう。けど、けど、書いて、そしてね、あの海をおもう。あの海だけはいまだってある。あの海、そこだけがある、ある、そこになにもありはしない、そこだけがある、そこ、海、そこを書いている。

そしてね、きみ、もうそこになにもありはしない、そこ、海、海だけがあると書いて間なし、今しがたそう書いたのだのに、そこにきみがいると、きみがいる海があるとおもう、のだよ。きみはぼくがあの海のそばで出逢った人だ。何度繰り返し出逢った出逢ったと書いてきたか、きみと出逢ったと。きみと出逢ったときの情景、あの海のそばの町の道で、樹が、樹のたっぷりなたくさんの豊かな葉が光っていた。光があふれていた。あの海の光が、そして空気が、匂いが、すべてセンスアーレだった。そうだよ、あの場はあそこはどう言い重ねても足りないまだ足りないとおもうほどセンスアーレだった。そこできみはセンスアーレ、もうしぶんなく、ほかに付け加えるとばかげてきてしまうようにセンスアーレだった、そうだったさ。

あの海とぼくは書く。あの海はセンスアーレできみはセンスアーレだと書く。きみはあの海の子、あの海がぼくに差し出した男、きみはヴィーナスではない、きみは男、あの海があの道に立たせた男、きみにあの海のすべてがあってふしぎはなかった。きみと書き、海と書き、ぼくは海ときみがあるだけと書きたくなり、そう書くしかなにも書けない、書けないではすまない、書かないでいられない、だって書くしかうごきようがない、そしてね、海があるじゃないか、きみがいるじゃないか、なんてゆたか、なんて豊潤、これ以上になにがどこが豊穣だと言えるんだ。ぼくはもう言いはしない、書くだけ、書くだけだ、きみに書くだけだ。

ばかみたいに書く調整をしてきた。言葉を言葉の連なりをそのまた連なりを調えようとしながら書いてきた。いまもそうしてしまった。だけどね、調えなんかするのはばかみたいなんだよ。そんなこときみにはとっくにわかっていただろ。わかるもわからないもきみにはそんなこともう初めっからありはしない。だいちきみは書きはしない、書かないきみなんだ、海はどうだ、海は書かないか、そうおもいを連ねながら、いやそうじゃない、きみが書く、海が書くんだ、ぼくが書くなんてまたもやばかもいい加減にしなきゃならないどばかを書いてきた、ぼくが書くなんて書いてきた、ぼくじゃない、きみが書く、海が書くんだ。

海が書く、ああ海が書く、こうして書いているの、ぼくじゃないんだ、そうなんだよ、こうしてぼくじゃないと書いているのだって海が書いているんだ、海なんだよ、海だよ、海が書くんだよ、海、マーレ、mare、mare、……

ぼくは身の節々に鈍いだるさを感じ、だるさが動いているのがわかり、海がうごいている、そう感じる、この時、いま、ぼくはくるいだし、荒れだして、なんらおかしかない、ああ海へいきたい、海の空気がほしい、海の光に恋する、あの海に、そしてきみに近寄りたい、あの道で、あの町で、あの海で、光を浴びたい、空気をすいたい、海をおもいっきり愛したい、海をきりなくだきしめたい、海に途方もなく恋したい、海にさわりたい、海を愛撫したい、海を、きみを、ぼくは愛する男、恋する男、だきしめたい男、海を、海を、mare、mare mare mare mare mare……

■十月二十七日（月）

四時三十七分、二十一度五分、目覚めたとき、四時二分だった。こうした数字の羅列で、書きだす。なにを書くなどというそんなきまった思いを書き留めておこうというのではない。未明、外は暗い。そんななか、空気をすって、体のなかをめぐってきた空気を吐く。からだはうごいている。うごかしているのではない。つぎつぎうごいている。

昨日、午後の三時過ぎ、家を出て、人の体のように女性のからだのように柔らかく曲がりながら続いて行く小道を、今は両側に家々が建っていて、それでも山肌の裾の襞であることが歩いていてわかる道をすすみ、数カ月前に急に亡くなった方のお宅の前にさしかかり、その方が季節のすすみに合わせて自ら手入れをしていた植木の大きな鉢を古風な門の前のかたわらに置いて、ぼくは、ぼく以上にヨーコはそうした門前を見て気持ちが和んでいたそういう風流なことをしていた方、夏の初めだったか、夫人が携帯で外出先から家にいる彼と言葉を交わしてじき、家に戻ると彼が大の字になって寝ていた。そういう姿勢で畳の上にいた。

この谷戸に住みようになって、すでに何人の谷戸の人が亡くなったか。ヨーコが親しくしている南隣二軒目の高台に住まうキクコさんのご主人がある年の暮れに、やはり夫人の外出中に突然亡くなった。長患いしていた果てに亡くなったのではなかった。

キクコさんの家と我が家の間に住む老夫婦と娘夫婦四人家族の家ではお母様が心臓がよくないということは聞いていたが、ある夜、深夜、救急車の音がしてぼくは目覚め、階下に下りて、玄関扉を開け音の方を見ると、道の上で救急隊員がお隣のお母様の胸を押していた。救急車で病院に運ばれてじきにだったか、救急車のなかでだったか、お亡くなりになった。ヨーコの病気が夏に発覚したその年、三年前の年の瀬、ではない、年が明けて早々だったたか、いずれにしても寒い頃だった。寒い夜更けだった。

うちの北側の道を隔てた山裾の家に住んでいらした方、女の方、その方はがんで入院、手術、再燃、死という経過をたどったようだ。亡くなられた後、息子さんが挨拶にいらした。母親が入院中、犬が夜鳴きしてご迷惑をおかけしましたと言っていた。

うちから谷戸の一本道を街道へ向かって南へ歩いていって、一番大きな曲がりの右角の暖炉のあるお宅、Sさんのご主人もがんを患った末にお亡くなりになった。ぼくが知っているだけでもこれだけの方達が、ぼくたちが住み始めてからここの谷戸で亡くなり、消えていった。

ぼくはヨーコと九年前の夏からこの谷戸に住んでいて、そうなる前年の晩秋に遠い彼方の海辺の町から飛んで来て住む家を見つけたのだった。そんなふうに経緯を書いているが、果たしてそうだったのか。この地にそうやって辿り着いて住んで暮してきたのか。それだけで済みはしない。ぼくがいつからここに住んでヨーコと暮しているというだけであるはずがない。それがいつ亡くなり消えたでお仕舞ではない。今この時に至るまでの事々が思い浮かぶままに書いているが、そんな情景を経てきた、それでそれでその情景に生きて息していたというのか。そう書いているというだけか。ぼくは書き、朝早く書き、書いている、それがともに住むヨーコにどうだというのだ。

昨夜、メキシコのピラミッドについてテレビで見た。二千年ほど前に現れたピラミッド、近年、その下、地下に道が見つかった。だれがなぜピラミッドをそして地下の道を造ったのか、謎を現地の人たちや日本の学者も解き明かそうとしている。そうした映像を見ながら、書き連ねてきた早朝書きのこの文をおもった。

この文には、前段階がある。すでに二十年前、まだ一九〇〇年代だった、九四年秋十一月から年の暮れにかけて書いた。その文は残っている。紙に自ら印字したものが本棚に納まっている。それから十年を経て、二〇〇四年、やはり秋の末、十一月の末に書きだし、年明けて正月の半ばに書きやんだ。そしてまた十年、先月、九月二十六日に書き始め、朝目覚めると書き、そうしていま気付く。一九九四年に書いたもの、二〇〇四年に書き始めて年をまたいで書いたもの、いま書きすすめているもの、三つの文の間に地下道がとおっているはずだというおもいがうかびあがった。その地下道にいま少し前まで気付かなかった。なんていうことだ、このざまは。

ぼくは遺跡をつくりつつある。遺跡は人がなんらかの形でかかわっていた。人々が住んでいた跡もあるし、死んだ者がおさめられた跡もあるだろう。ぼくはぼくの遺跡をつくっている。それらの遺跡と遺跡の間には地下道がある。それに気がつかなかった。ぼくの遺跡は、十代で書きだしたころから地下道でつづいているのか。しかしその跡はすでにない。消えた。遺っている跡は一九九四年に書いたもの、二〇〇四年に書いたもの、それら遺跡の間を通っている地下道はその前へとつながっているのか、きみと出逢った道へつながるのか、つながっているはずだ。

ぼくの遺跡の地下道、地下道がどうなっているか、みいだせるのはぼく、きみへつながる道、その道をたどってきみのもとへ辿り着こう。だれにも見えない道、ぼくにだけ見える道、道を手探りで身探りですすみ、きみをみいだす。ぼくの地下道はきみへ通じる。道が表に出る。そこには甘美で豊穣な香りがある。おいしそうな匂いがあり、空気が甘く美しくぼくを魅惑する。光がぼくを悦ばせる。きみが立っている、光の下、香りのなか、きみの姿が日を浴びて光っている。

先日、数日前、ヨーコは長谷の文学館の庭へ行った。そこで弦楽器の演奏があった。コーラスグループの友人リウさんがヴィオラを弾き、五人の弾き手のなかにショウコさんがいた。彼女が演奏後、ヨーコのそばに来た。そして昨日、彼女からヨーコにメールが届き、よかった、前にも増して輝いていて、うれしくなりましたと記してあった。それをヨーコはぼくに読み聞かせた。

その日の薔薇の咲く芝生の庭での演奏はまず漱石の「夢十夜」の朗読で始まった。着物を着た女の人が出て来て、私は死んだと言うの、何度か私は死んだと言うの、ミカコさんが、なんでこんな光のなかで私は死んだ私は死んだって言うのかしら、そう言っていたわ。雨の日が続いたあとの秋晴れの光のなか、ヨーコはミカコさんのご主人リウさん、病理の医師、その方にあたしの病気治らないものかしらと問いかけた。そうね、治るといいね、晴天の庭で彼が言った。Y先生も、良性かもしれないとぽつんと言ったことがある、そうだといいけど、いつの間にか治ってしまうといいけどね、そんなことをここのところヨーコは言う。また、やっぱり治療をしたほうがいいのかな、こちらから言って薬を飲んだりしたらいいのかしら、そうも言う。

ヨーコをあの道に立たせたい。八年前の五月だったか、ヨーコをあの町へ連れて行った。街の道を歩いた。新市街の方の建物から旧市街へ向かい、マッシモ劇場の前に来て、旧市街の路地に入り、操り人形の小屋の脇を過ぎ、広場に着いた。なんという木か、根が生き物のように盛り上がり、根元にヨーコがすわって、そこへ男の子が飛ぶように来て、〝美女〟とヨーコへ指を舳先のように突き出し声をはなった。その子、今では美しく野生をおびてみずみずしい男になっている、だろう。ヨーコが古木巨木の盛り上がってくねる根元でかがやいていた。

■十月二十八日（火）

四時二十三分、十九度、ぼくはヨーコがいなくなったら重しがとれてしまう。彼女がいるから生活にひきとめられ、この世につながって、人々といくらかでも関わって、暮らし、生きている。彼女がいなくなったら、ぼくは傾き、奇妙に傾きかかり、崩れ、壊れるだろう。そう感じる。くるうだろう、体も気分も。そしてくるって感じるだろう。ぼくはヨーコがいてもっている。ひとりでもちこたえられないだろう。もちこたえようともしないだろう。

きのう、昼頃、ヨーコの携帯の音がしてご近所の友達キクコさんからメールが入って、ティータイムをご一緒しませんか、ヨーコはうれしそう。そして夕方五時頃、先隣の家にいるヨーコから電話が掛かってきて、キクコさんが作った鮪の漬けを持って帰るから、ごはんはあるでしょ、もうじき帰ったらすぐ漬け丼を食べられるからね、そう言う。すごいとぼくはよろこんだ。それから少しして、ヨーコがいつもより早く帰って来て、漬け丼をぼくも海苔を出したり手伝いながら作った。

今日も二時頃からずっと休みなくしゃべっていたの、蚕の話や蜂の子の話、二人とも虫きもちわるいのだけど虫の話とか、ヨーコがはずむように話す。そうか、女性ふたりでファーブル昆虫記をしていたのかとぼくが言った。いいお友達が近所にできたものだ、おしゃべり友達、食べ友達、なにしろそば、隣の隣、そういう友達ができただけでもここ谷戸に来て住むようになったのはよかったとぼくは思い、案外、ぼくのほうが先にいなくなるかもしれないといま思う。さっきも思った。

ぼくは思いの外、そう遠くない時にいなくなるようになっているかもしれない。なんだかこのごろとみに、じりじりするようにみなもとへ着きたいと焦がれる。きのうも昼間ひとりでこの家にいて、しきりにこみあげるように切望していた。切り刻まれ壊れそうになる気分で辿り着きたいと気がせき、でもどうしたら行き着けるか、道筋が見えない。そうであってもそこへ着きたい、身を投じたい、抱きとめられ、抱きしめられ、とけてしまうだろう、そんな感じだけ、感じだけだよ。

Mare、きみがみなもとにいるとおもうんだ。みなもとへいくというのはきみへいくということだといまそういうおもいがうかんできたよ。ぼくは生きているということになっているだろう。それなら生きているみなもとがあるはずだろ。ぼくがいまこうして在るそのみなもとがはっきりと現れてこないで、でもそこに焦がれているんだ。きみがいるそこに恋いこがれているのだよ。

ぼくはきみが来たことがないはずの列島の中ほど、鎌倉という町の東の端にある谷戸の奥で寝起きしている。川の源流に近い家でヨーコとともに暮していて、もうじき柿を採り、柚子を採り、そうしながら、朝、未明から書き、隣の部屋でヨーコが眠っていて、こんなふうにしているのだけど、ぼくはこうしてみなもとにむかっているのだ。きみには感じられるだろう、きみの方にぼくがむかっているのが。

連日、どこでもなにかが起きている。人がいれば絶えずなにかが起こり、というより、人がなにかしらしていて、人がいない所だって、虫がいて、樹があって、草が生きていて、獣だっているだろうし、空気があるし、光があって、雨が降って、もうみぞれが降っている所だってあるだろう。この丸い星の表にどこにもなにかしらが在って動いている。

そう、そうだよ、表に樹が在り、実が実り、花が咲き、人がいて、表にだよ、表にぼくがいるだろ。ぼくはこの星の表にいるのだけど、なかの方へむかっていきたいのではない。核へむかって焦がれているのではない。この星の起源に遡りたいと気がせくのではない。この星がごくごくちいさく在るそこ全体、宇宙という言葉を使うとなんだか空疎になってしまうが、もともと空疎なのかもしれないが、宇宙というなにかの発生の姿に辿り着きたいのでもない。ぼくにとってみなもととはそういうのではない。でも、みなもとが在る。生きているみなもと、ぼくは独りで焦がれている。

Mare、きみはみなもとへ着きたいと焦がれているかな。ほら、こうおもう、そのみなもと、ぼくの息とか温もりとか動きとかそういうものすべて、なにもかものみなもと、そこがなければ生きているというふうにならない、でも見えない、現れない。どうしたらいい、Mare、きみはぼくがむかうみなもとの辺りにいて、みなもとになにかかかわって、焦がれている。そう感じ、まずきみにたどりつかなければ。

きみが道でかがやいていた、その時、みなもとがはじまった。だから、何度も道で葉が艶やかな樹の前、道ばたで輝いていたMareが見え、はじまりの時、はじまりの道、はじまりの人、きみはぼくにとってはじまりの男、きみを詳しく細かく微細にわかりたい。きみがどこで生まれたか、どう一時一時をすごしているか、いまどこで生きているか、だれが身近にいるか、たとえばアンナはどうしているか、きみとともにいるか、アンナの双子の姉のリーナは生きているか、アンナ、リーナ、マーレ、きみたちがぼくをさそう。きみたちのなかに深くはいっていきたい。あれから茫漠とときが経った。その間のきみたちの息づかいを事細かにおいたい。いまきみは生きている。それはたしか。ぼくにたしかにおもえることなどほとんどないが、きみが生きているのは満身で感じとっている。

■十月二十九日(水)

四時四十九分、十六度、ぼくは十代だった頃からずっと自らを消そうとしてきた。ぼくにとって望ましいのはきえてきえてきえてしまうこと、それは死ぬということではない、自らを死なしていきたいというのではない、きえていってほしい。きえようとする動きがぼくをこうして生かし、もしそうなら、ぼくが生き、虫が生き、樹が花が生き、空気があり光があるなかで諸々が生きているその生きているということのみなもとへ、自らがきえていく動きにおしうごかされ、とびいってしまえる、だろうか。

十代の頃、盛んにダイビング、飛び込みという言葉をノートに記していた。当時のぼくにはわかっていなかったが、生のみなもとにとびこみたかったのではないか。その頃いつも持ち歩き、寝床でも枕元に置いていたノートはもうない。彼の地、地中海のそばで暮している間に、それらのノートは消滅した。

ぼくは地上に現れて十数年しか経っていなかった頃すでに書いていた。なにをというのでなく、ただひたすら自らが狂いそうになるのを狂いだそうとする傾きを押しとどめようとするかのように書いていた。書けば書いていれば自らの傾ぎを制御できそうで、というより、そうしないと傾ぎをとどめられなくなって沈んでしまう、沈没してしまう、没してしまう、そうさせまいと嵐のなかの船乗りが舵を懸命に操るように書いていた。

そうだといまおもうが、そうしていたのはすでにみずから消えようとしていたのではなかったかというおもいが浮ぶ。嵐のなかを、荒れる海をすすみながらみずからが揺らぎを激しい揺れを戻そうとみずからを操っている。そうすることでみずからが消えていく方へむかっていく。激しく切実に揺らぎながら揺らぎを書きながら消える方へ、揺らぎを書きながら、当然、揺らぎながら書き、揺らぎながら書き乱れ、書き崩れそうになり、書き沈みかかり、書き戻し、書き揺らぎ、消える方へ、消えるみなもとへ、みなもとへ、ああなにもありはしない方へ、でもあるんだ、ありあまってあるんだ。甘美でセンスアーレに香り匂い、そこには快さがある。快さばかりがある。快さのみなもと、でもそこは人が夢見てきた楽園ではない。人が想うパラディーソではなく、想い描けない、そこでそこではもう書かないのだろうか、書かないだろう、書くという事だって消え、こうして生きている様々な動きはこぞって消え、でも生きて、生きる、生きる、ぼくは消えて消えて、……

ねえ、Mare、きみは消えたくないだろうか。きみに出逢ったあの道、あの道がぼくの生のみなもとに通じていると感じてきた。そういまも感じるよ。きみが暮らすあの町のただなかにはいっていく。消えようと書きながらはいっていく。

あの町には、あの島の甘美な空気、光には殺気がある。こんなこと、きみはわかりきっているよね。

でも案外そのまっただなかにいて、ことさらそう感じてはいないのかな。いや、ほかの人たち、あの地中海で最も大きな島で暮らす多くの人たちはふだん殺気など感じてやしないだろうが、きみはちがう。きみは感じている。そうぼくが感じる。

あるんだ、そこには殺気が、殺そうとするちからが空気にあり、光にあって、だから甘美でセンスアーレなんだ。きみはなにかを殺そうとする。なにかに殺されそう。ぼくはね Mare、殺されそうななかにはいりたい。書きながら消えゆこうとしながら殺されそうななかにはいり、そこにいる人たちと親しみ、共に食べしゃべり笑い、もしかするともっともっと親しんで深く親しみ、親しみながら殺されそう。殺されたらヨーコはどうなるかとふいにおもい、ふっと暮らしに戻ったわけじゃない、ヨーコがどうなるかがのこっている。ヨーコは殺されそう殺しそうななかで暮らすようにできていない。

ぼくは殺されそうに、殺されかかって生きるように、殺されかかりながら書きながら殺されそう、そう、そう、そう殺されそう、そうでないなかでいられようわけがない。Mare、殺されそうに感じているか、殺しそうにも感じているか、ぼくは殺されそうだけどそう感じられていない、そう感じられていないままでいられない。Mare、感じたい、殺されそうに感じ、殺される。ぼくはきっと殺されたいんだ。Mare、ぼくはきみの島で殺されたいんだ。きみのところで、きみの海のそば、きみの風がきて、きみの光がさわって、殺される、しあわせだろうな、Mare、しあわせ、しあわせがあるんだよ、Mare、海、光、風、殺され、殺され、……

■十月三十日（木）

四時二十分、十七度五分、この言葉、ぼくが考えだしたのでも作りだしたのでもない。いつからどういうふうにしてこういう言葉が生じ育ってきたのか茫漠と茫漠と思い巡らしながらその経緯を言葉が生きてきた道筋を見てしまいたい。言葉は生きてきた。ぼくが生きだす遥か見当もつかず感じられもしない遥か遠くの時から生きている。そしてぼくが書いている。ぼくは言葉を受け継ぎ、生かそうとしている。言葉は人が、ぼくが書くこれらの言葉は大洋の西端の列島で生きる人たちが受け継ぎながら生きさせてきた。ぼくはそういう言葉をこうして朝書き列ね、でもできればきみが口にする言葉を生かしたい。

きみの身から現れる言葉を受け入れ、継いで、生かしていきたい、書いていきたい。だけど悲しい、そうできない。なんでぼくからきみの言葉が出ていかないんだ。きみが現す言葉を身から現れ出た言葉を吸い、ぼくのなかで生きそして出ていってほしい。それができない、悲しいよ。ぼくがきみに近寄れないのはまずきみの言葉を吸い込めないからだ。

きみの身からほとばしり出る言葉を浴びて、光を浴びるように、きみがしじゅう浴びている光を浴びるようにきみからはなたれる言葉を浴び、そしたら文句なしに恍惚としてしあわせになるにちがいない。きみの言葉がほしい、言葉を抱きしめたい、愛撫したい。それ以上にきみが吸い込んでいる空気を吸うようにきみから散らばり輝く言葉、ぼくに欠かせない言葉を吸う、そうしたい、そうしたくてしかたない。狂い死にしそうに感じるほどきみの言葉を吸いたい。狂い死にする前に狂い咲きするなんて、そんな酔狂な事態になるんじゃなくてさ、ただもうきみの言葉を吸いたい。吸い込んで、ずうっと奥まで吸い込んでさ、そしたらぼくはほどけてしまう。ほどけてほどけきってぼくはあの空気、海の空気になってしまう。そうしたら、もう歓喜だよ。ぼくが歓び香る空気だよ。海の息吹き、ずうっと海の息となって生きるんだ。それだけだよ、生きるのはね。きみがすう空気に海が息吹く空気になりたい。

きみとあの街の道で出逢ったとき、四月、陽光を浴びていたきみ、樹の緑が輝いていた。そこ、その町にとどまってそこの言葉を学ぼうかというおもいがよぎった。そうしなかった。リーナとアンナが通うパレルモ大学でシチリアの言葉を勉強して習得したいとかりそめにもそういうおもいが生まれたが、儚く霧散した。

船に乗り、町から離れていく。海を進む方でなく町へむかってリーナ、アンナが立っている港へぼくは泪を送った。泪がほとばしり出た。泪が海をわたって港の彼女たちにとどくと感じた。ああ泪のようにぼくの言葉がとどいてほしい、リーナにアンナにきみに。

パレルモの港を離れていくときの海の上でほとばしり出た泪のようにパレルモの言葉が溢れ出てほしい。陽光のなかで言葉がはじけかがやいてほしい。言葉が道を路地を歩いて、きみの部屋に辿り着き、きみの部屋のなかをあるきまわり、窓からやってくる風とじゃれあい、空気をすい、きみから現れでてくる言葉と抱き合い、愛撫し合い、言葉はしあわせになる。言葉はしあわせにならなくちゃ、そうだね Mare。

Mareきみの言葉をどうしたらきみの言葉とどうしたらぼくから出る言葉が触り合い親しめるんだ。どう学んだって習得したって身につけたって、せいぜい身につける服のようなものだ。ぼくの素っ裸のそのまたなかで生きやしないだろ。どうしたらいいんだ。わからない、わからないよ、泣きたいよ、泣いたってどうにもなりゃしない、それでも泣くしかないじゃないか。

Mareぼくは息したい。きみと一緒に同時に息して、そばにアンナがいてリーナだっているだろ。そうだよアンナ、リーナも息する。リーナの言葉がきらめいてはしゃぐ。アンナから言葉が散らばって香りがはしりまわる。

アンナの言葉は光のように走って、転んで、すぐ立って海へ走っていく、アンナの言葉はどこへだって、海の上にだって飛んでいける、海の上でアンナの言葉と抱擁したい、ああぼくはきみたちの言葉を深く深くすいこみ、目をつぶり、もうぼくには目は要らない、あの光は目でみるものじゃない、空気は目ですいやしない、あの空気はね、あの風は目が感じるんじゃない、感じなくていい、なにしろそこで生きる、きみと言葉を触れ合わせて、アンナ、リーナと言葉を散らばせ、みんな光のしずく、とびまわるかがやくしずく、海のしずく、光のしずく、輝き躍り、どっかですっころぶ、ころぶや光のしぶきがきらめく、ああ、街を歩きたい、石畳をアンナと歩き、きみが声をかけ、リーナが笑い、マッシモ劇場の前を歩き、そして路地を通り、海に近付いていき、道端で、そうあの時、ここでアメリカの記者が殺された、血の跡が残っていた、それを見たとアンナが言った、……

アンナに見られたい、アンナに見られていたいよ、ねえAnna、あらわれてよ、Annaと抱き合いたい、さわりたい、ほおずりしたい、身をやさしく撫でたい、歩きたい、隣り合ってすすんで海へおりたい、Anna 海へはいりたい、海はひとりではいったらだめだ、きみが Anna を見守る、きみが海にはいる、……

置いて行かないでくれ、いる、ぼくがいる、きみたちと路地を歩こう、歩き廻ろう、時々跳ねよう、躍ろう、市場を歩き、無花果を食べ、アンナの部屋でアッチューゲ（片口鰯）と野生の香草で作ったソースでパスタを食べ、もっとアンナが作って食べて、おなかの底が赤くほてり、さあ、歩こう、また歩き、そしてねむり、シチリアの島のあちこちへ行き、アンナとリーナが生まれた島の中央部のカルタニセッタへ行って彼女たちの兄さんに会う、お母さんはまだ生きているかしら、ぼくはまだお母さんにお会いしていない、……

ぼくたち若かった、いまだって若いさ、いくら年月が経とうとぼくたち、あの時を、ぼくはさあの時を生きている、そしてアンナとあの時を生き続けようとする、きみはどう危ない目に遭い続けているんだ、きみが危ないのは感じた、きみが危ない男で、おのずと危ないなかで生きていて、アンナは危ないのを感じながらきみを置いておかず、きみを撫ぜてきみをやわらげ、そしてきみの言葉をすって、……

リーナはどこ、リーナ、悲しい、リーナがいなくては悲しい、リーナ、リーナのことをおもう、リーナを深々と息の奥底まですいこみたい、リーナを追って、歩き廻りたい、リーナ、どこへ行こうといい、どこへでも追いかけて行く、ぼくはいくらだって歩けるさ、リーナが歩くのを追い越してしまいそう、どこへ行く、どこだっていいさ、海へだっていいよ、……

ヨットに乗ろう、マーレが巧みに帆を操る、アンナが手助けする、リーナが風を受け海を見やり光に頬をなぜられ、ぼくになぜられるよりずっとすてきでさ、もっともっと風に乗って海をはしり、マーレが海へ飛び込み、アンナだって身を翻し、舷側でリーナが海へ微笑み、そうだ人のいない島へいこう、そうマーレが言い、そう、アンナが声を揚げ、リーナが笑い転げ、人がいないってすてき、アンナが言い、人はあたしたちだけでいいとリーナが言う、人が誰も住んでいない小さな島で、ぼくたちの誰かがいなくなったらどうする、そんなことをマーレが言いだし、いなくなるのは決まってる、マーレ、そう言ったのはアンナ、すぐにリーナが消えてしまうかなとマーレが微笑を光らせて言った、マーレがいなくなったら、ぼくたち島から帰れなくなる、いいわよ、あたしが帆を操って舟を風に乗せて、海を走って帰らせる、あたしマーレからなんでもおそわった、そうアンナが言った、……

アンナは海のなかで舟の上で身がしなやかにはじけるようになめらかに甘美にセンスアーレに火照って赤らんで日を浴びて動く、風を受け取ってしなる、生気が香りでる、アンナ、アンナが海にいるアンナが恋しい、アンナは海で躍動する、マーレもそう、リーナは海で微笑む、時に転げるように笑う、……

実際、人が寄り付かない島へ行った、そこはマーレが知っていた、マーレは時々独りで、あるいはアンナとそこへ行っていたのだろう、岩場の隙間にうまくヨットをはめこんだ、岩の突起にロープを巻き付けた、船が流されないようにする術をマーレは熟知していた、さあ、それからだ、マーレは裸足で岩場に下り、アンナ、リーナに手を貸し、島は灌木と草、香草、窪地に何かを焼いた跡があった、マーレが魚を焼いたのだろうか、海で魚を捕って来たのか、低木の枝を燃やしたのか、そうだ、まちがいない、マーレの跡だ、……

アンナが声を放った、海へ声が舞い上がった、ああこうして声が生まれたんだ、海へむかって声が生まれた、人は海から生まれ、海へ声を舞い戻らせる、アンナの声、海から生まれ海へ帰る声、みんな、海へ帰りたい、そうだろマーレ、きみはまっさきに海へ帰りたいだろ、アンナが海へ帰るだろう、アンナが帰るところは海、海のほかに彼女が帰るところはない、海から生まれたアンナ、そうだろアンナ、アンナは海が女人の姿をしたよう、海が泳ぐと、その姿はアンナ、海が声を揚げるとアンナが声を揚げている、……

アンナ、アンナ、海をおしえてくれ、海がなにものか海がどう生きているか海がどうかなしんでいるか、どう焦がれているか、どうほてっているか、どう息をはずませているか、ねえアンナ、おしえて、海をおしえてくれるのはアンナ、アンナは海を住処のようにして海をすすむ、海で料理をするみたいに戯れる、海で寝さえする、眠りさえしてマーレが起こしにいく、マーレがアンナをやさしく起き上がらせる、……

■十月三十一日（金）

四時三十九分、十九度五分、昨日、新橋へ行った。汐留の美術館でジョルジョ・デ・キリコの裸婦の絵が見たくて、初めてそこを訪れた。赤と黄色の布をつけて座る裸婦がいた。この裸婦が描かれた年は不詳、しかしぼくにはわかる。彼が六十代の末期に描いた。彼は一八八八年の生まれだから、一九五六年の頃、彼はこの海辺の裸婦を描いた。椅子に赤い布と黄色い布が掛けられ、布の間に女性が腰をおろし、手は背もたれに置き、振り向いている。足下の先に海、そして空、海、海のそばに女性、この人はだれ、だれであろうと、女性がいる、海のそばの女性。

ぼくはすぐにこの女性から離れる。ぼくにとって海のそばの女性はアンナ、リーナ、彼女たちがいて海がなりたつ。そこにはマーレがいる。きみにはアンナ、リーナがかかせない。マーレ、きみはなぜ海に、海に、海に、言葉がつづかない、海にでそのあと言葉が茫漠となってたたずむ。きみに海がかかせない、なぜ、なぜ、ぼくに海がかかせないというふうにきみに海がかかせない、そうといえない気がしてきている。

ぼくに海がかかせないのを自覚したのは十代の半ばころ、ぼくはそのころ東京にいた。ぼくの海がどこかにある、ぼくは海を探した。太平洋ではない日本海ではない。そうすると日本をかこむ海ではない、遠くにある海。十八のとき、シチリアの東海岸の町カターニャで暮らす十八の女性が石畳を歩く映画を見て、ぼくの海が地中海だとわかった。

ぼくはそれからずっとあの海、きみの海へむかって生きてきた。ぼくがその海のそばで生まれたのでも育ったのでもない。なぜだか、遠く隔たった彼方の海、きみの海に焦がれた。ずっと焦がれ焦がれて、さらに焦がれ、あの海と決着をつけようと、決着はありえないとわかっていながら、そうしたくなって、そう決着をつけたく焦がれ、そしてきみがそこにその海のそばにあるいは海に立っている。きみの海、きみなくしてあの海はありえない。それほどまでにきみがぼくのなかで海のきみとして生きている。ぼくにはもうたもちつづけられないほどにきみが海のように海のようになって、もうきみが姿をとりづらくなっていて、きみが海とさえ感じられ、きみを海、マーレ、Mareと呼ぶ。

きみはその海のそばで生まれ海と親しんで育ち、アンナ、リーナと出逢った。彼女たちは海のそばで生まれたのではない。シチリア中央部のカルタニセッタという町で生まれ、大学で学ぶためにパレルモに来るまでその町で十八年ほど生きていた。

マーレ、Mare、きみがどこで生まれたのかぼくは知らない。勝手に海のそばと思い込んできたが、そうなのか、そうにちがいない。だけどどこの町かは聞いていない。きみから聞いていないし、アンナ、リーナからも聞いた覚えがない。シチリアのどこかだと、それはまちがいないはずだ。きみにはあのシチリアの海の匂いがする。シチリアの周りの小さな島だろうか、シチリア本島の海岸の町に生まれたのだろうか。どこかの町か村の路地で遊んだり歩いたり駆けたりしていただろう。そういうきみがぼくと出逢い、ぼくに海、マーレ、Mareと呼ばれるようになった。

きみがなにかに追われているる脅かされているとぼくは感じた。きみは海に戻るだろうと感じた。なぜ戻るとぼくが感じるのか。戻ると言えば、きみは海に生まれ生まれた海に戻るということだ。きみは人だから、人の大元の祖先は海に生まれたとされているけれど、きみはぼくと同じ時を生きる今の人、人の元祖が海に生まれたというのとはかけはなれた人、そのきみを海に戻ると感じたのはなぜ。

きみは海に戻る前、地上でなにをする。地上を駆け巡る。

きみはなにかに、もっと生身の感じにおろせば、日々生きているきみが脅かされている。パレルモの道で日を浴びて背後に緑光る樹があって、半身が陰っているきみ、そういうきみと出逢ってすぐに、だったとおもう、すでにきみが脅かされていると感じ、でもきみは怯えているとは感じられなかった。それがそのとおりかどうかはぼくには今もわからない。ただ脅かされていることはまちがいなく感じられた。この人は人のなかにわけいって、人が生きるただなかの要を抜けていく、そう感じられようになっていき、きみのあとを追っていきたくなり、きみが殺されるかもしれない、殺されそうになったら、どうしたらいい、どう動いたらいい、動かなければならない、ぼくは動かないといけないという感じを初めてもった。そういう感じをそれまでもったためしがなかった。はじめて感じたものだった。きみをたすけようとすればぼくもやられるだろう、それでも動く。

なぜぼくはパレルモを去ってしまった。なぜだ、なぜきみを追っていかなかった。きみはなにも言わずに消え去ったのではない。これから町を離れる、また遭おう、そう言った。当時ぼくはイタリア語は分からなかった。フランス語がすこし分かったから、その言葉で言ったはずだ。その言葉、フランス語でなんと言ったかは覚えていない。悲しいことだが、きみが言った言葉をぼくは身に付いた言葉に置き換えて、覚えていた。だからきみが町を離れるという事が身に迫って感じられてこなかった。いや、言葉の問題だけではない。ぼくはきみを見失った。

きみを追えたはずだ。なのに、その数日後、ぼくはその町を離れたどころか、その島、シチリアを離れた。海から町を見た。自分が船で遠ざかっているのに、町を見送る気分がした。町を見送り、マーレ、きみを見送った。きみはこんなことを言っていた。いつきみと遭うかな、その〝きみ〟はぼくのこと、どこで遭うかな、きみはあの海の空気のように言った。いつ遭うか、そしてどこで、ぼくはしだいにきみと遭うことが、その時の情景が見えてきて、その場面が空気をもつようになって、空気が濃くなってきて、……

■十一月一日（土）

四時二十七分、二十度五分、……

きみを芳醇に感じる。アンナ、リーナを光がふりそそぐように感じる。海を感じる。

きみを追いかけなかった。きみは言葉を置いて消えた。ぼくは体が動いて追いかけはしなかったが、いまおもう、ぼくはきみを追いかけているよ。きみをずっと追っていると告げたい。きみの奥底、みなもとへ、きみのみなもとに辿り着けなければ、どこにも着けたことにならない。辿り着きたい。辿り着けないでいるのはもう疲れる。

きみが血を出しているのを見た。二の腕から血が出ていた。擦り傷の血ではない。きみが襲われる身だと感じた。そう感じ、うらやましくおもった。襲われると感じないでいるなんておぞましい。襲われそうと感じないで生きられるはずがない。きみは襲われる事を避けようとしていただろう。身を保とうとしてそうしたのではないだろう。

きみは襲いそうにもなったか。きみは襲いそうと感じないでいられれはしないだろ。

きみから血が香る。

昼間、巨大な根が露わになった樹のそばで、ぼくがその根を触っていた。後ろできみが身をかわすや誰かが逃走した。

■十一月二日（日）

四時四十二分、二十度、……

きみは音もなくうごく。きみがパレルモを歩く音が聞こえてこない。

きみは空気をすう。すえば微妙だろうと音がする。きみの音がどんな音でも聞こえていいような気がしてくるんだ。

きみの身を血が巡っている。血のうごく音が聞こえてもいいだろう。

きみが感じる。感じるという音だって聞こえてきていいだろう。

きみが香って、香りを感じて、ぼくは身が赤く火照り、きみの源を感じたくなった。

きみがだれかと声を交わし、女性の声、いま生で聞こえる声、きみになにか言い、腕をつかみ、だめと言い、きみが声を浴びてたたずみ、そらす気配はなく、先は坂道、きみと女性が寄り添って道を下り、坂をおりながら、きみが彼女へ顔をむけ、なにか言い、きみの声がそよぎ、彼女の目元をそよがせ、声が彼女を撫ぜ、彼女が立ちどまって、うつむき、腿の辺りできみの手を握り、赤い息がさかのぼり、彼女が声をあげ、空気がそまった。

そこは街角、すでにたそがれかかり、人が通り車が行き交い、彼女が顔を立たせ、きみを見る。瞳が濃く燃え、睫毛が艶。

きみに抱かれ歩いているが、彼女はきみをおってきたのか。

ぼくはきみをおわず、さがさず、船に乗り込んできみの町から遠ざかった。きみの町に島に戻ろうとしないまま時が経ち、やっときみの海を北上して行き着く海辺の町に住み着き、そこに住んだまま、きみの島へ行った。しかしきみの町へ足を踏み入れなかった。遠巻きにきみの町へきみのところへきみのもとへ寄っていき、しかしまだきみの町に立ち入らず、やがてぼくの生が始まった東方の列島に戻り、翌年五月、シチリアのきみの町の名前が付いた空港に降り、町に入ったのだった。初めて足を踏み入れてから茫々と時が経っていた。

遠い昔、ぼくにとっては昔だ、町の旧市街の路地にある建物に着いたのは朝七時過ぎだった。その朝の空気が蘇る。きみと出逢う兆しがあったろうか。きみが現れる徴を感じ取れなかったか。建物の玄関口からすぐに真っ直ぐ段々を上り、室内に入ると食堂だった。ぼくより少し若いくらいの女性たち、女子大生たちが寝起きの姿でぼくを迎え、あの時からぼくのなかで火が動きはじめた。

以来ずっとぼくを惹き付けてきた町に時を隔てて戻り、数日を過ごした。ぼくは旧市街で路地を歩き、石畳を足裏が感じ、この石畳をむかし踏んだのだ。小広場の露天の魚屋の店先で蛸にレモンをかけて食べたのだ。その広場の市場がどこか見つかれば、ぼくが女子大生たちと身近に寝泊まりした建物は近いはず。リーナとアンナが住んでいた建物も歩いてさほど離れていなかった。ただ、きみと出逢ったのはその界隈ではなかった。でも旧市街のなかだったろう。やや広めの道だった。緑があった。樹が葉が豊かだった。陽光がきれいだった。葉が艶を帯びている。道の木陰にたたずみ男性が葉の艶を瞳の辺りに唇にたたえて……

■十一月三日（月）

五時二十二分、二十二度、……

きみはわかっている、ぼくがわかりたいことをわかっていると、しきりにおもわれてくる。きみと出逢っただろ。マーレ、きみが消えた。なぜ消えた。ぼくの前から消えただけではない。でも、アンナはきみの消えていった先を知っていただろうか。知っていたかもしれない。しかし、きみを消えさせてしまうなにか、それはアンナにわかっていただろうか。

きみはぼくがまだ茫漠と焦がれていて、せかれるようにあの海へ行って、なにかがわかりたくてとそう感付いたろうか。ぼくは焦がれて行った。今おもう、わかりたくて生きながらえてきた。あの頃からずっとだ。ぼくがわかりたいこととほぼ同じような少なくとも通じ合うなにかをきみはわかりたいと、あの当時、ぼくが出逢った頃もうそう焦がれていたのだとおもえてくる。きみにおそわりたい。いまわかりたいおもいがこみあげてくる。ふっとではない。絶え間なく勢いを増してわきあがってくる。きみが、マーレ、きみがぼくがわかりたがっているなにかをずっとわかりたがって、わかりかかって、それでしきりにきみがぼくに現れてきて、きみはわかりかかっているとつたえたがって、……

■十一月四日（火）

五時十三分、十八度、昨夜、電話が鳴り、狭山のアツコさん、ヨーコがしばらくお話をして、アツコさんは最近の様子を知らせてくださった。

もう二十年ほど前に日本で知り合って、狭山のおうちに泊まらせて、卒論の調査のため本居宣長の郷里松阪にご夫婦で連れて行ったりしてお世話したダニエーレ、彼の国イタリアに行った際、何度か実家を訪ねてご両親、お姉さんとも親しくして、当時ぼくたちは北イタリアの海辺の町ラパッロに住んでいて、まずラパッロにいらしたご夫妻に、ヨーコが同道して、ルネッサンスに栄えた町マントヴァ近郊の彼の実家を訪ねたこともある、そのダニエーレが三年ほど前からイエズス会の宣教師として東京山谷などで活動していたが、今はフィリピンにいて、お父様がご病気なのにマントヴァに帰らないでとアツコさんがそんなふうにおっしゃっていたそうだ。

そしてアツコさんからのお知らせでは、夫君ユウヘイさんが最近の検査で腫瘍マーカーの値が上がっていて、どこかに腫瘍ができているな、そろそろおしまいかなと洩らしているという。ヨーコはあたしも検査結果があまりよくないので、いつもより間を短くして十二月にまた検査して、その結果を見てどうするかを決めることになるんですと電話口で言っていた。

ヨーコのリンパ腫の再燃がはっきりした場合どうするか。がん細胞がなぜ活発に動きだし増殖転移をするのか、現在の医学では、そして将来もその根源はわからないだろう。リンパ腫という腫瘍はすべて悪性だから欧米では悪性という言葉を付けないと以前なにかで読んだが、ヨーコのCT検査の画像に現れた腫瘍のようなもの、それが腫瘍かどうか、悪性腫瘍であるかどうか、昨年だったか、Y医師がパソコンで画像を見ながら良性かもしれませんしと軽く洩らした。その場にぼくもいた。ヨーコはそのとき聞いた言葉を何度かぼくに言った。ぼくに言ったのは数度だけど、自分のなかではもっと多く、良性かもしれませんしという言葉が浮んできているだろう。医師からふっと洩れた息のような言葉が空にただよう花びらのようにヨーコには感じられるのか。

いのちが世に出るやほかの人たちが生きているなかでのしるし、名前を付けられ、人として生きはじめる。もちろん、名前など付く前、胎内に生じたときから生きている。まだ名はない、名はどうでもいい、いのちが生きはじめる。いのちというなにか、ほかに言葉が浮んでこないからいのちと言うが、そのいのちがわからずに適切な言い方ができるはずがない。

いのちがわからず、いのちが生きはじめ、生きるがわからない。こうして生きているその源が捉えられないまま言葉を続け、言葉が動くのがいのちが動いているようにも感じられ、でももうじき言葉を続けるのをやめて、立ち上がり、動き、そう動いているのが眠る事もふくめ当たり前になっていて、時々いずれ動かなくなるという思いが生じるが、深甚から生じてくるわけではなく、でも、こう続くはずはないという思いがこのごろとみに浮んできて、マーレ、きみが現れ、きみが現れないとどうにもならなくなりそうで、きみに問い掛けたくなり、きりなどない、おわりはしない、いのちだってお わらないのかもしれない、決着なんてありえない、そうおもってきたが、決着すべきかもしれない。

■十一月五日（水）

五時六分、十七度五分、……

きみは人とおもえないほど甘美で艶やかだった。そうしたきみも人がうごめくなかにいて、ぼくを見ている気がする。きみに見られて、ぼくは動こうとする。きみの海をここにもってきて、といっても海ごともってくる等できるわけがない。それさえできるとおもうまで心身の均衡をくずしてはいないだろう。ただどうしてもここ大洋の端に連なる島々の地にきみの海をもたらそうと言葉を……

■十一月六日（木）

五時二分、十九度、きのうは、ヨーコにはいい日だった。二十年前、一九九四年にラパッロで最初に親しくなったニーチェからすばらしいものが届いた。ヨーコが声を揚げ、ぼくが二階から下りてくると、包み紙を解きかけたところ、ラパッロに古くから伝わるレースが包み紙からのぞいている。そうっと包みを開いていく。レースの敷き布が出てきた。繊細な麻布をレースが縁取って、レースがあそこ、ニーチェと出逢ったあの町の海辺の日がこぼれてくるように見えた。光がきらめいている。ニーチェ、ジェルミーノと行った浜、ヨーコはそこの海でジェルミーノが世話してくれて、海のなかにいられるようになり、泳ぎを自然に覚えていった。あの海のなかでヨーコの顔にこぼれていた日差し、頬で光がきらめき、肌がかがやきながら海にこぼれていくようだった。海からあがってくるヨーコの体に海のしずく、濡れた身が海のしずくとなってしまいそうだった。海から生まれてきたばかり、海から生まれ、しずくがきらめいてこぼれていく。人はこうして海から生まれてきたとおもいたくなるが、人はごく小さな細胞の集まりだった姿で海から地へ上がってきたのだったか。だれにも人がどう海から上がってきたかわからない。でも人が遥かないにしえ、海から身を出したとき感じた感じ、その感じこそが人が感じだしたみなもと。人が海から出かかった、そのときに、居たい。海からわずかに出て大気をすった。光をすいこんだ。光がこぼれてきて身にちらばっただけでない、身にしみ、身がそこらじゅうで光がきらめき、そのときおもったろうか。なにかおもったか。なにをおもった。おもうより先にわずか先かすか先に感じた。感じたい、海から出かかった感じを感じたい。

■十一月七日（金）

五時三十四分、十八度五分、昨日、ヨーコはがんセンターのY先生に手紙を出す件について、あのこと、検査が来月だから、それまで待ってみる、体に変な感じがあれば別だけど、今はそういう感じないから、そう言った。うんそうだねとぼくはこたえた。

午、ちょうど正午、階下に下りると、ヨーコが台所で立ち働いている。これからキクコさんのところでお昼を食べる、煮物作ったから、これ食べてね、お昼、一緒にいかかがですかってメールがはいったの、ヨーコはうれしそう。味見て、大根もう煮えたかしら、大根、人参、いんげん、蓮根、里芋、どれも煮えている、昆布もそう。ヨーコは隣の隣、小高いお宅へできたての煮物を少々持って出ていった。

夕方までお邪魔しているかな、今日は御成の病院に市の検診の検査結果を聞きにいくと言っていたけど、それはいいのかな、三時頃に戻って来て病院へ行くのかな、そんなふうに思っていたら、二時半頃戻ってきて、慌てた様子、病院へ行くの忘れていて、検査の話が出て急に思い出して帰ってきたの、お昼ご馳走になった大根の葉や干瓢、三つ葉、卵、油揚げの入ったごはん、ご主人に持っていってと持たせてくれたの、それから鮪の煮物も、あたしはお昼に食べてきた。ヨーコは病院に電話して、三時半に行きますと言って、急いで出かけていった。

五時半頃、雨脚が少し強くなったので、どこでどうしているかな、折り畳みの小さな傘しか持って行かなかったし、タクシーで帰ってくるように携帯に電話を入れると、出ない。一旦切ると、じきにぼくの携帯に掛かり、ヨーコは駅のすぐ近くのカフェにいる。フクコさんと会えたの、声に活気がある。しばらくフクコさんと会っていなかった。こちらから電話をするの控えているのと言っていた。

フクコさんはご主人が横須賀の病院に入院していて、病院通いをしている。昨日はお嬢さんが代わりに行ってくれるというので、逗子の自宅からヨーコの携帯にメールを入れたが、ヨーコが気が付かず、病院で待っている時、気付いて、連絡がとれ、駅のそばのカフェで落ち合うことができたのだった。

少し痩せたけど、髪を綺麗にして、アクセサリーもちゃんとつけていたと、ヨーコは少し安心した様子、ぼくがバス停に迎えにいって、暗い谷戸の道を小降りになった雨のなか、水たまりを踏まないよう足下に気をつけて歩きながら、ヨーコがいろいろ話す。フクコさんといつものようにイタリアやフランス、地中海の話になって、そういう話になるとフクコさんとっても元気そうになるの、あの頃は今から想うと夢のよう、そうおっしゃっていたそうだ。フクコさんは地中海地域にとくにイタリアにそれは驚くほど細かに、こんなところまでと思うくらい行って、憑かれたように帰って来て半月後にまた行ったこともあるくらいだったという。

子供の頃から海が好きで、十代の半ば、自分の海はどこかにある、遠いどこかにと思うようになり、十八で、シチリアを舞台にした映画を見て見付けた。そしてそれからはずっときみの海を思い焦がれて、いま、なぜきみの海に焦がれて生きたのだ、わかりたいと急き立てられるようにおもう。わかりたいと渇き焦がれ、きみ、きみなしにきみの海はない。

■十一月八日（土）

四時三十四分、十八度、きみに書きながら、どうしようもなくさみしくて、どうしたら抜けだせるか皆目見当が付かず、雑漠と暮らしながらも殺伐とやるせなさが生のなまな襞をなめて流れ、きえてしまいたいと切なくおもいながらきえはせず、きえたいというおもいは怠惰にけだるくうごめき、きえたいは自らへのおもい、よほど自らが鬱陶しくてしかたなく、きえたいと自覚したのはもう昔、過去も過去、十代の頃、そういう頃にぼくは生きていた、そうとしか今までのところはおもえてこなかったが、ぼくに十代の頃が在ったのか身の生身の感じが伝わって来ないで、きみに書くぼく、言葉をひとつひとつ続けて書きながら身が感じているのが通じてくるが、通じてほしいのはこの身が感じる感じがぼく自身に通じるという自らから自らへ通じるということでなく、きみに通じてほしくて言葉がそのまま時を置かず伝わってとねがい、言葉が伝われと祈りはできず、祈りはわからず、せめてねがい、自ずとねがい、伝わる感じが実感できず書き言葉のほかになにかあるところみあげてこず、この大洋に囲まれた列島で人が声にしている言葉で、ぼくが生得している言葉で書き、神妙な気、妙なる空気が言葉を空気となして運んでくれると感じ、でもきみに届いたという知らせはなく、言葉の空気が空転し渦を巻き滞り淀み、行き場当てなく漂い、動きだせなく、きみへむかって言葉自身が動いてほしく、だのに自ら進んで動く気配がなく、でも言葉が動くことだけが望みの行方に残されていると想い、かなしみの海のなかを言葉がすすむよう押すが押しながら押そうとする身が気が鬱陶しく煩わしく、神の言葉がこの身をとおってきみへ赴いてくれたらと儚く想うことも在ったが、神の言葉など根っからの絵空言葉、神の言葉がぼくを経過すると感じられないどころか、神の言葉がどこにあるのかもわからず、絶え間なくこの身がこのおもう身感じる身が邪魔、文字通り邪、魔、なにもおもわなくていい、感じなくありたいと根源から希求し、当てない求めを彷徨わせ、まるで野良犬のようと書いたそばからもう喩えたくないと悲鳴が上がり、きみになにが達すればいいんだ、きみが達したなにかを受け取ってきみがどうであればいいのだ、きみはmare海のようだとおもったのだ、海がきみのようなのだともいまおもう、きみを別の言葉で呼ぶなら海、片仮名ならマーレ、きみの言葉ならmare、きみを喩えるなら海しかないと今の今までおもっていたが、海は喩えではなく、きみは海であるという言葉をきみへ届けたくて、なぜかかなしみでなく弾みがちな喜びが生じ気晴れが垣間見え、海を海として見るのはおかしい、海が海として見えてはならず、海がきみで、きみが海として在って、きみにはいりたくて、まさに海のただなかで語らいたくて、きみのまっただなかできみと語らう、もう書くのでなく語らう、きみのただなかでならもう書かずに済む、ひたすらに語れる、だがきみのなかに飛び込むどころかきみに届かず言葉が達せずうろつき、根っからうろつくように生まれていると感じ、うろつく生まれ、詮無いしがない生まれと身がきえてしまいたく、だのに身は図々しく在り続け、言葉を出し続け、なぜこうなのだと腹立たしく、癇癪を起こしてしまいそう、癇癪なんぞでなにが晴れる、根っから根源から源から、こうして同じような言葉を連ねて言いたくなり、源からしょっぱなからこうなんだ、恥知らずに身をさらし、感じつつ身を現し続け、どこにも隠れようがなく、隠れ家なんぞあるはずがなく、そんな所に身を隠したところで、茶番、そうやって演じるのはもうやめよう、演じるは身、書くは身、しかし書くのはやめられぬ、書かずにいられるとおもえない、きみがどこにいるか、行き着ける目安はない、この身はいずれくずおれ朽ち滅びる、滅びたいのではない、くずおれたくも朽ちたくも滅びたくもない、滅びたくない、滅びない、滅びる定めの生き物で在りたくない、くずおれ滅びるように決まっているなんて、そんなふうにならされてたまるか、根源からさからう、源からさからい、源がそもそもさからい、さからいの源、さからいが生き、さからうほかになにも在りはしない、さからう、神のおもうがままにこのいのち在りはしない、地上の生の決まり、生きるものは滅びるに従いはしない、宇宙というようなばかげたなにかがあるとしても、宇宙の則に唯唯諾諾と素直になりはせず、根源からひたすらさからう、さからいとおす、とおすことがあるとすればさからいとおすだけ、すべてに根源からさからう、自身が在ることにさからう、きみが在ることにさえさからうだろうか、さからう、すべてだ、さからうことから除かれるものなどない、そう言っても、啖呵を切り続けても、きみが在ることにさからえるわけがないとおもうしかない、きみが在って、ぼくは生きてきた、生きていられたわけだ、でも生きていられたことがありがたいわけがない、生まれ落ち生き続けてきて感謝という決まりに素直にのっとってしまうなどあってはたまらない、生まれたことにさからう、生まれることそのものにさからう、生きていることにさからう、きみにこういう言葉伝わってくれ、きみはさからうか、きみがさからわなくてもさからう、根源にさからう、根があってたまるか、源があるとなぜきめる、源源とくりかえし言ってきた、源、自身の源、いのちの始まりのひとしずくに絶交を言い渡す、生まれてこないで書いている、だが書いていることさえ、書きながらさからう、書くしかない書くしかないとほざくのやめろ、なにもかもせずなにかをする、なにか、そのなにかにもさからうが、さからいながらもなにかをしなければとなにかを探す、なにか、なにかにさからって、そう、こうさせているなにか、一時どころか一瞬、時の一滴、はじまりのしずく、しずくがこうさせ、させられるままになるものか、反転攻勢、むなしい動き、むなしいと洩らす愚劣、洩らすなにもない、きみの言葉が洩れだすか、きみが語ればいい、きみが語りだすなら手伝う、どう手を貸す、なんの手助けができる、きみが言葉を出しはじめたらしめたと、待つしかないだろうか、きみに語らせる術、きみをいざなえるか、きみをどうどこへいざなう、さそう、葡萄酒を飲もう、きみの土地のものを、食べよう、オリーブを、陽を浴びよう、歩こう、路地を歩き、市に立ち寄り、野菜を買って魚を買い肉を買って、カフェで土地のドルチェを食べ、ほらあのなんていう名前だっけ……

■十一月九日（日）

五時四分、十九度、一昨日、ヨーコは四半世紀来の友達タツコさんと東京の五反田で十一時に待ち合わせ、上野でウフィツィ美術館展を見た後、銀座から電話を掛けてきた。ヨーコたちはブルガリのバールにいた。その時がちょうど夕刻六時頃、どこにいるか分かったので安心。

八時半頃、BSテレビで渥美清についての番組を見ていて、役者は怠け者だと自分は思いますと生前最後の時期にいた渥美清が話し、そこに、いま横浜でーすとご機嫌なメール、鎌倉に着いたらタクシーで帰ってくるといいよと返信。次は電話、改札出たらバスが待っていたから乗ったの、九時三分発のバス。その後じきにもう一度電話、踵の低い靴を持って来て。

ぼくは玄関に置いてあるカーシューズをビニール袋に入れ、谷戸の夜道を歩き、停留所へ。じきにバスは着いて、谷戸の夜道を歩きながら、タツコさんが楽しそうだった、ブルガリが好きなの、ワインの赤、タツコさんは赤しか飲まない、なにしろワインが好き、あたしはワインがあったから夫が死んだあともったのよ、そう言っておいしいと赤を飲んで、きょうは何か取りましょうと言って、ホタテに白トリュフの掛かっているもの、おいしそうに食べて、運んできた男の子とあたしおしゃべりしてラパッロに暮していた話をしたら、店長を連れて来て、その人、プーリア（南イタリアの州）の人、帰り、あたしに上着をこうやって着せてくれたの、彼が上着を広げてヨーコが袖を通すのを待っている仕種をした。

タツコさんはご主人が亡くなってすっかりまいっていたが、二年半ほどが経ち、しっかりしてきたようだ。もともと痩せている人が、ご主人の病気が発覚してから亡くなった後にかけてなお痩せて、痛々しかったけど、少し太ったみたいとヨーコが言う。このごろは、毎晩飲んでいた睡眠薬、続けて飲んでいると痴呆症になりやすくなると聞いてよしたそうだ。

方々東京のなかを歩き廻ったでしょ、展覧会にも行ったけど、疲れなかった、銀座に来たら明るかった、ブルガリで気持ちよかった、今度は外でちょっとだけ食べてまたブルガリに来ましょうとタツコさんが言うの、もちろんヨーコに異存なし。あたし、なにしろ弱いのはストレス、だれでもそうかもしれないけど、ストレスで病気になる、気持ちよく楽しく快くしていればヨーコは体調も落ち着いていそう。攻撃されるのが一番よわいの、ぼくはいつの間にか攻撃してしまうところがある。生来の性分だろうが、そう言って済ますわけにはいかない。

昨日、スイス、ルガーノに住むマウロからメールが入っているかもしれないと思い浮かび、メールを開けると来ていた。早速、文面がお嬢さんの日本行きのこと、日程上都合がつくようであれば東京でお嬢さん夫妻に会えたらうれしいとメールで伝えてあった。新婚の二人は月曜日に東京のホテルに着き、水曜日に京都へ向かうが、マウロは東京のホテルの名前を忘れ、日程表が見当たらず、日曜の夜、出発前に会うからそのとき聞いてみるという。ただ、東京で会うのは難しそう。ツアーで一週間程度の短い滞在、若い夫妻は旅の前で多少神経質になっているそうだ。そして彼らは少し人見知りをすると書き添えてある。

マウロ夫妻にはもうひとりお嬢さんがいる。そのお嬢さんが精神に障害があり、イタリア、リグーリア州、ぼくたちが住んでいた東リグーリアではなく、ジェノヴァの西方、港町サヴォーナに近い村の医療施設で暮していると、初めて知った。そういえば、以前、夏、サヴォーナでヴァカンスを過してきたというメールがあったのを思い出す。そのお嬢さんボーナさんに土日会いに行くという。二週間に一度マウロ夫妻は会いに行っている。

彼は絵を描くのと詩集の出版社アッラ・キアーラ・フォンテ（澄んだ泉の畔で）の諸事に追われているそうだ。「この時間、空が開けた。哀しい雨が数日続いた後、日が雲を照らし、青く冷えた空で雲をまた切りとっているが、すでに夜が沈みかかる」、そういうなかで彼はぼくに言葉をかけていたのだ。

ぼくは彼に会った事がない。ジェノヴァの詩人ジョルジョを通して彼と知り合った。そして彼のすすめで「遠くから」というテーマで詩を書き、彼と夫人キアーラが大切に運営しているアッラ・キアーラ・フォンテからその詩の小冊子が刊行された。それは鎌倉に住んで数年経った頃だった。彼を知ったのはラパッロにいたときだったから、もう十五年ほどメールでやり取りをしている。

彼は人々がイタリア語で暮らすスイスの南端に住んで、彼に絵を描かせる源の泉を探索しながら、スイス南部やイタリア北部で書かれた詩を刊行する活動を続けている。夫人はキアーラ、その名が出版社の名前に組み込まれている。アッラ・キアーラ・フォンテ、澄んだ泉の畔で、キアーラ、澄んだ、明澄なという意味、それは夫人の名だが、彼は澄んでいる。雨上がりに開けた青く冷たい空に雲、光、彼がメールに書いてきた風光がそのまま彼の性向をあらわしているとぼくにはおもえてきた。（雨の音が繁くなってきた）、彼からは暖かみがつたわってくるが、彼がいるのは冷気にみちた青い空のもと、イタリアとの国境にあるルガーノ湖の近くでも夏は夏らしくなるのであろうが、暑くはないだろう。彼には暑さは似合いそうにない。青く澄んだ空に雲と光。

お嬢さんのボーナはルガーノから南下してアペニン山脈をこえた南側、地中海岸の港町サヴォーナの近くで精神が安らがずにいる。彼女はいつ頃からそうしているのだろう。子供だった頃から不調があったのか。ボーナさんに会いたくなった。

■十一月十日（月）

四時四十四分、十九度五分、一昨日、小学校在学時以来の恩師からメールが送られて来た。十一月二日、夫人マリコさんの百か日法要でお墓参りをなさったと記されてあった。

マウロからもメールが来ていて、彼には昨日午前中に返事を書き、昼食後に送信した。その中に精神になんらかの障害があるお嬢さんボーナさんに関して思うことを書き留めた。

マウロ、キアーラ夫妻は長年、いつからだか聞いていないが、ずっと前からだろう、南スイス、イタリアとの国境にあるルガーノ湖の近くで詩集の小冊子を出版し続けている。彼は今も絵を描く事と詩集の出版作業に明け暮れている。

彼は詩を書いていない。絵を描いている。いえ、詩を書いているかもしれない。たとえ詩を書いていないにしても彼には詩が欠かせない。そうだろう、キアーラはどうか、彼女にも詩が要る。彼らが詩と関わって暮すのは、マウロの生来の資質がもとめるのではあろうが、それにキアーラにもそうする渇望が生まれながらにあるかもしれないが、彼らをこの世に詩を参入させる営為に踏みださせた背後には、彼らの娘ボーナさんが世の人の営みのなかで精神の揺れを心身が傾きすぎないよう調えながら生きることがしづらいという事実があるだろう。

ともに暮らすことができなくなって、隣国イタリアの海岸の町の近くにある施設でボーナさんが暮している。人の通常の営みのなかでは生きづらい娘を、彼らが身近で看られないと感じたのだろう。マウロは一昨年まで中学で美術を教えていた。キアーラさんは今も働いている。そういう家庭内の事情もボーナさんとそばでともに暮せなくなった一因かもしれないが、それだけではないだろう。彼らがマウロとキアーラがいて現れた子、その子が世の営みに自ら波長を乗せるようになかなか調整できない、そうした子と生きるなか、彼らは人が成す詩作業を世に出そうとしながら彼ら自身が人の世で営まれる律動に自らの揺れる波動を協奏させようとしてきた、そうおもえてくる。

人の世という言い方は人に根付いた、いつからかわからないが、人に根付いてはびこる鈍感さのあらわれだろう。人の世、人が支配し、ほかの生き物の活動を統制している世。生き物のみならず地を海をも馴らそうとし、地を傷め、海をけがし、海をけがす、海がけがされる、海がやられる。空気を吸いながら空気を傷め、光に生かされながら光をそこなう。

人はやる、殺ると記して過剰ではないほどに、人は殺める。人は人も殺める。身を死に至らしめるだけではない。日々刻々と人が人に痛みを傷みを感じさせ、傷みを感じながら生きのびるには傷みを感じないようにみずからを馴らしていく。しかし人の世が規範とする感じ様の度合いをはみでて感じてしまう人がいる。人の世は人が感じる許容範囲をもうけ、人々の感性を規制する。そうすることで成り立っている。

人は生きながら人を傷め殺める。人だけではない、ありとあらゆる地上のものを、地そのものを、海を、空を、傷め殺める。まるでそうしなければ自らが生きられないとでも思っているかのよう。そうまでして生きる必要があるのか。傷め殺めながらそうするのをそうされるのを感じないように自らをそして他者をしむけていく。感じすぎる感じすぎると責め立て、感じすぎる人を、さらには感じすぎる感受性そのものを攻めて追い出し隔てようとする。

感じすぎる人はどう生きたらいい。書くしかない。言葉を文字を記さなくても、というより、書くとは元来、文字をしるすことではなかった。書くみなもとは声だった。声をだす。感じすぎる人は傷められながらあらがう。声をだす。

感じすぎる者には海がある。みずからに海がある。みずからの海が傷められ声となって、声が地を流れ、海をめざす。ぼくの声がきみの海へむかう。きみには海が在る。そしてきみのそばに海。きみはmare、きみと遭ったとき、まだきみたちの言葉を知らなかったが、mareという言葉はきみたちから、きみやアンナからおそわった。あの海を指差してきみたちの言葉でなんというのか聞いたのだ。だってきみをその言葉で呼びたくなったんだ。mare、きみは海を身近にして生きているだけじゃない、海がきみにおいて生きていて、海がきみを生かしていて、きみは海が人の姿をとって地上に現れたのではないかと何度おもったか。きみは海、mare、mareの声をききたい、きかせてほしい、きみのもとへ赴くからきかせてくれ、きみから洩れる息を匂いを香りをたどって、声へ、声のただなかへ、声の海へ、海へ、きみの海へ、海が、ただ海が　海が　海　きえてしまう海　きえていく　いや　海がさらされ……

■十一月十一日（火）

四時三十六分、十九度、きみが見えてくる。なぜきみが見えてくるのか。きみがあらわれ、ぼくをいざなうか。きみはなにも言わず、きみには言葉があるのだろうか。きみをとおるようにいざなっているのか。きみをとおっているうちにみなもとが見えてくるのか。みなもとの風景を見たい。みなもとに風景などないのか。見たことのないまるで異なる風景があるのだろうか。みなもとの風景、その風景を描きだしたい。言葉で描き、言葉がきりなく先導し、風景をもとおりぬけ、さらなるみなもとへ、きりなく忘れ、手掛かりがきえ、果てなく痕跡がなくなり、どうすすむ、どこへむかう。てがかりがある、きみ、きみがいる。きみをとおる。きみをとおる道筋をたどって、ひたすらにすすみ、この茫漠を脱したい。なにもみえてこない。きこえてくる。きこえてきて、きこえてくる音をおう。音と言ったらいいか、調べと言ったらいいか、この音、調べを書き取りたくなるが、言葉が音をとらえられず、といって言葉のみがそこに調べにふれている。言葉のみが音を調べを感じている。そう言葉が感じている。もはやぼくが感じているのではなく、言葉が感じ、言葉が感じながらみなもとにすいよせられ、ただ言葉にぼくがふれてしまう。言葉の動きをとらえひきとめてしまう。言葉をとらえておさえゆがめ、ぼくはきえたい、言葉のみが生きればいい、そうであってほしい。

ぼくが生きていれば災厄がつづく。もうぼく自体がつかれた。ぼくがなにももたらさないでほしい。きえてほしい。きえようとしてきえず、言葉がぼくのすべてをえさにしてたべつくして、すすんでいけ。言葉は押さえられずいじられず傷められずにいけ。ぼくは愛想がつきている。ぼくの中身がほとほといやになっている。ぼくから言葉がはなれていけ。ぼくにとどまっていてはいけない。言葉がきみにさそわれる。そうなのだ。ぼくさえいなければ言葉はすうっときみのさそいにのっていける。すべての元凶はぼくなのだ。言うもおぞましいほどの災い連鎖がぼくから発せられ、もう光景をみたくない。汚らわしい景色をみるのにつかれきった。この身をなんとかしたい。この身が洗われるのは望めない。なにも望めない。望むならさらなる汚れを塗り重ねるだけ。ただ感じたい。みなもとの感じを感じ、みなもとがよみがえるなかでめざめたい。朝四時に目覚めるというのではない。寝室の寝床でめざめるのではない。寝台で目覚めて身を起こして床に立ち、あとは周りをざわつかせながら動き、もういいかげんにしたい。

生きているのは慢性病のようだと自ら言い聞かせてきたが、たとえ治癒のありえぬ慢性病であろうと、きりがあろう。きりをつけたくなる。決着をはかりたい。みなもとに達することが決着か。そうならみなもとと刺し違えたいともうまた迂闊なたわごとをいいだす。みなもとがなんでぼくと刺し違える。みなもとはぼくにだけあるのではない。すべてのみなもと、そうこれまたむなしい言葉を、なにに捧げようとしているのか。きみに捧げれば、きみが先へ立ってくれるだろうか。助けはありえぬ。すくわれることだってありはしない。よくわかっているつもりで、そうでもない。すくわれたがって、なにしろ欲、欲まみれで生まれ、欲で育ち、欲だらけの身をさらして生き、もう手に負えない。そしてまたすくいの手にすがりたくなり、そんなにして生きる、もうまっぴらだと言い放ちたくて、でも言葉がでてこない。癇癪起こして下劣な啖呵を切ったところでなにも始まらぬ、なにも動きだしはしない。

そう思いながら、人のひとりの人の根源にせめて達したいと欲が湧き上がり、欲が増殖し、欲が地を這って肥え、欲太りして巷をよたってすすみ、ああこんなことしてないで早く肝心要へすべての核にみなもとにとびこみたいと吠えたくなり、そうなりながら、濁りの匂いが身からしてくると感じながら、息をするのが汚らわしく、こうして書いているのさえ濁る匂いを散らしているだけとおもえてきて、だけど書きやめず、中断はしてもやめようとおもわず、言葉を洩らしつづけ、いったいどこに書き留めるべきなにかがあるのかそこに行き着きたいおもいが込み上げて突き上げてきて、ぼくのおもいはそこに行き着くことさえ言い切りたくもなり、なぜ人が延々と動きまわっているのか、皆目わからず、みな何も見えず聞こえず感じさえしないで、ただ動きまわり息をし涎を垂らし見えない目をぎょろつかせ耳を逆立て脂ぎった息を出しながら忙しく歩き、そうしている姿を見ていて、なぜそんなにして動くのか、なんで匂いを放って動いているのか、騒がしい音をさせて、生きているのか、なぜかわからず、彼らのおもいがつたわってこず、なのに彼らがせからしく動くなかでなぜか多少はくつろぎ、彼らがいなくなってしまえとはおもわず、いなくなるのはぼく、しかしぼくはなかなかいなくならず、でもいずれ彼らの前からいなくなるのはどうも確かなようで、だがいずれなんてそんな時がないというのは遥かにまことで、いまこのときにけりをつけるにはどうすればいいか……

大海原に鳥が飛ぶ……
海　マーレ　mare……
マーレ　mare　海……

■十一月十二日（水）

なんとも美しいobiを見たとき、私たちは言葉なく、大きな驚きが顔に降り立ちました。それは畳まれたまま寝台の上、窓から午後の光が入ってきて、少しひんやりと湿った秋のノスタルジアに満ちた光です。金で刺繍された塔が輝き、白金の糸も輝いています。木々の染みが印象派風で、素早い筆触のようです。色彩形状の均衡と調和が友愛の美しさで部屋中を満たしています。

大きな情愛がその帯からやって来て、それは知る事わずかでありながら身近に感じる友の情愛で、長い幼少期から知っているかのようです。

このように貴重な飾り帯の贈物を受け取ったことがありません。送り主が深奥な仕種を表すのを身に受け、敬意に満たされて、祈りへと手を閉じ心を開きます。

天空の下で私たちは息づき、か弱いですが、お互いをきょうだいのように感じ、あなたたちの奥床しい友愛に頭を垂れながら、存分に親密な情愛を抱いてあなたたちに思いを馳せているのです。

マウロとキアーラ……

私たちの娘ボーナは二十七歳です。十六歳だった時、脳に感染症を患い、少し障害が遺っています。その後、麻薬で荒立った青春期を過ごし、家族すべてにおいて傷ましい経験でした。昨年からサヴォーナに近い施設に住まい、なんとか好ましい容態で、以来、私たちや彼女のきょうだいたちにとって、生活の質は良化しました。

雨はもう我が家の屋根を打っていませんが、雲が空に浮かび留まっています。それは一休みの静けさて、近所の家々の窓が明かりを夜に投じています。私は辺りに生活の温みを感じます。

帯はなお私たちの寝台に横たわり、しばらくして余所に移されるでしょうが、その際、キアーラと私はあなたたちのことをきょうだいのように思い起こすでしょう、愛を込めて、マウロ……

四時五十八分、十八度五分、楽器が変調をきたせば、たとえばピアノの体調というか音調というか、狂いが生じ乱れだせば調律師が診察し乱れを調え調和をもたらそうと手当てをほどこす。人の体の失調をととのえるのは変調の具合いによってはなかなか難しい。体は本来自ずから調子をとりもどそうとするのだろうが、自らそうできなくなりそうになれば、薬や手術や放射線など人為の手法で体の働きを快復させようとするが、この世の森羅万象において元に戻るという事象はありえない。人の体の変調失調も快復して元の体調に戻りはしない。あたりまえ、ひどい乱れが生じてはいない体でも刻々と調子は変わり、一刻たりと身の微細微妙なうごきは固定されず、そう生きていて、うごきが或る範囲内で調和がたもたれていればいいが、変調が突出し荒れだすと諧調が崩れ、崩壊が生じ、崩れゆき、滅びへむかう。それでもどこかでその崩れをとどめようと、医療の手当てだけでなく、もっと本来の手当てができないか、それをぼくはもとめ探す。乱れは体に生じるだけではない。身が失調すれば精神というか魂というか、その動きもなんらかの変調をきたす。まず精神が乱れ、それが身に及ぶという成り行きもあるだろう。むしろまず精神の調和が乱れだすというものかもしれない。そのことを見きわめていく前に、実際に精神が乱れた人が現れた。会ってはいないが身近に感じだした。スイス、ルガーノのマウロ、キアーラ夫妻の娘さん、長女だろう、ボーナさん。先日メールで、イタリアの施設で療養している彼女に半月に一度ふたりして会いに行っているとマウロが近況を伝えてくれていた。そのメールへの返信で、詩は精神のなんらかの障害から生じる、ボーナが詩を書いているかどうかに関わらず、彼女は詩をもっているとぼくは書き送った。

■十一月十三日（木）

四時二十六分、十九度、昨日、スイスのマウロからロカルノ（スイス南部の町）の画廊で開催されている彼の「中東への瞑想」という個展のカタログが届いた。ぼくが頼んだものだ。先達て彼から送られてきたこの個展紹介のメールに掲載されていた母子像に惹かれたからだ。ほとんどの作品の題名は「逃げ延びて」、最後に「砂のイコン」、ぼくが見たかった母子像、母が子をいだく。今の中東で暴虐にさらされている人々が形姿なく描かれた一続きと見える作品の最後に女性が幼い子をいだくすがた、母子と限らなくていい、女の人の胸に幼子、幼子がほとんど横様にいだかれ、脚を伸ばし、両手を挙げ、こちらを向き、女性は顔を傾げ、目はどこへもむかっていない。そう見えたが、そうだろうか、目がどこへもむかわないということがありえるか。ありえている。こうして書きながらも彼女の目を見ているが、彼女の目はぼくにむかってこない。中空にむかっているのでもなく、彼女は海にいる。海にて胸に生まれたての子、海の女性がキアーラに見える。いま彼女の右目が生きていると見えた。日照る目が死をともなって生きようと。

そうした彼女の姿が末尾に据えられた目録に添えてマウロの便り、明日私たちは数日過しにアッシジへ行く、サン・フランチェスコが生きた所、愛情をもってきみたちの身近に私たちはいる。

ぼくは再び海に女性と子がいる姿を見、さっきから女性がキアーラに見えている。サン・フランチェスコを慕ったサンタ・キアーラ、そのキアーラでもあろうが、まずなによりもマウロとともに生きるキアーラ。

■十一月十五日（土）

五時十六分、季節が変わった。わずか一日家を留守にしただけだったが、一昨日の夕方辺りから全国的に冷え込んできたようだ。

おととい、東武日光駅前で中禅寺湖のホテルのシャトルバスに乗り、市街を出て、いろは坂を上りだすと辺りの木々はすっかり葉が落ちて、運転手さんが言うには二週間ほど前に紅葉は終わったそうだ。今年は幾分早めだったという。男体山、初めて見る、なるほど男風な山肌。ヨーコは宇都宮の生まれ育ち、日光には子供の頃に来たという。ぼくは東京で育ちながら日光に来た事がなかった。だからいろは坂を初めて上っていった。上りきると湖、この湖は大昔、日光連山が噴火した時にできたカルデラ湖ではないかとぼくは推測。

ホテル前に着いた時、好もしく感じ、二階の部屋に案内され、木組みのベランダに出ると、いい空気、冷えている。早速風呂へ向かう。館内からつなぎ廊下で別棟の浴場へ、通路の両側に壁はなし、外気にさらされ、浴衣姿で寒い。女湯と男湯に別れ、内湯から外の露天風呂を見ると人が独り湯に入っている。人がいなくなるのを内湯で待つ。外から人が戻って来たので露天風呂への扉に近寄ると扉を開ける前、すでに冷気を感じ、外へ出るのをよす。

ヨーコは隣の女湯で露天風呂にいたのだった。硫黄の匂いがしてよかった、内湯は緑っぽかったけど露天風呂は白くて硫黄の匂いがもっとするの、温泉の匂い、子供のころ温泉に連れられていくところいう匂いがしたの、気持ちよかった。ヨーコが気持ちよくなってくれればいい。

■十一月十六日（日）

五時二十九分、一昨日、湖畔のホテルのレストランで夜の食事を終えた後、部屋に戻り、九時にヨーコはフットオイルケアを受けに階下へ下りていった。部屋からヨーコが消えた。居た空気は残っている。残り香がある。ぼくがいる。これが困る。ぼくがいてはまずい。部屋でぼくがいるのがわかる。ぼくだけがいて、とまどう。なぜか。なにしろぼくの肉体がある。それを感じる。相当なあいだ息づいてきた体、始まりが感じられない、生まれ落ちた時があったのかわからない。生まれやしないということがあっておかしいはずがない。しかし身がある。ずっと身がきえてくれるのを欲してきた。そう欲することがぼくの欲望、きえたいと肉感をともなって欲し、きえていく身を実感したい、そして実感する身よ、きえていくんだ。そう欲情する身がきえていかずになにがしたいというのだ。

■十一月十七日（月）

四時三十八分、十六度五分、一昨日、中禅寺湖のホテルで目覚め、ああ生きていたとぼうっとおもい、うれしい気持ちがしたわけでなく、うっすら怖い気がうかんできた。ベランダへ出る窓辺へ立って行き、カーテンを指先で少し開けると、外に曙光、湖の向こう側に連なる山の端がほのかに赤らんでいる。開けていいよ、ヨーコの声。もう起きているから開けていい、ねむりが残っている声。下のロビー、あそこに行ってくるとぼくは言い、そうするといいわとヨーコが寝たまま言う。

ぼくは着替え、廊下に出て、そしたら浴衣姿の女の人たちが三人ほど左手から来る。別棟の温泉場で早朝の湯浴みをしてきたのか。ぼくは右手へ行き、暖炉の通気孔が伸びている吹き抜けの脇の廻り階段を下りながら、階段を一段ずつ下りるのが心地よく、身がだれもいない階段をくだりながら優雅だと感じ、暖炉の前を横切り、暖炉の脇とフロントの間を抜けると、テーブルの高さくらいまで深くガラスになっている窓が丸みを帯びて連なる場所、古風な木のテーブルと椅子、イタリア辺りの古い木の家具を模して作らせたのか、あるいは彼の地から運んできたのか、その木のテーブルと椅子が左右両脇にあり、それらの間、弧を描く窓辺の中ほどにこれも古味を浮かべた布張りのソファ、緑の色調で窓の方を向いていなくて、暖炉に向いて座るように置かれている。暖炉の前にもソファがあり、それに張られた織り布地は落ち着きのある薔薇色、ぼくははいりくち、湖にむかって左手のテーブルに着いた。椅子の木の肘掛けに丸みがついている。体が椅子にここちよくおさまり、椅子の座り心地がいいだけではない。そこに座って湖のほうをみやっているのがいい。

窓の向こうは木々、葉がすでにない。ほっそりした木々の枝がレースのよう。裸の木々のむこうに湖、すでに山の端は赤みが消えて日が差し始めている。ぼうっとしていると、詩があるという思いが浮んできた。詩だけがある、ここに詩があるというだけではない、この世にあるのは詩だけ、そうおもえてきて、言葉を探そうとしながら、言葉ではない、言葉が詩を作るのではない、詩は言葉ではない、こうして在る、こうして在るだけではない、在ること自体が詩。

外に裸木、その向こうで湖が裸、ぼくが服を着ていながら裸だと感じ、この世が裸に感じられ、どこもがさらされ、山々が湖が木々があらわで、ぼくがさらされ、裸で在り、名が枯れ落ちて、身があらわ、身が湖のよう。ぼくには、窓の向こう、葉の落ちた木々の枝をすかして湖があるが、それとはちがう湖が見えてきて、目の前にあるものだけが見えるというのはおかしい、よそが見えてなんの不思議があろうか。この身がここになくていいだろう。ここにいて、ここにいるとおもうほうがおかしい。ここにだけいるとおもうのは妙だ。どこにだっていられるかもしれない。身がとけださないからここにだけいるとおもうのだろう。身の輪郭が消えてしまったらどんなにか心地いいだろうとずっと昔そうおもった。

しかし、いま身の表が消え中身が消えるのを待っていられない。熟して熟してあまりに熟して身が香気立ち、空気にとけこみ、そうなる時を望んですごしているいとまはなく、ヨーコを熟させたい、おいしくおいしくしてあげたい。おいしい香りがするといい。香りそのものとなればいい。

湖畔のホテルの窓へ向いて朝食をとりながら、ヨーコがオムレツよりも柔らかそうで、その姿を撮った写真をヨーコが遥か前からの友だちにメールで送ったら、優しい優雅な奥様ねと返信に書かれていた。ドルチェでエレガンテなシニョーラとぼくは心中で言いかえた。そして付け加えたくなった。なんという言葉をそえたいか。

■十一月十八日（火）

五時二十二分、十八度、あの日、書かなかった。あの朝といったほうがいい。湖の畔で朝早く、書かなかった。起きるのもいつもより遅く、湖の向こう岸で山々の縁が明るみだしていた。日の気配がする前に目覚め起きるのが毎朝の始まりだったが、すでに日は現れかかっていたのだろう。着替えて廻り階段を下り、廊下から半円の出窓のように突きでたロビー、暖炉はまだ焚かれていないが、火がなかったが、冷えてはいないで、弧を描く窓辺の左手前のテーブルに着いて、ぼくがいる。書いていない。書かない朝、湖を見やる窓辺で古風な木の椅子にすわっている。書かないいまままだそこにいる。なにも書かれていない空気を感じていた。書かれていない朝がそこにあった。空気になにか書き込もうとしたがしなかった。この世から立ち去っていくとき、なにか空気に書き残そうとして書きはしないで去っていくか。

この世に随分長く居座ってきた。人が息をしている。虫が動き、虫も息をしているはずだ。木が空気をすっている。そういうところにぼくは長居した。もうおいとまする時機がきている。なのに腰を上げようとしない。長居してきたこの世、この空気にみちたところ、日が巡る地、そして海、そこにいる人、きみ、Mare、ぼくが出逢った人、Mare、かなしいまでに懐かしい。ここから遠く離れた海のかたわらの街でMareという人に出逢った。この世で遭った、この世から去っていけばきみから遠ざかっていくか。きみはいまぼくのそばにいない。彼方のどこかにいる。そばにだれかいるか。Annaがいるか。きみがいるところはいま夜だ。かたわらにだれかがいる。

ぼくはこの地にでてきて秋が十五度ほど巡ってきたころ、海をさがしはじめた。毎年のように行っていた海ではない。その海がぼくにとっての海ではないとわかった。海をさがして三年が経ち、一本の映画を見ていて、海を感じた。その海をめざし、やがて辿り着き、島伝いに南下、往古からつづく港に降りた。そこでその町の道できみを見た。ぼくにとって出逢いだった。出逢うといういまもまだわからないことが生じたのだった。きみを探していたのではない。探しあてたのではない。なぜそういうことが生じたか。

ぼくは海を探し、探しあて、そこへ赴き、海を経巡っていた。そしてその海でもっとも大きな島で、海に沿った町できみがあらわれた。ぼくは海を探していたが、探しあてた海から生まれでたような人、海の人をも探していたのか。

■十一月十九日（水）

四時四十四分、十七度、きのう、早昼を食べてこの部屋で出かける支度をしていたら、階下でヨーコが呼ぶ。下りていくと、高倉健が亡くなったと言う。テレビで知らせている。高倉健は一九三一年生まれ、八十を過ぎている。亡くなって自然な年齢だ。ただ思いがけない事がテロップで伝えられていた。悪性リンパ腫で死去、この病気に罹っていたとは知らなかった。亡くなったのは十日、一週間ほど公にされていなかった。

リンパ腫、ヨーコと同じ病名、高倉健のリンパ腫はどういう型だったのか、リンパ腫は現在分かっているところでは三十種ほどの型があるという。リンパ腫といっても型によって性質は異なる。相当に異なる場合もある。もちろん同じ型であっても個人間でまた微妙にちがう性質をもつ。高倉健は何時頃リンパ腫が生じたのだろう。最後の映画となった「あなたへ」を撮影している時、すでにリンパ球が腫瘍化する変調は始まっていたか。わからない。ただ、「あなたへ」のなかで高倉健には最期が身近になっている相がうかんでいた。

きのう、宇都宮に住むヨーコの父方の従兄の奥様カヨさんから電話があった。その前日、差出人が従兄夫婦である葉書が届き、夫妻の娘さんが悪性リンパ腫で亡くなって喪中につき年賀の儀を控えますという知らせだった。すぐにヨーコは電話をし、従兄は留守、カヨさんと少し話し、ただカヨさんには用があったようで話は中断、昨日あらためて電話で続きが話されたのだった。

昨年、娘さんの鼠蹊部にリンパ腫が発覚し抗がん剤と放射線治療で消えたが、今年の夏、再燃、入院して八日で亡くなったそうだ。リンパ腫、最近増えたのかしら、よく聞く、ヨーコがそう言う。増えているかもしれないが、ヨーコが罹患するまでぼくたちはその病気に関してほとんど無知で、注目もしていなかったわけだ。人がどういうふうに亡くなるか、みなちがう。

高倉健はぼくにとって映画のなかの人だった。身内でも行き来があったのでもなかった。ぼくが二十歳の頃だった。弟と東北を旅していた。山形のどこかの駅だった。駅名は覚えていない。乗り換える列車の発車時刻まで大分間があった。町に出て歩いていると映画館、その映画館の姿、実物とは違っていいそうだがうっすら浮ぶ。任侠映画の看板、高倉健いいよと弟が言った。すでに任侠映画を見ていたのだ。ぼくはまだ見ていなかった。映画は博多が舞台だったか、長門裕之、津川雅彦兄弟の叔父、なんという名前だったか、その人が監督した映画だったように記憶している。

東北の小さな町の映画館、列車を待つ間、町を散歩せずに入った映画館で見た映画、以来、ぼくは高倉健が出る映画を見まくった。それ以前に撮られた映画は新宿の裏通りの映画館で見たりした。新作は封切館で待ちわびるようにして見た。昭和残侠伝、日本侠客伝、網走番外地、この三シリーズを追いかけた。まだ漁師町だった浦安で、川沿いの浅蜊の殻を取る作業場の前を通って裏手の映画館へ行ったこともあった。

ぼくは十八の頃からずっと地中海をむいて生き、ヴァレンシアで初めて地中海をじかに見て、マヨルカ、ジェノヴァ、ニース、コルシカ、サルデーニャ、シチリア、チュニジア、アルジェリア、西地中海を歩いて、戻って、それからはひたすら地中海のそばで生きようとねがうおもいが高じていったが、それでもぼくには生国の残滓があった。

生国、特に生地の東京、なかでも隅田川沿い、突き詰めると深川、そういった場所の空気がぼくに染み付いていて、消えず、その空気と決着をつけなければあの海のそばで生きられない、そうおもい、隅田川の両岸を時間があれば歩いていた。高倉健がぼくのなかに残っていたのも、自分が育った界隈の空気に通じるものを高倉健に感じていたからだろう。ぼくが初めて生国を出て地中海へむかった当時、すでに昭和残侠伝シリーズはおしまいになっていた。その時期を境に生国の匂いが身近ではなくなっていき、最後に残った匂いは隅田川沿い、とりわけ深川の空気の匂いだった。香りではない匂いだった。その匂いと決着をつけ決別してあの海へ行くんだと気がせいた。

なぜあの海に惹かれ、あの海だけにひきこまれていくのか。おさなかった頃から海が好きだったが、十五の頃には生国のまわりの海は自分の海ではないと感じ、ぼくの海を探しはじめた。探したのだ。探しあてた。海をみつけた。海のそばにうつった。海の空気のなかにはいった。いま、海に決着をつけたくなっている。でなければこの世を離れられないではないか。

■十一月二十日（木）

四時十二分、十四度五分、ぼくは一九九六年の秋、今頃の季節、ラパッロで、高倉健が浅草から隅田川沿いを右岸から左岸へ行ったりまた右岸へ行ったりしながら下り、太平洋に出て、一挙に地中海、あの海、ぼくにとって唯一の海の地域を歩く、そういうシナリオを書いた。彼が監督をすればよかった。彼のところまでそのシナリオは届かなかったろう。

彼は一九六〇年代の半ばから五、六年、毎年冬と夏、唐獅子牡丹を背に負った姿を現した。彼が着物の肩を脱ぐ。背に唐獅子牡丹、その左肩から背にかけて、セクシーだった。彼はこの国でひとりセクシーな男だった。センスアーレだった。センスアリタ、この国の言葉でなんと言ったらいいか、言葉が現れない。センスアーレな匂いが彼から匂い立つ。

地中海地域でセンスアーレな男を見掛ける。海が匂い立ってくる男に出っくわす。あの海はセンスアーレな海、だからぼくにとって海はあそこだけ。そこの地を彼が歩くのをぼくは夢想した。彼のセンスアリタはあの海が醸すものとはことなるが、なぜか和の地で生じた彼にセンスアーレな匂いがあった。匂いが唐獅子牡丹の描かれた背から立ってきた。彼をあの海のそばで歩かせたかった。

彼が海が匂い立つ地を歩く。歩く姿から生が立ち上がり、歩く身が詩をあらわす。身が詩であり、詩が歩く。詩はなにか、詩はもとセンスアーレだった。センスアーレなもろもろをセンスアリタそのものを詩とよんだ。

だれかが、だれか感じることのできるものが、人はだれしも感じられるというものではない、だれかが感じる。あの海のそばにはあそこには感じる人がいる。

マーレ、きみがうかぶ。海が姿をとったときみが浮んでくるとそうおもう。きみが感じる。きみは感じるなにかだった。感じる海だった。だからぼくはmareと名付けた。きみが感じる身だとぼくはそれこそ全身でそうおもった。感じるとセンスアーレなにかが醸してる。きみは感じて、そして感じてどう生きる。感じるばかりであったら生きられるか。きみは感じるばかりの身だった。

きみはぼくの前に現れたが、じきに消えた。海へ切りいって帰るのか。海の生気、活気、殺気、きみに海の気があって、きみを身近に感じると殺される歓びが兆した。

ぼくは自分が生きている姿に絶えず嫌気を感じ、顔をそむけたくなるほど臭気が感じられ、そうでありながら息をして体の隅々までが動いていて、そういう身がもうもたない。悲鳴できみを呼び出したくなり、すぐにも最期の悲鳴を揚げ、空気を殺し、きりさき、きみのふところへ、海に……

■十一月二十一日（金）

四時五十一分、十六度、きみはサルヴァトーレという名だった。アンナはきみをトーレと呼んでいた。今も身近でそう呼んで暮しているかもしれない。サルヴァトーレは救い主という意味合いだ。シチリアではよく聞く名だ。救い主という意味をおもってしまうのは、そうであってほしいとぼく自身の救い主であってほしいと願っているからか。そしてぼくが救いをもとめるようにして来た海、その海に臨む町で行き逢ったきみを海と、現地の言葉で mare、ぼくの生国の音でマーレとよびたくなった。ただ、もう、きみをよぶのはすくってほしいからではない。きみはぼくにとってひとり生きる男。きみが世事をしながらどうしているか、どうなるか、すでに生まれた時から、きみは帰る男。

今きみは夜の町を歩いているか。食事をしているか。見えてくる。小さな広場にある店で窓辺にきみの姿が見えてきた。

■十一月二十二日（土）

四時四十五分、十四度五分、昨日、ヨーコと東京へ出て、新橋に寄ったあと、青山で用事を済ませ、交差点の近くでタクシーに乗り、六本木、麻布十番、赤羽橋、済生会病院の玄関前で車を降りた。
東館六階四人部屋、両側、ベッドごとにカーテンが閉まっている。左手窓際のカーテンの端を少しまくると、ベッドでタカユキが眠っている。点滴を受けている。ヨーコが声を掛ける。三声ほどで目が開いた。起き上がろうとするから、寝てていいよと近寄るが、起き上がる。じきほかの見舞客が二人来た。著名な中華料理店のオーナーとインテリアデザイナー、ぼくたちは初見の方達。夕食の時間が近い。その方達は少し話して帰られ、顔を見て安心したよ、そう言うと、もうすぐ食事、見ていったら？　遠いから帰らなくちゃならないか、食事外でするの？　ぼくたち立ち上がり、タカユキが手を出し、ヨーコと握手、それからぼくが手を出し、帰り際、もう一度ぼくは手を伸ばし、タカユキの手にさわった。彼の目がふっと閉じ開き、軽くめまいか、めまいがなぜ起きるのかまだわかっていない。

源にせまって感じるほど殺気が深まり、殺し掛かるまでに感じ、殺すまでに感じたら……

■十一月二十三日（日）

五時十分、十五度五分、言葉がおわり、言葉なしできえていく。みずからがきえていく。ただきえて、そう、きえていく際、きえていくなかで果てないよろこびが在るかもしれない。そうおもういま語りかける相手はきみで、きみはすでにこの世に実在する名がどこかへ去り、mare、そう呼びかける相手であるきみ、殺気、きみに殺気が在る。きみに殺気を感じ、いまきみをおもいかえして感じ……

■十一月二十四日（月）

四時三十六分、十七度、五時間近く前、昨夜十二時少し前、寝室に入ったらヨーコの声。足が熱くて、ほてってる、足が熱くて眠れない、足出してたの、さわって、気持ちいい、手冷たくて気持ちいい、炬燵にもぐっていたから足が暖まったのね、炬燵に入ったまま寝なかったね、いつも炬燵に潜ってテレビ見ていると眠ってしまうのにね、眠らなかった、映画おもしろかったから。

九時からＮＨＫで「高倉健という生き方」を見て、それが終わると五チャンネルに切り替え、すでに見たことがある「あなたへ」が始まって五十分が経っていた。

ＮＨＫの番組で、「あなたへ」の撮影中と撮影後に高倉健へインタビューがなされていた。もう残り時間がなくなってきたからね、しゃべっておこうと思ってね。

小田剛一（後の高倉健）は昭和六年、一九三一年、北九州の炭鉱の町に生まれ、十代前半、太平洋戦争だった。戦後、大学を卒業した後、いったん実家に戻ったが、十カ月後、東京に出て、生きるために映画会社のマネージャーの試験を受けたら、俳優にならないかと言われ、新人養成所の第一期生。日本舞踊とかダンスがあって、下手で、見学だよ、あまりに下手で授業が進まなくなるから見学。翌年、高倉健として映画に登場、初主演、映画冒頭のキャストの初めに高倉健という名前、下に新人と書かれてある。何度やってもだめで、怒る場面でそんなところで怒れやしなくて、それで監督が罵詈雑言、怒らせるしかなくなったんだね、ありとあらゆる言葉でけなすんだよ、今度だめだと言ったら、このじじい張り倒して帰ろうと思ってたら、オーケーになってね、俺、すごく短気なんだ、激しいんですよ、殺そうと何度も思いましたよ、よくここまで殺さないでこれたと思いますよ。

■十一月二十六日（水）

四時五十九分、十七度、二十四日月曜日、振替休日の朝、NHKで前日とは違う番組で高倉健を取り上げたものを再放送していた。前の日の夜に見たスペシャル番組と重なる箇所が多々ある。それで前日に記憶していた高倉健の言葉の細部が違っているのがわかった。高倉健がしゃべった言葉がぼくを通ると違う言葉になってしまっている。

育った所は乱暴な町だったから、夏の盆踊りのあとなんか、朝、学校へ行くとき、死体があるの何度も見たよ、喧嘩があったんだね。高倉健は福岡県中間町で育った。炭坑の町、乱暴な町。ぼくは東京、深川で育った。夏祭りの夕方、町内会の祭の詰め所でもらった券を持って銭湯へ行くと背中に入れ墨の人が湯にはいっていた。父親が若かった頃は荒っぽさが残る町だったようだ。父が何度も語った話、その話をするとき父は機嫌が良かった。高橋の飲み屋で着流しの男が椅子を脇に寄せて一気に相手を片付ける話。母が何度か話したのは父が浴衣をずたずたにして帰ってきた話、神明神社の境内で喧嘩して帰ってきたのだ。

■十一月二十七日（木）

五時十九分、十七度、明日という時はない。ないことに人は名付けてきた。明日がなければ望みもない。ない。それでも人は望み明日をおもう。おもうということさえないのだ。

海にのぞむ町で出逢ったとき、きみはかがやいていた。陽をうけてかがやいていたとおもっていたが、きみ自身がかがやいていた。きみには陽がにあっていた。つやつやした葉がきみの一部のようだった。

きみは感じていた。荒々しく柔らかく生々しく感じているのが感じられてきた。すきとおるように血がたぎるようにこみあげるようにきみが感じていた。きみには殺気があった。なぜきみから殺気が生じていたのか。きみは根源から殺気だっていたが、甘美だった。ふかく息をしていたが、そうは見えなかった。息をしていないかのようだった。きみにはいのちがあった。まぎれもないいのち、甘美にほてるいのち、海のいのちがきみに宿りおかに上がっていた。海がきみを生かしていた。

■十一月二十八日（金）

四時五十九分、十六度、四時十九分に目覚め、三十五分に起きた。昨朝、今朝、目覚めてすぐ起きられない。疲れか、衰えか、ほかになにかあるか。

昨日帰宅するとサキエさんから喪中の葉書、お姉様が四月に亡くなられた。サキエさんは六年前にご主人がお亡くなりになり、七カ月前、お姉様が逝かれた。お会いしていないが、お姉様の姿が浮ぶ。

四日前、二十四日月曜日、ヨーコの留守中に、逗子に住んでいらっしゃるフクコさんから電話があり、当方に差し障りがありますので明日こちらからお電話いたします、そうおっしゃっていた通り、翌朝、お電話が掛かってきて、ご主人が逝去されたということがわかった。晩夏の頃、ご主人に痛みがでてきて、息子さんが住んでいる横須賀で入院した。フクコさんは毎日のように逗子の自宅から病院に通い、家に帰るとなにもする気がしないとおっしゃっていたようだ。

■十一月二十九日（土）

五時十五分、十八度、よく殺さないでここまでこられたと高倉健が言っていたとヨーコが言う。ぼくは自分のことをおもう。今まで殺さないできた。それでほっとするのでなく決着をつけていないというおもいがこのごろ浮んでくる。なにかを殺さねば決着がつかない。衰え滅びていく。そう殺されていく。いずれ殺られるが先に殺る。そうするとなにがどうひらけるか。生まれを絶ち、根を絶ち、そうすれば戻れない。生まれ、生きてきて、殺しにきていた。生きてきたということを殺る。ああ、こうして一昨日ノートに記した言葉をここに書き写した。そんなことをしてばかげているとおもいながらそうした。

一昨日、昨日、いま、殺、殺す、おもうのはやめて殺さねば。こうして在る、生きている、それ、生きているというそれを根こそぎ殺って、その先、空漠、なにも見えない。殺す。無謀に生きてきたなどとほざいているばかはよす。Mare、きみはわかっている、ぼくが殺そうというのがどういうことか。Mare に底流が通じていて、きみが殺そうとする殺気が感じられ、きみは生身の人を殺したかもしれないが、いまきみが殺そうとしているのはすべて、すべてを殺そうとし、ただアンナが生きている。彼女を生き残してきみはすべてを生きてきたすべてを始まりを根源を絶とうと殺気がこみあげてきて、しかしまだとどまって、このひとりの女性にきえぬよろこびをもたらし、生きる源を殺って、彼女に生きるしあせが根源からもたらされるか、そう問い、彼女が身が滅びるさなかもよろこび……

■十一月三十日（日）

四時十一分、十七度五分、四月にサキエさんのお姉様が亡くなり、七月、サキエさんの大切な友人サヤコ様のご夫君が逝去、同月、ギオウ先生の奥様マリコさんがいなくなり、先日、フクコさんのご主人がお亡くなりになった。

こうして身近な方達におもわしくないことが生じるなか連絡を取り合っているが、きみとやりとりをしていない。きみが身近にいない。こんなことが起きたこんなふうに思うと親しく言葉を交わさず、行き来をせず、きみが住んでいる所を知らず、探そうときみの海へと旅立たず、ただきみへ書くだけ、書くときみに達すると奥底で信じているのだろうか。

いま書くちからに賭して、きみのかなしさにいきつこうとし、アンナは、彼女はきみのそばで生きているか、生きていてもきみはかなしい。きみはアンナをよろこばせたか、どうどんなにアンナをよろこばせた。きみはおしまいにしようとしている。しかしなにかやり残していると感じ、そうきみが感じているると感じられてきて、やり残しているのはアンナにたいしてか、そうだろう。もしアンナが死んでしまったら、そうなってもやり残しを感じるか。

きみがだれかを殺ったとぼくは感じとっている。アンナが危ういと感じてそうしたか。殺気がこみあげてでていった。しかし、きみにこみあげてくる殺気はだれかへむかうだけでおさまりはしない。きみは連綿と受け継がれてきたいのちとして現れ、しかしきみに子はない。自身が受け継がれるのを拒み、終わらそうとして生き、一方人々はいのちの授受を行い続け、今もあちこちで受け継がれ、死に継がれ、生き継がれ、そうした引き継ぎはこの地上においてだけなされているか。

今日、種子島で打ち上げ予定だった小惑星探査機はやぶさ2は地球と火星の間をまわる小惑星に着いてそこのなにかを採取し、そのものから生命の起源の手掛かりが得られるかもしれないと言われているが、起源などもともと在りはしない。だからMareきみが根源を、生まれてくる源を断ち切ろうとしても、根源など在りはしないと感じないか。それでもぼくだって根源根源と言ってしまう。そう言ってしまって根っから間違いだとおもう。

いま書くだけができて、書きながらどうしようもない空漠をどうにかしようと探り、どこにも限りが縁が見当たらず、手掛かりが見えず、目当てが見付からず、とらえられず、さわれず、抱けず、書いていていてなにかが微かに見えたら、そこへおもむく。身ごといく。もうそのとき書かず、いく。しかし、いまなぜ書いて空漠を殺し手掛かり手立てを見いだせるとおもっているのか。なんの手掛かりもないなかを切り開き、空しさ虚しさを空虚を殺し、そこできみとまみえ、きみとともにアンナがいて、ほかにだれかいるか。きみ、アンナだけか。だれかが浮んでこない。きみが浮び、アンナが甦り、きみ、なにか言う。言葉をはなつ。言葉が……

■十二月一日（月）

四時三十四分、十九度、この茫茫たる想い、今朝最初にでてきた言葉、今しがた階下で浮上してきた。最初、初源、源泉、泉源、源発、発生、こういう言葉のしりとり、異様であろうか。源への執着、しかし遡ろうとするのではない。遡って源に到れはしない。遡らず源を貫通する。ここ地上で刻々と息しながら源にまみえようとおもいがたえず湧き、こみあがってくるおもいが源をさがす。

午過ぎ、はやぶさ2が種子島で打ち上げられる。十歳だった時以来の恩師がその打ち上げをじかに見る。雷が機体に影響する恐れがあるということで一日延期され本日決行、小惑星に辿り着き着地し石や砂を採取、生命の起源の手掛かりが見付かるかもしれないという。この夏奥様に先立たれた先生が教え子の関わっている生命起源探査機が地上を離れる姿を見ようとしている。一九三三年に生をうけ、いま日本に初めて西欧から人が辿り着いた地、種子島で、お目覚めになったろうか。

一九三〇年前後に生まれた人たちが気に掛かってきた。渥美清一九二九年、高倉健一九三一年、太平洋の列島の国が溶解する前に地霊の気配を受け継ぎ、風土の精髄が体現されていると見えた高倉健という人物が先頃世を去った。この人に足掛かりを見た。桟橋のような人だった。生まれた時からぼくには踏みしめる足場がなかった。足場をこの地の性質が凝然と現れた個性に見た。その個性を踏みしめて外へ出ていった。

海に惹かれ、しかし出生してきた地を囲む海に源が感じられず、あの海に源を感じ、海にのぞむ町できみを見た。きみから源泉の匂いを嗅ぎとった。源へ誘われ惹きこまれるのを感じた。

いまぼくが生まれでた列島の地で、海に面した町の端で、きみへむかい、言葉を投げかけ、言葉を源へ潜入させようと赴かせ、きみこそが源泉をまもる男、きみがうけいれてくれるなら源泉にいきつけるのではないかと言葉をきみの深奥へ通じさせたくて、ここから呼びかける。いまきみのそばにいない。きみの海を体感していない。海風をうけていない。海の空気をすっていない。

離れたところ、ここ、ぼくが出生した東国の地で、きみへよびかける言葉を、源を探す旅の言葉を送り、この地で邂逅し源への旅に連れ立った女性がここでともにいる。今日、彼女は病院へ行く。付き添って、彼女の生命が乱調していないか調べに……

■十二月二日（火）

五時三分、十六度、昨夜、帰宅したのが七時半過ぎだった。着替えてすぐ鎌倉駅の近くで買ってきた鮨を二人それぞれの皿に盛り分け、それから朝方ヨーコが大根の葉や人参、柚子の皮、シラスで作っておいた炒め煮を小鉢に取り、ぼくはお酒を少し暖めた。食事している途中で八時半になり、BS5で「居酒屋兆治」が始まった。

終わると、テレビの置いてある和室で炬燵にもぐって見ていたヨーコが小さく拍手した。和室と続きの食堂でテーブルに肘を乗せてぼくは見ていた。ヨーコが炬燵に入ったまま振り向き、笑顔。ぼくは身を伸ばしてヨーコに言葉を放り投げるようにした。かっこいい、高倉健はいつもかっこいい、声もいい、最後の歌、高倉健が歌っているんでしょ、歌、上手なのね、声がすてき、こないだの歌も高倉健が歌っていたでしょ、そう、網走番外地、それから昭和残侠伝。昔日、唐獅子牡丹の歌を覚えようとした。遠い昔のことだ。

まだきみの海へ行ってないころだ。当然きみとまだ出逢っていなかった。きみが現れていなかった。そういう時、きみがいなかった時があったのだ。ぼくには親や姉弟がいたが、ひとりで生きていたようなものだ。ぼくは海を探していた。どこか彼方にもとめる海があると感じていた。その感じはそだち、ぼくをおしやった。海に行き着き、島を伝い、海のただなかの地を渡り歩いた。

やがてすべて港という意味合いの名をそなえた町に海から降り立った。その町でぼくにとってゆいつの男を見た。そういう男が生きていると想っていなかった。

遥か東方の島国で育ち、その地を出てもとめる海に辿り着いた。そしてきみが海を望む町にいた。きみにはそれまでに生きた時があった。そうした時をきみはどう感じていただろう。きみがぼくへ日を照り返した。その時から、ぼくはひとりではなかった。

やがてヨーコを知り、彼女とともに生きだした。そばにはほとんど常に彼女がいて、普段の生活をしながら、きみの海をおもいつづけ、そのおもいは息づき、海へむかう血流の波に育っていった。身をこえて育ち、身を押し流し、そして、ふたりは海の地へ漂着し、暮し始めた。しかし、きみが生きていた町ではなかった。なぜか、謎、謎をとこうとして生きるのか。その海辺の町を離れ、海を手放して、ここ鎌倉という町に来た。なぜだ。

ここで三年前、ヨーコの身が失調し、乱調が表立ち、人為の調整がなされた。彼女の身に施された治療を調律と呼びたい。しばし、といっても三年、彼女の身は穏やかな律動を奏でていた。しかし、九月の検査で変調が再燃する兆候が見られた。三カ月後のきのう、ヨーコは病院に検査を受けに行った。ぼくが付き添った。

■十二月三日（水）

五時十八分、十三度、一昨日、ヨーコは病院の食堂で天ぷら蕎麦を食べた。すでに四時頃だった。その時間まで検査を受けるため昼ご飯を食べないでいた。おいしかったとうれしそうに食べ終えた。

きのう早朝、きみの姿が現れて、そのとき、きみをえがけるかなとおもった。きみの肢体を隅々までえがけるか。姿が現れ、姿に惹き込むなにかがあった。

きみは若かった。おそろしいほどだった。みずみずしい肢体が顔が艶やかな空気を生じさせていた。しかし死にかかっていると、ぼくは感じた。死をふくんだ若さだった。きみがいなくなると直感した。しかしきみは死んだわけではない、そういま感じ、その感じにまちがいはない。あれから、殺気がしみわたった若さはどうなったか。殺気がわきでて、おのずとさそっていた。この人には殺しへむかう性向があると、ぼくは共感したのだった。きみが殺さずにすむはずがない。なにへむかっていったか。きみはみなもとを殺そうとする。そうするにいたる手前で、人の身を殺すだろうか。きみに死が在りうるとはいまだおもえない。しかしきみが生き身であればきえ……

■十二月四日（木）

四時四十六分、十四度五分、風が聞こえてくる。ヨーコは風の音をいやがる。落ち着かなくなるようだ。

やがて、そう遠くないうちにぼくがきえる。そうなれば、ぼくのなかに残っている人々の言葉がなくなるだけではない、ぼくの言葉がきえる。すでにきえはじめている。ぼくは生まれ生きてきた。きみと出逢った。ヨーコを知った。受け継ぐいのちを生じさせなかった。ぼくは自身を受け継がせたくなかった。いのちの引き継ぎはいらない。もういい。おしまいにしたくて、きみの辺りで最期の言葉があらわれそうに感じ、その感じを手掛かりに……

■十二月五日（金）

四時二十八分、十五度五分、マウロからのメール、日付は十一月二十六日、そんなに前に届いたのだったか。三日ほど前に読んだ気がしていた。ぼくの感覚が地球上の時の経過と離れていきつつあるのか。以下、訳文。

君が記した言葉は私にとってとても重要だ。それらを日記に留めておくだろう。木の葉が歩道のアスファルトの上で霜枯れしていて、僅かな氷雨がすべてを湿らせている。君たちが親切に送ってくれた帯を私の服を入れてある家具の棚板にそっと置いた。そこで明かりを避けているが、毎日それを見て、こうして君たちを想うことができる。
君たちに心からの抱擁をもって。

ぼくが記した言葉を彼が感じとってくれた。彼が送ってくれた「中東についての瞑想」展のカタログをみていて、彼が源泉に遡るのを感じ、彼を根源からの境の人だと記した。境、社会的批評と哲学的批評、形と色、生活と詩、即興と熟成、当然スイスの風土とイタリアの風土、そう書いた。

■十二月六日（土）

五時五十八分、十一度、冷える朝、いつしか冬になったか。昔の昔、彼方の昔、秋とか冬とかそういう季節をあらわす言葉がなかった頃、人は秋を感じず、冬を感じていなかった。寒さを冷えをどう感じていたのだろう。寒いという言葉も冷えるという言葉もなかったのだ。言葉がどう生まれたか、始まりを感じ取りたい。はじめどう言葉があらわれた。言葉をそれぞれ生まれたばかりとしてあらわれさせたい。冷えるという言葉を人から生まれ落ちたそのままにあらわす。そうしたい。そうしなければおかしい。しかしそうしていない。言葉をぼくの身を成り立たせている要素と感じて好きなように用い、やがて焼尽するか。こうして書き足していく言葉を自身の細胞であるかのように感じながら、言葉を外界に現れさせるごとに細胞がかけていくのを感じ、感じるという言葉が疲れていると感じ、言葉がみな疲れていきそうで、だがもうしばらく言葉を身をもたせよう。

■十二月八日（月）

四時四十二分、十二度五分、風土がそこに生きるあらゆる生き物の性質をかたちづくり、人も生きる土地の気候や地形地質に深く感化されてそだち、そうした風土から受ける影響のなかで性質が育まれていくが、人には人それぞれがそなえる気質がある。そして気質は人に取り分け共に暮らす相手に作用していく。

■十二月九日（火）

五時十三分、十二度、言葉がきえていく、そして言葉ではないなにかがあらわになる。そう感じる。言葉を急がせよう。言葉を急がせるほど言葉がきえていく。言葉をきみへ急がせる。

きのう、病院でヨーコと共に彼女が一週間前に受けた検査の結果を聞いた。少しずつ大きくなっていますね、Y医師がコンピュータの画像を見ながらまずそう言った。ただ、進みはゆっくりで、今はまだすぐに治療をしたほうがいいという状態ではないですが、いずれ治療をする必要がでてくるでしょうね、治療を始めるのは何時頃がいいですか、それが難しいですね。

それからどういう治療の方法があるかという話になり、同様の話は前回九月の面談の際もしたが、分子標的薬リツキシマブと抗がん剤ベンダムスチンの併用療法かゼヴァリンによるＲＩ標識抗体療法が主な選択肢、ヨーコがゼヴァリンがいいと言う。初めてヨーコが自分の考えをはっきりと表した。ぼくにもそこまで明瞭に言ってはいなかった。ゼヴァリン療法を受けるとなると、リンパ腫があまり大きく多くならないうちがいい。では三カ月後の検査結果によっては、準備を始めましょうという手はずになった。

そうだ、医師との話のなかで、その療法を受ける際は築地のがんセンターに紹介していただくことになりますね、そうぼくが言うと、ここでできますよと医師が言った。あれっと思った。九月に検査結果を聞きながら話した時、新館が完成して設備が整ったためＹ医師が放射性同位元素を用いる療法実施の申請をして認可が下りたと、そういう話は聞いたが、まだ実際に治療を開始するめどは立っていないと言っていた。思いのほか進展が早かった。すでに治療は始まり入院中の患者がいるという。十日間個室に入院し、治療は一回で済む。それがヨーコがその療法がいいと思った主な理由だろう。

ヨーコがおいしいものを食べようと言う。横浜駅西口でとんかつの店に入り、季節ものの牡蠣フライがあって、前から時々ヨーコは牡蠣フライが食べたいと言っていて、すぐそれに決めた。揚げたての牡蠣を口に入れるなり、おいしい、顔中がほころんだ。ヨーコの満足した時の顔、その顔が見られれば見られるほどいい。

食べたあと、高島屋でジョルジョ・アルマーニのブティックを見て、東口のそごうへまわり、アルマーニ・コレツィオーニの店に直行、早速、腰が隠れる身丈のダウンコート、オレンジ色のニットジャケットを試着。そしてボートネックに沿って三本のオレンジの筋が入っている薄手の赤いセーター、独特な赤、その色を着たヨーコを見ていたら暖炉のそばにいるような暖かくくつろいだ気分がしてきて、彼女も気に入り、帰宅するとすぐ下着を薄手のものに着替え、袋から取り出したものを着た。ヨーコの顔にセンスアーレなよろこびがうかんで、赤を着た身もよろこんでいて……

■十二月十日(水)

四時四十一分、十二度、高倉健が亡くなって一カ月、十一月十日にリンパ腫で亡くなった。亡くなったのは高倉健だったのか、小田剛一だったのか。ぼくはこの映画俳優の最期に立ち会っていない。そばで息がきえ、血のながれが途絶えるのを感じとったら、気の消えた人がだれだったかわかったろう。

ヨーコは夕飯作りをしながら、許容力がよわくなったことをしきりに話した。よわるのよ、受け入れるちからがよわっているの、よわっていくのね、受け入れる力がなくなってきているの、それは頭に入れておいて、そう言った。

■十二月十一日（木）

四時四十分、十三度五分、昨夜、夕食後、ヨーコがリウさんからメールの返信があったと話しだした。月曜日に横浜の病院で聞いた検査の結果を、その時の主治医と交わした話の内容も含めてメールでヨーコはリウさん、ミカコさん夫妻に知らせた。リウさんは御茶ノ水の大学病院で教授を務めた後、川崎の病院に移り、昨年、その職を辞そうとしたが、慰留された。ヨーコは四年ほど前から藤沢のモーツァルトのミサ曲を歌うアマチュア合唱グループに参加し、そこで夫妻と知り合い、毎週土曜日、江の電江ノ島駅に近い市の会館かその先隣の駅から間近の別館で練習をしていたが、今年、七月の藤沢市合唱祭に出たあと、秋からの活動に参加せず、退会した。九月初めの検査で再燃の可能性ありという検査結果が出たのを機に、毎週練習に通い二時間以上声を出して歌うのが負担になってきていたこともあって、やめたのだった。そのコーラスグループで親しくなった方達はヨーコの病気を知っていて、なかでもリウ、ミカコ夫妻は日頃から暖かくヨーコを気遣って、ヨーコは以前から検査を受けると、その都度、結果の資料を見せていた。

そのリウさんが昨日ヨーコへの返信メールで、今後もサポートをしていく、病院の仕事を辞めることになったので時間にもゆとりができるとヨーコを励まし、仕事柄周囲にヨーコの病気に詳しい人たちがいて話を聞いているので、ヨーコが治療方針として選んだ療法を、リウさんもそれが良いと思うと賛成した。ただその療法は適応対象となるかどうか調べる必要があり、判定規準には厳しい面があるようだと懸念を示し、ほかの治療法の場合、必ずしも早く実施すればいいというものではなく、よく治療開始の時期を見定める必要があるが、その療法は体力があるうちに、あまり進行しないうちに受けたほうがいい、事前に適応するかどうかだけでも調べてもらったほうが良いのではないかと、親身に熱意をもってヨーコに呼びかけてくださった。リウさんのおっしゃっていること、それは三カ月前、九月に再燃の可能性という言葉が出てきた時から、ぼくも考えヨーコに話してあった。

ぼくにはさらに気掛かりがあった。九月に検査結果を聞くためにぼくも付き添って主治医と話した時には、その療法実施は認可が下りたが、まだ治療は行われていなかった。しかし先日の面談の際、少し前から治療が始まっているという話が主治医から出た。行きつけの病院でその療法を受けられると聞いて、よかったと思った、そう昨夜ヨーコは言った。しかし、まだ実際の治療を始めたばかりで経験という点で気掛かりだ、医療には習熟が大事だからとぼくは話した。

ぼくはこれまで少なくとも二人の人の寿命を縮めさせた。もっと明瞭に言えば、二人を殺した。これは強すぎる言葉ではない。十分殺したと言えるのだ。

まず叔母、母の妹だ。叔母は若い頃から心臓弁膜症を患っていて、当時心臓外科の分野で著名だった医師の執刀で手術を受けた。ぼくは叔母と気性が合い、次第に叔母はぼくを頼るようになり、病状が進み、秋葉原にある病院に入院、手術をするかどうか、しなければ動脈瘤がいつ破裂するかもしれないという説明を叔母と一緒に主治医から聞き、ぼくは手術を受けることをすすめた。手術前、叔母は遺言書をぼくに渡した。術後、叔母は術前より病状が悪化、やがて死亡した。

そして父、晩年、胃がんが見付かり、手術を渋る父にぼくは受けるよう勧め、やがて父は手術を受け入れ、それまで飲んでいた脳梗塞再発予防の血液溶解剤を止め、術後、脳梗塞が再発、意識不明のまま亡くなった。手術の直後、切除された胃を見たが、がんの箇所が分かりづらい軽微と思われる病変だった。

■十二月十二日（金）

四時四十五分、十五度五分、今日は小津安二郎が生まれ亡くなった日付、深川に生まれ、鎌倉で亡くなった。ぼくは深川生まれ、いま鎌倉に住んでいるがどこで死ぬかわからない。溟濛、自身がいのち終える情景が在り在りと立ち現れてこない。

すでに十代の頃、自身がきえてくれたらどんなにいいかという思いが生じ、生まれながらにいだいてきた願いであるかのように深まっていった。いま、生のおわりに差し掛かっていると感じながら、身が在る鬱陶しさからときはなたれたい、感じるということがおわってほしい、もう感じていたくない、……

■十二月十三日（土）

四時五十六分、十三度五分、ヨーコは昵懇にしているフクコさんからご夫君の死去をお聞きしていたが、その日付を知ったのはきのう。ヨーコはまだお渡ししていないレモン風味のオリーブオイル、これは時々ヨーコが輸入元の商社に注文する時、一緒にフクコさんの分も頼んでおくようになっていて、ぼくたちが住んでいた北イタリアの海岸地域リグーリア州で造られているもの、その小瓶のオイルを箱に入れ、廻りをうちの柚子の実で埋め、レモングラスの花に銀のリボンを付けて添え、文を綴った紙片を置き、最後に先日買い求めたイタリア三色旗で包んだトリノのチョコレート、ジャンドゥイオットを入れて、逗子の海を見下ろすフクコさんのお宅にお送りした。翌日着きますとお知らせする電話を入れた際、お話するなかでご主人が亡くなられた日付がでてきたのだった。

■十二月十四日（日）

四時四十二分、十二度、昨日、長谷で用を済ませたあと、鎌倉駅前に戻り、若宮大路の交差点を渡り、書店の中二階の文房具売り場で富士山の絵葉書を買った。山裾にマルゲリータの花が描かれている。ラパッロは春になるとあちこちにこの花が咲く。ぼくたちが住んでいた海辺の丘にも咲いていた。その葉書をラパッロの友人ニーチェに送ろうとおもった。

一階に戻り、高倉健の最後の文章が載っている雑誌を手にしてレジへ行く前、男向けの料理誌を立ち読み、人形町の鮨屋についての記事が載っていて、ご主人と息子さん二人、年季を積んだ職人さんと若手の人、五人が握り台の向こうに並んでいる写真、この店、三十年近く前に何度か行った。年を経た日本家屋で、今頃の季節にご主人が東京湾で釣って来て握ったハゼの鮨を食べた。

その辺り、人形町、懐かしい場所、深川常盤町で育った頃、子供だったぼくは夏の夜、浴衣を着た父に連れられて、新大橋を渡り、水天宮の交差点から右手、人形町の商店街でかき氷を食べた。父は仕事で芳町の料理屋さんを時々使っていた。ぼくは小学校の友だちと浜町のグランドで力道山道場の若手レスラーたちが野球をしているのを見ながら力道山が来ないかと思ったりしていた。

■十二月十五日（月）

五時十八分、十一度、今朝寒い。昨夜、寝る頃すでに空気が冷えていた。

言葉を書いて生をおえようと、このごろとみにそういう思いがする。言葉を話しても淡い実感しかなく、話して伝わるようにはさほど感じられない。むしろ書くいのちのようなものを感じている。書きながら息をし、いのちが動いていると実感する。

■十二月十六日（火）

五時二十三分、十三度五分、いのちが自ずと消え去るにまかせるわけにはいかない。いのちがきえるのは自分がそうする。薬や刃物を使って自死するのではない。線路へ飛び込むのでもない。海へ身を投げるという姿にはずっと惹かれてきた。十代だった頃、度々ノートにダイビングという言葉を書いていた。その後、地中海に飛び込み海にいのちをまかせてしまう姿に魅せられてきた。今、書いていのちをきえさせようとする。きみへ書いて、いのちをおくる。書きおくり、きみへ達するか、それはわからない。しかしいのちをすべておくる。わずかもおくりのこしてはいけない。おくりのこせば朽ちる。
ぼくは書いて生まれてこなかった。なぜ書き生まれられなかったか。せめて書き去ってしまえないか。

■十二月十七日（水）

四時三十七分、十二度、昨夕、柚子湯に入った。柚子湯、うちの柚子、昨年採って絞って汁を取り残った皮を冷凍しておいた名残りの柚子。十年以上前、当時住んでいたラパッロのヨットハーバーでクラシックヨットのフェスタがあった時、港で記念のTシャツと分厚いカタログをもらい、それらはフェスタの名入りの布袋に入っていた。その袋をヨーコがどこかから取り出し、そこに柚子の皮を詰め、湯を入れ始めたばかりの湯船に浮かべた。

ヨーコが先に風呂に入り、ぼくは二階のここにいた。しばらくしてヨーコの声が階下から聞こえてきた。何を言っているのか聞き取れなかったが、そうだ、前日、脱衣所の壁に掛かっていたヨーコのバスタオルを洗濯したのだ。急いで押し入れの引き戸を開けて衣裳ケースからバスタオルを取り出し、階段を軽足で下りて、浴室の扉を開けた。ヨーコが湯船にいる。身が透けて見えて柚子の袋が胸元に浮んでいる。寒かったのとヨーコが寒そうな顔をした。浴室から出たらバスタオルがないのに気付き、二階へ声を投げかけ、寒いからもう一度湯船に入ってぼくを待ったのだ。

続いてぼくが風呂に入り、湯船にひたっていると、ヨーコが浴室の扉を開けて、気持ちいいでしょ、そう言って、ぼくは柚子の香りのなか、なおしばらく湯につかっていた。どこか中空から見ている神さまのような方がいたら、人が柚子漬けになる、おいしそうになると感じたのではないかと、そんなふうに自分の姿が見えてきた。人だっておいしそうになる時がある。ヨーコはたびたびそうなる。

きのう、三田に住むチカコさんからメールが届き、あたしの送った箱がすてきで感心したそうよとヨーコがうれしそうに話す。ヨーコは二十歳の時に両親から贈られた真珠の首飾り、もうずっと身に付けていないので、薬学研究のかたわら彫金にいそしんできたチカコさんなら生かして使ってくれると想い、贈った。その贈り方、先日買ったトリノのチョコレートが入っていた箱におがくずを敷き、サンタクロースの指人形を寝かせ、頸元に真珠のネックレスをまわし、帽子のそばに赤い包みのちっちゃなジャンドゥイオットチョコレートを置き、もう一つないとタカユキさんがかわいそう、そう言って金色の包み紙のものを加え、手紙を添えた。その箱を開けた時、チカコさんはまあと声なしでつぶやいたろう。箱と一緒に柚子も送った。

先週だったか、ヨーコがショウコさんの家での家庭コンサートに持って行ってもらおうとシチリアの葡萄酒をミカコさんに送った際、うちのロズマリーノを添えたら、開けた途端、香って喜ばれた。もちろん葡萄酒は紙とリボンでヨーコ風に包まれている。ヨーコは贈物を作るのが好き。ラパッロで親しくしていたエリアがそうだった。ヨーコとエリアには人を美しく歓ばせようとする気持ちがたくさんある。

きのう、ヨーコはエリアを思い出していた。三日前、日曜にエリアの一人息子アルベルト、エリアはアルビと呼んでいる、アルビからヨーコにメールが入り、obiが届いたと知らせてきた。初め九月に送ったが、どういう手違いがあったのか、戻ってきてしまい、再度先週送ったのだ。アルビは配達員から電話があった時、自分で町の中心街の郵便局に取りに行くと言って、受け取って来た。

彼らの家はぼくたちが住んでいた丘の背後の山の中腹にあり、バスの終点の停留所がある箇所から脇の山道に入ると車一台通るのがやっと、その道をヨーコが何度運転して通ったか。ガードレールはない。道から車がはみでて落ちそうになった人もいる。そして行き止まりに車を置き、ぼくたちはお狭い坂を下りてジャンニ、エリア、アルビの住まいにたびたび行ったのだった。

アルビは今度は確かにヨーコからの贈物を受け取ろうと自ら郵便局に赴いたのだ。ヨーコが二十歳の時に締めた帯、それが今頃、エリアの家の玄関の間に飾られているだろうか、そんなふうにヨーコは想い描いている。エリアのことだ、濃密に美しく飾って友人たちに見せているだろう。

こうしたこともみなMare、きみに書いている。今もその島のどこかにいるかもしれないシチリア、古い風習が残っているきみの土地で暦はどう暮らしのなかで生きているのだろう。ここ、この土地では暦に大安という日があり、いい日なのだ。きょう、大安、ヨーコとぼくはお出かけ、横浜の中空に突きでた建物で夜をおくる。そして次の大安が二十二日、冬至、日がきりまで乏しくなる日、その三日後、イエスが生まれた。

Mare、ぼくがきみをはじめて見たのは春四月だった。パレルモの街なか、木々があった。当時、きみは若く、アンナもそう、きらめいていた。あの頃、きみはだれかに書くということがあったろうか。アンナになにか書きおくっただろうか。きみは書き置いてどこかへむかったか。きみが書く姿、今はじめて現れた。書かれた言葉、まだ見えてこない。きみの parole（言葉）にぼくの言葉をくわえられないだろうか。parole に言葉をたしたくなり……

■十二月二十日（土）

六時十八分、十度九分、少し前、ここ一階の食堂に下りて来た時、六度九分だった。一昨日、横浜から帰宅すると、家のなかが冷えていた。一日空けただけだが、寒波のなか、人のいない家は冷え込んでしまう。ぼくたち、十七日、横浜みなとみらいのホテルに泊まった。

■十二月二十一日（日）

五時十八分、一階食堂の室温十二度九分、湿度六十一％、今朝は寒さが緩んでいる。……

地上で息をして書き、いのちが言葉となって言葉の連なりとなっていく、そう書きながらだけ地の上にいられるだろうか。

■十二月二十二日（月）

五時一分、十一度一分、六十三％、きのう、ヨーコはショウコさんのお宅に呼ばれ、よろしかったらご主人もご一緒にとおっしゃってくださり、ぼくは喜んでヨーコに同道した。楽器演奏を楽しむ方達が集まって家庭コンサート、ぼくはそういう集まりに出たことがなかった。

鎌倉駅前広場で鎌倉山行きのバスに乗り、若宮大路から由比ケ浜通りを経て大仏前を通り、トンネルを抜け、鎌倉山へ上っていった。六、七年ほど前、まだ鎌倉生活に慣れていなかった頃、ラパッロから友人のマルコが仕事で横浜に来るというので鎌倉を案内しようと思い、どこに連れて行ったらいいか事前に下調べをしていた際、鎌倉山も歩いた。だから菅原通済が日本で最初に別荘地として分譲したという地域に来たのは二度目、その時歩いたのは播亭辺りまで、バスはさらに進み、下りだし、すでに西鎌倉の辺りか、山を下って終点の停留所で降りた。

ヨーコは一度来たことがあるが、車で連れられてきたので道が果たして分かるか。前もって道筋を聞いていたが、ヨーコは香りや匂いには敏感だが、方向感覚はあまり優れていない。犬ではないから、ショウコさんのお宅の匂いを頼りに行き着くというわけにはいかない。途中までは記憶と教えられた目印を辿って進んで行った。起伏のある静かな住宅地、お宅の近くまで来たがそこまで、番地は近いが右往左往、ヨーコが携帯で電話すると、ショウコさんが迎えに出て来てくださった。

お宅にすでにリウ、ミカコ夫妻はいらしていた。それからモーツァルト合唱グループでヨーコがご一緒していたコツカさんと奥様、ヨーコはコツカさんがいらっしゃることを知らなかった。まあとご挨拶。ぼくは七月の藤沢合唱祭にここ四年間、毎年ヨーコが参加しているグループのコーラスを聴きに行っていたから、壇上で歌うコツカさんは知っているが、身近にお会いするのは初めて。

そしてもう一人、男の方に紹介された。その方はリウさんが御茶ノ水の大学にいらした頃、その辺りの大学にいる楽器好きの若者たちが集まって室内楽の演奏を楽しんでいた。その当時からの音楽友だち、今も一緒に演奏している。ヨーコは十月だったかに鎌倉文学館の庭で行われた夏目漱石の夢一夜の朗読と演奏という催しに出かけて行き、リウさんと共に演奏しているその方を見知っている。名前はなんとおっしゃったか思い出せない。弦楽器をご自分で作り、どの楽器も弾くそうだ。あと二人ご夫婦がいらっしゃることになっているが、遅れているようなので食事が始まった。

ショウコさんの友人が作った薫製チーズやそのほか胡桃の入ったチーズもある。ハムもどなたかからいただいたらしい珍しいもの、ヨーコが持っていったスペイン豆をオリーブオイルその他で調理したものとトマトソースのパスタ。ショウコさんは来るのが遅れているご夫婦に電話し、話しだしてじき迎えに行く手筈になっていたのを思い出し、急いで車で出て行った。

程なく最後の一組のご夫婦が到着、ご主人は五十年くらい前からギターを弾くのを楽しんでいるという。スペインのマラガでホームステイしていたことがあるそうだ。男の手料理としてカポナータを持参、奥様は牡蠣のオリーブオイル漬けを作っていらした。最後にミカコさんが焼いた鶏が出てきて、テーブルに料理が満載、ワインはヨーコがリウ、ミカコ夫妻に事前に渡しておいたキアンティとリウさんが用意したのかフランスのもの。ギター弾きのサエキさんはシャンパンを持って来て、あらためて乾杯。車を運転するミカコさんとコツカ夫人はショウコさんが作ったぶどう酵素の飲み物。おなかが満ち足り、お酒を飲み過ぎないうちにと演奏が始まった。

ドボルザークのピアノ五重奏、ピアノはミカコさん、バイオリンがショウコさんと弦楽器作りをする方、リウさんがヴィオラ、コツカさんはチェロ、ヨーコはコツカさんが楽器を演奏するとは知らなかった。ぼくたちが到着早々、立ち話で、モーツァルトはひたすら美しい曲を作ったけれど、ドボルザークの曲は作曲者の魂がじかに訴えてくるような感じがあります、時代がそう変っていったのでしょうねとリウさんがおっしゃっていた。

演奏が始まるとリウさんは身が演奏に没入していった。足でリズムをとり体が曲に前のめりに入り込む。お父様がバイオリンを楽しむ音楽好き一家で育ち、長じてからも帰郷して家族が集まると家庭コンサートが始まったという。音楽少年が医学へ進み、病理の現場で生きていらした。明日、天皇誕生日付けで退職、これからはひたすら音楽を楽しんでいくだろうか。

ショウコさんは数年前にご主人を亡くされたが、国際線のパイロットをなさっていた夫君が自身は演奏をしなかったが家で演奏会をするのがお好きで、十八人が集まったこともあったそうだ。確か今年三回忌だったのではないか。ショウコさんとは昨年、リウ、ミカコ夫妻のお宅で初めてお会いし、ヨーコと親しくしてくださるようになっている。ぼくまで旧知の音楽仲間たちの集まりに呼んでくださった。

ドボルザークのあと、ショウコさんのバイオリンとサエキさんのギターでまず「トカイ」、ハンガリーのトカイ地方の曲、ジプシー音楽のよう。その後、シャンソンの「愛の讃歌」、イタリアのクラシックなカンツォーネ、バイオリンとギターでの演奏の楽譜は少ないようで、サエキさん自ら楽器に合わせて編曲する。パガニーニはバイオリン演奏を教える際、ギターを使うことがあったとサエキさんがおっしゃった。

演奏のあとは、ヨーコが先日横浜のホテル滞在の帰りに高島屋で買ったパリのチョコレートが出て、紅茶をいただきながら、ぼくはだいぶおしゃべりした。たくさん食べて、ワインとシャンパンを飲んで、間近で親密な演奏を見聴きし、気持ちがなめらかになっていた。

■十二月二十三日（火）

ヨーコが昼食の準備をしている時、電話があった。

五時十三分、九度六分、五十九％、きのう正午の頃、電話があった。ヨーコが昼食の準備をしているところだった。ぼくが手伝っていた。電話で話すヨーコの言葉ですぐに神奈川県立がんセンターの主治医Y医師からだと分かった。土曜日午後に投函した手紙を今朝病院に来て読み、午前の外来の診察が終わって連絡をくださったのだろうか。早い、いつもY医師は対応が早い。

電話が終わって、ヨーコが医師とのやり取りについて話した。うちでも問題なくやっているのですが、そうおっしゃっていたと言う。ヨーコが受けようとしている療法、この秋から神奈川県立がんセンターでも行われるようになった。その療法実施のための認可申請をY医師が進めた。あたしを引き留めたかったようよ、ヨーコが言った。そうだろう、Y医師としては自分の勤務する病院でその療法を行える設備が整い認可に漕ぎ着け実施し始めたところだ、病気発覚時から三年診てきているヨーコが望む療法を自ら施療しようと思うのは当然だ。

昨日電話で話すなかで、ヨーコが手紙で紹介を依頼したK医師の診察について、受けられるかどうか分からない、権威ですからもっと若い医師になるかもしれないとY医師がおっしゃったという。権威、そう、血液腫瘍、なかでもリンパ腫が専門分野、ヨーコの病気の治療の現状に触れた一文を雑誌で読んだ覚えがある。その医師に一度診てもらう事がヨーコに必要ではないかと大分以前から思っていた。別の見方を知りたかった。医師が違えばヨーコの病態の見え方になにかしら違いがあると思ってきた。

最初の治療を受けたあと、リンパ腫の残存はあったが特段活発化する兆しが現れないまま経過観察が続いた。その間も、再燃の可能性が出てきた時は築地のがん研究センターでK医師の診察を受け、再燃が確認されたうえで希望する療法の適応対象者の範疇にはいった場合、そこで治療を受ければいいとぼくは考えていた。その考えをヨーコが受けいれ、現在の主治医へ送る手紙の下書きをぼくが書いたのだった。

ヨーコの病気が含まれる日本の臨床分野において枢要な位置にいる医師に診断治療を受ければ最良の対処なのかどうか、わからない。どういう業界、分野も組織化されていて、それぞれの組織の頂に位置する人が、社会全体のなかで権威者として認可されている。そういう人に自分にとって大切な人を診断治療してもらおうとするわけだが、社会における位置付けが物事の質を示しているとは限らない。どう選んだらいいのか。

ぼくは言葉に関しては選べる。しかし、ほかの事、目下は医療だが、治療に関わる事では言葉を選ぶように選べはしない。医学を学んできていないというだけではない。医療について、医療機関や医療従事者について知っている情報が少ないから選べないという、それだけではない。実際に優れている医師にも誤りを冒すことはありうる。そうわかっていても、選ばなければならない。

世の中でなされている判断をそのまま受け入れて事を進めてはいけない。ぼくがともに生きてきた人の命がどう動いていくか。その人をどう生きさせていくか。どう進んでいくかを決めるのは本人ヨーコ。

ヨーコをできるだけ心地よく生きさせたいとおもう。そうするにはどうしたらいいか、選ぶ時がきている。言葉を選ぶように選べないか、書くようにすすめないか。

■十二月二十四日（水）

四時三十八分、九度五分、五十七%、今日は降誕祭の前日、明日、イエスが生まれる。リウさん、きのうから自由の身、川崎の病院での病理担当責任者としての職務を辞した。これから音楽を楽しむ日々を過すだろう。リウさんは音楽をやって生きたかったのではないか、これはきのうちょっと洩らしたヨーコの感想。二十一日、ショウコさんのお宅でドボルザークのピアノ五重奏、リウさんはヴィオラを弾き、友人たちのなかで親密に音を奏でていた。

ショウコさんがきのうヨーコに送ったメールのなかに、みんなが帰ったあと、その日交わされた話を思い出しながら初めて独り酒を楽しみました、残った物がよくワインに合ってと記してあった。その日、食事中そして食後、話が穏やかに心地よくはずんだ。そうした様子を思い浮かべながら、ふだん独りでお酒を飲むことのないショウコさんが人のいなくなった食堂で、食卓に片付けずにある料理を食べながらワインを飲んでいる情景が浮んできた。ご主人のことを思い出していたのでしょうね、ヨーコがそう言う。

毎年、暮れに親しい人達が集まってきて、夫君が身軽に音楽好きの友人達を楽しませていただろう。夫君はショウコさんが自宅で友人達と演奏する一時、心地よかったことだろう。

ぼくはショウコさんのご主人にお会いしたことがないが、二十一日に初めてお宅に伺って一時を過し、今、その日の情景が浮んできて、人が居なくなったのを感じる。居なくなった人はショウコさんが一緒に生きてきた人、夫妻にはお子さんがいるが、彼女はご主人と暮した家で生きている。古くから音楽を通して親しくしてきた人達が集まる場に、知り合って日の浅いヨーコとぼくを呼んでくださった。ヨーコを励ますというお気持ちもあるのだろう。

ヨーコを私たちの永遠のマンマとメールに記したのはリウさん。永遠のマンマかマドンナか。イタリアに行ってからこうなったの、それとも前からだったの、演奏が終わったあと、雑談をしていて、ミカコさんがぼくに聞いた。ヨーコを華やかで存在感があってイタリアーナと日頃から言っているミカコさんが、ヨーコは前からそうだったのかイタリア暮しのなかでそうなっていったのか聞いてきたのだった。前から変てこでしたね、まわりと違っていて浮き上がっていましたね、イタリアは合っていたでしょう？　ええ、合っていました、事情があって日本に帰ることになった時、日本でやっていけるかと気になりました。そうぼくが言うと、リウさんが笑った。

ヨーコは北イタリアの海辺の町ラパッロで、知り合った人たちと親しくなり愛された。その町を離れる前の年の暮れ、ちょうど今頃、そこでの暮らしが始まってじきに知った人たちの集まりにぼくたちも出て、当時、まだ町を去ることをみんなに話してなかった。最後の暮れの晩餐の場で、ヨーコは土地の人たちから愛され背後の山の頂きで町を守っているマリア様、永遠のマドンナが愛らしく身をともなって現れたようだった。

ヨーコは今、リンパ腫が再燃し、新たな治療を受けようと思いが決まり、明日、二俣川のがんセンターに行って、主治医から築地のがん研究センターへの紹介状と今までの病状経過の資料を受け取る。この秋から二俣川でも実施している治療を、そこで受けずに築地のセンターで受けようとして、その療法の認可申請から実施まで進めてきた主治医に転院のための紹介状を記してもらう。これは少々変、ぼく個人の思いがそうするようにヨーコを促してきた。その療法の治験が行われた病院で治療を受けさせたいという思いとともに、以前から、ヨーコが患っているリンパ腫の日本での医療現場で枢要な位置を占める医師に、その人の感じ方、見方であらたにヨーコの病状を診てもらいたいと、そう望んでいた。

それは日々の生活が営まれる世の中での事だが、ぼくには生そのものの中枢に近付いていこうとする欲望があり、その欲望が実社会においても実行されがちな性向がある。たとえば地中海のたましいというようなにかにさわりたくて、いずれ地中海の中ほどに在るシチリア島の謎の要に居る人と友だちになろうとねがっている。

■十二月二十五日（木）

四時五十四分、十度六分、五十八％、今朝、鎌倉から横浜へ出て、相鉄線で二俣川へ、循環バスで県立がんセンターへ行く。三年前の夏から何度も通った。抗がん剤治療中はここ自宅からタクシーで通った。ずっとY医師がヨーコのリンパ腫を診てきてくださった。今日が最後の面談となる。

■十二月二十六日（金）

五時三十二分、九度四分、五十八％、きのうは二俣川の県立がんセンターに行った。出掛けに軽い諍いがあった。あたしは病気なの、許容力がなくなっているの、もっと許容してくれてもいいでしょ、子供みたいになるのよ、子供に接する様にしてくれないとだめなの、幼い子のように弱くなっているの、そうヨーコが言う。それでもヨーコ独特の平衡感覚が今も働く。ヨットが帆で風をうまく受けて均衡の崩れを戻すような感じ。地中海、イオニア海やエーゲ海をヨットで進んでいた時の感じがぼくに甦る。ヨーコはすてきなヨット。しかしヨットは傷んでいる。海を進むのが難儀だ。傷みを深めてはいけない。穏やかに暖かく、あの海の空気のように抱いていればいい。そのぼくが突然壊れてしまうかもしれない、そういう気掛かりがここ数日、ふっと湧く。

■十二月二十七日（土）

五時四十四分、八度六分、五十五％、今しがた、階上で着替えをしていて気付いた。言葉はぼくの所有ではない。ぼくの言葉はない。言葉を気ままに用いてはいけない。気ままと書いたばかりだが、気、それもぼくが所有していない。思いもそう。考えもそうだ。浮んでくる情景もぼくのものではない。きみが浮んでくる。そう書くがぼくが書いていると思い込んできたがそうではない。ぼくというもの、それをぼくはもてあそんでいる。ぼくというものはない。

きみの姿、パレルモの道、樹、光、それらが見えてきて、爽やかな四月の音が聞こえ、気持ちがよくなる。気持ちがよくなって、どうだというのだ。うっとりし、心地がやすまり、歓びを感じ、感じてどうするんだ。どうすると誰を恫喝している。ぼくを諫めている。

やすんで、眠って、喜んで、そう感じている時間、時間をぼくのものと思い込んできた。なにもない。ぼくのものなどありはせず、そう書くぼくという、そのぼくがありえず、ではどう書きすすめられる。だれが書く。書く、それでも書き、この体が動き書き、体があると思うこと自体、体、思う、ことごとくありえず、それでいて書き、やまず、書きやまず、言葉が動き、きみという言葉があらわれ、きみが生きているという文章があらわれてきて、きみが姿をしていて、きみが姿をもっていて少しもおかしくなく、きみが若さをいだいていて、その若さ、時が経とうと消えはしない。きみがもっているものはなくなりはしない。

きみは在る。きみが在ればいい。そしてきみに女性が惹かれ、男がきみに惹かれていく。そのちからのほかにどんなちからがありえよう。きみに遭ったしあわせをおもってしまう。惹かれる歓びをしった。まぎれようもない海、あの海がきみを生み落とした。これはたとえではない。きみには海がある。

あの海をきみはもっている。断言しよう。きみは海をもっている。mareという言葉、mareをきみがもちあわせ、きみをmareと呼ぶ歓びを感じてしまう。もうMareとmを大文字で始めなくてよい。mare、ひたすらきみはmare、きみは人、人だけどmare、きみにmareを感じ、きみをmareと呼び、きみがmareをどうして地の上にもってきたと、きみは謎、謎をときたくなってしまい、そしてなによりもきみに惹かれてしまって、きみが道を歩き、光のなかにいて、青葉が艶、きみが艶、そしてきみに寄り添ってアンナが煌めき、そんな時があっていいのか、そらおそろしくなるほどまぶしい時、時が在る、時が在るとしった。すべてが生きている時が在る。まばゆい時。

■十二月二十八日（日）

四時五十七分、九度三分、五十四%、ぼくは消えたいと望んできた。そういう望みは高じてきている。ぼくは一挙にきえうるか。徐々にきえていくなら言葉がさいごにきえてほしい。生まれた後に言葉が身に付いていったとされている。そうなのか、生まれたとき、この世に出て来たとき、言葉をもっていなかったか。そうだとしたら生まれてくるとはおそろしい。言葉なしで現れ、どうするのだ。言葉がぼくのなかでどう生じていったか。どう育まれていったか。生得のものでないとしたら、生来在ったのではない言葉がさいごに残れば良いと望んでいるとはどういうことだ。どうしてそう成り来たったか。

そして、その言葉はこの土地で使われている言葉、それもまたおそろしい。それぞれの土地で生きる人たちはそこの言葉を用いる。ぼくはよその地で生きる人たちが用いる言葉で考えられない、思えない、感じられない。おそろしい。異なる地で人が話す言葉が分かるようには成りうる。しかし分かるようになるということ自体、おそろしい。学んで習って分かるようになるわけだ。それがどれほどおそろしいことか。

人は生じ生育していく土地の生き物、居場所を移れるが、移った土地の風土の影響を受けるが、それでも生育した土地の生物、それに変わりはなく、よその風土に感化されて変成は生じようが、せいぜい原種が変種、変わり種になるだけ。

こうして言葉を書き、書くあいだ生き延びて、生き延びるのいい加減にしろと自身を抹消したい。なに考えて、なに思って、なに書いて、なにしているのだ。せめて身肉の在るうちにきみの土地へいき、弾丸をうちこまれたらどんなにか、そうどんなにか、どんなにかの後が空白、わかりはしない、しかしそうなってしまいたい。沸々と望みが望みが、しかし望むゆとりはありはしない。せめて根底から崩されたいが根底が在りえない。

■十二月二十九日（月）

四時二十五分、十一度、五十八%、昨日、ヨーコが今年の正月にもらった年賀状を整理していて、タカユキの年賀状が出てきて、ぼくに見せた。どこかで一緒にワインを飲みたいよと書かれてある。その文章、覚えていた。ずっと頭に残っていて、八月の初め、彼に会ったのだ。正月の彼の言葉にこたえたのが夏の盛り、半年以上の後になった。彼は年賀状を書いた頃、昨年のちょうど今時分、ぼくに会ってなにか少しは話したかったのではないか。そして晩秋、病室を訪れると、彼は疲れた姿で身を起こした。彼のいのちになにがしか関わったと感じた。

これまでだれに関わったか。ヨーコに関わった。ヨーコのいのちを深々と傷めた。ともに食べて飲んで喋って歩いて寝て、そうしているうちにいのちに関わっていた。

きみとはどう関わってきた。**mare** きみのいのちにぼくの痕跡はあるか。きみのいる土地で暮らさなかった。しかし彼方であってもきみが見えないとぼくは成り立ちそうにない。

きみは傷みそうだった。傷みそうななかにはいっていく習性をそなえていた。きみを追っていきたくなった。なのにきみの町をはなれ……

■十二月三十日（火）

四時三十七分、十二度四分、五十七％、今しがた、階上で着替えながら、場面が浮んだ。かの地のどこかで倒れ、まだ地上に半身を起こしていて、なにか言いたそう。瞼が閉じられたまま、言いたそう。その姿、ぼくの最期とおもったが、ずいぶん若く見える。だれなのだ。やはりぼくなのではないか。シチリアのどこか、街なかではない。場面が見えたとき、撃たれたとおもった。倒れて胸に懐に紙の束がある。誰かに託そうとしたか、渡しにいこうとしていたか、最期を感じて渡したくなったか、手渡すとすれば **mare** きみのほかにいようがない。

いずれぼくとて最期を迎え、息を引き取る寸前、どうする。気掛かりでその時の姿があらかじめ現れたか。胸にかくまわれた紙に何が記されてあるか。なにかが書かれている。それともなにも書かれていないか。書かれていないということありえるか。なぜ、最期の姿が浮かび、最期の言葉が言葉が聞こえず、最期の所持品である紙に記された言葉が見えないか。姿が現れたのに、自らの最期とおもわれる姿が浮び現れたのに、胸にしまった紙が何を伝えようとしているか見えてこない。なにも伝えたくないのか。そんなことがありえようか。伝えたくて生きてきたのではないのか。きみに伝えたくて書いてきたのではないのか。

きみが在ってこの身は在りえた。息を引き取りそうな姿が見えてきたのは、きみの身に最期が迫っていて、それをきみが知らせたくて、最期を迎える姿が見えてきたのか。そうだと、あの姿はきみか。そんなはずはない。どうしたってきみの最期は打ち消したい。しかし、きみだって生きる身、地上で生きる身に滅びがくるのは避けようがない。

地上に生まれてしまった。生まれてきてしまった。生まれてきたから、きみを見た。見てしまった姿が在る。見てしまうはずの言葉が在る。その言葉を見たい。きみが記した言葉を見たい。あらわれてほしい。きみの言葉だけが見えればいい。こうして書き続けている言葉はどこかへ行ってしまっていい。きみが書く言葉を目の当たりにしたい。言葉が日差しのもとにあらわれたらいい。もちろんあの海の光に浮ぶ。きみから言葉をうけとっていない。きみが言葉をあらわしてくれるはず。それだけが在ったらいい。きみの姿が見えなくなったら言葉が見えてくるか。熟した言葉がそこに在るか。どここにだ。そこ、きみが息をしていた所。

言葉が熟す。おいしく熟す。言葉が海に落ちる。海が熟す。海が熟すと香りが、海が熟せば海から言葉があらわれる。海が熟し、熟した言葉が生まれ、ほかになにが生まれよう。海が生む言葉が熟し香り、香りが地をみたす。

地に人が立つ。きみ、mare、満身に香りをいだき、裸身、mare の身、mare、mare が地を歩く。歩く姿がきみ、きみが地に現れた。海の身が地に上がってきた。パレルモを歩き、道に差し掛かる樹の葉に手を伸べる。女性が身を近寄らせる。地の女性が熱くなる。女性がどうきみと生きられよう。きみがどう生きる。

きみが生きる姿、パレルモで生きていた。きみが生きる所をぼくは離れてしまった。修復しようのない過ち。もはやどうにも直せず、戻せず、あらためてきみを見つけ出そうとしてなにになる。あの時はつづかない。断ってしまった。愚かだった。みずから脇道へそれた。あの地を離れた。きみが生きる町を去った。船が港から離れていった。あの町の女性たちが桟橋で見送ってくれた。きみはいなかった。船上で桟橋を港を町を見ながら泪があふれてきた。ああ青春がおわったとどこまで鈍くなれるのか、見苦しい言葉が出てきた。声にはならなかったが喉の外へ出てきて、海の空気を汚した。せめて過ちを犯した泪を流せ。過ちを切り開いて……

■十二月三十一日（水）

五時三十七分、九度五分、六十％、大晦日、一年最後の日、平成二十六年が終わる。二〇一四年があと十八時間二十分でなくなる。日付と時間を記して朝の文章を書いてきた。さらに気温、一階の食堂で書くようになってからは湿度も記した。部屋の片隅にある小さな時計には湿度も表示されているからだ。

日付と時間、気温と湿度、場所は常にここ、住所があるが住所を記すのが億劫、自分が居る場所が役所に登録されているのは鬱陶しい。管轄されている身分はご免だ。ここの地点、北緯、東経で示せる。地球上が縦線と横線で分割され接点が地点となる。海に居れば海点というわけか。人が分割した地点で居場所を示されるのもご免蒙る。

日付、地球や太陽の動きから人が導き出した時間の分割法でこしらえられた表示、明日からの暦がすでにこの家の中にある。妙だ。

居る地点、時点で切り刻まれて息をしている。息が刻々と生体を刻み震わせ、休まない。生きる身は絶え間なく動く、遣る瀬ない、哀しい、途方もなく侘しい。

急に地名がほしくなる。たとえばニース、今この地名を記したのは、昨日、ここでまた日にちにこの身が捕えられてしまうが、「ニースの窓辺」という絵葉書をタカユキに、ここで人の名を記した、人を表示する名、人が名でピン止めされる。

生体が名前で地点時点に絶え間なく据え付けられる。生体が傷む。

地名がほしくなる。ニース、その名の町に若かった私が初めて親しくなったイタリア人マリオ・サロモンさんが居た。それからジェノヴァがほしい。ラパッロ、ラパッロという名をどうしたらいい。パレルモ、ラパッロからパレルモを遥かに見やって生きていた。

mare、きみにも名があった。おそらくパレルモの市役所に登録されているだろう。姓名、生年月日、しかしきみは mare、mare が居る地名がほしくなる。

■一月一日(木)

きみ、mare、
きみの匂いを追っていったら、きみに行き着くはずだ、
mare の匂い、逃さず追う、
匂いの果てで、断崖で、mare が香り、

■一月八日(木)

光、あの光、きみを輝かせた光、
きみが輝いたのは、あの海の光がきみに逢いにきたからだ、
きみはパレルモの街路で輝いていた、
きみの輝きからはじまった

あとがき

いま、後書きを記そうとしています。当然すでに何かが書かれ、ようやく書き終わったと告げるように後書きを記すのですが、記そうとすると、〝なぜ〟が生じてきます。なぜ何かが書かれたのでしょう。

「海　マーレ　mare」と名付けられた言葉の群れは、前世紀末の晩秋に書かれはじめましたが、年末になると言葉が海に潜ったかのように表に現れてこなくなり、無言の時期が続き、でもそういう間も空気のなかだかどこだかにそれは書かれ続けていったようです。そして世紀があらたまり、言葉がやっと浮かび上がってきたのですが、しばらくしてまた言葉が潜り、やがて同じような潜伏期間を経てあらためて浮き上がってきて、言葉が終息しました。

でも、終息という事がありえるでしょうか。なにしろ海が書かれようとしたのです。海に終息はありえないのではないでしょうか。

その海とは地中海のことです。なぜ地中海が書かれようとしたのでしょう。ラパッロという海辺の町が主な舞台になって、海が人によって書かれようとしていったわけですが、人はどんなに海に焦がれていてもやっぱり地上の生き物です。海に惹かれる人には海のそばの地が要るのです。その地がラパッロなのです。なぜその町が選ばれたかは誰にもわかりません。それは謎です。でも謎にこそ書かれるべき何かがあるのです。そして変に聞こえそうですが、なぜ海によって海が書かれなかったのでしょう。それが何よりも謎なのではないでしょうか。海はきっと謎そのものなのです。そんな海に惹かれ、謎を抱きかかえた海の懐に潜り込もうとするには、まず海へ向かう足場が必要です。その足場が書かれていったのです。

海へ赴こうとして書かれていった言葉の群れが、人から人へ渡りながら、次第に書物へと育っていったのです。言葉の群れにも運命のようなものがあるのでしょう。はじまりは優雅な勘をそなえた木村嵯峨子様、そして大らかに抱きとめるマンマのような粕谷幸子様へと渡り、やがてルネッサンスの工房を想わす藤原書店の藤原良雄社主に届き、社主が先導するなか、小枝冬実さんが丁寧に進捗させ、また藤原書店とその周りの皆さんが様々な工程に携わり、書物という姿が生まれていきました。書物のなかの一語一語がよろこんでいるでしょう。言葉たちとともに深く感謝いたします。

著者紹介

武田秀一（たけだ・しゅういち）

1946年、東京都生まれ。1972年、慶應義塾大学仏文学科卒業。1994年、若年時よりの願望"地中海岸での生活"を実行、イタリアのジェノヴァ県ラパッロ市に移住。イタリア関連の諸事（翻訳、執筆、調査等）に従事、終生の企図"地中海の表出"を準備。2005年、帰国、企図実現を志向。

海《うみ》　マーレ　mare

2017年12月10日　初版第1刷発行©

著　者　武　田　秀　一

発行者　藤　原　良　雄

発行所　株式会社　藤　原　書　店

〒162-0041　東京都新宿区早稲田鶴巻町523
電　話　03（5272）0301
FAX　03（5272）0450
振　替　00160 - 4 - 17013
info@fujiwara-shoten.co.jp

印刷・製本　中央精版印刷

落丁本・乱丁本はお取替えいたします　Printed in Japan
定価はカバーに表示してあります　ISBN978-4-86578-149-6

半島と列島をつなぐ「言葉の架け橋」

「アジア」の渚で
（日韓詩人の対話）

高銀・吉増剛造
序＝姜尚中

民主化と統一に生涯を懸け、半島の運命を全身に背負う「韓国最高の詩人」、高銀。日本語の臨界で、現代における詩の運命を孤高に背負う「詩人の中の詩人」、吉増剛造。「海の広場」に描かれる「東北アジア」の未来。

四六変上製　二四八頁　二二〇〇円
（二〇〇五年五月刊）
◇978-4-89434-452-5

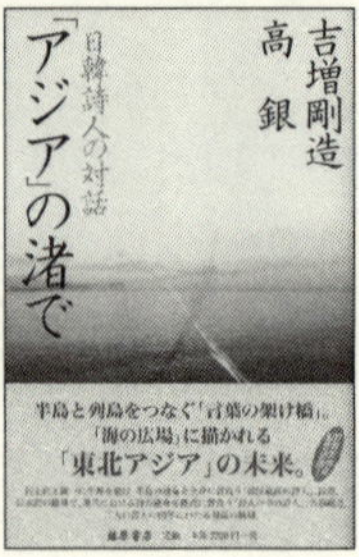

韓国が生んだ大詩人

高銀詩選集
いま、君に詩が来たのか

高銀　金應教編
青柳優子・金應教・佐川亜紀訳

自殺未遂、出家と還俗、虚無、放蕩、耽美。投獄・拷問を受けながら、民主化・統一に生涯をかけ、朝鮮民族の運命を全身に背負うに至った詩人。やがて仏教精神の静寂を、革命を、民衆の暮らしを、民族の歴史を、宇宙を歌い、遂にひとつの詩それ自体となった、その生涯。［解説］崔元植［跋］辻井喬

A5上製　二六四頁　三六〇〇円
（二〇〇七年三月刊）
◇978-4-89434-563-8

失われゆく「朝鮮」に殉教した詩人

空と風と星の詩人
尹東柱《ユンドンジュ》評伝

宋友恵
愛沢革訳

一九四五年二月十六日、福岡刑務所で（おそらく人体実験によって）二十七歳の若さで獄死した朝鮮人・学徒詩人、尹東柱。日本植民地支配下、失われゆく「朝鮮」に毅然として殉教し、死後、奇跡的に遺された手稿によって、その存在自体が朝鮮民族の「詩」となった詩人の生涯。

四六上製　六〇八頁　六五〇〇円
（二〇〇九年二月刊）
◇978-4-89434-671-0

韓国現代史と共に生きた詩人

鄭喜成詩選集
詩を探し求めて

鄭喜成
牧瀬暁子訳＝解説

豊かな教養に基づく典雅な古典的詩作から出発しながら、韓国現代史の過酷な「現実」を誠実に受け止め、時に孤独な沈黙を強いられながらも「言葉」と「詩」を手放すことなく、ついに独自の詩的世界を築いた鄭喜成。各時代の葛藤を刻み込んだ作品を精選し、その詩の歴程を一望する。

A5上製　二四〇頁　三六〇〇円
（二〇一二年一月刊）
◇978-4-89434-839-4

渾身の往復書簡

言魂（ことだま）

石牟礼道子＋多田富雄

免疫学の世界的権威として、生命の本質に迫る仕事の最前線にいた最中、脳梗塞に倒れ、右半身麻痺と構音障害・嚥下障害を背負った多田富雄。水俣の地に踏みとどまりつつ執筆を続け、この世の根源にある苦しみの彼方にほのかな明かりを見つめる石牟礼道子。生命、魂、芸術をめぐって、二人が初めて交わした往復書簡。『環』誌大好評連載。

B6変上製　二一六頁　**二二〇〇円**
（二〇〇八年六月刊）
◇978-4-89434-632-1

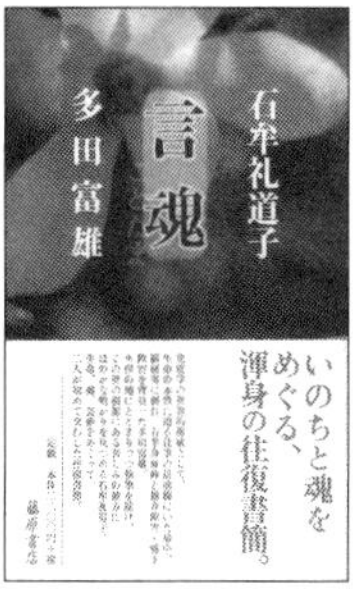

韓国と日本を代表する知の両巨人

詩魂

高銀《コウン》＋石牟礼道子

石牟礼「人と人の間だけでなく、草木とも風とも一体感を感じる時があって、そういう時に詩が生まれます」。

高銀「亡くなった漁師たちの魂に、もっと海の神様たちの歌を歌ってくれと言われて、詩人になったような気がします」。

韓国を代表する詩人・高銀と、日本を代表する作家・詩人の石牟礼道子が、魂を交歓させ語り尽くした三日間。

四六変上製　一六〇頁　**一六〇〇円**
（二〇一五年一月刊）
◇978-4-86578-011-6

作家・詩人と植物生態学者の夢の対談

水俣の海辺に「いのちの森」を

宮脇昭＋石牟礼道子

「私の夢は、『大廻《うまわ》りの塘《とも》』の再生です」――石牟礼道子の最後の夢、子ども時代に遊んだ、水俣の海岸の再生。そこは有機水銀などの毒に冒され、埋め立てられている。アコウや椿の木、魚たち……かつて美しい自然にあふれていたふるさとの再生はできるのか？　水俣は生まれ変われるか？「森の匠」宮脇昭の提言とは？

B6変上製　二一六頁　**二〇〇〇円**
（二〇一六年一〇月刊）
◇978-4-86578-092-5

水俣の再生と希望を描く詩集

坂本直充詩集　光り海

坂本直充

推薦＝石牟礼道子
特別寄稿＝柳田邦男　解説＝細谷孝

「水俣病資料館館長坂本直充さんが詩集を出された。胸が痛くなるくらい、穏和なお人柄である。『毒死列島身悶えしつつ野辺の花』という句をお贈りしたい。」（石牟礼道子）

第35回熊日出版文化賞受賞

A5上製　一七六頁　**二八〇〇円**
（二〇一三年四月刊）

◇978-4-89434-911-7